章
园
百
花
论
丛

课堂小说研究

◇——— 著

本书获湖南师范大学中国语言文学一流学科赞助

知识产权出版社
全国百佳图书出版单位
—北京—

图书在版编目（CIP）数据

林语堂小说研究/肖百容著. —北京：知识产权出版社，2019.11

ISBN 978 - 7 - 5130 - 6593 - 1

Ⅰ.①林… Ⅱ.①肖… Ⅲ.①林语堂（1895—1976）—小说研究 Ⅳ.①I207.42

中国版本图书馆 CIP 数据核字（2019）第 247734 号

内容提要

本书主要以林语堂的七部小说为研究目标，通过对林语堂本人的思想分析和外语写作特点，以及小说的家庭文化几个方面来对其小说进行内容和结构上的分析。本书选择从文化学的角度，揭示林语堂小说复杂的文化底蕴，抓住了研究他的小说的核心问题。此外，本书还对林语堂小说的研究史做了全面的梳理，这不仅对今后的研究具有参考价值，也是作家研究的一项基础性的工作。

策划编辑：蔡　虹

责任编辑：高志方　　　　　　　　责任校对：谷　洋

封面设计：张　冀　　　　　　　　责任印制：孙婷婷

林语堂小说研究

肖百容　著

出版发行：知识产权出版社 有限责任公司	网　　址：http://www.ipph.cn
社　　址：北京市海淀区气象路 50 号院	邮　　编：100081
责编电话：010 - 82000860 转 8324	责编邮箱：caihong@cnipr.com
发行电话：010 - 82000860 转 8101/8102	发行传真：010 - 82000893/82005070/82000270
印　　刷：三河市国英印务有限公司	经　　销：各大网上书店、新华书店及相关专业书店
开　　本：787mm×1092mm　1/16	印　　张：16.5
版　　次：2019 年 11 月第 1 版	印　　次：2019 年 11 月第 1 次印刷
字　　数：279 千字	定　　价：68.00 元

ISBN 978 -7 -5130 -6593 -1

❋ 序

黄修己

　　我是 20 世纪 50 年代的中文系学生，我们那一代从事学术研究的人常常会有"先天不足，后天失调"的感慨。前一句指的是我们童年因战乱的影响，未能打下坚实的文史知识的基础；后一句是说当我们学习或从事专业研究时，又受到客观环境的干扰，未能全面地掌握历史知识。例如我上中国现代文学史课的时候，老师是不会讲林语堂的文学成就的。因为创编《论语》《人间世》等杂志，提倡"幽默"，遭到鲁迅等左翼作家的反对，那时林语堂被视为"反面人物"，是"批判对象"，似乎不值一提。直到粉碎了"四人帮"，经过学术界的拨乱反正、思想解放，林语堂的创作才开始逐渐得到应有的重视。那时我在北京大学讲授现代文学，年轻的学生希望老师能讲一讲林语堂，这对我（包括我的一些同辈）都是个冲击，因为我们对这位在现代文学史上有影响的作家，实在知之甚少，只好赶快补课。而在那时，需要我们重新认识、评价的新文学作家、流派，数量又很多，不可能专门来钻研一个林语堂。要想比较准确、深刻地重新认识一个作家，也不是一朝一夕之功，需要一定的时间。不像徐志摩、沈从文、张爱玲那样，对林语堂研究的进展是比较缓慢的，并未形成热门。以我为例，1984 年我的《中国现代文学简史》，这是当时被认为很新的著作，虽然比较客观地写了林语堂散文的贡献，却还是用"对提倡'幽默''闲适'小品的批判"为题。过了四年，在 1988 年出版的《中国现代文学发展史》（以下简称《发展史》）中，才简略地介绍了林语堂用英文写的长篇小说《京华烟云》，提到它曾获得过诺贝尔文学奖的提名。而这时，如果我没记错，这部作品改编的电视剧已经播放过了。再过了 20 年，就是跨过了世纪的 2008 年，在《发展史》的第三版中，才把林语堂列入 1930 年代"多姿多彩的各类散文"中，给予比较详细的正面的评价。但主要还是讲他的散文，至于他在小说上的成就，我还是未及细述。我自信是愿意与时俱进的，但学术上缓慢、艰辛的爬坡，既可以看到由于"后天失调"所造成的局限性，又因为深入认识一个作家不是轻而易举的。难怪徐訏认为林语堂是现代文学史上"最不容易写的一章"❶。徐訏是林语堂的同时代人，他的观感应该是有道理的。

随着时间的推移，人们对林语堂的认识渐渐地深入了，研究成果也多了。即将出版的这部肖百容的《林语堂小说研究》（以下简称《研究》），就是值得关注的近来的新收获。过去人们偏重于林语堂的散文创作成就，而很少注意研究他的小说创作；除了《京华烟云》，也很少了解他还有其他的小说作品。《研究》一书填补了先前的这些缺陷。特别应该肯定的是《研究》选择了文化学的角度，揭示林语堂小说的思想内涵。既解析了儒、道、释等中国传统文化与林语堂小说的关系，又分析了西方基督教文化对林语堂小说的影响。揭示林语堂小说复杂的文化底蕴，可谓抓住了研究他的小说的核心问题。此外，《研究》还对林语堂小说的研究史做了全面的梳理，这不仅对今后的研究具有参考价值，也是作家研究的一项基础性的工作。这也是该书的一大贡献。我相信《研究》的出版对林语堂研究是一股推动力。

早在20世纪90年代，肖百容已经在研究林语堂。我应邀在湖南师范大学参加他的硕士毕业论文答辩，题目好像就是《论林语堂的快乐哲学》。文章很有新意，文风平实，评论稳妥，但又不失深刻。后来肖百容来到中山大学跟着我读博士。他曾对我表示，博士论文还想写林语堂，那时我没有同意。因为我不希望他过早陷入对某一作家研究的狭小领域里。这并不是说我不赞成研究单个作家，我自己也曾有一段时间做过农民作家赵树理的研究。但我认为博士应该具有广阔的视野，知识面要宽些。作家研究很重要，但应以广博深厚的文史知识做底蕴。"文革"后成长的一代学人，得益于改革开放的有利条件，学术视野比较开阔，创新求进的劲头很足，是推动现代文学研究的生力军。但是受制于特定的历史条件，同样"先天不足"，文史知识积淀不厚，也很需要坚持不懈地努力学习、积累。

---

❶ 徐訏：《追思林语堂先生》，《传记文学》，1979年第6期。

当然，林语堂研究还"在路上"。肖百容的林语堂小说研究毕竟只是刚起步，有待深入探索的问题不少。希望他继续努力，不断有新的收获；也希望今后的林语堂研究有更大的、更新的气象。

❀ 自　序

在现代著名作家研究中，对林语堂的研究相对薄弱，对其小说的研究起步更晚，成果更少。

林氏小说全用英文写成，它们在西方世界产生巨大影响时，国内文坛基本保持沉默。郭沫若在看了林语堂的《京华烟云》等小说之后，间接地批评作者"中文不好，英文也不见得好"。但是这个批评的客观性不为读者所认同，不能构成对林语堂小说的实质性否定。而承诺翻译《京华烟云》的郁达夫，虽对包括英文水平在内的林语堂的各个方面褒赞有加，却也不对其小说作直接评价。这样，国内对林语堂的散文知道得比较多，而对其小说知道得就很少。然后是新中国成立后到1979年文学史的故意忽视或贬斥，接着是1979年至20世纪80年代中期一些学者为其所作的激烈辩护。无论肯定或者否定，这些文字均停留在林语堂小说的外围和表层，分析的深度和细致度都很不够。不过，它们却揭示了林语堂小说的某些基本特征，也为林语堂小说研究注入了一种激情和价值张力，是日后林语堂小说研究绕不开的驿站和基础。

真正平和的且具有一定学理的林语堂小说研究肇始于20世纪80年代中期，90年代后逐渐发展。学者们首先关注到的是林语堂"小说三部曲"的主题文化内涵和人物形象特征，然后逐渐扩大到对《赖柏英》《红牡丹》《奇岛》《唐人街》的介绍和分析。尽管其中一些文章的观念和方法还比较陈旧，但基本上秉持了客观、科学的态度。在这个过程中，唐弢、万平近、施建伟、王兆胜、陈平原、陈漱渝、阎开振、孙良好等人的研究值得关注。然后应该提到一批硕士、博士论文，其中最为杰出的有王兆胜的《林语堂的文化情怀》、施萍的《林语堂：文化转型的人格符号》。它们虽不是对林语堂小说的专门研究，书中一些章节却抬升了林语堂小说研究的专业化水平。而陈旋波、杜运通、郑远新等用全新的方法，或从全新的视角出发论述林语堂小说。他们笔下的林语堂形象更加丰富多彩，令人耳目一新。万平近、高健、王正仁、吴慧坚、李平等学者关于林语堂小说的翻译和版本问题的探讨，则在一定程度上为林语堂小说研究提供了资料，也是有益的提醒。

林语堂在美国和中国台湾等地生活、写作了40年，海外的林语堂研究一直没有间断过，其主要贡献在史料收集上。根据有关学者的统计，中国台湾一共发表过林语堂研究论著100多篇（部），其中以纪念回忆性文章为主。而林语堂夫人的慷慨捐赠行为，以及"林语堂先生纪念图书馆"的开放、林语堂女儿林太乙女士所著《林语堂传》的出版、美国一些刊物积极提供资料的举动等，更是助推了海外林语堂研究的步伐。这些为林语堂小说研究提供了大量文献，也开阔了研究者的视野。

截至本课题开始的2013年，林语堂小说研究的具体情况附于正文之后，约有七万字。

所谓林语堂小说，据作者自己所说，指《京华烟云》《风声鹤唳》《朱门》《红牡丹》《赖柏英》《唐人街》《奇岛》《逃向自由岛》共八部。由于最后一部小说政治倾向性太强，艺术性较差，本课题不予论述。因此，这里所谓的林语堂小说，指上述小说中的前七部。另外，有些研究者将林语堂的传记《武则天传》《苏东坡传》也列为小说，这有一定道理，但是还存在较大争议。我们认为，这两部传记基本是对历史事实的记录，其中虽然有一些虚构情节，但是不足以改变其纪实体的特征。所以本课题同样不将它们作为林语堂的小说来研究。

研究林语堂的小说，有着特别的意义和价值。首先，人们对作为小说家的林语堂了解甚少。本课题是我们透彻了解其人其作、构建一个完整而真实的林语堂形象的重要环节，也是书写全新的林语堂研究史的基础之一。其次，林语堂小说和他后期的散文一样，甚至更生动地阐释了中国形象。本课题可以为当代中国海外形象的塑造提供一份生动的历史资料，为利用文学艺术等软方式将中国文化推向海外并构筑中西对话的主动模式提供具体参考。最后，林语堂小说中的"放浪者"形象，是他的人格"乌托邦"。这一形象对调整现代人的功利心态和消极颓废情绪，构建健全的人格富有积极的现实意义。

目 录

附录　林语堂小说研究史

第一章　佛教文化与林语堂小说

佛教文化思想虽然在林语堂小说世界中所占比重不大，但是他对佛禅文化有着极为深切的赞赏与认同，透过他文学世界中的人物与故事，他在顿悟中寻找生命的力量，在日常生活中找寻智慧的刹那花火；在对死亡的描写中，以佛教的爱与慈悲来参透"业与罪"的法则，呈现出一种超脱于现实的文化境界。林语堂以人文主义的立场融汇和阐释佛禅文化。

一、林语堂与佛教文化的渊缘

宗教是一种具有历史阶段性特征的文化现象，林语堂作为中国现代文学史上沟通中西文化的桥梁，始终执着于"两脚踏东西文化，一心评宇宙文章"的人生追求。在他的思想历程与审美情趣中又表现出极其浓厚的宗教文化色彩，林语堂可以说是一个绝对的人文主义者，对于中国传统的儒释道文化选择也成为一种自觉坚守传播的文化意识反映在他的文学创作中。佛教文化虽然在林语堂的信仰之旅中所占比重不大，但是在其理解与阐释中他站在文化融合的立场，透过他的信仰之旅来拨开佛教的迷雾，表现出对佛禅文化的独特理解与认同，在对"轮回""业与罪"的阐释中实现了一定的融合，展现出了人文主义的智慧灵光。

（一）"见性成佛"

佛教作为一种起源于印度的外来宗教，于西汉末年传入中国，到了隋唐后，佛教文化的传播达到了鼎盛时期。在经历了中国文化交流的消解与融合之后形成了中国化的佛教，其主要标志是提出顿悟成佛的禅宗的出现，在与中国文化融汇的过程中佛教的死亡观、轮回观、慈悲观以及无常观都成为中国传统文化的一部分，漫长的文化发展与文化融汇的过程让"中国人把佛教演变成了合乎他自己天性的情形"，并在不断发展变化的过程中渗透出了中国人的道德与智慧。作为一个"两脚踏东西"的文化传播者，佛教文化所传达出来的生活的智慧与艺术对林语堂具有重要的意义，在对佛理所表现出来的人生观与生存的思考中，他表现出的是辩证与宽容的两面：一方面，他对于佛教文化中所呈现出来的生死无常观、因果轮回观、慈悲观以及积极的救世情怀表现出极大的肯定；另一方面，他又看到了佛教中所表现出来的消极避世、讲究来世以及苦行主义。通过多种文化的积淀与融汇，在林语堂的佛学文化思想里，他对中国化了的佛教即禅宗表现出更大的兴趣与追求。禅宗中的"明心见性、见性成佛"以及"顿悟成佛、与渐悟相对"都传达出了对现世的肯定，即在日常的生活中寻找刹那的智慧花火，以此来揭示人生的奥秘，通过顿悟来获得最终极的实在与菩提。

林语堂作为一个积极的人文主义者，他对佛教文化理念理解的深邃性不只表现于此，同时也并非随性而发的存在，深厚的宗教文化素养让其在理解佛学文化上表现共通与融合。首先，他肯定禅宗主张："不立文字，教外别传；直指人心，见性成佛。"禅宗认为禅是一种超越哲学与思想的灵性世界，在"悟"的过程中通过一种直觉主义来达到人的心灵的超脱，正如"在实际的人生中才有自由，在自由中才有实际的人生"。禅宗与一般的佛理相比较，更看重现世对人存在的思考，正如林语堂所说"禅完全是直觉"，这种直觉是一种他在对"禅"的精辟性理解中积淀出的一种人文主义的智慧之光，它超越了实证的逻辑知识，表现出一种直观的智慧。首先，所谓的"见性成佛"即关于"佛性"的问题，当一个人克服自我的欲望、忧愁以及恐惧等时，他所克服的自我通过"转移"与"升华"，在小我转变为大我，在对宇宙万物的同情中衍生出一种大慈大悲的菩萨行。对于林语堂来说，禅宗的人文主义世界是超出逻辑之上的，禅更多的是一种直觉经验，禅所做的入定与训练都是在日常生活中进行，这种简单而实用的直接方法为神秘经验的到来而做了准备，因为在林语堂看来禅寄托在我们的日常生活与生命中，我们应当"视它为幸福的恩赐，而享受它的每一瞬"。❶ 通过禅来理解存在——这种由理性主义和逻辑知识所无法到达的领域，用体悟和领会的方式来发现生命的本相，以此来找寻生命的智慧与艺术。其次，林语堂对日常生活体悟的关注也让其看到了佛教文化的另一面，并将禅宗所谓的直觉转化成了解开"罪与业"的钥匙。他认为佛教由

---

❶ 林语堂：《信仰之旅》，成都：四川人民出版社，2000 年，第 174 页。

对束缚的世界性关注而引发出来的"业与罪"是最为奇特的观念，他综合了叔本华的求生意志与求繁殖的意志学说，认为这种对束缚与苦痛的悲观主义与佛教的"怜悯一切"有着极为相似的性质。在林语堂看来，佛教主张仁慈却否定现世繁华，与此相对应的教义与方法教人在这种繁华中进行苦修，通过一系列艰苦的自我训练与克制来压制具有罪恶色彩的欲望。林语堂认为现世的生活是美好的，理应像禅宗一样在对日常生活的体悟中达到顿悟与超脱，以实现和整个现世的和平相处，从而"见性成佛"。

（二）"业与罪"

林语堂在澄清佛教迷雾之后，对佛教理念的理解不只是表现在激励人生的一面，佛学毕竟是神秘主义的，它的"业与罪"的观念表现出对人的束缚的一面，从而衍生出一种苦行主义和悲观主义，但是同样面对"业"的缘起论的法则，这种轮回转世之说强调今世的行为对来世产生因果报律，"种业"的过程实则是主体在面对恐惧、苦难、欲望等发挥其自由意志的过程。林语堂将佛教中的"业与罪"与基督教的"救赎与原罪"联系在一起，在林语堂看来基督教的原罪观念是将人们遗传的、原有的倾向（即本能）当作一种罪来进行拯救抑或处罚，它实则也是对人的一种束缚与障碍。两者相比较，基督教将原罪放置在一个"拯救"的包裹里，而佛教认为诸法因缘，欲望是罪所产生的来源之一，在欲望主体的克制与苦行中以此来完成自我净化。

比起基督教的"原罪"观念，佛教基于缘起论的"业与罪"因为主体意志的主观性，更加注重慈悲与"普度众生"。这些由缘起论所引发的"业与罪"的神秘主义观念却也是教人行善与慈悲，从而达到一种悲悯的境界。林语堂认为"佛教在民间已具有类乎福音的潜势力，大慈大悲即为其福音，他的深入民间最活跃最直接的影响为轮回转世之说"，❶ 这些在他的小说中都得以体现。在他的小说文本的人物刻画中那些信奉佛教的人是作为一些背景式的配角性的存在，真正代表其文化思想的主要角色是林语堂宗教文化思想的寄托者，比如《风声鹤唳》里的老彭，《京华烟云》里的姚木兰、姚思安。他所肯定的是出世与入世的结合，融儒释道思想于一体，从而塑造出真正具有典型文化意义的人物形象。以《京华烟云》《朱

❶ 林语堂：《吾国与吾民》，西安：陕西师范大学出版社，2002年，第85页。

第一章 佛教与林语堂小说

门》《风声鹤唳》为例，无论是儒家那种"先天下之忧而忧、后天下之乐而乐"的入世、治世精神，还是道家那种"天人合一、无为而治、顺其自然"的自然主义出世观，或是既入世又出世的佛教思想：入世是为了救济众生，悲天悯人，即对宇宙一切生命的悲悯，度世间苦厄；出世则是"教一切众生，认识生命宇宙的真谛，脱离苦海，到达彼岸"，他们都是对人的精神世界的终极关怀。这样儒释道耶四种文化的共同性与差异性都体现在他所塑造的人物身上，基于此，他融合了佛教中的积极一面，使其小说在对死亡以及"业与罪"的刻画中蒙上了一层神秘主义的色彩。

二、林语堂小说中的佛教文化观照

中国现代文学作家对佛教的感悟与思考在创作中主要表现为三个方面："一是作家直接或间接地在作品中表现一些接近佛理的生存思考与人生感受；二是作家将佛教文化作为一种研究分析的对象，用一种或者多种方法对佛教文化中的某些问题进行解剖与透视；三是作家对于佛教文化景观的文学性描述"。❶佛教思想对林语堂的影响主要体现在他对佛理的生存思考与人生感受中，他以现世中所面临的种种死亡为依托，在"缘起论"和"业报论"的基础上以爱和悲悯及佛禅文化的智慧传达出对佛教文化的观照。佛教的死亡观是以"苦"为理论基石的，它以"人的最终的生死解脱为最高归宿，融宗教信仰和哲学思辨于一体，包括轮回学说、死后世界和临终关怀"。对于林语堂来说，死亡已经成为一种"情结"体现在他的作品之中，并且呈现出一定的悲剧意蕴，它成为对人的终极关怀中无法绕开的存在，林语堂汲取了佛教教义中的"诸行无常"观念，在轮回说的基础上，传达着"大慈与一切众生乐，大悲拔一切众生苦"的理念。

（一）"缘起论"与"诸行无常"

死亡向来是人类对自身的物质世界之外所探讨的一种终极主题，在凡俗人看来死亡更多的是生命的结束以及形体和精神灵魂的消逝。但是在宗教领域，死亡更多的是以超越形体本身来获得生命的解密。佛教对死亡的观照表现出"诸行无常""诸法无我"与"涅槃寂静"三命题，它从因缘

---

❶ 谭桂林：《20世纪中国文学与佛学》，合肥：安徽教育出版社，1999年，第237页。

法的角度来说明生命的无常，凡是生命的存在都因缘起而无常，并非是永恒不变的。《金刚经》偈云："一切有为法，如梦幻泡影，如露亦如电，应作如是观。"在如实地理解一切事物的微妙智慧中达到般若的超脱境界。林语堂笔下的死亡不仅体现出"诸行无常"的观念，同时也从"缘起论"的角度分析了无常中的"业与罪"，在林语堂的小说《京华烟云》《风声鹤唳》和《朱门》中，冲动、误会甚至情义都可以宣告一个生命的结束，表现出死亡的无常。而在"业"的法则中同时也表现出慈悲与怜悯的意义，在生命的无常中超越形体本身从而获得顿悟的发生。

"诸行无常"的佛教观念在林语堂的小说中表现出普遍性的一面，《京华烟云》中体仁可以在一次无关紧要的骑马比赛中被活活摔死，《风声鹤唳》中陈三妈与苹苹病死，《京华烟云》中红玉的死在冥冥之中兼具神秘主义的宿命论色彩和佛教的缘起论观念，红玉自从在什刹海看见了一个淹死的小姑娘，便一直怕水，结果最后为了一个"情"字既阴差阳错又如宿命般地投水自尽了。生老病死、爱别离、怨憎会、求不得、五取蕴，这些都不过是人生死轮回中所必须经历的一个过程，无常的生命的逝去同时也被蒙上了一层宿命论的色彩。体仁、平亚、博雅、红玉、玉梅、银屏、陈三妈等这些文本中的次要角色构成了一系列的死亡，林语堂塑造的他们大都短寿或是未婚早亡，这些人物"短寿"的背后实则是林语堂所独有的生命体验与感受，透过生命的短促与无常表现出凡俗生命的偶然与平庸，表现出一定的佛教文化意蕴。

佛教的教义不仅讲究"十二姻缘"，同时还有"四圣谛"，包括"苦谛""集谛""灭谛"和"道谛"，在林语堂对"业与罪"的阐释中，他认为"业在佛的教训中是指人所负的债：生命是一种束缚，充满着痛苦，受制于忧愁、恐惧、痛苦及死亡"。[1] 相较于生命的无常，他的小说世界中也更多地体现出"业"的法则，一方面，"种业"与"造业"成为一种法则，表现出"因果报应"；另一方面，他小说中人物的死亡因着缘起论在世俗的"束缚"中进行顿悟，摆脱"罪的重担"，以此来实现形而上意义的超脱。《京华烟云》中姚老太太在对儿子体仁的感情中，始终不同意银屏进入姚家大门，在矛盾激化之后最终导致了银屏自缢，而信奉佛教的姚老太太也自知自己"罪孽"深重，在惊恐中度过了余生。尘世中的人在造

---

❶ 林语堂：《信仰之旅》，成都：四川人民出版社，2000年，第175页。

第一章 佛教与林语堂小说

业的过程中因"有缘起，爱别离、怨憎会、求不得、贪、嗔、痴"，《朱门》中杜范林父子的死亡也体现出了"业"的法则，正如林语堂在文本中所表达的："任何家族若违反了人心的法则，就不会繁荣下去。"❶ 在杜范林父子身上所体现出来的正是佛教轮回观中的"因果报应"，如果不是因为他们只顾自身利益而断了回民们的生活来源，便可以避免意外的发生。

《风声鹤唳》中玉梅的故事更是"种业"之后的"业报"，更是将整个故事蒙上了一层"原罪"的色彩，打上了悲剧性的烙印。战争原本就容易让人的生命变得更轻贱，对于女人来说战争给予她们的不仅仅是面对亲人死亡、家园被毁，更多地也有对自身贞节的保护，玉梅新婚不久的丈夫为了保护她而死在了敌人的刺刀之下，但是玉梅惨遭日本兵强暴，她怀着一丝侥幸，希望肚子里留存的是丈夫的血脉，十月怀胎之后让玉梅最终崩溃并选择自杀的原因是难民们的怜悯与鄙夷，他们都说玉梅的孩子是日本人，"玉梅注意他脸上的每一部分——眼睛、耳朵、嘴巴——看看是不是有点像她丈夫。但是第二周比她初看时更不像了，小孩似乎更丑更黑，还露出斜视眼来。她丈夫没有斜视眼，她公公也没有。那个日本兵是不是斜眼呢？她记不起来了，也许她养的是日本婴儿哩，最后她终于相信那个日本人有斜视眼"❷。这其实是人心作祟，人性与母性，"业"与"罪"，人生而具有的天然母性并没有战胜由"业"所带来的不安、恐惧甚至耻辱。婴儿的死正是因果轮回中所谓的"报应"，也可以说是一种"罪的重担"，父亲的罪恶最终由无辜的孩子来承担。林语堂在这个故事中除了对"业"的法则的一种观念性的实施，同时也以人道主义的眼光探讨了关于人的天性与民族性两者之间由种族的不同所产生的分歧与矛盾。

无论是佛教中的"生本无常"抑或是"业"的法则，林语堂写死亡并非只是单纯地进行一种概念化的演绎，以此来宣传佛教中的神秘色彩，而是通过宗教的宿命论与缘起论来发挥它积极行善的一面，在对"罪"与"业"的阐释中，他将佛教的死亡观进行整合，从而来倡导其对社会的善的一面。如在《朱门》中帮助遏云摆脱恶势力追捕的尼姑庵，以及牛素云的哥哥怀瑜风流成性，始乱终弃，亵渎了一个尼姑并且企图诱拐另一个尼姑，因为奸淫妇女而后抛弃富家女儿，最后钱家父亲为了给女儿复仇，让

❶ 林语堂：《朱门》，《林语堂名著全集》第 5 卷，长春：东北师范大学出版社，1994 年，第 237 页。

❷ 林语堂：《风声鹤唳》，北京：群言出版社，2010 年，第 243 页。

一个美貌的妓女化装成尼姑勾引牛素云的哥哥，最后终于让他得到了应有的惩罚。在这些故事情节的处理中，林语堂通过这些次要人物"因果报应"的故事将佛家的形象寓意化，它成为善良、正义的代表，同时给予不幸的人以避风港。还有《风声鹤唳》里梅玲被公公所厌弃，也是老太太好心肠想了适当的法子送她走了，"是的，她是个佛教徒，她对丈夫说：'善有善报，恶有恶报，最好少做孽——神明是有眼的'"。虽然在这些小人物的身上都充满迷信的色彩，但是我们也可以看出林语堂对佛教所持有的善意是持肯定态度的。

（二）"普度众生"与"一念成佛"

如果说"生本无常"中的死亡成为林语堂看待生老病死的一种终极关怀的达观态度，那么对从日常生活中实现顿悟，从而体悟生命的法则的禅宗思想则成为林语堂对生命的终极问题进行人文主义关怀的形式，在"顿悟"与"见性成佛"的过程中以此来找寻生活的智慧与艺术。林语堂透过死亡所看到的当然不只是"业"的法则，正如他所说的："禅所成就的是得到一种在感觉的心以外的'无限制'的心境，而人愈用被文字限定的言语，会愈迷惑"。❶林语堂通过禅宗的这种人文主义关怀所用的理念，通过爱与慈悲，透过对死亡的思考来实现禅宗直觉"顿悟"的成功，在有限的生命中、在现世中实现生命的自由与超脱。

林语堂认为禅宗其实更多地融中国道教文化于一体，它的思维方法明显受到了老庄哲学的影响，他淡化了以往佛教所重视的僧侣制度，而是从内在的精神世界中寻找菩提的所在。这些对禅宗文化的阐释莫过于表现在《风声鹤唳》中，老彭形象的塑造寄托了林语堂对佛禅文化理解的精魂之所在，他是爱与慈悲的代表，禅宗所拥有的慈悲不仅是对爱的体现，同时也与智慧相关。一方面，老彭身上那种无我、平等的爱使他的身上充满了一种豁达、乐观、随和的气质，正如林语堂所说："忠实的佛教徒却比常人来得仁爱、和平、忍耐，来得慈悲。"从某种程度上来说，老彭这个人物形象是融庄禅文化于一体，他摒弃了老庄文化中所谓的无为而治，而是站在人道主义的立场表现出一种积极的救世情怀。所以他不仅表现出对战争的极端憎恶，以人道主义的立场积极投身于佛教红十字会"普度众生"

---

❶ 林语堂：《信仰之旅》，成都：四川人民出版社，2000年，第169页。

的工作中，即使因为战争的影响让他表现出对过去平静生活的无比留恋，但他也愿意凭借自身的一己之力去感化"普度众生"，表现出一种朴素的反战倾向和救世情怀。另一方面，在老彭这个人物身上林语堂将佛禅文化进行了阐释，用平等无我的爱实现了佛性与人性的融汇。在梅玲、博雅、老彭三者的受难、救赎与被救赎中表现出了宗教的爱与智慧，实现了个人人格和精神的超越与升华。

在对神性与人性的冲突或者是融合中林语堂也有自己的一番见解，神性在佛家里面其实也可以理解为佛性，作为一个典型的人文主义者，林语堂对神性与人性之间的冲突的思考显然就是顺其自然的事情了，他认为佛性正是在"业与罪"的体悟中才能得到升华。《风声鹤唳》中老彭是禅宗的虔诚门徒，生活上不注重物质享受，表现出清心寡欲的一面，但是在对丹妮的救赎过程中他逐渐开始认清欲望的压制并非见性成佛的必要途径之一，相反，基于现世的爱与慈悲所融汇而成的人性才是真正的佛性。

《风声鹤唳》中基于现世的爱与慈悲首先表现在老彭对梅玲的极度包容上，梅玲正是因为老彭的"慈悲"之心以及救赎从而得到对生命意义的"顿悟"，对于梅玲所遭遇的一切（做过姘妇，与好几个男人同居），老彭始终是以一种平等的爱来理解她、包容她。他认为在爱情的眼光里每个人都是纯洁的，"放下屠刀，立地成佛"，正如"佛家说普度众生，每一个人都有慧心，躺在那儿被欲念蒙蔽，却没有消失。那是智慧的种子，像泥中白莲，出污泥而不染"。❶ 正是老彭这种平等与无我的爱的引导，以及他对女性不同于其他人的态度让丹妮（梅玲）在抗战的洪流中萌发出一种自主意识从而走上了重生的道路。这种重生也包含着在死亡面前对人生的顿悟。《风声鹤唳》中梅玲透过老彭所看到的是另一种人类裸体的景象，在外国裸妇身上她所看到的是一种"欲望"，正如人类所表现出来的兽性；而在那些战乱中饿死的难民——男人、妇人、小孩身上，透过那些衰老的身子与辛劳的臂腿，从一些僵硬的身体与流血的四肢上，她看到的是人体所展现出来的高贵的一面，这种经由战争所表现出来的生命的悲哀让她重新爱上了人体，进而了解了苦难的岁月中生命气息的价值。在这些"生老病死"的法则之中，丹妮在我们人类所必须融入的"生死圈"中参透"这个美丽、永恒的地球有着那么多的痛苦和悲哀，人类和永恒大地比起来实

---

❶ 林语堂：《风声鹤唳》，北京：群言出版社，2010年，第87页。

在是太渺小了"，❶ 当我们脱离了这些情欲、空间以及一切精神性的束缚来看待这个世界的人生，透过生命的仓促与无常来融入这个生死圈中，那么我们对这尘世生活产生的乐趣以及幸福感就会大大提升了。

三、人文主义的光芒

自"五四"新文学的中国现代文学史以来，从对文化的广泛研究来看，林语堂可以算得上中西文化之桥，他的文学之路似乎与他的宗教信仰之路息息相关，但是正是因为他立足于向西方介绍中国的传统文化，对儒释道文化的涉及就成了必然，对于从小接受西方文化教育的林语堂来说，这种必然又很容易让其陷入概念化的泥潭之中。事实证明，无论是儒家、道家还是佛教抑或是基督教，我们都不得不承认正是这些思想文化的积淀使他在作品中呈现出特有的艺术情趣和艺术思维方式。对于"脚踏中西文化"的林语堂来说，拥有文化更像是拥有一座桥梁，他一方面借佛禅文化来理解西方思想中的自由、平等、博爱，另一方面又借西方思想来融汇佛禅文化中人道主义的一面，由异教徒到基督徒，林语堂的一生都可以说是在不断的文化选择中成为"一团矛盾"，但是这些看似矛盾的多面性却又使林语堂的思想达到了一种和谐的状态。

林语堂在中国化的佛教即禅宗的精义中体悟到的是一种直指人心的深邃性，他对佛教的"智信"态度让其在这种"禅"的深邃性中拨开佛教的迷雾，在人的性灵问题上表现出人文主义的光芒。在实现文化融合的过程中传达出一种达观而又和谐的人生态度。但是在林语堂的佛教思想中，他更加注重的是对佛教与道教的融合，他摒弃了佛教中讲究来世的轮回思想以及道教中的清静无为，而是融合儒家的积极入世情怀，形成了其特有的宗教观。正如他所想的："伟大的中国诗人，像白居易及苏东坡，过的是儒家的生活，却写渗透了道家见解的佛教诗……我们不能说一个基督徒不能同时是儒生。"❷ 他从文化融合的角度使其对佛教文化的传达与阐释表现出更为独特性的一面，表现出一种文化上的"乌托邦色彩"。这种人生态度并不是一般的具有鲜明的时代特色或者鲜明的宗教特色的文学作品所能

---

❶ 林语堂：《风声鹤唳》，北京：群言出版社，2010 年，第 244 页。
❷ 林语堂：《信仰之旅》，成都：四川人民出版社，2000 年，第 71 页。

类比的，林语堂正是处于这中间地带，这大概也是他所谓的文化融合的魅力之所在，融儒释道耶四种文化。无论是佛家文化还是道家文化抑或是基督教文化，都有相通之处，可以说林语堂对每一种文化的态度都是矛盾的，这种矛盾又在另一个层面上形成了一种和谐的状态，那是人的和谐，文化的和谐。

第二章 儒家与林语堂小说[1]

与"五四"激进的反传统潮流不同，林语堂以辩证理性的态度以及非二元对立的价值取向对儒家传统做出评判。反映在小说里，具体表现为林语堂对儒家处世方式与人伦传统的继承以及对儒家一些传统的反叛。实际上，作为自由主义者的林语堂与儒家传统始终处于一种富于张力的关系之中，他在继承与发展之间找到平衡点，也因此释放了"五四"时期被压抑的"多重现代性"。

"五四"新文化运动的出现，拉开了民族集体反思的序幕。随着西方民主与科学观念的传播与普及，处于思想启蒙历史环境下的文化先驱们，对传统文化展开了尖锐的批判，以此来达到他们进行伦理革命与政治革命的目标。反传统，主要是反儒家文化。由此带来的后果是国人与民族文化长期势不两立的极端心理，以及对儒家传统理性审视的缺位。同时，主流的这种非此即彼的二元论调以及相应的文化选择，也成了"被压抑的现代性"的重要原因之一，[2] 保守主义与自由主义知识分子对传统文化的价值选择得不到尊重，反映在文学上便是晚清小说和沈从文、张爱玲等自由主义作家作品的现代性意义被遮蔽。

在这种背景下，反观林语堂，我们会看到这样一些有趣的文化现象：作为一个典型的自由主义知识分子，他脚踏中西文化，饱受"欧风美雨"的浸染，却不像"五四"激进派那样对传统"一反到底"，"尽管在不同的场合，林语堂给予儒家以这样那样的批评，但其中心地位、普适性和非凡的魅力一直没有被否认"，[3] 一本《孔子的智慧》甚至使他成为近代向西方世界系统介绍儒家经典的第一人。这不禁让我们追问，林语堂对儒家的

---

❶ 本章由肖百容等以《论儒家与林语堂小说》为题发表于《湖南大学学报》（哲社版），2017 年第 6 期。此处略作修改。

❷ ［美］王德威：《被压抑的现代性——晚清小说新论》，宋伟杰译，北京：北京大学出版社，2005 年，第 10 页。

❸ 王兆胜：《林语堂与中国文化》，北京：社会科学文献出版社，2007 年，第 13 页。

价值判断为什么会有异于主流话语？他对儒家传统的态度是怎样的？儒家传统在林语堂与中华文化之间究竟起了怎样的作用？同时，我们还可以发现，林语堂是具有多重宗教信仰的人，在他的信仰系统中，耶教是基础，道家是核心，而禅宗和儒家是补充，那么儒家传统是如何影响林语堂的人格并被归入其宗教信仰系统而作为补充的？想要解答上述困惑，我们可以从林语堂的小说入手。小说向来是作家思想外化的集中体现，是情感输出的具体途径，本书试通过文本细读，来对儒家传统与林语堂的关系做一考察。

一、对儒家处世传统的延续：
入世精神的继承与仁爱母题的凸显

儒家学说之所以能绵延不绝，融入中华民族的文化血脉中，就在于它从本质上看是一种立身处世的哲学，是求"道"之学。所谓"道"，《易经·系辞》曰："形而上者谓之道，形而下者谓之器。"就是指超越有形的表象世界而进入无形的本质世界，天有天道（自然规律），人亦有人道（伦理法则）。同样是从形而上的高度探寻"道"，儒家的求"道"之路却没有道家的玄奥抽象，而是与时代的需求紧密结合在一起，以达到经世致用的目的。《孟子·滕文公章句上篇》所载："《诗》云'周虽旧邦，其命维新'，文王之谓也。子力行之，亦以新子之国。"孟子以周朝为例劝勉文王积极改革维新，有所作为，充分表明了儒家重现世、重担当的入世精神。而"人能弘道，非道弘人"（论语·卫灵公第十五）则进一步强调个体出世的意志品质。儒家的这种处世方式滋养着民族的灵魂，逐渐内化为一种精神气质，因而无论世事如何变迁，中华民族身上总保留了积极入世的良好传统。特别是在礼乐崩坏和王纲解钮的时代，总有无数具有出世情怀的仁人志士，或通过变法改制挽救国家危亡，或借助"天命"形式发起革命，打破旧的国家机器，这些革命传统彰显出儒家对家国命运的关切与民族道义的担当。"革命论是儒家思想的传统论说，出于三代，显于汉代，汉代之后不彰，直到晚清才又成为显论。"❶ 到了近代，当鸦片战争的坚船利炮轰开了天朝的国门时，这种传统更为迫切："革命论说在近代中国思

---

❶ 刘小枫：《儒家革命精神源流考》，上海：上海三联书店，2000年，第17页。

想界聒噪而盛，儒家传统的革命论说大彰，乃中国思想的现代性事件。"❶

　　遗憾的是，这一"现代性事件"走到激进的"五四"时期，便似乎胎死腹中了。处于民族存亡之际的"五四"文化先驱，在面对儒家传统时，只注意到儒家"中庸""保守"的一面，对这种积极入世的"革命传统"与"家国情怀"视而不见。他们一方面高喊着"战斗精神"❷"兽性主义"❸，另一方面却又批判儒家的"国家主义"❹"利他主义"❺，唱起"小己主义"❻"利己主义"❼的反调，殊不知儒家的处世传统与"五四"时期"救亡"的主题恰好是契合的。结果，激进主义知识分子似乎陷入了一种矛盾之中，想要彻底洗清儒家传统的遗留，儒家却好似"游魂"，始终挥之不去萦绕心头。"儒家传统在历史现实和国人主体中的影响力，是"五四"文化先驱们必须接受的事实。"❽

　　毫无疑问，林语堂是接受了这一"事实"的，他不仅没有批判儒家的入世精神，反而积极延续这一传统。林语堂批驳那些激进分子与盲目派，认为他们的"狂狷"并非孔子的真意，而是用以取媚于世的手段，往往流于口号的叫嚣，这恰好是缺乏理性与实干精神的表现："孔子所思之狂士，即不忘其初，有进取之心，有志而不掩其行者。"❾因此，他充分肯定了儒家入世精神，用使命意识与家国情怀诠释这一传统。一方面，小说塑造的几个典型人物形象都有承担时代使命、积极出世的人生态度。《朱门》里，李飞以笔为枪，大胆暴露执政当局的腐朽行径："当一个文盲军阀在咱们头上作威作福，想杀谁就杀谁的时候，谈论文明未免太腐弱了。也许临到我站出来说内心话的时候，我又宁可得罪每一个人。"❿个体以极强的能动

❶　刘小枫：《儒家革命精神源流考》，上海：上海三联书店，2000年，第20页。

❷　刘叔雅：《欧洲战争与青年之觉悟》，《新青年》第二卷第二号，1916年10月1日。

❸　陈独秀：《今日之教育方针》，《青年杂志》第一卷第二号，1915年10月15日。

❹　高一涵：《国家非人生之归宿论》，《新青年》第一卷第四号，1915年12月15日。

❺　易白沙：《我》，《新青年》第一卷第五号，1916年正月号。

❻　高一涵：《共和国家与青年之自觉》，《新青年》第一卷第二号，1916年10月15日。

❼　李亦氏：《人生唯一之目的》，《新青年》第一卷第二号，1916年10月15日。

❽　王确：《使命的自觉：儒家传统与中国现代文学的文化品格》，长春：东北师范大学出版社，2000年，第20页。

❾　林语堂：《狂论》，《林语堂名著全集》第17卷，长春：东北师范大学出版社，1994年，第222页。

❿　林语堂：《朱门》，《林语堂名著全集》第5卷，谢绮霞译，长春：东北师范大学出版社，1994年，第76页。

第二章　儒家与林语堂小说

性去践行正义，在反抗黑暗现实的道路上逐步实现人生的价值。为响应时代召唤，李飞毅然放下一时的儿女情长，主动深入战火纷扰的新疆腹地，去追访、报道宗教冲突，对少数民族的解放斗争表示了同情与理解。越是风云变幻的时代，越能反映人的处世态度，也越能考验人心。在《京华烟云》里，面对国难当头，同样是女性形象，牛素云选择纸醉金迷，莺莺选择卖国求荣，而黛云却选择以兼济天下的精神积极展开斗争，寻求民族自由之路。在林语堂的小说中，即使是道家化身的姚思安或者佛家代表的老彭，也能关心国家的前途，感世忧时。另一方面，林语堂把每一部小说都放在大的时代背景之下，以更大的格局架构小说，着力表达出个体对国家前途和民族命运的关怀，进一步深化了文本的内蕴。著名的"林语堂三部曲"，不仅仅是家族叙事，而更像民族史诗，时间跨度从晚清"回变"到抗日战争，每一次时代的巨变都牵动人心，在爱情纠葛与家族纷扰的背后，暗藏的是国家民族风雨飘摇的命运。"面对苦难，儒家并不主张消极的退避，而是希望通过个人自强、刚健的作为以济时艰，以在有限的人生中实现自身的价值。"❶ 因此，我们也就不难理解阿满"舍生取义"的勇气与魄力以及阿通和肖夫"舍小家为大家"的牺牲精神。在文本中，年轻一代是新中国的希望和时代的"弄潮儿"，他们具有民主平等的现代政治意识，从不随波逐流，表现出深厚的家国情怀。林语堂以宏大的视野统摄复杂的情节，聚焦主要人物的形象刻画，将人物命运与家国命运紧密联系在一起来探索国家的出路，体现出一个作家的艺术担当与匠心。

此外，儒家在处世传统上的"仁爱"精神也得到了林语堂的关注。儒家提倡世人要"内圣外王"，不仅在外部的事功上要积极作为，对内部的自我修炼也是必不可少的，而自我修炼的基础便是"仁爱"的精神。孟子曰："仁，人之安宅也；义，人之正路也。"（《孟子·离娄上》）"仁""义"不仅反映慈悲善良的道德情怀，也是一种宽厚平和的处事风格。因此自古以来，以"仁爱"的标准立身处世，一直是知识分子的追求，也是文人墨客青睐的表现主题，成为中国文学史上独具特色的母题。然而，到了近现代，在提倡"战斗精神""尚武精神"的时代背景之下，这一母题的写作不再受到现代作家的重视。以冰心为例，她于 1921 年发表的小说《超人》，从母爱延伸到人间大爱，尝试为时代开出"爱的哲学"的药方，

❶ 张均：《中国现代文学与儒家传统（1917—1976）》，长沙：岳麓书社，2007 年，第 125 页。

就受到了不少作家的诟病："母爱，断不足令世界充实和有意识。"❶ 林语堂的小说却反复凸显"仁爱"的母题，不仅丰富了文学的表达方式，在价值上也赋予了新的时代意义。"以人性（人道）之尊严为号召……由是我乃觉得，如果我们之爱人是要依赖与在天上的一位第三者发生关系，我们的爱并不是真爱；真爱人的要看见人的面孔便真心爱他。"❷ 他将"仁爱"从宗教中抽离出来，作了超越性的理解，与世俗生活相交融。他认为，做人要破除伪善，"爱人"不要依赖形式而要发自内心。在小说《风声鹤唳》中，梅玲对难民倾注了无私的关爱，特别是苹苹死后，她决定收容更多的孤儿。《京华烟云》中木兰收留和抚育战乱中的婴孩，既出自个人的善良又源于对国家的希望："木兰觉得有一种奇妙的快乐，觉得来哺育这个婴儿，她不是为自己，而是为了中国的将来，是绵延中华民族的生命。"❸ 给人以无限的安慰。在处理邻里关系上，林语堂也是以"仁爱"为本。子曰："里，仁为美。择不处仁，焉得知？"（《论语·里仁篇》）《朱门》里的儒士杜忠，坚守祖训与先人作风，提倡讲信修睦，对邻里回民以诚相待，尊重他们的生活方式。在面对经济利益与民族关系的冲突之时，杜忠秉持着与邻为善的传统理念，反对修筑影响回民生存的水闸，始终以群体利益及其民族关系的和谐为重。

由此可见，林语堂对儒家的处世传统是正面肯定的，并用以指导自己的小说创作。这种积极继承的姿态并非偶然，恰恰在于林语堂从小就浸润在儒家文化里，对儒家传统表现出极大的兴趣。"虽然父亲是牧师，却绝不表示他不是一个儒家。"❹ 林语堂出生在基督教家庭，可他的父亲林至诚却对儒家文化采取较为开放包容的态度，为其取的小名"和乐"便带有儒家"致中和"的色彩。林父十分欣赏中国的文化，曾把朱熹的一副对联装裱并挂在新教堂的墙壁上，饭后还会和孩子们讲解儒家经典《诗经》。林语堂曾坦言道："我因为幼承父亲的庭训，对儒家经典根底很好，而我曾把他铭记于心，每一个有学问的中国人，都被期望铭记孔子在《论语》中

❶ 凌宇等：《中国现代文学史》，长沙：湖南师范大学出版社，1999年，第127页。

❷ 林语堂：《林语堂自传》，《林语堂名著全集》第10卷，工爻译，长春：东北师范大学出版社，1994年，第25页。

❸ 林语堂：《京华烟云》（下），《林语堂名著全集》第2卷，张振玉译，长春：东北师范大学出版社，1994年，第500页。

❹ 林语堂：《从异教徒到基督徒》，《林语堂名著全集》第10卷，谢绮霞译，长春：东北师范大学出版社，1994年，第47页。

所说的话，它是有学问的人会话的重要内容。"❶。同时，林语堂生活在乐观和睦的家庭氛围里，还学会了以乐观的态度面对苦难与敌人，二姐对他更是百般疼爱，叮嘱他："要做个好人，做个有用的人，做个有名气的人。"❷ 这些都让他体会到"仁爱"与"入世"的意义所在，为他将来接受和亲近儒家传统做好了充足的心理准备与情感认同。成人后的林语堂极其欣赏文化名人苏轼，钦佩保守主义代表辜鸿铭，这种理解儒家传统的态度和回归儒家传统的精神，也就成为林语堂能从容地"脚踏中西文化"的重要原因。

二、对儒家人伦传统的观照：
父子关系的缓和与家庭秩序的复归

儒家除了对个人处世修身有着良好的传统外，对人与人之间的伦理关系及其道德规范也极为重视。儒家根据尊卑、长幼、远近等人际次序，形成了以"五伦"为核心的人伦传统，至汉以后发展为"三纲五常"的封建纲纪。在"五伦"中，儒家又特别强调以血缘为基础的家庭秩序。子曰："所谓治国必先齐其家者，其家不可教而能教人者，无之。"（《大学·传篇》）因此，君子先要能规范家庭，方能教育国民，治理国家。对于如何"齐家"，儒家提出了"孝"与"弟"的要求。子曰："教民亲爱，莫善于孝。教民礼顺，莫善于弟。"（《孝经·广要道》）儒家强调"仁道"必自"孝"与"弟"入门，既要善事父母又要善待兄长。"五四"时期，这种家族观念受到知识分子们的大力批判。吴虞认为儒家的"孝弟"观念将家族制度与专制政治联结起来，然后"使宗法社会牵制军国社会，不克完全发达，其流毒诚不减于洪水猛兽矣"。❸ 然而，不可否认的是，儒家的人伦传统在中国生根发芽绵延千年，以家庭为社会基本组织形式不仅维系了和谐融洽的人际关系，形塑了中华民族的精神品格，也关系着国家的盛衰兴废，其作用是显而易见的。林语堂充分认识到了家庭的重要意义，并对儒

---

❶ 林语堂：《从异教徒到基督徒》，《林语堂名著全集》第 10 卷，谢绮霞译，长春：东北师范大学出版社，1994 年，第 62 页。

❷ 林语堂：《八十自叙》，《林语堂名著全集》第 10 卷，张振玉译，长春：东北师范大学出版社，1994 年，第 261 页。

❸ 吴虞：《家庭制度为专制主义之根据论》，《新青年》第二卷第六号，1917 年 2 月 1 日。

家的家族制度给予肯定："孔子社会秩序的梦想不涉及经济，但是掌握了人类的心理，特别是男女之爱及父母与子女之爱。"❶ 在小说中，他对儒家人伦传统的观照与继承，主要有以下两个方面的体现。

第一，父子关系的缓和。中国传统家庭成员的关系以父子关系为核心，父亲与孩子之间应该是"父慈子孝""各亲其亲、各子其子"（《礼记·礼运》）的和谐关系。然而，在后世的不断发展中，父亲的绝对权威被确立，这种关系也逐渐演变成"父要子亡，子不得不亡"的不平等关系。为了表现对传统父权制的反抗，现代文学多呈现出紧张对立的父子关系，"父亲"的形象大多是独断专行的化身，或者是自私封建的代表，前者比如《家》里的高老太爷、《雷雨》里的周朴园，后者如《骆驼祥子》里的刘四爷、《憩园》里的杨梦痴。与这种"专制型"父亲形象有所不同，林语堂的小说着力塑造的是"理想型"父亲形象。此外，现代文学中多数"父亲"形象要么被隐匿于幕后，要么干脆从文本中剔除。如鲁迅的《狂人日记》里，"父亲"就被"吃人"的叔叔所取代，老舍的《月牙儿》和张爱玲的《金锁记》《倾城之恋》等作品更是难寻父亲的踪影，而林语堂建构的父亲形象大多是主体在场的。同时，为加深文本的戏剧性效果，生动表现父爱缺位和父子冲突，"娜拉式出走"成了中国现代作家所青睐的母题。无论是《终身大事》里的田亚梅因不满父母的封建迷信而离家，还是《伤逝》里子君为找寻婚姻自由而出走，抑或是《财主底儿女们》里蒋纯祖为追求个性的解放而逃离大家庭，父辈与子代之间总是存在着过于尖锐的矛盾，他们承受着家族的负累，子辈最后只能"一走了之"。而林语堂的小说极力避免这种"出走"的母题，他极力消解父子冲突，缓和父子关系，试图还原儒家人伦精神的本义，恢复"父慈子孝"的传统。在他的家族叙事代表作《京华烟云》里，曾文璞、姚思安都以自己独特的人格魅力与端正的品行影响着自己的儿女们。曾文璞作为儒家的代表以严慈相济的方式教育孩子，努力维持大家庭的和睦氛围。姚思安作为道家的代表则体现出自然与率真，其洒脱的胸怀与不凡的气度深深感染着后辈。《朱门》里，儒士杜忠身上仁爱宽厚的性格也极大影响了女儿柔安，他时时牵挂着自己的女儿，并且尊重女儿对自己婚姻的选择。《赖柏英》里，新洛也继

---

❶ 林语堂：《从异教徒到基督徒》，《林语堂名著全集》第 10 卷，谢绮霞译，长春：东北师范大学出版社，1994 年，第 107 页。

承了父亲刚毅而自尊的精神。即使是面对父子矛盾，林语堂的笔调也是温和的，他努力化解冲突，实现了父子和解。在《京华烟云》里，体仁最初由于母亲的娇宠溺爱而桀骜不驯、任性顽劣，在经受父亲教训后心怀不满，当心爱的银屏被母亲逼死后，他又对母亲横加指责，甚至想要与父亲一刀两断，但经过了人生的风雨后体仁逐渐变得成熟，最终理解了自己的父亲，冲突归于平静。在小说中，子辈对父辈也是以"孝敬"相待。《朱门》里，柔安时常担忧客居异地的父亲，见到久别的父亲后喜极而泣，极力劝阻父亲回家以便能和爱人一起好好侍奉父亲，为父亲着想，在丧父之后更是悲痛欲绝。如儒家所言："孝莫大于严父"，林语堂在此生动诠释了孝顺与敬重父亲的精神愿景。《京华烟云》里，木兰经历了丧女之痛后，想要离开北京过平安日子，但她和苏亚都不愿把母亲放下不管，子女对父母的敬爱之情淋漓尽致地表现出来。子云："睦于父母之党，可谓孝矣。"（《礼记·坊记》）林语堂更多着墨于父辈与子辈们凝聚在一起共度时艰。在经受生离死别的创伤和磨砺后，代际间的关系更为和谐融洽，亲情成了生命永恒的动力，也彰显出了儒家"父慈子孝"的意义所在。

第二，家庭秩序的复归。在时代使命的召唤下，"五四"作家们极力声讨封建礼教的罪恶，批判与解构家族制度，因而家庭秩序得到全面破坏：父子争斗、兄弟反目、婆媳相残、妻妾相倾……在《财主底儿女们》中，由于儿女和儿媳金素痕之间的财产纠葛，大家长蒋捷三被活活气死；在《寒夜》里，婆媳间的矛盾逐步升级，无法调和，懦弱的男主人公汪文宣在绝望中病死；"激流三部曲"更是展现了大家族的风流云散，家真正成为"枷"，子辈在父辈的压迫下出走的出走，自杀的自杀。这些小说的结局也往往都是家族分崩离析、家庭四分五裂、家人各奔东西，以此来达到文学的悲剧化审美效果，缺乏一种和谐欢喜的美感，因为"对于儒家中庸主义的节制的描写及其'团圆之趣'，五四人是彻底否定其价值的"。❶反观林语堂，与"五四"作家们有所不同的是，他并未对"家庭"作彻底否定，而是通过营构和谐的人物关系来规范家庭秩序，从而挖掘出家庭温馨的一面，使家族复归到井井有条的和谐秩序中。"人物关系是支撑传统家族文化的核心，也是传统家族文化得以演绎的舞台。"❷ 在《京华烟云》

---

❶ 张均：《中国现代文学与儒家传统（1917—1976）》，长沙：岳麓书社，2007 年，第 133 页。

❷ 罗成琰：《百年文学与传统文化》，长沙：湖南教育出版社，2002 年，第 49 页。

里，除父子关系外，夫妻关系、妻妾关系、婆媳关系和妯娌关系都是作者处理得比较好的关系，体现了作家的精心巧思。姚木兰与丈夫苏亚婚后相敬如宾，虽然她对立夫仍然存有好感，却能深藏这份感情而忠于自己的家庭，表现出她对家庭秩序的遵守。她的妹妹莫愁更是成熟稳重，讲礼重道识大体，以包容的心态理性处理姐姐与丈夫的感情。当木兰发现丈夫苏亚喜欢上女学生曹丽华时，她并没有大吵大闹，而是对苏亚和曹丽华晓之以"礼"，机智巧妙地化解了自己的情感危机，也避免了一场家庭的冲突。在妯娌间，曼妮和木兰也是相亲相爱，从不为家族管理权而争风吃醋。从妻妾关系上看，正房曾太太和小妾桂姐也能和气友善相处，平亚生病后桂姐更是对曾太太体贴备至，协助她打理好大家庭。小说充分体现出林语堂所倡导的稳定的家庭结构与井然的家族秩序。《朱门》里，杜柔安就明确表示出对和谐完整的小家庭的愿望，她十分羡慕李飞的嫂嫂端儿有一个好丈夫、几个乖孩子和慈爱的婆婆："女人最希望的就是有一个像她那样的家。"❶柔安懂得女人的本分在于维持家庭的秩序，具有强烈的家庭责任意识。《京华烟云》里，"曾家的事一切规规矩矩，因为一切都正大光明"。❷大家族按照秩序有条不紊地运行着。木兰嫁到曾家后也体会到治理家庭的重要性，井井有条地管理大家族的各项事务，读书不再是生活的重心，反而一心侍奉长辈，相夫教子，努力使自己成为一个贤妻良母，与现代女子追求自由的形象颇有不同。这些细节都反映出林语堂对良好家庭秩序的营构。现代社会学视家庭为国家社会的基本细胞，具有重要的作用，而儒家家族传统的本质也是"家国一体"，从家到国，从小群体到大群体，从"孝"到"忠"，从"孝顺父母"到"忠君爱国"，国家要想长治久安、远离祸患，就需要和谐井然的家庭秩序、团结一心的家庭成员。因此，我们也就能在林语堂的小说中看到，即使时代造成了家庭成员的生离死别，家庭也并未被解体，而是发展为更大的"家"——国家，具有了更为深刻的内涵。同时，林语堂对家族的苦难叙述是"哀而不伤"的，作品的结尾往往充满美好的希望与愿景。在《风声鹤唳》里，博雅虽逝，但梅玲坚持完成与他的婚约，生下了亡夫的孩子后与老彭在难民屋这个和谐的"大家

---

❶　林语堂：《朱门》，《林语堂名著全集》第 5 卷，谢绮霞译，长春：东北师范大学出版社，1994 年，第 199 页。

❷　林语堂：《京华烟云》（上），《林语堂名著全集》第 1 卷，张振玉译，长春：东北师范大学出版社，1994 年，第 56 页。

第二章　儒家与林语堂小说

庭"中奉献自己，内心走向更为广阔的天地；在《京华烟云》里，虽然家族成员四散，但逃难的全民族已经凝结在一起，无数的"小家庭"组成了全面抗日的"大家庭"，给予人们抵抗强敌的勇气与必胜的决心，不屈的民族气节得以展现。家庭生生不息，国家就能长治久安，文明也就能绵延不绝，林语堂全面彰显了儒家"家国同构，共生共存"的理念，证明了家族制度存在的合理性与必要性，也体现出他与中国传统文化割不断的血脉联系。

三、对儒家一些传统的反叛：
封建礼制的批判与个体人格的建构

儒学是"人学"，对"人之道"有着具体的规定。自古以来，儒家就对人性有着诸多的讨论。孔子最初的"性相近"学说，虽然没有直接对人性本源作出回答，但处理了人的"性"与"习"的关系问题，强调"后天"对人性发展的重要性，并提出了"克己复礼"的理想。孔子之后，儒家人性传统逐渐转向一元的价值判断。从孟子的"性善论"到荀子的"性恶论"，儒家对人性的解释走向了越来越狭窄的空间；董仲舒的"性三品说"，将"天性"与"人性"画上等号，直接消解了"人"的主体意志，成为王道教化的理论依据；宋明理学主张"明理见性"，将"人欲"控制在符合"天理"的范围之内，对人性与人欲的理解更为片面。与此同时，儒家对人性的传统认识也成了封建礼制的基础，形成了一整套完备的礼乐制度来约束人的行为活动，规范人的精神生活，以维持统治秩序的稳定："礼之于正国也，犹衡之于轻重也，绳墨之于曲直也，规矩之于方圆也。"（《礼记·经解》）儒家倡导安分守己的生活作风，不偏不倚的处事原则，由此也应运而生了极为严苛的修身之道。《大学·传篇》就有言："所谓修身在正其心者，身有所忿懥，则不得其正；有所恐惧，则不得其正；有所好乐，则不得其正；有所忧患，则不得其正。"《中庸·上篇》亦载："喜怒哀乐之未发，谓之中；发而皆中节，谓之和。"儒家不仅强调人要顺从外在礼仪规范，而且内心情感也要时刻保持中和节制。总的来看，儒家是以政治目的或道德目的来考察人性，人的主体性和自为性处于遮蔽的状态，基本的情感诉求无法得到尊重和满足，因而，与现代人本主义思想的实质内涵相去甚远。

因此，极具现代精神的"五四"新文化运动，就把儒家的人性传统作为主要的批判对象。陈独秀痛斥儒家人性论的陈旧腐朽，认为孔子之道与现代生活不相适应，极力揭露礼教"吃人"的真相。高一涵以古今作比，直陈儒家传统人性论的僵化保守不适应新时代的发展："古人之性，抑之至无可抑，则为缮练；今人之性，须扬之至无可扬，乃为修养。"❶ 林语堂也体现出批判的锋芒，他一针见血地指出："盖儒家本色亦求中和发皆中节而已，第因'中和'二字出了毛病，腐儒误解中和，乃专在'节'字'防'字用工，由是孔子自然的人生观，一变为阴森，迫人之礼制，再变而为矫情虚伪之道学，而人生乐趣全失矣。"❷ 这种批判封建礼教，反对儒家伪道学的思想自然成了林语堂小说着力表现的主题。在《京华烟云》里，儒家夫子明明喜欢京戏，却有碍于礼法道德而压抑自己的爱好，自视甚高，把唱戏看作"下等人的事"，可见道学家是压抑天性的，情感世界是单调苍白的。《孟子·离娄上篇》曰："男女授受不亲，礼也。"儒家规定，男女有别，即使订婚而未完婚的男女双方也不能相见。小说里，曼妮和平亚在订婚后迫于礼法而不能书信往还，相隔两地也不见面。曼妮坚持以矜持为原则，极力压抑内心真实的情感而丝毫不愿外露，甚至觉得被平亚拉一下手或者抱一下，自己就"已经不是白璧无瑕了"。当她想要看望病重的平亚时，还百般顾虑世俗看法："若是我现在把贞洁淑静摆在一边，他躺在床上，我去看他，人会说闲话。我不羞死了吗?"❸ 在这种环境下，人受到礼教极大的负累，情感是郁结不发的。林语堂始终用理性的双眼审视儒家在各个方面对人性的迫害。大官家的长子平亚在求学上用功过勤而病重致死，表现出儒家传统教育对读书人思想的禁锢与肉体的摧残；为合乎礼法，尊卑观念浓厚的姚太太使体仁与银屏不能自由结合，并把银屏逼上自杀之路；曾家在封建迷信的影响下，让曼妮成为冲喜的"牺牲品"，曼妮也始终带着"节妇"的枷锁活着。在《朱门》里，杜柔安在未婚先孕的情况下，婶婶没有表示出一丝同情反而极尽侮辱，叔叔还将其赶出家门。透过林语堂的小说，我们会看到，儒家人性传统之下的封建礼教，不仅剥夺人的自由权利，遏制人的天然欲望，而且漠视个体的精神需求，营

❶ 高一涵：《共和国家与青年之自觉》，《新青年》第一卷第二号，1916 年 10 月 15 日。

❷ 林语堂：《说浪漫》，《有不为斋随笔》，台湾：金兰文化出版社，1986 年，第 97～98 页。

❸ 林语堂：《京华烟云》（上），《林语堂名著全集》第 1 卷，张振玉译，长春：东北师范大学出版社，1994 年，第 130 页。

第二章 儒家与林语堂小说

造出极为压抑逼仄的生存空间。林语堂始终理性地审视儒家人性传统的局限性，通过揭露与批判封建礼教的弊端，对儒家人性传统进行反叛。他努力观照人的性灵，以运动发展的眼光将人性视为自由解放的产物，因此提供了新的人性认识角度，扩充了人性的丰富内涵，在民族"启蒙"的背景之下是具有重要意义的。

正是由于"儒教文化本身内孕着压制思想自由、蔑视人的基本权利的弊端，因此，尚不对它进行现代性转化，则无论是对于外来先进文化的吸收，还是本土优秀文化传统的保护，更不用说融会二者创造适应现代社会发展的生气勃勃的新文化，都将造成巨大的障碍"，❶ 因此，除了对封建礼制进行批判，林语堂还重视解构儒家传统中反人性的部分，尝试建立新的个体人格。在小说中，他首先从人的感官体验入手，肯定人的基本欲望与情感，满足人对幸福与快乐的追求。"林语堂并不否认精神的欢乐与痛苦，但是他更关注精神感受与生理的关系。"❷ 比如，林语堂并不避讳写"性"，他把人对"性"的满足和对"爱"的需求并置，让人性人情自然流露。在《朱门》里，女主角杜柔安在婚前为爱情献出了自己的身体，一时的欢愉导致了此后"未婚先孕"的艰难处境，成为小说情节发展的重要铺垫。林语堂对此的处理是真诚自然的："他们躺在枕头上，可以看见巉岩上的星星，近得伸手可及，像永恒的谜语闪闪烁烁，不是在羞他们，而是向他们微笑。"❸ 两性关系在此进入了和谐至臻的意境之中，人性的纯真与美好充分表现出来，因而也就赋予了这段"未婚先孕"以合理性。林语堂的情节设计不仅符合人物形象的性格特点，而且以一种诚实率真的笔调大胆地刻画人物对感官生理的满足以及对幸福快乐的追求，体现出作者对人的基本欲望与情感的尊重。在《赖柏英》中，韩沁丝毫不在乎礼教陈规，先和谭新洛同居，觉得被束缚后就和法国男人约会，最后和一个葡萄牙船长远走高飞，除了爱情，她还追求感官的刺激、物质的丰富与都市生活的精彩，中西两种不同的价值观念在此碰撞，作者有意将西方的享乐主义融入文本，极大深化了作品的思想内涵。《红牡丹》里的梁牡丹更是被塑造为观念时髦的"现代新女性"，她因为性的冲动、情的需要在肉体和精神上数

---

❶ 哈迎飞：《儒教与中国现代文学》，北京：商务印书馆，2013 年，第 324 页。

❷ 肖百容：《"放浪者"：林语堂的人格乌托邦》，《中国现代文学研究丛刊》，2011 年第 3 期。

❸ 林语堂：《朱门》，《林语堂名著全集》第 5 卷，谢绮霞译，长春：东北师范大学出版社，1994 年，第 199—200 页。

度出轨，不仅婚后与情人幽会，继而与堂兄同居，其间又和拳术家南涛发生关系，恋上有妇之夫安德年……牡丹的"情史"纷乱繁杂，人物关系纠缠不清，主人公有开放包容的性意识与真实多变的情感。林语堂用力开掘个体世界的丰富性，人物的内心不再封闭，而是朝向外部世界，情感表达也不再是压抑的，而是外显的，难怪有译者评价道："《红牡丹》中作者之写情写性，若与中国之旧小说与近五十年来之新文艺小说内之写情写性互相比较，皆超越前人。"❶ 林语堂小说尊重作为"人"的生理部分的天然需求，强调人对幸福与快乐的享用。这种"超越性"无疑也是林语堂"快乐哲学"的重要价值体现。

林语堂小说对个体人格的建构还表现在精神层面上。一方面，在林语堂的笔下，人是具有强大主体意志的存在，能在自足的生命体验中寻求精神的独立自由。《风声鹤唳》里的男女学生们逃脱传统，在理想的指引下建立崭新的生活，使灵魂得到解放。林语堂推崇具有能动性的人格，反映在《京华烟云》里便是黛云和陈三出生入死积极抗日的勇气与信念、阿通与肖夫对自我人生道路的选择与把握。小说背景置于民族的生存被侵害、独立自主的地位被剥夺之时，借以呈现个体由任意滑落、随遇而安的自在状态转变为积极追求、勇于探索的自为状态的过程，将一代"新人"推向历史舞台。在《红牡丹》中，"牡丹的个性是想要什么就必须得到什么"，❷ 她不落入流俗而且聪明有主见，知道自己的所爱与所求，听从自我内心的声音，这种生命状态无疑是具有活力和律动的，也体现着"人之为人"的本相。另一方面，则是林语堂对平等意识的呼唤，特别体现在阶层和性别的关注上。《朱门》的主线是贫家小子追求富家千金的爱情故事，小说女主人公杜柔安虽然身在这殷实显赫的"朱门"里，但却厌恶大家庭的专制势力，她对国家动乱和人民疾苦充满了爱与同情，主动走出"朱门"参加抗日示威游行，并对有志青年李飞芳心暗许。蓝如水也丝毫不在乎名伶崔遏云的出身，执着地陪伴在遏云的身边。《京华烟云》里，立夫相信人人平等，因而成就了妹妹环儿与工人陈三的姻缘。在真挚的爱情面前，"门当户对"的阶层观念被消解。在林语堂的小说里，男女性别上的

---

❶ 林语堂：《红牡丹·译者序》，《林语堂文集》第 3 卷，张振玉译，北京：作家出版社，1995 年，第 2 页。

❷ 林语堂：《红牡丹》，《林语堂名著全集》第 8 卷，张振玉译，长春：东北师范大学出版社，1994 年，第 23 页。

平等也成为作品的表现主题。未婚母亲杜柔安、大鼓艺人崔遏云、年轻寡妇梁牡丹等大量生动的女性形象都反映了作家对性别问题的思考。文本中的女性大胆向男权社会提出反抗，她们不再被边缘化，而是走到自己人生舞台的中心，她们也不再成为男性的附庸，而是具有自己独立自主的人格，追求与男性平等的地位。如遏云，始终坚持自己"卖艺不卖身"的原则来保持作为民间艺人的尊严，不愿嫁作商人妇也不愿用婚姻来阻断自己的职业理想，她独立乐观、带点固执，有自己的想法和追求。当社会强权侵犯到她的自由与尊严时，她毅然跳河以死来明志，不愿出卖朋友。林语堂理想的人格范式是自由平等的，他用小说突破儒家传统的束缚来塑造人物形象，凸显现代人的价值，从而完成了自己对个体人格的建构，也开辟了人性书写的新空间。

通过以上论述，我们就能回答文章开篇所提出的问题。不难看到，当"五四"知识分子们被时代洪流所裹挟忙着全面彻底地反传统时，林语堂却以非二元对立的价值取向做出了自己独立的文化选择。一方面，林语堂和儒家传统并非彻底决裂，而是将儒家处世与人伦传统作为精华加以继承，"儒家思想，在中国人生活上，仍然是一股活的力量，还会影响我们民族的立身处世之道"。❶ 儒家传统中的精华是联结林语堂与中华文化的重要纽带，成为林语堂天然的文化根性，为他的小说打上了"中国底色"，更好地实现了中西文化的交融，呈现出独特的美学风格，也有了更为丰富的意蕴。另一方面，林语堂对儒家传统又并非全盘继承，而是在渐进的批判反思过程中抛弃陈腐落后的儒家人性传统，逐步建构和探索新的个体人格和民族品格，使小说对传统文化有了理性审视的力量。实际上，作为自由主义者的林语堂与儒家传统始终处于一种富于张力的关系之中，他在继承与发展之间找到平衡点，也因此释放了"五四"时期长期被压抑的"多重现代性"，而带来了不同的文学景观。

---

❶ 林语堂：《孔子的智慧》，《林语堂名著全集》第 22 卷，张振玉译，长春：东北师范大学出版社，1994 年，第 2 页。

第三章　道家与林语堂小说再论

道家思想对林语堂小说的影响，是所有传统文化中最显著的。关于这一点的研究，可谓硕果累累。包括笔者的相关文章在内，这些成果对以《京华烟云》为中心的林语堂小说的道家文化分析涉及主题、结构、人物、写作宗旨等方方面面。但是为了周全，这里还是不能绕开道家谈传统文化与林语堂小说，只是我们需要选取一个前人较少涉及的角度。众所周知，林语堂的文学创作处处透射着对未来人的深思和对美好人格的乌托邦追求。可是他的文本却能给人以自由、洒脱、自然、柔和的审美享受，丝毫不给人沉重之感。本质原因在于他深谙道家之"道"。林语堂以道家门徒称呼自己，始终执着地探索着道家所深蕴的人生哲学和人生价值观。道家所蕴含的人生哲学博大精深，对华夏民族的影响可谓源远流长，甚至在某种程度上凝结成了一种华夏民族的生活和思维的惯性。

一、林语堂的儒道互补思想

春秋至战国时代是中国历史上的思想争鸣阶段，其间诞生了一大批思想家。在异彩纷呈的思想争鸣中，儒、道、法等多家学说都得到了迅速的成熟与发展，理论成果都异常丰硕。但是，在"九流"中，最终不断演化与留存下来的却只有儒家和道家，只有这两家对中国文化的发展发挥着举足轻重的作用。儒、道两家侧重点不同，它们都以人为中心，从社会和自然两个维度，试图总结华夏民族在历史发展过程中积累下来的智慧结晶。儒家和道家，在一定程度上而言，代表着中华民族文学的本根。因为，在数千年的发展中，这两家凝结的经验和智慧，成了解决人类生存和发展遇到的种种问题的根本方法。

从孔子开始而有儒家，它主要是一种关于人生的伦理哲学，聚焦的是如何规范人类道德的问题。在《论语》中，所论述的内容基本围绕着政治、伦理、道德的社会与人生问题。恰恰是因为儒家以社会、人生为论述中心，所以儒家对社会层面以外的超越于经验之上的人类本体问题几乎毫不涉及，关于"我是谁""我从哪里来""世间本质为何物"等形而上领域的论述几乎是空白的。儒家的立足点在于现实的、真实的世界，以此形成的智慧，浸润了数千年中国文化的绵延、演化，同时也塑造着民族的性格与为人处世的哲学。

道家开始于老子，研究的立足点在于自然与人生。封建社会很长一段时间，甚至到了近代，统治阶层与普通民众都将儒家作为正统思想，作为中华文明的代表，并且否定道家，批判道家的虚无与消极，认为道家从属于儒家，只是一种补充性的哲学。其实，这是很不正确的观念，吕思勉先生在《先秦学术概论》中把道家摆在至关重要的地位，认为道家是"九流"的纲领，诸家只是在论述社会人生中一个方面的问题，而道家则具有总括性、全面性；诸家只是停留在社会人生问题的表面，而道家则涉及根本。❶ 简言之，道家具有纲领性价值。老子是中国哲学的滥觞者，春秋战国各家学派均没有实现构建起人生本体论哲学的历史使命。"九流"学说多停留在社会或人生某一层面的问题上，并且着眼点立足于实用性、现实性，如儒家集中在人生伦理上，而法家集中在法理作用上。

与人生有关的部分同样是道家哲学试图探寻的。道家万物平等、是非平齐的理性意识与悲剧精神等都成为我们民族精神深层的部分。在《京华烟云》中，林语堂在追寻生存方式时所表现出的人生观就与道家思想息息相关。

林语堂了解与吸收道家人生哲学的过程是缓慢的。"五四"革命时期，长期在外留学的林语堂，曾尖锐地批判过道、儒两家，认为两家思想是导致国民劣根性的根本原因。他极力推行与儒、道背道而驰的主张，即"非中庸、非乐天知命、不让主义、不悲观、不怕洋气、必谈政治"❷ 的六条"精神之欧化"方针。时间推移到 20 世纪 30 年代，林语堂逐渐远离政治，一门心思研究中华传统文化。这一转变，最先表现在他对性灵、闲适的小品文的推崇上，慢慢背弃以政治为先、慷慨激昂、雷厉风行的文学派别。即使林语堂因此受尽漫骂与攻击，可是他的道家本性，让他始终坚持任性

❶ 吕思勉：《先秦学术概论》，长沙：岳麓书社，2010 年，第 27 页。
❷ 林语堂：《给玄同先生的信》，《林语堂名著全集》第 13 卷，长春：东北师范大学出版社，1994 年，第 12—13 页。

自然、听从心中所求的文化品性。❶ 在庄子哲学里，林语堂找到了符合自己人生观的地方。然而，尽管道家人生哲学与他有着很深的契合之处，但是他也不完全反对儒家思想。儒家的中庸、务实，在林语堂看来，是有可取之处的。他认为，儒、道两家是中国人灵魂的两面，❷ 儒家伦理使人明理、合群，重现实、实用，可以较好地处理、维系人际关系，保证社会秩序的平稳运行。可正是儒家过分看重对群体和现实的应用，导致科学艺术的发展受到了抑制。所以，林语堂的理念有别于常说的道家人生哲学，他学习了儒、道人生哲学里真正有用的思想，开创了道学为主、儒学为辅的人生哲学。《京华烟云》中，在姚木兰嫁进入世之家的曾家时，道家代言人姚思安是同意的，且赞许为"天作之合"。"道家女儿"因为婚姻而为儒家成员，这也是姚木兰在对道家哲学的探寻中得到的一种人生方式，而这何尝不是林语堂对自己人生方式的一种探索？

二、林语堂的道家人生哲学

"道"是万物的本原、宇宙的本体。社会人生的"道"，在特定的情况下来说，就是社会人生的行为准则。林语堂自称为"道家的门徒"，因而在作品中，以多种形式阐述了自己的道家人生观。林语堂的代表作《京华烟云》在人物形象的构造以及小说情节的安排上淋漓尽致地彰显了他自己的人生之"道"。

（一）"道"性阴柔

"道"性柔弱，可从自然无为看出端倪。老子认为处在"柔弱"状态下，才会有永久的生命力。"强大处下，柔弱处上"（《道德经》七十六章），所以，老子一贯主张用"弱"。长期以来，深受儒家和道家影响的中国国民也顺着这种方向发展成了一种喜阴柔、沉静的性格特征。牵延至文学领域，一些学者便将中国文学定义为"月亮文学"，而将西方文学定义为"太阳文学"，认为西方民族比中国民族在性格上更阳刚、热情、独立、

---

❶ 林语堂：《林语堂自传》，《林语堂名著全集》第 10 卷，长春：东北师范大学出版社，1994 年，第 33 页。

❷ 林语堂：《从异教徒到基督徒》，《林语堂名著全集》第 10 卷，长春：东北师范大学出版社，1994 年，第 123 页。

主动与好斗。❶ 林语堂总结了国民性格上的八个特征，即老成温厚、遇事忍耐、消极避世、超脱老滑、和平主义、知足常乐、幽默滑稽、因循守旧。这些特点都偏向阴柔，"总而言之，中国人的文化是静的文化，西洋人的文化是动的文化。中国人重阴，外国人重阳，中国人主静，外国人主动"，❷ 更有着对这一阴柔性格的辩证认识。

其实，阴柔的性格更多地体现在女性身上，这便是女性比男性更加温情、慈爱与忍耐。在林语堂的小说中，"母亲"形象多是温柔、充满大爱的。姚太太、曾太太、桂姐、孔太太、仆人陈妈，作者对她们或许有所批判，但一写到她们作为母亲的形象时，总是很温柔的。而当新一代女主人，如木兰、莫愁、曼妮、暗香等成为母亲之后，女性的柔情更增添几分。林语堂借助男性视角，特写过木兰成为母亲后的一系列变化：不注重打扮，游玩之心减弱，全身心照顾孩子，等等，都是道家对母爱的体认。

林语堂喜阴柔，但能辩证地看待柔刚的互补，将道家的反正互补、取中而行、无必无执等自然运行的规律转化为处世的原则。互补可以互相限制，互为补充，这正是道家所谓的中道。

（二）"道"性无为

"无为"是道家的本根，也成为人类处事的准则。"无为"与"自然"紧密相连。"自然"字面解释是自然而然，不受任何外力的附加与干扰，只遵循自身本原的状态去生长、发展。依照"道"的第一大属性，人应行"无为"之事，也就是任由自我化育、发展。值得一提的是，林语堂的道家人生之哲学，以"无为"为本的行事原则中，还糅合了儒家积极的"有为"思想。

姚思安处于小说的中心位置，是林语堂精心构建的人生之"道"的实践者。他是一个财主，物质财富丰富，却不热衷经商挣钱，对生活中的俗事也不关心。他让舅爷帮忙管理生意上的事情，家庭事务是他妻子处理，自己只热心钻研书籍、鉴赏古玩、陪伴两个女儿以及研究黄老之学。他懂得"无为"之道，但更重要之处在"无为"与"有为"之间。他的"有为"之处很多，如热心关乎国家生死存亡的大事；清政府时期，支持与同

---

❶ 张德林：《文学的阳刚美、阴柔美与艺术价值判断》，《文艺理论研究》，1990 年第 3 期。

❷ 林语堂：《论中外的国民性》，《林语堂名著全集》第 16 卷，长春：东北师范大学出版社，1994 年，第 74 页。

情光绪皇帝变法，批评义和团盲目排斥外国的愚蠢无知；在国难当头之时，姚思安慷慨解囊，捐献十万巨款匡复国民革命。在对待民族国家大事上，他有自己独立睿智的想法，却不愿涉足官场。他相信成事在人，而谋事在天，要顺应天道。❶ 用是非作为衡量标准，他一直都能衡量出"有为"与"无为"的度。姚思安生气大儿子体仁的愚蠢和纨绔，但也知晓心浮气躁对心神无益，从不固执干涉。他十分看重人物的内心修养与才学，不用世俗标准评判人物，十分看重和喜爱清贫书生孔立夫。从积极促成其与爱女莫愁的婚事便可以看出这一点。他欣赏红玉，也深知她的红颜薄命，在红玉与小儿子阿非的爱情上却不横加干涉，而是任其自然，最后顺水推舟，促成阿非与宝芬的婚事。当他觉得了却了一身负担之后，他便外出云游，到大自然中去悟"道"。姚思安是林语堂心中最完美的道家人物形象之一，是至善至美的典型。

姚木兰则是林语堂心目中最完美的"道家女儿"。如果说姚思安是林语堂构建的"理想的流浪汉"形象，热心于冷眼看世界的哲学家，那木兰则是比其父更好的道家。她完美地处理了儒家和道家"入世"与"出世"的相互关系，以道家为人生哲学，以儒家为做事准则。《京华烟云》中，最能彰显姚木兰道家精神与儒家精神结合的是她对自己终身大事的选择。木兰被曾文璞途中偶然解救，便被大家默认为是曾家的儿媳、三少爷曾荪亚的妻子。可是，命运安排却不尽如人意，木兰爱上了积极向上、意气昂扬的贫寒书生孔立夫。但木兰心中认可的是道家顺应自然的规律，因而愿意遵循命运的安排。她没有反抗之意，而是坦然顺从与曾荪亚的婚事！"荪亚爱她，她知道，在这种爱里，没有梦绕魂牵，只有正常男女以身相许，互相敬重，做将来生活上的伴侣。只是这样一种自然的情况，只要双方正常健康，其余就是顺乎自然而已。"❷ 在婚姻问题上，与木兰姐妹情深的曼妮的人生观与木兰一致。在曾平亚病逝，曼妮沉浸悲痛无法自拔时，木兰借助幻梦，指点曼妮接受命运的安排，顺乎自然。

在顺乎天道、自然而然的处事原则下，"无为而为"的例子还有很多。除了姚思安，许多人物都有"无为而为"的特征。木兰开始处理家事时，

❶ 林语堂：《京华烟云》（上），《林语堂名著全集》第1卷，长春：东北师范大学出版社，1994年，第10页。

❷ 林语堂：《京华烟云》（上），《林语堂名著全集》第1卷，长春：东北师范大学出版社，1994年，第337页。

心里很清楚很多家事在之前的处理上是存在问题的，但是却不做处理且故作不知。[1]"她不肯把家事管理得比以前桂姐管理时，显得更好。"[2]"知其白，守其黑"，懂得无为与有为的协调运用。而结果是，"总管已经开始怕木兰，甚于以前怕桂姐"。[3]木兰效法道家所谓的水的性质，在处事中不争，以"无为"来达到"利万物"的效果。另一个"道家女儿"姚莫愁，是对木兰性格上的补充，"木兰活泼如溪流，莫愁安详如池水。木兰像烈酒，莫愁似淡酒。木兰的激动和兴奋犹如秋日林间的白天，莫愁的抚慰和逐步增强恰似夏日清晨。木兰的心灵经常翱翔到天际，莫愁的心灵安详坚强如春日的大地"，[4]这是书中对两姐妹的性格所作的比较。木兰浪漫热情，莫愁务实沉稳，在莫愁身上，更多的是诸如贤惠、温柔、持家等儒家传统女性品德，但真正能使其生活幸福和美的根本在于其父影响并灌注的道家思想。莫愁与孔立夫没有爱，但他们的结合却是自然而然的过程。初遇立夫，木兰是热情地接近，与之交流；莫愁则是默默以对，以女性的娴静，小心翼翼地表达。她主动为立夫熨衣服，不仅是对立夫的关心，也可得到未来婆婆的好感；巧妙委婉地帮助立夫擦皮鞋，不使立夫尴尬。在这些小事中，不失时机地表达自己的少女心思。莫愁的性格不斗、不争、不自夸、温婉，顺其自然，根本上是符合道家人生观的。

书中次要角色中的道家思想也还是很值得一提的。桂姐是在曾文璞病重而曾太太无力照顾的情况下，因为悉心照顾曾文璞而被纳为妾，在地位上升后，依然秉持着丫鬟照顾主子的本分尽心照顾曾文璞与曾太太。相反，银屏性格刚烈、敢于自我表现，勇于争取利益，是礼教规制下异类女性的代表。银屏之错并不在于性格，她的悲剧在于无法忖度"无为"与"有为"的度，所以最终含恨自缢而死。《老子》第三十七章所主张"道常无为，而无不为。侯王若能守之，尤物将自化"所体现的思想便是通过银屏来阐述的。

---

❶ 林语堂：《京华烟云》（上），《林语堂名著全集》第1卷，长春：东北师范大学出版社，1994年，第400页。

❷ 林语堂：《京华烟云》（上），《林语堂名著全集》第1卷，长春：东北师范大学出版社，1994年，第400页。

❸ 林语堂：《京华烟云》（上），《林语堂名著全集》第1卷，长春：东北师范大学出版社，1994年，第400页。

❹ 林语堂：《京华烟云》（上），《林语堂名著全集》第1卷，长春：东北师范大学出版社，1994年，第172页。

林语堂的思想根底上同时具有一种传统的士大夫的心理，林语堂具有士大夫式的爱国使命感和建功立业的愿望，并且有着儒家兼济天下的胸怀，他的"有为"使他看到的是世间的尔虞我诈、宦海沉浮，得出的是一种对生命意识的深层体验。不过，这些却促使他选择了道家思想作为人生的指导思想。见到社会动荡时期人们所遭受的诸多折磨，林语堂渴望的是一种超越苦难，自由快乐的社会人生哲学。

三、林语堂的人生超越之"道"

"幽默大师"是林语堂的又一个称号。幽默，是林语堂的创作风格之一，同时也是林语堂对待生活的态度。20世纪20年代的中国，正是由于对"幽默文学"的提倡与支持，使得林语堂处在家国、道德的质疑声中。对于幽默闲适，林语堂有着自己独特的理解。他所秉持的幽默不是消极避世、玩世不恭，而是释缓心灵深处悲剧感受的处方。有着"一捆矛盾"的林语堂虽然写下了不少关于"快乐哲学"的文本，但他并不如此快乐与轻松。他思想的后面，隐藏着一种莫名的悲剧意识，这种意识影响着他一生，影响着他的人生哲学和人生态度。

（一）忧患与悲剧意识

忧患意识在生活中很常见，它是人们面对来自自然和社会的异己力量威胁时，所产生的恐惧与忧思。进一步说，这种恐惧与忧思有很多层面，首先在人生层面上，表现为对人的生死命运的担忧。于是乎，在《京华烟云》里处处弥漫着死亡的气息。正如上卷《道家女儿》中，死亡多来自疾病缠身：先是轻描淡写般地讲述了姚太太所生的孩子死亡、三女儿目莲年幼相继去世。曼妮的弟弟幼年死亡、父亲相继死亡。接着，作者详细写了染病的平亚的结婚冲喜事件以及暴病身亡。从整体上看，文本构造诸多冲突，最大的冲突是银屏的死亡……在众多死亡事件中，除了姚思安是顺应自然而亡之外，其他人都有着非自然因素导致的死亡：疾病、战争、意外等。在《京华烟云》这本书中，"死亡"是那么微不足道。

不难想象，20世纪初的中国是一个多灾多难的时期，民族、社会危机与矛盾相互交织，面对现实，当时的作家自然而然地具有一种强烈的忧患意识。那个时代的鲁迅，由对世间悲剧的深层探索所产生的伤心、痛苦、失望的情绪贯穿在其文本中，影响着一代又一代的中华儿女；郭沫若的《聂嫈》《屈原》《棠棣之花》等，都以悲剧作结；还有老舍对民族文化没落悲剧的感伤，郁达夫对落后祖国、落后国民的痛恨，等等。这些都是忧患意识的体现。但是，对那时人们的生命意识产生更大影响的是自我意识被唤醒。其中，林语堂是典型，他有属于自己的悲伤。他很清楚，生命的终点不容置疑的是死亡。与此同时，人生一辈子也无时不在面临被迫异化的威胁。他曾说过，"理智告诉我们，我们的生命就像风中的残烛，寿命使大家平等如一——贫富贵贱都没有差别"。❶ 此外，他也有"消极"的虚无缥缈的思想：生、死、热情都只不过是"无穷的时间中的一刹那"，❷ 而没有生命的无字碑却能成为"向人类文化历史坚强无比的挑战者"，❸ 这正是林语堂内心的一种声音，它是人生悲剧意识的缘起。

（二）自由精神

理性精神是林语堂悲剧意识与自由精神的特征。他冷眼旁观、冷静思考。道家思想一直为他所信奉，虽然，他对道家的人生技巧有一定的精通，但是林语堂所理解的"道"是那个超脱于一般的存在——带有自然属性的"道"，而不是那个有杂念、情绪和功利的"天""帝"，这样的"道"才称得上万物的本来。因为只有信奉这样的"道"，人才能真正解脱于纷繁复杂的人事纠葛。

在《京华烟云》当中，随着年龄的增长，"道"思想慢慢在木兰的心里生根发芽：小时候，她避难搬家，那时的她是抱着"物各有主"的理解。再到平亚去世后曼妮守寡时，她开始对善恶有报的观念产生怀疑。她顺应天命嫁与荪亚。与立夫一起攀登泰山，领悟"石头无情"，但却能长生不死的道理。一系列的事件，让我们同样也在感受着木兰那来自内心深处的变化。从受制于情感的起伏变化，到最后达到"至道"：不再怀有对

---

❶ 林语堂：《八十自叙》，北京：中国戏剧出版社，1990 年，第 71 页。

❷ 林语堂：《京华烟云》（下），《林语堂名著全集》第 2 卷，长春：东北师范大学出版社，1994 年，第 129 页。

❸ 林语堂：《京华烟云》（下），《林语堂名著全集》第 2 卷，长春：东北师范大学出版社，1994 年，第 129 页。

生死的恐惧与对名利得失的担忧，❶ 甚至将自己融入了宇宙万物之中，❷ 达到了"万物与我为一"的境界（《齐物论》）。此时的木兰完成了她的"道"的修行之路！

　　林语堂在小说《京华烟云》里向读者徐徐道来的正是木兰的修"道"之路，加之由浅入深的道家生命哲学。"五四"运动过后，"人"的地位迅速上升。解放、自由、平等思潮在中国历史上掀起了前所未有的高潮。"人间本位主义""为人生的文学""人化"的文学等一系列关于"人"的口号相继出现。突然出现对"人"的高度重视，短短的十几年时间内，"天人合一"观这种传承了几千年的思想便被冲破，"人"由此获得了身心的极大解放。但是，万事万物总是互相作用的，在人类对自然之"道"进行异化的同时，自然反过来也在异化着人类。人逐渐失去了对自然的敬畏之心，取而代之的是，人类开始变得自私、高傲。而恰在此时，林语堂在宣扬"五四"精神中关于"人的解放"的口号时，并没有把"人"作为孤立的个体，而是巧妙地将道、儒两家的思想相结合，既注意到了人类的社会性，又强调人作为天地万物中的一员的身份。"老子思想的中心大旨当然是'道'。老子的道是一切现象背后活动的大原理，是使各种形式的生命兴起的、抽象的大原理……道是沉默的，弥漫一切的。"❸ "道教提倡一种对那虚幻、无名，不可捉摸而却无所不在的'道'的崇敬，而这'道'就是天地主宰，他的法则神秘地和必然地管辖着宇宙。"❹ 在林语堂看来，"道"不仅控制、协调着宇宙的运行，还关乎我们生活的方方面面。所以，人类也要顺应自然，做到无为而为。然而，林语堂对道家思想的理解并未局限于此。他在顺应"道"的同时，也领会到了"道"中蕴含的无情。自天地创始以来，"道"以自然无为的方式创造万物，人的生命也以同样的方式被创造。"道"不会因为木兰的"道家女儿"身份而让她免去那颠沛流离以及失子之痛；更不会因为曼妮的纯真、柔弱、静若止水而减

　　❶　林语堂：《京华烟云》（下），《林语堂名著全集》第2卷，长春：东北师范大学出版社，1994年，第483页。
　　❷　林语堂：《京华烟云》（下），《林语堂名著全集》第2卷，长春：东北师范大学出版社，1994年，第503页。
　　❸　林语堂：《从异教徒到基督徒》，《林语堂名著全集》第10卷，长春：东北师范大学出版社，1994年，第132—133页。
　　❹　林语堂：《从人文主义回到基督信仰》，《浮生若梦》，西安：陕西师范大学出版社，2008年，第175页。

第三章　道家与林语堂小说再论

免她上吊自缢后仍被日本人凌辱的命运；更不会因为怀瑜、素云的作恶多端而免去天谴……一切都是自有天道的，天道罔顾人情！

"道"所蕴含的必然与无情，很容易让人产生悲观主义和虚无思想。受到数千年传统文化思想的感染和现实社会动乱、纷争影响，中国现代文学史上的作家，他们的个人思想里大多带有一腔热血的激情与悲观，林语堂也不例外。值得注意的是，他并没有沉浸于悲观背后的激情或虚无缥缈的情感，而是积极探索那超脱之道。《京华烟云》中，姚木兰的修"道"之路成了林语堂为自己寻求到的超脱之道。木兰虽经历了世间的种种事务，却在逃避战乱中慢慢悟出了"至道"。此时的木兰人入中年，她知道自己的生命已进入秋季。生活的意义，对于她来说，慢慢清晰起来。她看到了青春的力量正在小儿阿通身上积蓄。❶ 死亡再也不是那么可怕的东西。她对自我的征服来源于看透个体的生老病死，努力克服个体感觉，让自我消亡，以此达到自由境界。庄子曾在《齐物论》中阐明的一种"吾丧我"境界，即抛弃假我、外我而只保存内在的真我的境界。而这正是木兰所达到的。从庄子的人生哲学可以看出，人能从一个可悲的伤心劳苦的境地解脱出来，去回归本性，做一个"合乎人的本性的人"。这样的人，完成了向着自然主义、人本主义的"人"的自身复归。而在"庄周梦蝶"这则寓言中，庄子希望人们能超越自身认识的蔽障以及局限性，如"栩栩然胡蝶也"，自喻人生应与宇宙"大化"相融合，无为而为地完成人生，获得应得的自由。木兰所达到的，正是林语堂所期盼的那种自由。

林语堂算得上学识渊博了，他深谙古今中外文学的精髓。小说人物可以来自生活，也可以来自文化。他以渊博的学识构筑的人物形象往往更加立体、生动、富有历史意蕴。人生哲学几乎涵盖了他的所有创作，是他一生试图探索的问题，而道家学说渗透出来的人生哲学则是林语堂人生哲学的主要组成部分。纷繁复杂的现实社会使人无时不处在矛盾、困境当中。道家的自然无为、柔弱洒脱的人生观给予林语堂敬天、爱人、幽默、闲适的人生态度。内外交困的国势、人生必将终结的事实、无为无情的天"道"，虽让林语堂不免陷入悲观虚无之中，但道家的人生哲学在反面也给予林语堂探索与追求自由的精神。林语堂在《京华烟云》中体现出来的道

---

❶ 林语堂：《京华烟云》（下），长春：东北师范大学出版社，1994 年，第 483 页。

家人生观在他生活的那个年代，可能备受抨击，但是放在当今社会，却是可以安慰、鼓舞人心的。这种人生哲学，能使人真正地认识生命，遵从生命规律，获得一种洒脱、自由的精神力量。

第四章 基督教文化与林语堂小说

　　林语堂一生与基督教文化如影相随，以往的研究者大多专注于基督教与林语堂宗教信仰的关系及其对他精神层面的作用，很少聚焦于基督教文化对他小说创作的影响，基督精神自然而然就成为他小说中的一种隐性文化底色。林语堂在小说中不仅继承了以拯救和宽恕为核心的基督之爱的精神内核，还基于自然人性对基督教的"原罪说"加以批判，并追踪《雅歌》中对自然情爱的张扬来阐释原始基督精神对人性的尊重。

　　林语堂的基督教信仰之旅历经了接受、逃离和回归的演变轨迹，但在逃离时期即"异教徒"阶段，他也并没有放空烙印于精神思维上的基督文化，正如徐訏所言林语堂"虽然一度中途背离了基督教，但他的灵魂还是属于基督教的，所以他最后又回归到基督教的信仰"，"他一直没有违离他基督教教育所给他的道德世界"。❶ 基督教文化对林语堂的生命而言如同传统儒家文化对"五四"转型期的现代知识分子那样有着根深蒂固的影响，它作为一种精神风向标指引着作家内心思想的发展与生命价值的取向。林语堂并没有像以道、佛和儒为主导文化形态写作《京华烟云》《风声鹤唳》《朱门》那样，特意以基督文化为核心编写一部小说，但也不能因此否定基督文化对他小说创作的影响，基督教的文化气息同样充斥于他作品的字里行间。览读林语堂的小说，无论是三部曲，还是以中国地域风情为故事背景的《红牡丹》和充满着异域风韵的《奇岛》《赖柏英》和《唐人街》中的人物形象及思想意蕴都氤氲着基督文化的情调。

一、颂扬基督之爱

　　基督文化从单一的宗教文化到被赋予政治和文学等多重文化内涵，其

---

　　❶ 徐訏：《追思林语堂先生》，《林语堂评说 70 年》（子通主编），北京：中国华侨出版社，2003 年，第 155 页。

思想精神经过历代的发展不断丰富和完善，基督之爱的精神内涵也随之充实。基督文化是一种显性的"爱感文化"，宽恕、牺牲、拯救和平等等都散发出基督教向世人传播的博爱精神，也是基督教教义的核心体系。"五四"文学革命时期，中国知识分子常常以解放人性和提倡民主为目的宣扬基督教平等博爱的教义，明显具有政治和社会目的的功利色彩。而林语堂则回归人性本身，以追求"灵性的纯洁之光"为目的彰显基督教的"爱感文化"。林语堂小说的众多人物形象都散发着基督之爱的精神光环，同时这些人物的塑造也寄寓着他对理想人性建构的希冀。

耶稣身负拯救受难世人的重担降临于世间，濒临危难的世人也在耶稣基督爱的感化中获得身体与精神的拯救。林语堂小说中塑造了很多扮演人间拯救者角色的人物形象，他们像耶稣基督那样对受难的人施以援手，有时不惜以牺牲自我为代价。这些拯救者生命气质中散发的拯救精神是以基督教的人性之爱为底蕴和站在生命本体的立场去实践耶稣之爱的，与20世纪三四十年代从民族国家意识出发呼唤拯救民众于危难中的救世者不同。林语堂小说的拯救精神最鲜明地表露在具有"上帝父性"的"救世者"身上。林语堂的很多小说中都有战争的惨烈场面，《京华烟云》中的中西之战，《风声鹤唳》中的中日之战，《朱门》中的回汉之争等。惨绝人寰的战争让许多无辜的民众被迫忍受着丧亲和背井离乡之苦，为了给深陷于哀鸿遍野中的人们带来生的希望，林语堂刻画了许多基督式的"救世主"形象在受难的世间传递爱和温暖。《风声鹤唳》中的老彭就是一位耶稣般的"救世者"，虽然佛教文化是这部小说的主导文化形态，但佛教并非老彭真正的宗教信仰归宿。他既喝酒又吃肉，最后还爱上了梅玲，完全违背了佛教禁欲戒色的戒规戒律，林语堂称老彭"像基督教的贵格教派"。我们不能把老彭归属于任何一个宗教，他也不承认自己属于哪一宗派，他曾对梅玲说他所信奉的是慈悲、拯救受难世人的行事准则，这就是他的宗教信仰。老彭也确实以实际行动印证了他的所言，他把拯救遭难的人们和传播人性之爱作为此生的生命追求，战争期间动员身边的人共同建立收容所为逃难的民众提供栖身之地，给予他们物质上的帮助和精神上的鼓励。此外，救世主某种层面上还具有指引人类获得灵魂的解救迈向光明的作用，这也是他们救世的终极目标。于老彭而言，这种指引作用主要展现在对梅玲与博雅的感化上，尤其是梅玲，她就像一个遭遇不幸的基督受难者，而老彭则像她心中值得信赖的慈爱神父，她在毫无压力的情况下把自己的身世和苦恼向老彭全盘托出。老彭也指引她重新找到了生命的方向和意义，把她从依托男人过活的"奴隶"日子中解救出来。老彭这样的"救世者"身上还发散出浓厚的父性色彩，林语堂在小说中刻画了许多像老彭这样的"父亲"人物。这里的"父亲"不仅指现实层面具有血缘关系的父亲，还特指无血缘关系但扮演年轻一代人生指引者角色的精神层面上的"老者"。"父亲"引导者的形象在某种程度上蕴含了林语堂对"上帝父性"的信赖，他曾坦言对"上帝父性"有着无比深刻的眷恋之情，"我已失去对信仰的确信，但仍固执地抓住对上帝父性的信仰"。❶ "父亲"在林语堂看来是集慈爱和智慧于一身的引路人，能够在子女成长的道路上给予他们无限的关怀和适时的指点，他们是子女遭遇困惑时的精神依托。林语堂在这些"父亲"身上注入了自己所信仰的"上帝父性"的神性，凸显了"父亲"慈爱和智者的光辉。《京华烟云》中的姚思安，《风声鹤唳》中的老彭以及《朱门》中的杜忠和范文博都是作者极力赞扬的饱含"上帝父性"的智者。林语堂小说中基督式的拯救精神还体现在像基督圣母那样的女性身上，她们是"男性心灵的抚慰者"❷，她们降临于世间是为了挽救沉沦的心爱之人。如《朱门》中遏云的真性情使蓝如水摆脱了死灰般公子哥的生活；《京华烟云》中木兰冒着牺牲名誉的危险找王司令拿手令，最终把孔立夫从牢狱中拯救出来；曼妮则心甘情愿以冲喜的方式换取平亚的健康，尽管守寡一辈子也丝毫不后悔。《赖柏英》中柏英对新洛的心灵慰藉更是如此。

宽恕也是基督之爱的显著标志之一，上帝之子耶稣劝诫世人不要睚眦必报，更不要过于苛责他人的过错。宽恕他人的过失同样是基督爱人的表现，并且基督式的宽恕精神根源于生命本体自发的"爱感意向"，"是超越本己生命的自性和需要的动态心意，它超越肉体的自性要求本身，无条件地以自己的生命把神性、温柔、慈情、良善赋予世界"。❸ 相较于儒家从道德层面对君子提出"恕人责己"的要求，基督教的宽恕更多是基于生命本体无条件释放出的爱。林语堂的很多小说都体现了基督教这种以爱为宗旨的宽恕精神，如《风声鹤唳》中的梅玲之前是卑贱的风尘女子，世人对这类女子往往避而远之，而老彭并没有计较梅玲难以启齿的过往，还以父亲

❶ 林语堂：《从异教徒到基督徒》，长沙：湖南文艺出版社，2012 年，第 26 页。
❷ 林语堂：《奇岛》，北京：群言出版社，2010 年，第 297 页。
❸ 马佳：《十字架下的徘徊——基督宗教文化与中国现代文学》，上海：学林出版社，1995 年，第 23—25 页。

的姿态引领她实现了精神的蜕变。老彭对崔梅玲的过往行为施以宽恕与包容的圣洁之举明显包含了林语堂基督情结中的宽恕精神，这与《圣经》中耶稣宽恕卖淫女的罪过有一定的相似处，都蕴含着基督文化中宽恕他人的精神内涵。林语堂相当认同基督教的宽恕精神，他曾说："上帝真理之光是灵性的纯洁之光，在人的教训中没有可比拟的。当他进一步教人宽恕且在他自己的生活上示范时，我接纳他为真主及我们众人的救世主。"**❶** 此外，《京华烟云》中姚木兰对荪亚出轨的宽恕及最终与曹丽华成为好友，《赖柏英》中赖柏英对新洛背叛爱情的毫无怨言及主动带着儿子来到异域安慰陷入失去韩沁痛苦中的新洛，都是基督宽恕精神的展现。

林语堂小说中基督式的拯救与宽恕精神都是基于爱衍生而来的，并且是由生命本能的驱动自发地彰显的人间之爱。除此之外，小说中还体现了基督教平等的博爱思想，比如男女之间的平等，妻妾之间的平等和贫富之间的平等。林语堂对基督之爱的精神显然持以肯定的态度，这恰好与他的人文主义追求相契合。

二、与基督教的复杂关系

林语堂创作中肯定了基督教的"爱感文化"，表现出对基督式拯救和宽恕等博爱思想的认同。但他并非一直信仰基督，基督教违背人性自然发展的"原罪说"和呆板的教会制度曾让他主动放弃基督徒的身份并自称"异教徒"。林语堂小说中对基督教"爱感文化"的亲近和"罪感文化"的背离与他生命中的基督信仰历程密切相关。

林语堂自出生之日起便接受基督文化的熏陶，他的家庭可以说是一个基督世家，祖母和父亲都是虔诚的基督徒。父亲经常帮助教徒修建教堂和外出布道，这使他在当地居民中颇有威望，传教士也时常来林语堂家进行访问。据林语堂回忆，华西斯牧师曾把《教会消息》的基督周报介绍给他家，他从牧师和父亲愉快的交谈中感受到了传教士的善良和温暖。林语堂后来在小说中还专门塑造了一些慈爱温暖的传教士和基督信徒，如《唐人街》中的基督徒佛罗拉，她是一位散发着真善美的基督之子，非基督徒的全家人逐渐也被她身上的基督精神所感动，不但尊重她的宗教信仰，还主

❶ 林语堂：《从异教徒到基督徒》，长沙：湖南文艺出版社，2012 年，第 189 页。

动陪她去教堂共度圣诞节，迷途的"羔羊"汤姆也在基督之爱和上帝神性的感染下开始重新思考生命的意义。佛罗拉存在的调和作用使他们的家庭氛围一直其乐融融，弥漫着一股和谐与爱的气息，她充斥着基督之爱的家庭环境与林语堂童年时代的家庭很类似，林语堂和兄弟姐妹同样友好和谐地生活在浓厚的基督氛围中。1912 年，林语堂听从长辈的安排来到当时知名的教会学校圣约翰大学念书，他既定的职业规划是成为像父亲那样的牧师，即林家的第三代基督徒，但教会呆板的制度使他萌发了疏远基督教的念想。

林语堂与基督教的彻底决裂是在他离开圣约翰教会学校到北京教书时期。西方列强对中国的肆意践踏使国民从心底厌恶西方的教会，基督教徒在北京常常引发众人鄙夷的眼光。林语堂自小接受基督文化熏陶的同时是对中国传统文化的疏远，北京作为中国的文化中心弥漫着浓厚的古典文化氛围，强烈的民族意识使他深深感受到自己传统文化修养低下的羞愧。此外，他在小说中也批判了教会的异变。如《京华烟云》中对西洋传教士恶迹的抨击，这些传教士打着布道的幌子谋私利，与耶稣基督宣扬的博爱理念完全风马牛不相及。教会的禁锢与他一直追寻"灵性之光"的信仰背道而驰及生活环境的转变使他逐渐脱离基督教，并对外自称"异教徒"。虽然此阶段林语堂自称"异教徒"，也在一定程度上脱离了基督教，但基督文化对他的影响并没有停止。他从未公开否认过基督精神，之所以如此称之，他在《从异教徒到基督徒》中解释是因为"异教徒"的称号可以防止其他教徒的攻击，并且这也丝毫不影响他继续信仰上帝。林语堂的妻子廖翠凤是一位虔诚的基督徒，经常去教堂做礼拜，无形之中也加强了基督教对林语堂创作的影响。透视林语堂的传统文化观，可以发现他钻研儒、佛、道传统文化时更多是以基督文化为参照准绳进行文化接受与转化的，基督教博爱的核心文化作为正面因素与中国传统文化共同融入他的人文主义理想。因此，他此时虽然自称是"异教徒"，但精神上仍接受着基督文化的浸染。

林语堂游荡于儒家、道家、佛家文化数载，见证了它们的优与劣，也重新审视了基督文化，终于找到了"大光的威严"——基督教，寻回了曾经丢失多年的信仰。林语堂之所以晚年再次信仰基督，是因为基督的博爱精神符合他对灵性之光的追寻。耶稣基督以爱的形式带给世间"绝对明朗的光"，摒弃基督教的各种教条，耶稣身上焕发的人性值得世人去景仰，正如林语堂所言，耶稣基督式的爱"没有孔子的自制、佛的心智的分析或庄子的神秘主义。在别人推理的地方，耶稣施教；在别人施教的地方，耶稣命令。他说出对上帝的最圆满的认识与爱心"。[1] 林语堂自童年受家庭环境影响信仰基督到中年背离基督及晚年又重回基督，这一循环的信仰历程使他对基督文化的接受从被动变为主动，也让他对基督教文化有了更深的认识。纵览林语堂宗教信仰的转变，我们会发现他更多是站在人性和人文的角度评判宗教的。由于自幼受西方文明和家乡自然环境的熏染，自由、无拘无束成为根植于他骨子里的一种天性。基于对自然人性的追求，他选择告别了自童年便信仰的基督教，但历经数载的历练，他发现信仰的缺失容易导致自我精神危机的发生，而基督教的教条并不能遮掩耶稣基督的精神光辉，基督精神蕴含的爱同样可以指引人类找到生命的真谛和价值意义，对宗教信仰的重新认知让他自愿再次回到耶稣基督的怀抱。

基督精神作为一种潜在的文化因子，从未停止过对林语堂生命的影响。前文我们主要从深层的精神层面分析了林语堂小说中的基督情结，陈伟华认为，基督教文学对中国现代小说创作的影响不仅包括深层次的精神影响，也表现在浅层次的物质符号上的移植。林语堂小说之所以散发出基督教的宗教氛围，与其中的基督教专用术语和特色建筑有着不可分割的联系。如基督教常用的拯救、救赎、上帝、原罪、耶稣、祷告、做礼拜等宗教语言散落于林语堂小说的字里行间。有时，作者也会着重描写供基督教徒做礼拜的教堂，如《唐人街》中佛罗拉做礼拜时，林语堂有时会给教堂一个特写镜头，借此渲染信徒沉浸在基督之音中神圣的氛围，此书也是林语堂所有小说中基督色彩较为浓厚的著作。林语堂由于从小熟读《圣经》，有时也会在小说中引用基督教的教义，如宗教哲理色彩较为浓厚的小说《奇岛》中常常出现大篇幅的议论文字，其中就包括世界的宗教分析，而基督教也是他们讨论的对象，这时他们就会引用《圣经》作为论据展开论述。林语堂小说的叙事模式也与《圣经》有着一定的吻合。《圣经》中的主人公大多情况下需要历经身体和精神的双重磨难才能顿悟生命的意义，从而思想得到升华，理想的生命形态最终形成。林语堂的小说《红牡丹》中牡丹的人格之所以得到完美的塑造正是她在历经精神上的漫长漂泊及被匪徒绑架后的成果，牡丹就像《圣经》中的主人公那样历经现实的锤炼才

❶ 林语堂：《从异教徒到基督徒》，长沙：湖南文艺出版社，2012年，第177页。

第四章 基督教与林语堂小说

找到了生命的真谛。此外，《圣经》中还有一种被诺思洛普·弗莱称为 U 型叙事模式的结构，也就是故事刚开始时主人公处于平和的环境中幸福地生活，但灾难的横降打破了原有的平静，最终主人公以顽强的毅力加以借助他人的援手克服灾难，生命状态重归于平和幸福。林语堂的小说中也经常运用这种 U 型叙事结构推动故事情节的发展，如小说《朱门》中就运用了这种典型的 U 型叙事结构。主人公富家小姐杜柔安与李飞相恋，得到家人的认可后两人准备成婚。原本幸福的恋爱被突如其来的意外摧毁，杜柔安父亲突然因脑溢血去世，李飞被派到战火遍地的新疆工作，孤苦的她因未婚先孕被叔叔强行赶出家门。在朋友的帮助下，她来到兰州追寻李飞，但战争阻隔了消息的传递，李飞生死未卜。她靠家教挣钱养活自己和肚子里的孩子，并坚持去机场打探李飞的消息。历经重重阻隔和磨难，她终于与李飞团聚并顺利生下孩子，杜柔安也由柔弱的富家女成长为一个坚强的母亲。

林语堂小说具有浓厚的基督文化色彩，既有表层基督符号和《圣经》叙事艺术的运用，也有深层对基督精神的批判性择取，而基督文化对他小说创作的影响主要显露在基督精神上。以基督文化作为切入点并结合林语堂的宗教信仰历程剖析他的小说，会发现他对基督文化的接受是以人性为参照标准的，他择取了符合自我灵性追求的基督之爱，摒弃了"原罪说"，并在此基础上提出了"原良心"与之辩驳。此外，他还以尊重人的自然生命本能为出发点书写了"雅歌"式的饱含纯净色彩的"灵肉合一"的情爱。

第五章 论林语堂小说的传统阐释

传统存在于阐释之中。在意气风发又众说纷纭的现代中国，作家们的传统阐释尽管大多不成理论体系，却往往能抓住历史烟云里生动有趣的人事，构建丰富多彩的传统风貌。本章以林语堂为典案，通过分析其阐释传统的路径、话语体系以及人文情境，试图揭示其传统阐释的独到之处和价值意义。林语堂通过文化闲谈、故事讲述、未来想象等路径，操持启蒙主义、人文主义、生态主义等话语体系，阐发了正统方式所无法揭橥的历史真相和人文识见。他的传统阐释是多元的，不固定的，这与现代多变的价值观念和生活环境有关，也是人文阐释的魅力所在。影响林语堂传统阐释的既有时代、语境等共性因素，也有道德情境、生活情境以及生理情境等个性因素。林语堂的阐释不仅赋予传统以现代意味，丰富了传统的内蕴和样貌，而且拓展了新文学的表现对象，创新了传统阐释的思路和方法，为进一步建立具有民族特色的阐释学奠定基础，也表现了现代中国作家心怀天下的人类意识。

关于传统的本相和价值的讨论是 20 世纪以来的重要话题，而近年来，随着弘扬中华传统文化的主旋律的奏响，这一话题更是引人注目。不过，如果不弄清楚传统是如何形成的以及现代人阐释传统的背景、路径、方式、话语体系等问题，其实我们就不明了传统到底是什么，以上讨论就缺乏知识基础和理论平台，成为不可能有结论的泛泛空谈。关于新文学中激进主义和保守主义思潮的评价，也和现代作家的传统阐释直接相关。对发生在现代的这两种看似对立实则紧密相关的文化思潮，我们应该从阐释学的角度去理解，而不应从进化论或者阶级论甚至道德论的角度去评判。另外，关于新文学历史地位的讨论，必须建立在对它的双向文化价值的理解基础上。我们以往基本上只关注新文学提供了多少新的思想观念和价值追求，相对忽略了它的文化传承意义，没有将新文学上升到作为传统面貌形成的主要阵地之一的高度来看待，因此就很容易看低甚至贬低它的历史地位。本章主要问题的提出，正是基于以上现象和问题的存在。

20世纪是我国社会从古典形态走向现代形态的转折时期。现代作家面临的不仅有西方现代文明的冲击，同时还有如何看待和言说中国传统的问题。可到底什么是传统呢？"自从启蒙时代以来，特别是自从康德以来，自然科学一直被看作知识的一个范型，文化的其他领域必须依照这个范型加以衡量。"❶ 受此观念影响，产生了这样一种看法：历史是原生态的客观事实，应该像自然科学一样具有客观唯一性，所以传统也具有客观唯一性。然而，克罗齐说："一切历史都是当代史。"❷ 传统并不等同于过去的客观存在物，现代的阐释是历史面貌形成的重要基础，传统只能存在于现代阐释之中。而人文阐释不同于自然科学的揭示，数学、几何学、物理学、化学等自然科学是具有唯一普遍性的真理，人文科学则是具有多元普遍性的学说。阐释的多元性不可避免，而且这种多元性是人文阐释的魅力所在。它给予现代作家前所未有的表现机遇，传统的多样面貌也就是在这种状态下生成的。在那个众说纷纭又意气风发的时代，作家们的传统阐释尽管大多不成理论体系，却往往能够抓住历史烟云里某些生动鲜活、具有独特意义的人事，发挥开启现代人的智慧和焕发现代人的生命活力的功能。因此，本章关注的重点不是影响现代作家传统阐释的客观事实本身，而是他们进入传统的路径、阐释传统的话语体系，甚至言说传统时的情绪和生活状态。这里以林语堂为典案，分析现代作家在什么语境下，通过何种路径，运用何种话语体系阐释传统，影响他们传统阐释的主要因素有哪些等问题。

一、自由活泼的阐释路径

要知道现代作家是如何阐释传统的，首先应该知道他们通过什么路径进入传统。林语堂阐释传统的路径特别耐人寻味。现代作家大多以指点江山的气概，濡墨摛翰，直接对传统经典进行严肃的价值评判。和他们不同，林语堂一般采取自由随性的闲聊方式，或谈中国传统文人日常生活中的逸闻趣事，或论中国人和西方人对待普通事物的不同习性和观念，从不正襟危坐，做系统的学院式讲授，也不故作深刻严谨之态，以宏词大义令

---

❶ 理查·罗蒂：《哲学和自然之镜》，李幼蒸译，北京：三联书店，1987年，第283页。

❷ 克罗齐：《历史学的理论和实际》，傅任敢译，北京：商务印书馆，1982年，第2页。

民众振聋发聩。林语堂关于传统的看法，要么体现在生活闲聊里，要么隐藏在生动的故事之中，或者寄托在传奇的想象里，其路径往往是幽微曲折的。随意性、趣味性和传奇性是其基本特征，一反正宗的、主流的经典阐释路径，显示出民间性和大众性的倾向，正如他自己所说："文化范围太大，此刻也不讲中外处世哲学文学美术之不同，只讲常人对此种问题的态度。""东西文化之批评不限于文章而见于我们日常生活的态度。"❶ 根据现有的文献，我们可以把林语堂的传统阐释路径归结为三条，即文化闲谈、故事讲述与未来想象。

从改良社会的外在需求出发，现代作家喜欢对传统进行观感式的笼统的评价。林语堂一度也不例外，他与胡适、鲁迅等人一样高举反叛的大旗。传统成为需要，结论当然就是否定的，也就是说，他们的诠释兴趣不是阐明传统是什么，而是阐明传统不是什么。顾彬说："在现代性中，对自我的怀疑和对别人的怀疑，手牵着手走路。"❷ 现代中国作家怀疑古人，却不怀疑自己；相反，他们极力张扬自我，表现出强烈的主体性。不过，怀疑性批判虽然因为过于强烈的主体干预而可能存在偏颇之处，但依然不失为现代人关于传统的一种阐发。此时的林语堂将传统视为导致"老大帝国国民"❸ 精神问题的根源，所以他主张："吾民族精神有根本改造之必要"❹ 不仅如此，而且，"中国民族经过五千年的文明，在生理上也有相当的腐化"❺。可见，在此时的林语堂看来，中国人从生理到心理都已经老化得一无是处。于是他主张："爽爽快快讲欧化"。❻ 沿着批判和质疑的路径，只能导致一个结论——传统应该被完全抛弃。

不过，林语堂很快跳出这一路径，不再做这种直接的否定式批判，"……开始中正地看待中国文化之优劣，于是评判的天平开始寻找一个中点，态

❶ 林语堂：《谈中西文化》，《林语堂名著全集》第 18 卷，长春：东北师范大学出版社，1994 年，第 109—111 页。

❷ 顾彬：《误读的正面意义》，王祖哲译，《文史哲》，2005 年第 1 期。

❸ 林语堂：《中国的国民性》，《林语堂名著全集》第 18 卷，长春：东北师范大学出版社，1994 年，第 139 页。

❹ 林语堂：《给玄同先生的信》，《林语堂名著全集》第 13 卷，长春：东北师范大学出版社，1994 年，第 10 页。

❺ 林语堂：《中国的国民性》，《林语堂名著全集》第 18 卷，长春：东北师范大学出版社，1994 年，第 137 页。

❻ 林语堂：《给玄同先生的信》，《林语堂名著全集》第 13 卷，长春：东北师范大学出版社，1994 年，第 11 页。

第五章 论林语堂小说的传统阐释

度也温和多了，情绪开始转向了幽默。"❶ 其中，最典型的方式就是闲谈。即使是在《谈中西文化》这样标题正儿八经论传统的文章里，他也设置了柳先生、朱先生、柳太太饭后无事，偶遇闲谈的日常生活情景。他们关于中西文化的议论，褒贬随意，妙趣横生。林语堂对传统的真实看法还曲折委婉地隐藏在故事叙述之中。我们来仔细读读他的《子见南子》，这个短剧剧本写于 20 世纪 20 年代后期，发表于 1928 年。剧本是这样开头的："南子使人谓孔子曰'寡小君愿见'，而孔子辞谢，不得已而见之"。南子是卫国的王后，异常貌美，又年轻任性，她大权在握，经常与丈夫一起主持国务。突然有一天，孔子接信说南子想见他，希望他为卫国服务，给的待遇远远高出一般国家开出的标准。子路等人以为孔子肯定不会为之心动，但是孔子竟然去见南子了。南子不仅见了孔子，而且干脆把帘子掀开，最后与宫里的歌女们一起在孔子面前翩翩起舞。孔子被其美丽的外貌和高超的舞技陶醉了，尤其是为其率真的性情所折服。但是孔子在一番礼貌的应付之后还是决定不去卫国。有意思的是孔子出宫后与子路的对话：

　　子路："夫子的意思如何，可以留在卫国吧？"

　　孔子：（所答非所问地）"如果我不相信周公，我就要相信南子。"

　　子路："那么夫子可以留下吧？"

　　孔子："（坚决地）不！"

　　子路："因为南子不知礼吗？"

　　孔子："南子有南子礼，不是你们所能懂得的！"

　　子路："那么为什么不留在这里？"

　　孔子："我不知道，我还得想一想……（沉思着）……如果我听南子的话，受南子的感化，她的礼、她的乐……男女无别，一切解放，自然……（瞬目间现狂喜之色）……啊！（如发现新世界）……不！（面忽苍老黯淡而庄严）不！我走了。"

　　子路："夫子不行道救天下百姓了吗？"

　　孔子："我不知道。我先要救我自己。"❷

　　这段对话特别有意思。表面看来它讽刺的是孔子的虚伪：看重功利还要装清高；明明被南子的自然之礼征服了，还要拼命维护自己的儒家大

❶　王兆胜：《林语堂与中国文化》，北京：社会科学文献出版社，2007 年，第 5 页。
❷　林语堂：《子见南子》，《林语堂名著全集》第 13 卷，长春：东北师范大学出版社，1994年，第 289—290 页。

义。但是作者不经意间客观地表现了孔子的真诚，他不是坦率地承认了吗——他要先救他自己?! 林语堂写出了孔子的真实和幽默。我认为他写孔子的言行采取的不是讽刺手法，而是幽默手法：孔子去见南子，是为巨大的利益所驱使，也想在这个特别的女人那里验证自己的礼论，可是他被击败了，他感到了自己的渺小。在林语堂看来，幽默是一种人生智慧，其中最大的智慧就是明白了自我在强大世界面前的渺小。❶ 可见，即使在操持启蒙话语时，林语堂也在一定程度上肯定了孔子较真、坦诚的人格品质。只不过他为启蒙话语所压抑，不能完全表达自己对儒家的真实看法而已。

　　"五四"时期的文化批判因为基本上不做客观、理性的分析，因此无法深入传统。从根本上说，这一方式其实还不能称为阐释，因为它很少向我们揭示出关于传统的具体符码信息。通过这条路径，往往只能初涉经典，表现作者慷慨激昂的战斗热情和酣畅淋漓的浪漫情怀。但是，"诠释之学，较古昔作者为尤难。语必溯源，一也；事必数典，二也；学必贯三才而通七略，三也"。❷ 可见除了才华和热情之外，直面源流和典故才是传统阐释的要务。杭世骏关于诠释的三个要求，"五四"时期的文人们除了第三点可以稍稍沾上边之外，前两者他们不愿做，恐怕当时也做不到。林语堂的闲谈，在一定程度上避免了现代作家的偏激和片面。他的故事讲述，试图回到历史源头，客观地呈现历史原貌。

　　到美国后，林语堂开始专门讲述中国历史上的人物或故事，如《苏东坡传》《武则天传》《生活的艺术》、林氏"小说三部曲"、《中国故事》等。这些作品有的在表层结构里关于中国文化的陈述是中性的，有的明确表示其出发点就是宣扬中国文化。此处特举《苏东坡传》为例。在这部传记体小说中，林语堂虽然也写了不少重大的政治事件，如宋朝的朋党之争、王安石变法等，但他的叙述更多地聚焦于日常生活，通过苏东坡和王安石的个人生活细节对比表现他们不同的性情；在叙述苏东坡的科举之路和从政风云里，细致述说苏东坡家庭成员之间的亲情。而叙述日常生活的落脚点是表现以苏东坡为代表的中国文人旷达任性的人格品质和"也无风

---

❶ 林语堂：《论幽默》，《林语堂名著全集》第 10 卷，张振玉译，长春：东北师范大学出版社，1994 年，第 293—295 页。

❷ 杭世骏：《李义山诗注序》，《道古堂文集》卷八，《续修四库全书》第 1426 册，上海：上海古籍出版社，2002 年，第 280 页。

雨也无晴"的生命态度。这种人生态度,林语堂将其归纳为"游戏人生"的精神。通过讲述苏东坡的人生故事,林语堂把中国文人"游戏人生"的传统人生价值观念诠释得淋漓尽致。而林语堂在《武则天传》中,以第一人称叙事的方式,讲述武则天的传奇故事,让人产生身临其境的感觉,对封建时代皇权的残忍和男权统治一切的状态有了真切的感受。除表现手法创新之外,作者观念更新,不拘泥于以往传记的道德批判模式,采用了性别批评、人文批评等新的批评方法,重新评判历史,对历史人物不做固定不变的概念粘贴。

讲述的路径既直面历史,又创新历史,它表现了林语堂对传统文化最真实的观念,也表现了林语堂的现代情怀和思想。林语堂的传统讲述包含两个接受者,一为西方接受者,一为东方接受者。这使他的讲述在价值观念、叙述视角等方面常常出现变幻不定的特色。《京华烟云》中的姚思安一会儿是个纯粹的道家,一会儿又是一个科学主义者;武则天一会儿是个能力超群、富有远见的女皇帝,一会儿又变成杀人如麻的无道昏君。林语堂经常在小说里站在人文主义的立场批评传统儒家思想对年轻人的戕害,而他有时又站在东方立场大谈儒家思想对于世界的意义和价值。这是他写作时两个暗含的接受者交替作用的结果。

林语堂阐释传统的另一条途径就是未来想象。未来想象是各个民族各个国家不同时代的作家们都尝试过的文学行为,尤其是到了资本主义时代,科技革命给了人类不可限制的想象力,凡尔纳的《神秘岛》《格兰特船长的女儿》,威尔斯的《时间机器》《莫洛博士岛》等是这方面的代表作。不过它们的想象是一种科学想象或社会想象,而林语堂的想象是一种文化想象。林语堂的"小说三部曲"表面宣称其目的是宣扬中国的三大主流文化,实质上是对文化的未来走向进行设计和描绘。如它们对于各色人物的讲述和介绍,明显地在向一种理想人格聚拢,这种人格融汇了东西文化,既是儒家又不是儒家,既是道家又不是道家,既是佛家又不是佛家,总之是一种人格想象。❶《奇岛》讲述一个美国女飞行员的奇特经历,她误入一个与世隔绝的小岛——泰勒斯岛。岛上的居民由来自不同国家的人组成,他们的文化背景差异巨大。但是小岛上社会秩序井然,人们和睦相

---

❶ 肖百容:《"放浪者":林语堂的人格乌托邦》,《中国现代文学研究丛刊》,2011 年第 3 期。

处。特别需要注意的人物是劳思，他是这个世外桃源的精神领袖，集世界文化的智慧于一身（其中主要是儒道文化）。显而易见，他体现了林语堂对中国传统的理解，承载了林语堂对未来世界文化和世界人个性和品格的想象。这一想象比古人"世界大同"的社会想象更令人陶醉，也诠释出了中华古老文明的生命力和神奇魅力。

自从1936年到美国后，林语堂作品贯彻自己的"对中讲西，对西讲中"❶的写作策略。在其背后，批判西方现代文明，重构世界文化的动机依稀可见，可谓讲述、批判和想象并行，成一种相辅相成的关系。林语堂运用这些方式充分挖掘中国文化的长处。而关于这个时段林语堂的中西文化价值观，有人用"认短为长"❷来描述。林语堂虽然没有完全投入抗战主题的写作，但他的创作阐释了中国古代文人迹近自然的人格品质和生活态度，它与西方物质文明下的功利人格和生活追求形成强烈反差，对于人类反思现代文明病是有意义的。如果将这种自然生活方式说成是"短"，那么什么是"长"呢？这种批评显然是受二元对立观念影响，把社会批评当成唯一的批评方式的表现。

从闲谈到讲述，从讲述（或批判）到想象，以至于多种路径并行，林语堂的文化阐释路径随着时间、空间、价值观念的变化而变化。不需仔细推究就能明白，这样一个变迁过程正是中国人否定自我、寻找自我，进而认同自我，并追求自我与世界融合，充分发挥自我文化价值的过程。"五四"时期的"批判"基本上是自我否定，而"讲述"的目的是用东方文化中迹近自然的成分否定现代文明的弊病，其潜在愿望就是寻找自我，重拾文化自信。"想象"的另一种表述就是"设计"或"建设"，建设的主要材料则是中国文化传统。以上轨迹也是其他现代作家常走的路径，鲁迅、沈从文、郭沫若等都是如此，只是谁都没有林语堂这样持之以恒。和主流阐释相比，林语堂的阐释路径确实是颇具特色的。首先，他的阐释一反宏大叙事的惯常路径，无论对象是武则天、苏东坡这样的历史名人，还是孔立夫、李飞这样的普通百姓，他一律将叙事的重点放在对其性情和心理的揭示之上，而不是为其建碑立传。他的出发点是对历史的好奇和探

---

❶ 马玲：《林语堂的散文艺术》，《林语堂研究论文集》（陈煜斓主编），郑州：河南人民出版社，2006年，第241页。

❷ 周可：《林语堂中西文化比较观的内在理路及其矛盾论析》，《汕头大学学报》（哲学社会科学版），1995年第4期。

第五章 论林语堂小说的传统阐释

秘，往往和"载道"无关。"我写《苏东坡传》并没有什么特别理由，只是以此为乐而已。"❶ 其次，林语堂一般不对传统文化做直接的分析和评价，而是通过曲折的路径，间接抵达文化的深层底蕴。如他在《苏东坡传》里，通过饮食细节表达他对道家人格（苏东坡）和儒家人格（王安石）的不同看法和高低衡量。又如他的《论中西文化》中，不从理论上分析传统，而是通过描写中国人和西方人的长相、生活细节等方式暗示两种文化的特征和差别。总的来说，林语堂的阐释路径颇具现代特征，体现了反主流的个性色彩和民间色彩。这些路径有正面的也有侧面的，有直接的也有间接的，它们从不同角度给予我们诸多启示。

二、丰富多彩的话语体系

林语堂阐释传统的路径选择反映了 20 世纪中国文化价值取向的转变，呈现了一个丰富多彩的时代背景和社会生活场景。不过，在路径背后，他诠释传统的表达方式和话语体系更有趣味。林语堂曾说："在中国语言里有某些东西，是虽然看不见却能有力地改变人们的思想方式。思想方式、概念、意象、每句话的音调，在英语和中国话之间非常不同，说英语时，人们用英国的方式来思想；而用中国话说话时，就不免用中国的方式来思想。如果我在一个早上写两篇题目相同、见解相同的文章，一篇是用英文写，一篇用中文写，这两篇文章自会显现有别，因为思想的潮流随着不同的意象、引述及联想，会自动地导入不同的途径。人并不是因为思考而说话，而是因为说话，因为安排字句而思考，思想只是解释话语而已。"❷ 从这段话中可以发现，林语堂非常清醒地意识到了话语的重要性。话语表达方式指引和决定着人们的思想和观念。

"五四"时期的林语堂，秉持的是启蒙主义的话语体系。启蒙主义话语志在解构传统，开启民智，对中国传统文化基本上是否定的。而它否定传统的标准则是进化论和人本主义思想。操持启蒙话语的林语堂，自然与同时期其他作家一样，把西方现代文明与中国传统文化阐释为两种具有不

---

❶ 林语堂：《苏东坡传·原序》，《林语堂名著全集》第 11 卷，张振玉译，长春：东北师范大学出版社，1994 年，第 1 页。

❷ 林语堂：《孔子的堂奥》，《林语堂名著全集》第 10 卷，谢绮霞译，长春：东北师范大学出版社，1994 年，第 80 页。

同价值、不同意义的文化。在他们看来，前者是进步的、科学的，后者是落后的、愚昧的，这两个概念几乎已经不再具有时间和地理上的本来意义。不过，林语堂对传统文学也不是一概否定的，他也会以历史上某个特别时期的文学为标准，来衡量和否定其他时期的文学。如他就常奉晚明小品文学为圭臬，与之品质相同或相近的文学就是优秀的文学，与之相悖的文学当然就是"陈腐的文学"。这和林语堂反权威反愚昧的社会思想，以及自我表现的浪漫主义文学观紧密相联。晚明小品追求性灵、自然、清新的品质确实在某种程度上是对载道文学、宏大叙事的反叛。

启蒙话语把林语堂对传统文化的认识弄得零零碎碎，或者朦朦胧胧了。我们不知道林语堂对晚明小品以外的中国文学传统的系统批判标准是什么，只能零零碎碎发现一些不能用启蒙话语包揽的观念和看法，当然也不能轻易认同鲁迅一时气急而下的断语，他认为林语堂对晚明以前的文学基本一无所知。

不过，鲁迅的断言虽然有偏颇和主观臆断的色彩，倒是说中了启蒙主义者一个共同的弊病：他们在阐释传统文学的时候，往往容易把某一种具有启蒙价值的文化传统当成唯一的真理，从而以之否定一切，追求片面的深刻。这就导致了对传统的模糊认识和不求甚解。比如对性灵文学与理性文学的认识就是如此。晚明小品虽然表现出洒脱、自然、性灵的一面，但这些并不是它们的作者的本性。这些作者往往是经历过名利场中的摸爬滚打，失败或失落之后再转向山水之中，偶尔通过写小品表达一下性情而已。了解了这种背景之后，就能知道林语堂对它们的阐释与褒奖有过度之处，有时候纯粹是一厢情愿的主观臆测。如林语堂特别推崇的张岱散文《王谑庵先生传》。这个小品文刻画了一个良心未泯、利用小智慧周旋于官场的小县令的形象。王谑庵确实有点儿才华和性情，但从文章叙述中可见其本性还是留恋官场的，从他对付官场人事的手段中一点儿也看不出他的洒脱放任来，那些不过是社交场所惯用的伎俩谋略而已。"先生之莅官行政，摘伏发奸，以及论文赋诗，无不以谑用事。昔在当涂，以一言而解两郡之厄者，不可谓不得谑之力也。"[1] 其中，"以谑用事"正说中王谑庵的特性。林语堂只看中了"谑"，就不提其目的是"用事"。此处所谓"事"者，行政之事也。林语堂经常提起陶渊明的乡间情趣，陶诗中的"飞鸟"

---

[1] （明）张岱：《张岱诗文集》，夏咸淳校点，上海：上海古籍出版社，1991年，第288页。

"清风"之类文字令他陶醉，而陶渊明《杂诗》之二所抒发的"日月掷人去，有志不获骋。念此怀悲凄，终晓不能静"❶的仕途之痛，则是林语堂所不愿提起或在潜意识中就将其屏蔽掉的。

其实无论是王谑庵，还是陶渊明，这些古人与启蒙主义者的浪漫主义的追求，实在有很大的差距。林语堂等人的偏颇、片面，于此可见一斑。

启蒙话语体系背后的价值观念主要是进化论和人文主义。下面我们谈谈林语堂言说传统的另一个话语体系——人文主义。这是他阐释传统所操持的最核心的话语体系之一。林语堂笔下的中国人命运无常，却总十分快乐地活着，尤以苏东坡为最。如何愉快地生活，是林语堂特别关心的问题。❷ 在《苏东坡传》一书中，林语堂对于快乐的叙述是在苏东坡和王安石的对照中展开的。他们两人都亦儒亦官，但王安石沉浸于政治抱负之中而忽视了生活的趣味，所以他的人生是失败的。作者极力书写王安石生活的无趣，他连吃饭的兴趣都丧失了，每次都只吃摆在眼前的那一盘菜。好几次人家以为他喜欢面前的那道菜，后经他夫人提醒才知道原委：他根本就不关心哪道菜好吃，哪道菜不好吃，他只是出于本能在吃饭，吃饱就行，当然也就只吃面前那盘菜。面前的菜换了，他还是照吃面前的，不会吃离自己远的那盘。这个故事表面看来好像在赞美王安石勤政，而当你了解了林语堂的人文主义主张后，就明白了他的用意其实是批评王安石没有生趣，完全成了政治的傀儡。换句话说，林语堂通过讲述王安石的故事，批判了传统政治对"人"的异化。

人文主义是欧洲文艺复兴时期兴起的哲学观念和思想潮流。它强调以人为本，反对以神为中心，宣扬个性自由，鼓励追求个人现世幸福，追求社会平等。它和"五四"时期的启蒙主义有很大的相似性，但两者还是存在诸多不同。关于个性和自由的主张两者是一致的，但关于历史文化的看法，关于如何实现文化的更新等，两者则有很大的不同。所以本书把它们作为两种话语体系分别进行介绍和分析。"五四"时期，林语堂鼓吹个性解放，崇尚浪漫主义人生和文艺思潮。这时，两种话语体系在他那里是同构的。他将传统文化描绘为"陈腐的文化"，指责它等级森严，扼杀人性。

❶ 陶渊明：《杂诗》（其二），《汉魏晋南北朝隋诗鉴赏词典》（萧涤非等著），太原：山西人民出版社，1989 年，第 626 页。

❷ 肖百容：《快乐幻想曲——论林语堂快乐哲学的本质》，《湖南大学学报》（社会科学版），2000 年第 4 期。

林语堂对晚明小品的选择就是基于这样一种认识，他把晚明小品阐释为富有性情、自然率真的文学。但是很快，林语堂发现启蒙主义不能给中国的未来指明道路。他原来对中国传统文化诸多零零碎碎的正面看法，现在逐步形成系统。启蒙主义逐渐退出林语堂的话语体系，他开始沉浸于人文主义的话语体系之中。林语堂对于人文主义思想的接受有一个特殊的过程，尤其是在对白璧德的新人文主义的接受上就更曲折。白璧德人文主义思想是糅合了希腊古典主义和中国传统文化的综合体，但它与林语堂早期的浪漫主义和性灵的自由追求很不合拍，所以林语堂尽管在哈佛时也听过白璧德的课，却对其人文学说很不以为然。不过这只是表象，实质上，在三十年代转向肯定中国传统文化之后，林语堂积极向西方宣扬东方文明时，他与白璧德的观点就在整体上大部分不谋而合了。[1] 宣扬人文主义是他在"小说三部曲"中阐释儒、道、释主张，塑造儒、道、释人物的基本出发点。所以，如果我们简单地以其中某一种传统文化与某一个人物形象做对应的阐发，就会出现矛盾。如姚思安是道家，却也信仰西方的科学思想与自由观念，说他是一个人文主义者倒是更加恰当。但在后期的另一些作品里，林语堂也反对科学人文，这时他与新人文主义观点又是完全吻合的。可见，林语堂对于中国传统的认识，是以人文主义思想与新人文主义思想为共同资源的。不过，前期偏重前者，后期偏重后者，但常常是难以截然分开的，这一点正是其思想独立性的表现，也是他对于中国传统文化的阐释不同于"学衡派"诸君的原因。

林语堂阐释传统文化的深层话语是生态话语。关于生态有诸多定义，本书取张皓的定义："生态"是指"人适应环境的方式，人与环境的相互作用相互协调发展的关系，人与自然、人与社会共处的生存状态，包括自然生态、社会生态、精神生态等层面。"[2] 包括林语堂在内的"五四"文人们所操持的核心话语基本上是人本话语。在这种阐释体系里，无论是"载道"文学、"言志"文学，还是"缘情"文学，都被看成人本主义文学，以至于将杜甫、辛弃疾甚至陶潜的写景之作都看成写人之作，证据往往就是王国维的言论："昔人论诗词，有景语、情语之别。不知一切景语，皆

❶　陈旋波：《林语堂与白璧德的新人文主义》，《华侨大学学报》（哲学社会科学版），1997年第2期。

❷　张皓：《生态批评与文化生态》，《江汉大学学报》（人文科学版），2003年第1期。

情语也。"❶ 受启蒙思潮影响，林语堂也不能例外，他的文化观念首先也是以人为本观念。他在《个人主义》一书中说："自己本身即是目的，而绝不是人类心智创造物的工具"，"讲到个人之所以重要，不单是因为个人生活是一切文明的最终目标，并且也因为我们的社会生活、政治生活，和国际关系的进步都是由许多个人（个人造成国家）的集体行动和集体脾性而产生，所以也完全以个人的脾气和性格为基础"。❷ 但是，林语堂逐渐从人本主义者转变为一个生态主义者。他用生态观念阅读中国文化，也在中国文化里读出了诸多生态意味。下面从四个方面进行阐释。

第一，自然。在林语堂看来，"自然"是中国文化里最高的审美标准和道德标准，他反对人与自然之间相互"斗争"、相互"征服"之类的观念。中西文化里的自然观念存在巨大差别：西方社会从古希腊时期开始，历经文艺复兴运动，主张主客二分的自然观占据主导地位。他们看到了人与自然对立的一面，不太关注人与自然的共通性，所以强调人的主体性，宣扬人对自然的控制能力；而中国文化则强调自然与人相互融通，友好、和谐的关系。林语堂喜欢人与自然的"和谐"状态，他对自然向来就怀抱着敬畏、谦卑与感激之情，欣赏大自然民胞物与的博爱情怀。林语堂宣称自己是"自然之子"，生与死都交与自然。他说："大自然本身永远是一个疗养院"，"常和大自然的伟大为伍，当真可以使人的心境渐渐也成为伟大"。❸ 《赖柏英》中的赖柏英是中国传统女性的代表，她与坂仔的山水融为一体，拥有一种高地人生观。林语堂认为，用高山去衡量都市里的一切事物，无论摩天大楼，还是所谓伟大的事业，均显得渺小、荒谬、不值一提。林语堂的高地人生观与传统自然文化观具有密切关系。赖柏英不愿和新洛一起出国，就是对当地自然山水和人情风俗的崇拜和迷恋的表现。

林语堂认为自然也是中国人的一种生活态度。他笔下的道家女儿姚木兰美丽聪慧，接受过现代教育的熏陶，思想新、眼界宽，但她在命运面前却不反抗，陷入缠绵的自由恋爱之中，却能顺应父母的婚姻安排，任其自然；深受儒家思想浸染的曼妮在丈夫死后，待在曾家守寡，但是她没有像

---

❶ 王国维：《人间词话》，上海：上海古籍出版社，1998 年，第 34 页。

❷ 林语堂：《个人主义》，《林语堂名著全集》第 21 卷，越裔译，长春：东北师范大学出版社，1994 年，第 91—94 页。

❸ 林语堂：《论宏大》，《林语堂名著全集》第 21 卷，越裔译，长春：东北师范大学出版社，1994 年，第 275—276 页。

一些现代文学作品中的寡妇一样，压抑不住内心的孤独，甚至奋起反抗。她听从天命，始终心如止水，哪怕木兰带她去看外国情爱电影。《红牡丹》中的红牡丹一开始是不同的，她曾经狂躁不安，抑制不住情欲的燃烧，不过她追求的目标，实质是中国古代文化所谓的"自由之境"，最后选择回归田野生活，在自然中得到幸福、稳定与自由。作为道家信徒的林语堂认为，人不能以自我为中心，他在自然万物中不占主导地位，要想自由，必须学会与外界环境和谐相处。"不管什么时代，人若捉弄自然，自然也会还以颜色，而且加倍索回代价。"❶

林语堂还把中国文化里的"自然"看成平等和爱的道德观念。他在《世相物语·猴子般的形象》一文中指出，人类总是把一些道德观念强加于自然界，这是人的主观想象。实质上，人类社会的一些道德指责比如"野蛮"在自然界是不存在的，自然界只有秩序，没有是非。自然在道德之上，它是合理和健康的象征。如狗吠、老鼠偷吃、老虎强悍等均为自然现象，但是，"以文明世界的词语来说，每只老鼠都是盗贼，每只狗都太会吵闹，每只猫儿假如不是艺术品的野蛮破坏者，便是'不忠实的丈夫'，每只狮子或老虎都是嗜杀者，每只马都是懦怯者，每只乌龟都是懒鬼"。❷林语堂反对不自然的爱，不赞成为了一己私爱不顾一切。他说："这爱必须是绝对自然的，对于人类，应该象鸟鼓翼那样地自然。这爱必须是一种直觉，由一个健全的接近大自然的灵魂产生出来。一个真爱树木的人，决不会虐待任何动物。在十分健全的精神当中，当一个人，对人生与同类都具有一种信念时，当他们对大自然具有深切的认识时，仁爱也就是自然的产物了。"❸

第二，人格。林语堂在传统文化里找到了自然人格以疗治现代商业人格的弊病。他批评随着资本主义的快速发展，工业文明破坏了农耕文明的淳朴，田园生活的诗意消失了，人们为名、利、权所束缚，所欺骗，"在美国惯用的字中，可以拿'成功'（Success）这名词把这三个骗子概括起

❶ 林语堂：《奇岛》，上海：上海书店出版社，1989年，第49页。
❷ 林语堂：《猴子般的形象》，《林语堂名著全集》第21卷，越裔译，长春：东北师范大学出版社，1994年，第40页。
❸ 林语堂：《对唯物主义的误解》，《林语堂名著全集》第21卷，越裔译，长春：东北师范大学出版社，1994年，第140页。

来"。❶ 林语堂在小说里塑造了一系列"自然人"形象，他们具有自然的性格，甚至拥有自然的肤色。他们也几乎拥有共同的经历：被现代发达的科技压得喘不过气来，只好从现代都市"逃离"到偏远的大自然里来，享受理想的生态生活，呈现完满的人性存在状态。岛上的人本真自然，崇尚自由。劳斯是泰勒斯岛上的圣人，中国传统文化的化身。所以他的形象就是林语堂对中国文化最直观的表达。《京华烟云》中的姚木兰整天梦想着去江南，她是道家人格，天生亲近自然山水。《中国传奇》这本著作里的故事，不是什么伟大的道德故事或者辉煌的人生经历，而是以各种动物或者由动物变成的精怪为主人公。它们同样代表了天地灵性，是大自然的宠儿。林语堂在此想要表露的是他对本真的人性的崇敬。这样的动物或精灵有《人变虎》里的虎、《人变鱼》里的鱼、《小谢》中的小谢等。其叙事宗旨转向强调人与动物和谐相处的训谕。所以小说开头就说："畜牲为吾人良友，为人类义仆，人类竟忘恩不仁，殊不应当。"❷ 小说还借老杏树和老牛之口控诉人类的不仁不义。林语堂在《信仰之旅》一书里写道："无论我们是为物质或灵性，那种物质与灵性的二分法，是完全不健全的。信仰，灵性信仰的拥护者，当他们离开物质来建筑他们灵性构造的时候，行走在不安全的地面上。"❸ 以上叙述和议论，反映了林语堂对自然不断被"祛魅"趋势的担忧。

第三，生命观。有生有死，生死平衡，不以个人的主观愿望破坏生死的正常状态，这是林语堂解读出来的传统生命观念。林语堂特别喜欢中国文化关于"人生如戏"❹ 的说法。他认为智慧的人面对死亡时，应该是淡然地说一声"这是一曲好戏"而走开。人只不过是这世上的过客："人生本是一场梦；我们正如划船在一个落日余晖反照的明朗下午，沿着河划去；花不常好，月不常圆，人类生命也随着在动植物界的行列中永久向前

❶ 林语堂：《情智勇：孟子》，《林语堂名著全集》第 21 卷，越裔译，长春：东北师范大学出版社，1994 年，第 106 页。

❷ 林语堂：《中山狼传》，《林语堂名著全集》第 6 卷，张振玉译，长春：东北师范大学出版社，1994 年，第 213 页。

❸ 林语堂：《信仰之旅》，胡簪云译，成都：四川人民出版社，2000 年，第 188—189 页。

❹ 林语堂：《论不免一死》，《林语堂名著全集》第 21 卷，越裔译，长春：东北师范大学出版社，1994 年，第 40—45 页。

走，出生、长成、死亡，把空位又让给别人。"❶ 很多研究者因此认为林语堂不珍惜生命，是一个及时行乐主义者。林语堂在《生活的艺术》一书中说过，人生就像四季，无论春夏秋冬都是美好的。这样看，我们就不会感到悲伤："对人生的那种微妙的深情，是从一种昨开今谢的花朵的深情而产生的。起初受到的是愁苦和失败的感觉，随后即变为那狡猾的哲学家的觉醒与哂笑。"❷ 可见哂笑和幽默来自对自然的理解，只有将其规律引入人生规划才能实现。正如恩格斯所说，人类因为认识到了规律的不可更改，所以在很大程度上减轻了死亡的恐惧。

道家讲成仙信仰，儒家宣扬积极有为，佛家讲解脱，林语堂既不期待飞升或解脱，也不深入尘世。他珍惜生命，又悟透了生命的偶然和无常。他在《八十自叙》中说："理智告诉我们，我们的生命就像风中的残烛。寿命使大家平等如一——贫富贵贱都没有差别。"❸ 小说在小木兰与家人失散时来了这么一句话："在人的一生，有些细微之事，本身毫无意义可言，却具有极大的重要性。事过境迁之后，回顾其因果关系，却发现其影响之大，殊可惊人"。❹ 林语堂将对车夫的选择这一细微处写成决定木兰人生轨迹的主因。既然命运无常，生死难料，我们何不抛开俗务、抛开烦恼，去在现世过神仙般的生活。林语堂在《人生的盛宴》里提出"今日一只蛋比明日一只鸡更好"❺ 的观点，意思是说，在现世过着快快乐乐、无所事事的日子比为来世永生做准备要好得多。林语堂把庄子、孟子、老子、苏东坡、陶渊明等人当作最会享受"人生盛宴"的人。

林语堂认为，"浮生若梦"是中国传统生命文化的真谛，"能几何"是中国人对生命短暂的无奈叹息，"细推物理"是中国人了解世界真相的途径，"须行乐"是中国人应对生命的方式与超越情怀。

第四，人际生态观。生态原本主要指自然生态，生态观念强调自然系统内部及其与环境相互关系的和谐。但是这一观念的普遍原理在人类社会里照样适用，人与人之间也需要讲生态。林语堂在中国文化里读出了传统

❶ 林语堂：《论不免一死》，《林语堂名著全集》第21卷，越裔译，长春：东北师范大学出版社，1994年，第44页。

❷ 林语堂：《一个准科学公式》，《林语堂名著全集》第21卷，越裔译，长春：东北师范大学出版社，1994年，第11页。

❸ 林语堂：《八十自叙》，北京：宝文堂书店，1990年，第71页。

❹ 林语堂：《京华烟云》（上），《林语堂名著全集》第1卷，张振玉译，1994年，第6页。

❺ 林语堂：《人生的盛宴》，长沙：湖南文艺出版社，1988年，第50页。

第五章 论林语堂小说的传统阐释

的社会生态观——近情思想。他解释说，近情的"情"是人际和谐的润滑剂。而在中国传统里，情与理是一体的。林语堂说："'reasonableness'译成中文为'情理'，包含了两方面的内容，'情'即'人情'，或'人性'；'理'即'天理'，或'外部原因'。'情'代表着可变的人的因素，'理'代表着不变的宇宙的法则。"❶ 利用英语词汇，林语堂说清了情与理的关系和中国文化在人际关系处理上的独特之处：既然"理"是外在的、不变的因素，那么只有靠可变的因素"情"来满足人类的需求，实现社会的和谐。林语堂非常赞赏孔子的近情思想，他在《生活的艺术》里说："统治这世界的是热情，不是理智，这已是很明显了。"❷ 他经常引用张潮的名句："情之一字，所以维持世界；才之一字，所以粉饰乾坤。"❸ 当然，理性对人类来说也是重要的，理性和情感是孪生姐妹，它们相辅相成。不过如果人类迷恋理性而忽视情感的作用，那就将走上自我毁灭的道路。近情的要求导致了中庸的处理人事的方式。"喜怒哀乐之未发，谓之中；发而皆中节，谓之和。中也者，天下之大本也；和也者，天下之达道也。致中和，天地位焉，万物育焉。"❹ "中"是世界的本来状态，"和"是世界运行的道路。在中和状态下，世界万物各得其所，各行其位。从近情观念出发，林语堂肯定中庸思想。他在小说《风声鹤唳》《红牡丹》里，不把梅玲和红牡丹放到伦理道德里去进行评判，而是联系她们的经历和性情，从人情的角度挖掘她们身上的长处，理解她们某一时某种特殊情况下的错误言行，对其做出中肯的评判。红牡丹最终放弃了与周围人的对抗，安静地生活在田园之中；梅玲在民族战争的烽火里救死扶伤。在林语堂眼里，孔子不是迂腐的读书人，倒是一个幽默达观、具有人情味的人。他的《孔子在雨中歌唱》就是从近情视角对孔子的赞美之歌。人与人之间的和谐情感是靠人类的相互理解和关爱来实现的，所以林语堂反对破坏人际温情的一切战争和强权。他的理想的和平之地就是"泰诺斯岛"。林语堂在《浮生若梦·英国人与中国人》中写过一些令人深思的话："一个具有健全常识

---

❶ 林语堂：《中国人》，郝志东，沈益洪译，上海：学林出版社，2007年，第70页。

❷ 林语堂：《论心灵》，《林语堂名著全集》第21卷，越裔译，长春：东北师范大学出版社，1994年，第63页。

❸ 林语堂：《情智勇：孟子》，《林语堂名著全集》第21卷，越裔译，长春：东北师范大学出版社，1994年，第102页。

❹ 杨洪，王刚注译：《中庸》，兰州：甘肃民族出版社，1997年，第1页。

的民族并不是一个不会思想的民族，而是一个把它的思想归纳到生活的本能那里使它们和谐相处的民族"，"智慧跟人事很少关系，因为人事多数是受我们的动物热情所支配。人类的历史并非理智的聪敏指导下的产物，而是由情感的力量所形成——这种力量包括我们的梦想，我们的傲慢，我们的贪婪，我们的畏惧，以及我们的复仇欲望"。❶

综上所述，林语堂具有比较明显的生态观念，无论是他的小说还是散文或者戏剧，每当涉及传统文化或者古典人物形象时，生态话语都是他对他们/它们进行阐释的重要工具。新人文主义强调人的理性与社会秩序的关系，而生态主义强调整体性与系统性。虽然在社会治理层面，二者都强调和谐，但前者主张通过人的努力达到目标，后者主张通过系统内部的自然调节实现目标。林语堂后来的传统阐释在某种程度上已经超越了新人文主义思想，所持话语主要是生态话语。而且他的生态观由自然到社会，再由社会到文化，他在评价和重构世界文化时，采取的就是生态的原则，主张世界各种文化和谐共生。

以上各话语体系之间的关系既是层层递进的关系，显示了林语堂对中国传统文化的认识日益深入的过程，同时又是相互交织，难以完全分离的关系，显示了中国现代文化演进的复杂状态。可以说，林语堂的传统阐释体系是在不断完善的，这一不断完善的过程反映了他对传统的理性态度和反思精神。鲁迅、周作人、钱玄同、陈独秀等人曾经对传统发表过许多令今天的读者大为惊讶的言论，如"不撄人心""吃人的宴筵""将中国书扔到茅厕里去"，等等。而且关键是，他们中的大多数人终身操持这种启蒙主义的话语，激进的批判态度从不改变。相比之下，林语堂不断探寻真相，不断改进阐释传统的话语，他的行为可以给今天的文化建设提供诸多借鉴。

三、语境与情境的博弈

话语体系的形成，需要社会与时代语境作为基础和支撑，虽然一个阐释者在同一语境下可能选择不同的话语体系。林语堂在不同时期，站在不同的语境里，发出不同的声音。"五四"时期，他在文化批判的语境中以

❶ 林语堂：《英国人与中国人》，《林语堂名著全集》第15卷，今文译，长春：东北师范大学出版社，1994年，第1—4页。

启蒙者的姿态向传统开火，传统成了钱玄同所谓的"选学妖孽、桐城谬种"之类的形象；20 世纪三四十年代，在人文主义语境中，林语堂依然以批判的态度，向西方现代文明开火。对于林语堂，不同时期的语境是他与社会各界交流、展示自我的基础与平台。但是同时，语境也成了制约与拘束他展示小我、感受传统的障碍与瓶颈。语境是通过多个及多重双向交流而形成的场面与平台，它具有浓厚的社会性与群体性。出生在东南一隅贫穷山区的林语堂，虽然学习了一些西方文明，却没有生活在西方语境之中，他对于基督教的认识与见解，无法得到充分的交流。"五四"时期的文化批判语境，虽不是他需要的直接的西方文化语境，却可以成为他间接结识西方文明的交流平台，于是也成了他理想的社会沟通场域。20 世纪 30 年代，文化界普遍转向在传统文化中寻找精神的寄托与话语方式。但是由于独特的经历，对于林语堂来说，传统文化精神寄托的意义相对要小一些，作为新的话语方式的意义更大。他需要用传统阐释他的人文知识和见解。当然，1936 年去美国后，林语堂终于找到了他的人文语境。可是他却面临一个问题，那就是用什么来与西方交流与沟通呢？语境只是一种平台与场域，交流的内容必须来自自己。林语堂在这种语境中选择讲述中国人及中国人的故事就是自然而然的事情。

在从"五四"到 20 世纪 30 年代的国内语境，再到西方的文化语境这样一个过程中，林语堂似乎能在每个阶段找到适合自己的交流语境，顺风顺水，总能成为交际的亮点、话语的中心。不过，我们不可忽视这样一个事实：一方面，作家言说话语的获得需要社会公共语境的支持，社会语境可能是他言说的动力，或者是言说内容以及假想接受者等因素的形成基础；但是另一方面，社会语境不是全部，表达者写作时的各种情境也会对他产生影响，有时甚至是至关重要的影响。林语堂的传统阐释既在各种语境中展开，也在各种具体情境中实现。语境和情境共同影响着他的价值观念、思维方式、情感体验、道德准则以及表达方式。为了论述的全面和深入，这里必须使用一个新词，即阐释情境。阐释语境与阐释情境相互博弈，形成了林语堂传统阐释的独特性。

影响林语堂对传统文化进行阐释的情境首先是道德情境。1932 年，民权保障同盟成员杨吉佛被杀害，林语堂被暗探堵在家里，没有去参加其追悼会，而只是去参加了下葬会。鲁迅在追悼会上没有见到林语堂，于是认为他胆小怕事，不敢承担一点点儿风险。误会发生后，鲁迅对林语堂或直接或间接地提出过诸多指责。这件事让林语堂背负了相当大的道德压力。我们姑且不论鲁迅等人的指责正确与否，先来看看它对林语堂的影响。从这次事件之后，林语堂对晚明小品文的解读与推广热情减退了，他没有像以往一样直接在散文里进行辩驳，表达自己的观点和态度，而是转向在小说中进行曲折的暗示。如在《京华烟云》中，林语堂细腻地描写了木兰在女儿被杀之后的痛苦感受，他用道家的"离形""去智"等观念为木兰解除痛苦的折磨。他对木兰的同情实际上是为自我辩解，是对自保态度曲折的肯定。道家的女儿木兰成了林语堂自己，而且这一点林语堂也承认过。特别有意思的是，鲁迅在与林语堂交恶后，说过一句非常刺激林的话：他讽刺林语堂之所以大谈晚明小品，是因为他对晚明以前的文章了解甚少。此话不仅是对林语堂传统知识结构的质疑，而且是对林语堂人格的指责，其潜台词是说林语堂虚伪，不能"知之为知之，不知为不知"。林语堂虽然没有公开回应过这句话，不过从这以后，他常常有意无意地在小说里大谈明以前的文人与文化传统，而对晚明以后的东西谈得相对少了很多。比如，经常出现在林语堂笔下的古代人物形象开始从袁宏道、袁中道等人转变为孔子、庄子、苏东坡、武则天等人。他似乎是在证明自己并不是只懂明代以后的文章，对明以前的历史人物也颇有研究。谈论对象的转变，自然也会影响林语堂的话语表达。他笔下出现得最多的词汇从以前的"闲适""自我"转向"自然""日常""情理"，其境界显得更为旷达、洒脱。他解读出中国传统文化里更有深度、更接地气的一面来。也许这与他的理性认知的积累有关，但却不能否定道德情境在其中所起的推动作用。

林语堂尤其容易受到具体的生活情境的影响。"感觉"是他笔下人物言行的原动力，其实对于他自己来说，生活中的亲身感受也往往发挥非常大的作用。在他的传统文化阐释中，可以隐隐约约地见到林语堂本人经济条件、家庭状况甚至生理与心理状态的影响。

刚到美国的林语堂得到赛珍珠的帮助，在她丈夫华尔希的约翰·戴出版社出版了著作《生活的艺术》，并获得巨大的成功。但林与他们却在日后因版税分割问题产生纠纷并最终绝交。林当时说了这样一句："我看穿了一个美国人。"[1] 就是在绝交后的第二年，林语堂写作了小说《远景》。

———————————
[1] 林语堂：《论美国》，《林语堂名著全集》第 10 卷，张振玉译，长春：东北师范大学出版社，1994 年，第 308 页。

在这部小说中，林语堂对西方文化的批判由以前的或委婉或间接的否定转变为或尖锐或直接的指责，对东方文明尤其是中华文明的赞美则变得毫无保留。在他设计的未来世界里，东方社会秩序、传统家庭文化和神秘的奖惩方式等具有了特别的力量，它们尤其可以弥补西方法制社会和商贸社会不可避免的缺陷和不足。情感与精神共鸣是社会人员之间最好的沟通方式，利益与契约的功能被林语堂否定了。而赛珍珠的丈夫拿走本属于林语堂的版税的方式就是靠契约，契约让林语堂明知道吃亏了却无可奈何。这部小说里的不少情节可以印证林语堂中西文化价值观的转变，他与赛珍珠夫妇关系破裂所产生的影响隐隐约约地体现在小说中。林氏在这部小说里将劳思树立为奇岛上的精神领袖，他是中国传统文化的精髓和结晶，有着儒家的高雅智慧、道家的超脱胸襟、佛家的慈悲情怀，经常使用富有中国特色的话语解释历史，设计未来世界的文化。

家庭生活情境对林语堂的传统文化阐释所发生的作用，可以从两个方面来加以论述。一是林语堂与妻子廖翠凤的关系常常成为他小说里中国式婚姻的样板。虽然曾经大力推崇过西方文明，但林语堂的小说中很少赞美通过自由恋爱而形成的婚姻，他倒是在不少作品里塑造了由父母之命或其他社会因素促成的传统模式的婚姻，如木兰与荪亚、曼妮与平亚等人的婚姻就是。这些人的婚姻与林氏夫妻的婚姻都是复杂的社会关系的结果，而非个人意志的促成。二是他的女儿们都成了他小说中各种文化的代表。大家熟知的就是他的三个女儿林如斯、林太乙、林相如，据他自己说，她们分别对应小说《京华烟云》中的木兰、莫愁、目莲。林语堂偏爱林如斯就把她写成木兰，对木兰极尽夸赞之能事。她是道家的女儿，凡事循道而行，爱着立夫却嫁给荪亚，生活中不去追求特定的目标，却什么都懂。可惜的是，林如斯没有按林语堂的设计安排自己的婚姻，她选择西方的婚恋模式，最终夫妻离异、自杀身亡。但这也证明了林语堂对西方文明病的批判是相当有眼力的。

一个作家的生理状况在一些情况下也可能影响他的传统文化阐释。比如林语堂的脾胃功能特别好。据林太乙在《林语堂传》里说，林语堂身体健康，很少生病，所以胃口也特别好，消化力惊人，常常半夜起来吃东西，有一次吃了五个鸡蛋，两片煎饼。有着如此好胃口的林语堂非常关注饮食，他在《论肚子》一书里说："凡是动物便有一个叫做肚子的无底洞。

这无底洞曾影响了我们整个的文明。"❶ 而对饮食的关注，使他在写一些历史人物的时候，特别注重写他们的饮食习惯和当时的饮食文化。苏东坡和王安石是北宋两个产生了巨大影响的人物，林语堂通过写餐饮行为表现他们不同的性情。比如，他通过写苏东坡对杭州百姓饮食习俗形成所起到的重大作用，来写苏东坡的博爱人格和亲民作风。而通过写王安石在饮食上的麻木、"不解美味"的行为，暗示他为政治欲望所束缚，已经丧失了生趣。《苏东坡传》对东坡肉、东坡茶的由来的介绍，虽然已经不仅仅停留在饮食的物质层面，而是成了一种文化分析和社会人文鉴赏，但这一书写角度实在独特，也别有魅力。这些文字读来令人心旷神怡，林语堂借饮食让读者体悟了中国文化的深层意蕴。众所周知，林语堂的《生活的艺术》，是专门从日常生活的各个方面来阐释中国丰富的传统文化的，其中一个重要方面就是饮食文化。

当然，以上各种情境与林语堂的价值观念、阐释体系、阐释路径相互博弈，相辅相成，共同作用和影响他的传统阐释。比如，林语堂从饮食文化的角度诠释历史人物，就与他的人文话语和生态话语存在和谐一致的地方，也与他的细微叙事风格一脉相承。

四、结语

我们今天谈论传统，首先要建立一个观念：传统不简单等同于过去或历史。现代是个重要的中转站，当代关于传统的观念和理解，不可能不受现代人的影响。而处于文化转折时期的现代人，他们关于传统的阐释又是多元的、不固定的，这与他们多变的价值观念和生活场景有关。这里我们以传记《武则天传》为典案，对这个问题进行具体考察。在这篇传记体作品中，林语堂至少运用了三种话语体系进行讲述。第一种是人文主义的话语。在这一话语体系里，武则天被描述成一个普通的人，叙述者关注的是她的成长经历和内心感受。她 14 岁进宫，在唐太宗身边服侍这个老皇帝 12 年，却并不受宠爱，甚至没有引起他的关注。从 14 岁到 26 岁，对于唐代人来说就是一个人最宝贵的青春年华，她全在封闭的宫廷里虚掷了。武

❶ 林语堂：《论肚子》，《林语堂名著全集》第 21 卷，越裔译，长春：东北师范大学出版社，1994 年，第 45 页。

则天本是一个健康的少女，宫里 12 年没有人性、没有自由的生活扭曲了她的性情，所以才有后来她对皇权的沉迷。她的独裁是对安全感的需要的表现。传记里记载，本来武则天已依照裴炎的主张，把帝位传给太子哲，但太子哲在为岳父争夺职位时说了过激的话而使武后改变了主意。哲说，自己是天子，就是把天下让给岳父也可以。这明显是一时气急的过激语，但武则天因此把他废了，她害怕哲的不稳重会使自己离开权力中心，招来灾祸。第二种是女性主义的话语。作为女性，武则天也渴望被爱，但她在皇帝身边生活了 12 年却并未受宠爱，而这 12 年又是她性欲最为旺盛的青春时期。于是，她的女性意识被压抑到内心最深处，转而成为一个疯狂的皇权争夺者。林语堂在这里很有感触地写道："如果说有什么危险，那就是性特征的消失，以及有女子气质的妇女的减少。"❶ 她勾引太子成为他的情人，太宗驾崩后，她由一个为太宗守节的出家尼姑，成为继承了皇位的太子即高宗的昭仪。紧接着，她利用皇帝的软弱和宫廷的内部斗争，逐个扫除了身边的拌脚石，从昭仪到贵妃，再到皇后，最后一路爬上了处于权力顶峰的皇帝宝座，成为中国历史上第一个，也是唯一的一个女皇帝。在这两种话语体系里，武则天的故事都是悲剧。作为普通人或者普通女人，武则天原本是正常的、健康的，她聪明、活泼、美丽，按理说应该拥有一个安宁、幸福的家庭。但是宫里的生活改变了她，她在获得无上权力的同时丧失了人性，既害了他人，也害了自己，她的人生是残缺的，没有幸福可言。

不过，在这个作品中，我们还可以发现明显的道德话语的痕迹。从这一话语体系的要求出发，叙述者把武则天描绘成一部杀人机器，外加一个淫虫。她可以杀死自己的亲生女儿以达到诬陷她人的目的。她为了权力而害死的人有她自己的儿子、儿媳、孙子、孙女、胞姐、姑母、堂弟、甥女、甥妻，更不用说那些和她没有血缘关系的文武大臣。总之，在林语堂的述说里，凡是武则天认为会对她的政治前途有障碍的，无论是近族还是大臣，一律格杀勿论，而且她所使用的手段凶狠毒辣：掐死、割裂、毒杀、饿死、虐待、鞭死、灭门等。作者在书后附有"武后谋杀表一（武后的近家族）""武后谋杀表二""武后谋杀表三（文武大臣）"三张表。试想，武则天杀了这么多人，可能都有确凿证据吗？答案当然是否定的。叙

---

❶ 林语堂：《中国人》，郝志东、沈益洪译，上海：学林出版社，2007 年，第 130 页。

述者陈述的武则天的第二宗大罪是淫乱。她乱伦，从皇帝的女人变成皇帝儿子的情人。她在花甲之年养了无数男宠，七十五岁高龄还纵情声色。"从传记角度来看此书，凡是具有现代眼光的读者，必能看出此书的思想观念过于陈旧，而且借题发挥之处过多，违反传记的客观性，作者置身其间对武则天评头品足。"❶ 这种道德叙事，显然带有强烈的主观色彩，其中可见林语堂保守的性别观念的痕迹。在道德话语里，武则天的故事变成了喜剧：她是一个自私、残忍、淫荡的女人，祸害了无数生命，她的人生是荒唐的、没有价值的。作者是这样写她的结局的："在她的遗言里，他❷饶恕了王皇后、萧淑妃、褚遂良、韩瑗，以及王皇后的舅父柳奭。这样，她往阴间去的路上不致于太不顺利，不致于太难为情。"这显然是调侃的语气，全书的结尾同样用了喜剧的手法："她死了，她所作的恶却遗留于身后。后来经过中宗、睿宗、玄宗，把武后族人消灭之后，此书的最后一章才算结束。"❸

如此说来，林语堂的传统阐释不是唯一的，从而也似乎是不客观的，其可靠性好像值得怀疑。这个问题牵涉到阐释学上的一个难题：是否有事情本身，它决定了阐释的唯一正确性。伽达默尔说："理解就不只是一种复制的行为，而始终是一种创造性的行为……我们只消说，如果我们一般有所理解，那么我们总是以不同的方式在理解，这就够了。"❹ 阐释的多元特性在他看来是一种必然的存在状态。实质上，海德格尔认为理解会受到除知识性条件之外的各种情形的制约，他也不否认阐释的多元性。格朗丹否认存在"事情本身"，他说，"首先在诠释学里并没有那种作为立场制约性对立面的事情本身"。❺ 我们认为，关于传统的任何阐释都会受到现代人的前理解的限制，众多的话语体系必然带来众多的结论。但是，理解都要受事情本身约束，林语堂不可能把武则天阐释成具有现代思想的女性，也

❶ 万平近：《林语堂传》，福州：海峡文艺出版社，1998年，第304页。
❷ 注意，引言里第二个"他"用男性第三人称。笔者认为这不是作者的误用，而是有意为之，意指武则天沉迷于皇权，已经没有女性性格特征。
❸ 林语堂：《武则天传》，《林语堂名著全集》第12卷，张振玉译，长春：东北师范大学出版社，1994年，第223页。
❹ ［德］伽达默尔：《真理与方法》第1卷，洪汉鼎译，北京：商务印书馆，2007年，第403页。
❺ ［加］格朗丹：《诠释学真理？——论伽达默尔的真理概念》，北京：商务印书馆，2015年，第133页。

第五章 论林语堂小说的传统阐释

不可能将苏东坡阐释成具有西方民主思想的思想家。所以，事情本身或者说原生态的历史是存在的，但它的存在并不排斥阐释多元性发生的可能。而且，多元性的阐释可以照亮历史的丰富性。

因此，林语堂的传统阐释依然有着特别的价值和借鉴意义。虽然闲谈、想象路径有着一定的主观色彩，而他的讲述也是与其西方文化批判共生共存的，脱离不了主观的嫌疑。阐释的出发点是客观地理解文献原作者的意图，而不是宣扬阐释者自己的主体观念。所以，从严格的阐释学要求来看，林语堂对传统文化的阐释不是科学的、客观的。但是，科学真能做到完全准确，真能解决一切问题，包括人文学科的问题吗？20 世纪 20 年代的"科玄论战"是发生在中国现代关于自然科学和精神科学关系的论争。胡适、吴稚晖、丁文江、任叔永、唐钺等人宣扬科学是万能的，能够统帅一切认知。而梁启超、张君劢、王平陵等人反对用科学的标准衡量一切学说，尤其反对用它来衡量人文科学。❶ 20 世纪是一个主体性很强的时代，但是它基本上不影响现代人阐释传统的意义，相反，它恰恰给予林语堂等人阐释传统的激情和动力。因此，谁都不能保证林语堂的传统阐释具有绝对的客观性，但是他的阐释的意义和价值仍然不能低估。第一，林语堂的阐释丰富了新文学的表现对象。由于"五四"新文化运动的激进态度和现实主义创作方法的原则要求，新文学或多或少忽视了表现古典文化。而林语堂热衷于叙述古代传奇故事，描摹士大夫的生活以及刻画孔子、武则天、苏东坡等历史名人形象，取得了很好的阅读效果。尤其是他笔下的历史人物，鲜活生动，立体性地诠释了传统文化的内涵。比如苏东坡、王安石这两个人物形象，亲切、生动，穿越历史的迷雾扑面而来。苏的嬉笑怒骂、自然智慧，王的刻板谨慎、勤劳上进，栩栩如生，读来令人心旷神怡。第二，肯定传统的价值，赋予传统以现代意味。尽管胡适很早就提出要以"评判的态度"和"科学的方法"总结和梳理中国文化，但他拘于他的新文化运动领袖的身份和在中西文化价值观念上的西方本位立场，并未付诸具体的行动。林语堂不仅敢于实践，而且敢于以人文思想和生态观念阐释中国历史上的人事，使传统对接现代，开拓了传统阐释的思路，创新了传统的内涵。这在某种意义上说，其实就是肯定了传统文化不但具有

❶ 李清良：《论中国诠释学研究的兴起缘由》，《山东大学学报》（哲学社会科学版），2015 年第 5 期。

"保存"的价值，而且对于现代具有资源性作用，可以参与现代的文化重造。第三，为进一步建立具有民族特色的传统阐释学奠定基础。胡适说："今日吾国之急需，不在新奇之学说，高深之哲理，而在所以求学论事观物经国之术。"❶ 这段话强调了诠释历史和传统的原则和方法的重要性。使用西方理论诠释中国传统文化是19世纪以来学界的普遍做法。林语堂虽然不能幸免，但他开始尝试用自己的观念、思路和话语体系去讲述中国和中国人的故事，虽然还无法完全摆脱西方的影响，但毕竟发出了自己的声音，为我们建立系统的"求学论事观物经国之术"，即现代阐释学，提供了借鉴。如林语堂提出的"自然""近情"等富于民族特色的概念，具有深入中华文化根底，焕发中华文化现代意义的独特功用。第四，有助于深入理解现代作家。从林语堂的阐释行为中，可以真切地感受到现代作家所处的文化转型期语境和他们的文化姿态甚至他们的具体生活情境，为我们深入理解这些作家和他们的创作环境提供了鲜活的历史背景。第五，表现了中国现代作家心怀天下的人类意识。林语堂在《生活的艺术》《吾国吾民》《奇岛》等作品，试图通过分析中国文化的自然、中和等特征，纠正西方文明的弊病，以中国传统文化为主要工具，重建世界新秩序。尽管这种做法空想的成分多，实践的意义小，但它显示了中国现代作家超越民族与国家局限，以全球为己任的阔大胸怀。

当然，林语堂的传统阐释缺乏理论的自觉，因此不可能对中国文化做出系统的梳理、分析，得出可靠的结论。他往往是在现实的需要，或者时代的感召，或者某种生活情境的刺激下，以传统为工具，应急式地做出回应，其短暂性和非延续性特征比较明显，所以也就找不到（林也无意去寻找）一条可以深入中国文化内部结构的路径，难以形成一套整全的话语体系和阐释范式。不过，其文学意义和文化价值依然不可低估。

❶ 罗志田：《再造文明的尝试：胡适传（1891—1929）》，北京：中华书局，2006年，第174页。

第五章 论林语堂小说的传统阐释

第六章 林语堂小说的外国语
写作特色及其意义[1]

作为精通中西语言文化的大师，林语堂擅长并热衷于以英汉两种语言交互传递中西方文化。他用英文写就的作品达三十七部，除了可读性最高也最为读者所熟知和赞誉的文化史著作《吾国与吾民》（My Country and My People，一译《中国人》）、《生活的艺术》（The Importance of Living）、文学传记《苏东坡传》（The Gay Genius），以及小说三部曲《京华烟云》（Moment in Peking，一译《瞬息京华》）、《风声鹤唳》（A Leaf in the Storm）、《朱门》（The Vermillion Gate）之外，《唐人街》（Chinatown Family）、《远景》（Looking Beyond，一译《奇岛》）、《红牡丹》（The Red Peony）、《赖柏英》（Juniper Loa）、《逃向自由城》（The Flight of Innocents）等小说作品在欧美也颇为畅销。林语堂小说突破了英语语言形式的束缚，又充分考虑西方读者的理解和接受能力，将中文里具有本土文化特色的信息资料和事件利用特有的表达方式展现给西方。这种融汇了中西语言文化的外语写作方式在传播中国文化、塑造中国形象方面有独特作用，也为他在国际文坛上奠定了较高地位。

一、林语堂外国语写作的过程研究

（一）林语堂英语小说创作的准备阶段

1927 年，林语堂辞去武汉国民政府外交部秘书和《中央日报》英文副刊主编职务，前往上海。1928 年 5 月，《中国评论周报》（The China Critic）创刊，身为创办人之一的陈石孚邀约林语堂给刊物撰稿。同年 11 月，

---

[1] 本章中的部分翻译案例，引自课题组成员肖百容、张凯慧已发表的文章《论〈京华烟云〉的翻译性写作及其得失》，《湖南工业大学学报》，2010 年第 3 期。

林语堂在该刊上发表题为《中国语言与文化》（Some Results of Chinese Monosyllabism）的小品文，这也是他最早用英文发表的文章。从 1930 年 6 月起，林语堂开始在《中国评论周报》开辟名为"小评论"的专栏，自此一直到 1936 年赴美，林语堂参与到专栏的编辑工作中，并陆续为专栏撰写英语文化随笔和小品文。林语堂这期间的作品与其早期"浮躁凌厉"的杂文不同，文章中对社会、文化关注和批评趋向平和，开始倡导"幽默""闲适"。这一变化，可以看作林语堂创作的转型，是其文化观发展轨迹中的转折点，从中可以窥见其后来小说创作时的文化心理雏形。1935 年 5 月，吴经熊与温源宁创办《天下月刊》（T'ien Hsia Monthly），也邀请了林语堂作编辑成员。在《天下月刊》时期，林语堂发表了多篇英文书评和英译作品，他对中国传统文化论著的译介即从这一时期开启。林语堂在 20 世纪 30 年代上海的英文写作是其数十载外国语写作的起步，无论是关注兴趣还是文化思考，都在他后期的文化著述和小说创作中得到进一步丰富与发展。❶

也正是通过在英文期刊上发表的诸多文章，林堂语与美国女作家赛珍珠结识，直接促成了林堂语专职于外国语写作。赛珍珠在中国生活多年，对中国文学、文化有相当的了解和研究。1931 年，她创作的以中国农民的生活为主题的小说《大地》荣获诺贝尔文学奖金，成为美国第一位获诺贝尔文学奖的女性作家。在美国声名大噪后，赛珍珠回到中国，准备找一位中国作家写一部向西方介绍中国的英文作品，诚如后来她为《吾国与吾民》所作的序中说的："我盼望了长久，这少数作家中或有一位替我们写一本中国的自我说明，它必须要是一本有真价值的书，浸满以本国人民的根本精神。"❷ 多次从《中国评论周报》的评论栏读过林语堂的文章后，赛珍珠对他极为欣赏，把他视为理想的作家人选。于是，借一次到林语堂家中吃饭的机会，赛珍珠向林语堂提及自己的想法，适逢林语堂也打算通过著书立说发表自己对国家社会的看法，两人即此开启了长达近二十年的合作。

1934 年，林语堂在赛珍珠的邀请和支持下开始了《吾国与吾民》的写

---

❶ 易永谊：《世界主义与民族想象：〈天下月刊〉与中英文学交流（1935—1941）》，福州：福建师范大学，2009 年。

❷ 林语堂：《吾国与吾民》，《林语堂名著全集》第 20 卷，长春：东北师范大学出版社，1994 年，第 5 页。

第六章 林语堂小说的外国语写作特色及其意义

069

作，标志着其正式以外语进行规模化、批量化写作的开始。他意图通过《吾国与吾民》表达自己对祖国的实感，恰如他在自序中写道的："我堪能坦白地直陈一切，因为我心目中的祖国，内省而不疚，无愧于人。我甚能暴呈她的一切困恼纷扰，因为我未尝放弃我的希望。"❶ 同时，他也希望借这部有关中国社会、文化和生活哲学的著作让更多的西方人跨越国家、民族与语言的隔阂，对中国人和中国文化有一个更客观、全面的认识。为此，不同于前期评论中国时的激烈论调，此时的林语堂试图以一种中立的、超脱于政治之外的态度展示中国及其文化。对于这一文化心理，1932年林语堂到牛津大学作题为"中国文化之精神"的演讲时曾有所谈及："东方文明，余素抨击最烈，至今仍主张非根本改革国民懦弱萎顿之根性，优柔寡断之风度，敷衍透迤之哲学，而易以西方励进奋图之精神不可。然一到国外，不期然引起心理作用，昔之抨击者一变而为宣传，宛然以我国之荣辱为个人之荣辱，处处愿为此东亚病夫作辩护，几沦为通常外交随员。事后思之，不觉一笑。"❷ 由此，林语堂"在写《吾国与吾民》的时候，从开始写中国人的性格，中庸之道，中国人的心灵，其中还透着很多焦虑和挣扎，慢慢过渡到讲中国人的生活方式，他这样的中国文化人从中国的传统和自己的生活中，就找到了代表中华民族内在的另一个世界，这个世界是相当美好且高雅的。如果连上《吾国与吾民》的下一此书《生活的艺术》一起看，就非常明显了"。❸《吾国与吾民》于1935年9月出版，其后多次再版并登上美国畅销书排行榜。这本书的成功，直接促使林语堂接下来写作了《生活的艺术》一书。"可以说，《吾国与吾民》一书是林语堂生命的转折点。此后他就由对中国人讲西方文化转为对西方人讲中国文化了。"❹

《吾国与吾民》给林语堂带来的转折不仅是创作上的。正是由于《吾国与吾民》的成功，林语堂举家旅居美国，专事创作，开始了三十年的海外著述生涯。赴美后，林语堂起笔写作《生活的艺术》。《生活的艺术》并

---

❶ 林语堂：《吾国与吾民》，《林语堂名著全集》第 20 卷，长春：东北师范大学出版社，1994 年，第 8 页。

❷ 林语堂：《大荒集》，《林语堂名著全集》第 13 卷，长春：东北师范大学出版社，1994年，第 139 页。

❸ 苌苌：《说不定我也同样爱我的国家》，《三联生活周刊》，2009 年第 36 期。

❹ 陈平原：《两脚踏东西文化——林语堂其人其文》，《大书小书》，广州：广东旅游出版社，1992 年，第 86 页。

不在林语堂最初的写作安排中，他原来本想翻译几本国内著作之后，再做其他打算。可是后来情况有变，赛珍珠的丈夫，也就是出版商华尔希建议他以西方人为读者，写一部关于中国的书。于是，林语堂改变初衷，决定在完成《生活的艺术》的写作后，再翻译名著。1937 年，《生活的艺术》面世，并取得了比《吾国与吾民》更热烈的反响——1938 年居美国畅销书排行榜榜首达 52 周。《生活的艺术》先后被翻译成十余种文字，再版达四十余次。

（二）林语堂英语小说创作的实践阶段

经过长期的英语写作积累和准备，林语堂英语小说创作的时机成熟了。林语堂曾向女儿提及他为这个时机等待已久："以前，在哈佛大学上'小说演化'课时，白教授（Prof. Bliss Perry）的一句话给我的印象特别深，就是西方有几位作家，40 岁以后才开始写小说。我认为长篇小说之写作，非世事人情经阅颇深，不可轻易尝试。因此素来虽未着笔于小说一门，却久蓄志愿。在 40 岁以上之时，来试一部长篇小说。而且不写则已，要写必写一部人物繁杂，场面宽广，篇幅浩大的长篇。所以这回着手撰写《京华烟云》，也非意出偶然。"❶ 于是，林语堂在 1938 年春完成《孔子的智慧》一书之后，又接连创作了他的第一部英文小说《京华烟云》。

《京华烟云》是林语堂最负盛名的作品。该书 1939 年底在美国出版后引起轰动，美国《时代》周刊评论称这部小说极有可能成为关于现代中国社会现实的经典作品。《京华烟云》讲述了北平曾、姚、牛三大家族从清末义和团运动到民国抗战初期三十多年间的悲欢离合和恩怨情仇，反映了近代中国社会历史的风云变幻。因其通篇结构宏伟，情节线索交错，涉及人物众多，被称为"近现代版的《红楼梦》"。实际上，《京华烟云》的创作确实与《红楼梦》有千丝万缕的联系。林语堂对《红楼梦》极其喜爱和赞赏，因而萌生了将其翻译成英文的想法。但后来考虑到《红楼梦》距离现实生活较远，难以被西方读者理解和接受，再加上抗日战争的爆发激起了林语堂的爱国情感，为此，他决定借鉴《红楼梦》的艺术形式和笔法，写一部以现代中国为社会背景，并融合传统中国文化和历史的小说。很快，林语堂将想法付诸行动，他先是花费五个月的时间对人物和情节进行

---

❶ 施建伟：《林语堂》，北京：中国华侨出版社，1997 年，第 129—130 页。

构思，然后耗时一年进行文字创作，终于在 1939 年 8 月完成了他的第一部长篇小说《京华烟云》。长达七十万字的《京华烟云》倾注了作家极大的心血并取得了巨大成功，1975 年，林语堂凭借《京华烟云》获得了诺贝尔文学奖提名。

《京华烟云》出版翌年，林语堂又写了其续篇《风声鹤唳》，并与 1953 年的《朱门》一起合称为"林氏三部曲"。与《京华烟云》相比，后两部小说由国家战乱而发的创作动机更为直接，在作品中的表现也更加显露。尤其是《风声鹤唳》，林语堂将小说的英文名定为《A Leaf in the Storm》，意即暴风雨中的叶子，反映当时的中国正饱受民族压迫和战争之苦，如同一片叶子在风雨里飘摇，正像他在小说中所写："战争就像大风暴，扫着千百万落叶般的男女和小孩，让他们在某一个安全的角落躺一会儿，直到新的风暴又把他们卷入另一旋风里。因为暴风不能马上吹遍每一个角落，通常会有些落叶安定下来，停在太阳照得到的地方，那就是暂时的安息所"❶。作家借助创作，表达对祖国的关切，对战乱中人的命运的关怀以及对未来的信念，《风声鹤唳》也因此被《纽约时报》誉为中国的《飘》。1948 年出版的《唐人街》描写的是生活在纽约唐人街上的华人侨民。"其实早在'七·七'事变不久，林语堂有感于旅美华侨的抗日救国热情，就想写一部反映海外华人爱国主义精神的小说"❷，只是由于种种原因久未起笔。直到 1947 年，辞去联合国教科文组织的美术与文学组主任一职后，赋闲到法国坎城小住的林语堂终于动笔创作《唐人街》。一如此前的几部作品，《唐人街》也承载了作家彰显中国文化优质品性的创作目的，但在张扬中国文化价值、抒发对故国的留恋之余，小说还大幅描绘了美国的价值观念和物质文明，遍布小说的中、西两种文化符号，正是林语堂"中西合璧"构想的观照。❸

林语堂唯一一部科幻小说《远景》创作于 1955 年。其时，甫任南洋大学校长六个月的林语堂因与执委会关系破裂而辞职，妻子廖翠凤受到打击而神经衰弱。为抚慰妻子，也为一解自己办学理想受挫的苦闷，林语堂

❶ 林语堂：《风声鹤唳》，《林语堂名著全集》第 3 卷，张振玉译，长春：东北师范大学出版社，1994 年，第 234—235 页。

❷ 施建伟：《幽默大师林语堂》，上海：上海书店出版社，1999 年，第 187 页。

❸ 沈庆利：《虚幻想象里的"中西合璧"——论林语堂〈唐人街〉兼及"移民文学"》，《山东社会科学》，2000 年第 5 期。

带着妻子和长女、幼女到欧洲漫游，并与妻子留在坎城疗养。风景优美的坎城成了林语堂身心灵的世外桃源，自在闲适的生活使他想要冲破现代文明樊篱的冲动愈加强烈。这种对自由的向往投影于创作，便有了《远景》的问世，小说中描写的南太平洋中的无名小岛，正是林语堂在现实中看不到前景后，转而在文学世界创造的一个理想国，一个能够躲避现实的港湾。《红牡丹》创作于 1961 年，林语堂通过记述一个美艳风流的寡妇大胆追求灵内和谐的爱情、寻求理想丈夫的情爱经历，表达了情、欲、理合一的哲学思想。梁牡丹这一形象，与作者 1963 在《赖柏英》中塑造的纯情、善良的山村姑娘赖柏英大相径庭，是处于两种极端的女性。林语堂称《赖柏英》是一部自传体小说，他在《八十自叙》中也谈到赖柏英是与他一起长大的初恋情人，他们相亲相爱，只是因为环境而不得不分开。对林语堂而言，赖柏英不仅是他纯真年少时爱恋的对象，更是寄托着自己对闽南乡土深沉眷恋的一个意象。写作这部小说时，林语堂已年近古稀，此前，这位老人曾多次向儿女谈及自己对故土的怀念。苦于身居异国，故土难返，林语堂只能将无处消解的苦重乡愁和乡恋寄寓文字，以求在写作中使自己的乡情得到慰藉。❶

林语堂出版的最后一部长篇小说是 1964 年的《逃向自由城》，这部作品主要写与逃奔香港的内地知识分子的交谈，政治立场存在严重偏差，艺术性不强，这里不予论述。此后，林语堂因年事渐高，对于再收集新素材写小说已心力不足，于是重新用中文写作散文、杂文和学术性文章，同时也完成了其文学生涯中的最后一个转折。❷

在大量的外国语写作中，作家展现了自己的人生哲学和东西文化观，表现出文化的自觉。同一时期，以小说创作切入文化研究的作家并不罕见，他们关注中国传统文化，也热衷于介绍、引进西方文化，但他们所作的文化比较更多的是分辨文化或优或劣的特性。林语堂则不同，虽然他的文化比较明显带上了个人趣味，但他作品中的文化比较并不追求是非结论，也不作高下之分，而是把中国文化化解在西方文明的期待视野中，从互补出发，各有取舍，最终构建出一个自成一体、独具林氏风格的思想体系。

---

❶ 曾孝仪：《苦恋情结的艺术升华——读林语堂的长篇〈赖柏英〉》，《大连大学学报》，1995 年第 1 期。

❷ 万平近：《林语堂定居台湾前后》，《新文学史料》，1995 年第 2 期。

二、林语堂外国语写作的历史语境研究

（一）林语堂外国语写作的文化背景

1895 年 10 月 10 日，林语堂出生于福建龙溪县坂仔村的一个基督教家庭。他的父亲林至诚原是一位小贩，加入了教会的神学院成为一名基督徒后便在坂仔村传教。林至诚通过自学，具备了一定的中文修养，又在教会其他传教士的介绍下阅读了不少"新学"书籍，对西方文化有所了解，思想较新，这也影响了他对儿女的教育态度。平日里，他时常亲自教八个子女读书。除了通过《四书》《诗经》等中国传统经典向子女们教授中国历史文化外，林至诚还经常引导他们学好英语，带给他们西方文化的启蒙教育。林语堂谈起父亲对自己的影响时曾说："吾父既决心要我学英文，即当我小学时已喜欢和鼓励我们弟兄们说英语……他尝问我一生的志向在什么，我在童时回答，我立志做一个英文教员，或是物理教员。我想父亲必曾间接暗示令我对于英文的热心。"❶ 虽然家庭经济条件平平，但林至诚坚持将几个儿子供送至大学。林语堂 17 岁从厦门教会学校寻源书院毕业后，进入了上海圣约翰大学——当时国内最好的培养英语人才的学校就读。入学后，林语堂先是在圣约翰的预备学校学了一年半的英语。其间，他勤奋苦读，把英语学通了。利用大学课余，林语堂阅读了大量西方著作，增进了对西方文化和生活的了解。后来回忆起在圣约翰大学期间的学习，林语堂说："十七岁，我到上海。从此我与英文的关系永不断绝。"❷ 西化的家庭背景和教育经历，为林语堂后来的外国语写作奠定了语言、文化基础。

1916 年从圣约翰大学毕业后，林语堂到北京清华学校任英语教员。此时，他逐渐感到自己的中文语言能力和所掌握的国学知识非常有限。虽有幼时的家庭教育和一直以来的阅读自学基础，但长期在不重视中文学习的教会学校就读限制了林语堂对中国语言文化的系统学习，这令他深感窘迫。于是，他决定要充实自己在中文和国学上的空疏，通过博览国学书籍

---

❶ 林语堂：《林语堂自传》，《林语堂名著全集》第 10 卷，工爻译，长春：东北师范大学出版社，1994 年，第 15—16 页。

❷ 林语堂：《林语堂自传》，《林语堂名著全集》第 10 卷，工爻译，长春：东北师范大学出版社，1994 年，第 16 页。

不断提升语言、文化修养。林语堂在外国语写作中能够灵活自如地"对外国人讲中国文化"，便得益于他这一期间在中文上狠下功夫，重新打好了国学基础。1919 年，林语堂赴美国哈佛大学留学，进入比较文学研究所主攻"歌德研究"和"莎士比亚研究"。获得硕士学位后，林语堂继而到德国莱比锡大学攻读博士学位。两段国外求学经历，使林语堂的文学素养和对西方文化的认知上升到了一个新高度，给林语堂的外国语写作带来了更多语言、思维上的便利，也造就了其更为开放的文化观。

环顾林语堂所处的文化环境，便不难理解他对于"对外讲中"的热忱，也可以看出中、西交融的特殊文化背景对其外国语写作影响之深远。林语堂成长于教会家庭，从小学到大学也都就读于教会学校，所接触到的西方文化远比中国传统文化要多。正如他自己所言："当我在二十岁之前我知道古犹太国约书亚将军吹倒耶利哥城的故事，可是直至三十余岁才知孟姜女哭夫以至泪冲长城的传说。"❶ 而且对林语堂来说，这样的成长过程是有一定好处的——他由此兼容并包地理解了中西文化的短长。可见，家庭生活环境、教育背景与西洋关系甚大，这对林语堂的影响非常直接，也造就了他与许多中国现代作家迥乎不同的文化观。同时代的多数知识分子自小接受的是传统教育，国学基础深厚，他们中的一部分人固守传统，盲目排外，走入了民族中心主义的误区；另一部人又因深受过传统的束缚而与之形成对抗，在接触到西方文明后有感于它的先进与强大，选择了以西方文化为立足点与中国传统文化作博弈。❷ 相形之下，林语堂自幼的基督教育使他自然而然地对西方文化产生了亲近，从家庭启蒙中接受到的简单传统教育也并不令他反感，成年后对传统文化的学习更是完全自发自觉并充满热情。因此，除去 20 年代中后期出于改造社会的需要提出了"全盘西化"，更多时候，林语堂身上的中西文化是兼得不偏、和谐共存的。从个人职业生涯来看，林语堂也一直处于中、西文化的双重影响下。林语堂先后担任过清华学校英语教员，北京大学英文系和语言学系教授，厦门大学语言学系教授、文科主任兼国学院总秘书，武汉国民政府外交部英文秘书等职，创办过《论语》《人间世》《宇宙风》等中文期刊，也参编过《中国评论周报》和《天下月刊》等英文期刊。从 1936 年至 1966 年的三

---

❶ 林语堂：《林语堂自传》，《林语堂名著全集》第 10 卷，工爻译，长春：东北师范大学出版社，1994 年，第 13 页。

❷ 卞建华：《对林语堂"文化变译"的再思考》，《北京第二外国语学院学报》，2005 年第 2 期。

十年间主要生活在美、法等国，长期处于西方文化语境下，受西方文化浸淫的林语堂专职从事外国语写作，书写、传播的仍是中国文化。与众不同的经历，使林语堂不是仅止于从外部或观念上理解西方，而是有着自己的切肤感受。❶

（二）林语堂外国语写作的历史背景

20 世纪 20 年代，中国面临着内忧外患：国家的旧权威已被打破，革命却没有完成秩序的重建，军阀混战不断，国家政治陷入了混乱的状态；帝国主义从 19 世纪 40 年代以来的长期侵略使中国主权丧失、民生凋敝。国家时局动荡，中国人的心灵世界也受到冲击，思想失去重心，积贫积弱的中国国情在很大程度上影响着一代知识分子的文化取向和文化批判。再加上文化界刚刚经历了新文化运动，传统正统思想的地位受到动摇，西方启蒙主义思想广为传播，因此，许多接受了西学新知的知识分子在历史浪潮的冲击下，出于改变国家现状的迫切需要，站到了鼓吹西化的时代大潮中。跟同时代的众多知识分子一样，林语堂也经历过全盘拒绝传统文化、过度轻信西方文明的思想激进期。在早期的《给玄同先生的信》《论性急为中国人所恶》《回京杂感》等文中，林语堂都表达了强烈的欧化主张，提出将"爽爽快快讲欧化一法"作为改变"老大帝国的国民癖气"的途径。但在狂热的震荡过后，林语堂意识到了这种主张过于极端且矫枉过正，于是从 30 年代开始逐步对"全盘西化"的立场作出了修正。

1927 年，林语堂辞去武汉国民政府外交部秘书和《中央日报》英文副刊主编职务，前往上海专事写作。20 世纪 30 年代前后的上海经过长期发展和凭借独特的地理条件，经济迅速繁荣。再加上租界的特殊环境，中西方文明在此交流融合，上海不仅成了当时的世界第五大城市，更是多种文化相互渗透的文化大都会。大批会聚上海的知识分子，在文化环境和商业经济因素的驱动下，产生了用英文对外交流的精神诉求。于是，一批英文期刊先后涌现，而其中最有影响力的当属林语堂曾参与过编辑、并多次发表文章的《中国评论周报》和《天下月刊》。❷

《中国评论周报》标榜"客观"（Truthfulness）、"公正"（Impartiality），

---

❶　王兆胜：《林语堂中西文化融会思想的渊源》，《南都学坛》，2004 年第 5 期。
❷　张睿睿：《1930 年代上海的英文期刊环境与林语堂的创作转型》，《中国现代文学研究丛刊》，2014 年第 7 期。

主张以开放的心态吸收西方文化，但并不赞同西化论，而是强调中国文化与西方文化共存互补，在西学东渐的背景下进行本土文化重建。一如创刊者所宣扬的——"因为更熟悉外国的制度和理念，我们认为让同胞更多地了解它是我们的责任，同时从西方的立场评判我们自己的制度和观念，因此产生我们对自己的文化与文明的批判。同样地，我们也力图从中国人的立场和观点以批判的目光检视西方文化，指出我们的观点对于他们的优越之处"❶。周报所刊发的诸多文章在谈论中西文化问题时，都表现出折中、调和的态度，其中就包括林语堂所发表的一系列英语文化随笔和社会评论文章。

因为英文期刊的读者群体主要为集中于社会中上阶层的接受过高等教育的知识分子，海外留学归国的精英，来华工作的外国官员、学者、传教士等具备英文阅读能力的人群，考虑读者接受的变化，30年代的林语堂试图通过对传统文化重新进行审视，发现和肯定传统文化中的可取之处，从而向外国读者展现中国文化中生活处世哲学的精华，也启发中国知识分子对传统文化的再思考，探讨传统文化改良的途径。所以，从他在《中国评论周报》和《天下月刊》上发表的文化评论文章中不难看出，其既承认中国文化有改造的必要，又肯定、推崇传统文化的"两面性"。这种转变是一个具有独立思想的知识分子主体对自身定位的选择，也是基于读者的写作策略调整，更是一种对文化、历史语境的顺应。❷林语堂这一时期的英文书写，超脱了当时中国狂热民族主义者的文化冲动，对中、西文化的观察和评判带有一种文化调和者的冷静洞察，是其日后全面展开英文写作，向西方读者作中国文化及文学个性化阐述的初步尝试。❸

林语堂在评论文章中新鲜锐利的观点、幽默俏皮的文风、抨击时弊的无畏精神以及对英文语言文字的准确把握被赛珍珠看中。对此，赛珍珠回忆道："我住在南京时，曾经常极注意几种新的在挣扎着的小杂志，因为我关心周围的革命中国的动态。其中有一种英文的杂志名叫《中国评论周

---

❶ 邓丽兰：《略论〈中国评论周报〉（The China Critic）的文化价值取向——以胡适、赛珍珠、林语堂引发的中西文化论争为中心》，《福建论坛》（人文社会科学版），2005年第1期。

❷ 章敏：《论林语堂1930年代创作语境与读者接受的变化及对当下的启示》，《徐州师范大学学报》（哲学社会科学版），2008年第6期。

❸ 易永谊、许海燕：《越界文学旅行者的英文书写（1935—1936）——〈天下月刊〉时期的林语堂》，《温州大学学报》（社会科学版），2012年第3期。

第六章　林语堂小说的外国语写作特色及其意义

报》。我每星期一页一页地读着，因为这里面有中国的青年知识分子在发表他们的思想与希望。他们用的是英文，一半是因为他们需要懂英文的读者，又一半是因为他们中有几个用英文写起来还比较用中文容易一点。那时在这杂志中开始新辟了一栏题为'小评论'，署名是一个叫作林语堂的人，关于这个人的名声那时我从未听到过，那一栏里的文章是一贯的对于日常生活、政治或社会上的各种事物的新鲜、锐利与确切的闲话。最使我钦佩的便是它的无畏精神。"❶

得益于自己的作家身份，丈夫又是出版商，赛珍珠对文化圈极为熟悉，并深谙时下读者的心理。"一战"后，西方世界的文明表象被打破，个人主义盛行，资本主义社会高度的工业化和经济危机造成了西方人精神的失落和不满。物质与精神的失衡迫使西方人急于从西方物质文明以外的文化中寻求心灵支撑。而中国传统文化中的中庸之道、旷达隐逸的人生哲学填补了西方社会失却的自然主义哲学精神的空缺，之于西方人的现代文明病不失为一剂良药。可是，当时东西方在政治、经济、语言文化上存在巨大差异，中西方文化交流极不对等，西方社会缺乏对中国的真实认识。西方对中国的了解，一种是根据早期商人、传教士的见闻和书简中描述的富饶、传奇的东方而作的片面想象；另一种是在西方对中国施以强权政治后走向另一个极端的观点：一个愚昧、肮脏、贫穷的国度。这种否定虽有真实的一面，但更多的是基于殖民目的的贬低。如此一来，中国人的生活情状被严重扭曲，在不少西方人的观念中，中国人的形象被贴上了"吃小孩、吸鸦片、留辫子、裹小脚"的标签。❷ 面对西方社会对中国的失真认知，赛珍珠迫切希望"寻找一位现代英语著作的中国作家而不致跟本国人民隔膜太远有若异国人然，而同时又须立于客观的地位，其客观的程度足以领悟全部人民的旨趣"，来写"一本阐述中国的著作，它的价值足以当得起阐述中国者"。❸ 在赛珍珠看来，林语堂表现出的"精神伟大足以保持其纯洁而不致迷茫于时代的纷扰中"，"对于古往今来，都有透彻的了解与

---

❶ 林语堂：《爱与讽刺》，今文译，北京：群言出版社，2011 年，第 1 页。

❷ 朱伊革：《"西方文化中心主义"话语下的林语堂"送去主义"译介观》，《北京第二外国语学院学报》，2009 年第 6 期。

❸ 林语堂：《吾国与吾民》，《林语堂名著全集》第 20 卷，黄嘉德译，长春：东北师范大学出版社，1994 年，第 5 页。

体会"，❶完全符合自己对于作者的期待，也恰能够满足当时西方读者的文化补偿心理。

如果说社会、历史因素对林语堂的外国语写作产生了重要的影响和推动作用，那么他开始英文小说的创作则还有一层更直接的历史动因——中国抗日战争的爆发。林语堂着手写作第一部英文小说《京华烟云》时，正值中国抗日战争之际。关于小说的创作动机，他在给郁达夫的信中袒露是为了"纪念全国在前线为国牺牲的勇男儿，非无所为而作也"，更痛陈"弟客居海外，岂真有闲情谈说才子佳人故事，以消磨岁月耶？但欲使读者因爱佳人之才，必窥其究竟，始于大战收场不忍卒读耳"。❷无疑，国难当头，看到战争的爆发使民族危机空前加剧，战火的蔓延令越来越多的人流离失所、家破人亡，知识分子对于家国社会巨变的感受更加敏锐。林语堂受到中华民族深陷战争苦难的触动，决定以文字为武器，加入到抗日救亡的队伍中，特别是《京华烟云》《风声鹤唳》和《朱门》三部作品，作家将故事置于外敌入侵背景下，深刻表现了战争的残暴和战争中人性的挣扎，表达了自己对战争、对生命的思考。可以说，林语堂的外国语写作是在特定的历史语境和跨文化语境中进行的，既是作家的思想成果，更是历史和多重文化视域整合的产物。

三、林语堂"翻译性"写作的特征和意义研究

（一）"翻译性"写作的特征

林语堂的文化身份是中西合璧的。文化身份是价值观念的反映，内化了的价值观念往往积淀于国家、民族精神或个人心灵，世界各个民族的价值观念不同，语言各异，各有其复杂而迥异的文化身份。在东西文化的夹缝中进行外国语写作的林语堂既要考虑自己作为侨居海外的中国人的文化身份，又要考虑西方读者的文化身份，既要再现自己的本土文化，保持自

❶ 林语堂：《吾国与吾民》，《林语堂名著全集》第20卷，黄嘉德译，长春：东北师范大学出版社，1994年，第5—6页。

❷ 施建伟：《林语堂》，北京：中国华侨出版社，1997年，第130页。

身的本土文化身份，又要构建一个新的跨文化身份，以获得西方读者的认同。❶ 这种文化身份的构建，建立在林语堂有意识地选择中国文化中符合西方文化主体对"他者"的理想需要的部分进行书写，从而满足西方人对中国的异域想象，他的外国语写作，形式上是西式的，但其内核——也是其成功的根本，仍然是他的"中国"文化身份。❷ 文化身份对作家的影响必然在他的作品中有所体现，林语堂的外国语写作中，无处不体现着中式文化和思想。这样将中式文化思考融合于西式语言的写作，可以看作作家寻求两种文化可通约处的一种努力。这一西式言说与中式思维的结合，突出表现在作品的叙述方式上，呈现为一种将中式文化翻译为英文的写作特征，这是林语堂"对外讲中"写作策略的直接结果，也形成了林语堂外国语写作的独特审美风格。

写作是写作主体借助语言符号反映客观世界，表达思想情感的活动，是思维的整合和表达。尽管林语堂过硬的英文水平足以支撑其使用英文进行创作构思，但根深蒂固的中国文化身份使他仍然保持中式的思维方式，并且以中国文化为对象的写作过程涉及了大量文化信息，在主观上的文化定式和客观上的叙述需要的共同作用下，作家在使用英文描写中国文化中的特有物品、事件时，需要先将思维中的中文词汇和表达一一译介为英文再诉诸文字。从这个意义上说，林语堂的外国语写作是具有翻译性质的，他以纯然中式的文化思考将中国文化现象进行重新组织和语言转换，利用自身的中西语言优势同时充当了作者与译者的角色，使叙述带上了明显的翻译痕迹，写作过程也同时成了一种特殊的翻译过程。

林语堂的外国语写作主张"对西方人讲中国文化"，使用的语言是英文，内容和语境则是中国化的，这种用外语描写本族文学场景的写作，有学者称之为"异语书写"。同一民族的语言与文化具有一体性，而异语书写中语言所指与文化所指的分离则会割裂这种一体性，作者在用异语创作本族文化内容的作品时，必须采取异语阐释的手段或是通过翻译对本族文

---

❶ 李立平、江正云：《从翻译文本看林语堂的文化身份与文化选择》，《西南交通大学学报》（社会科学版），2007 年第 2 期。

❷ 冯飞：《冲突与悖反的跨文化叙事——林语堂海外小说的文化解码》，《中国比较文学》，2007 年第 2 期。

化进行解码，这样就会产生写作与翻译互相纠缠的现象。❶ 无论是写作还是翻译，身为作家和翻译家的林语堂都驾轻就熟，并有一套自己的理解。在林语堂看来，"翻译艺术文的人，须把翻译自身事业也当作一种艺术。这就是 Croce 所谓翻译即创作，not reproduction，but production 之义"❷，认为"然于译者欲以同一思想用本国文表示出来时，其心理应与行文相同"❸。林语堂在强调"翻译即创作"及翻译与写作心理构思的一致性的同时，还指出"翻译的艺术所倚赖的：第一是译者对于原文文字上及内容上透彻的了解；第二是译者有相当的国文程度，能写清顺畅达的中文；第三是译事上的训练，译者对于翻译标准及技术问题有正当的见解"❹。他所讨论的翻译艺术虽然针对的是将英文转换为中文的翻译活动，但也同样适用于从中文到英文的翻译过程，林语堂的外国语写作也因具备了以上三者而艺术魅力倍增。综观林语堂的英文作品，可以发现其将"翻译性"写作方式高度应用于外国语写作过程中，写作中有翻译，翻译中有写作，二者相辅相成，互为映衬，难以区分，这正是他翻译与写作同质性观点最好的实践证明。❺

（1）选材取事上的"翻译性"写作

在林语堂的英文小说中，这种写作与翻译交错的"翻译性"写作特征首先体现在小说的选材取事上。尽管每部小说的思想主题不一而足，但中国文化题材的取向却是一致的，如《京华烟云》推崇的是道家精神，《风声鹤唳》宣扬的是禅佛文化，《朱门》表现了儒家的"合理近情"思想，《远景》将古希腊智慧与道家哲学相结合，《红牡丹》展现了儒道融合、中西互补的家庭观和婚姻观，文本中必然涉及文化阐释。这种中国化的立意定体，必须先经过中文的逻辑铺垫，然后再对相关文人学者的文化学说、哲学观、思想论进行援引和阐释。但这种援引和阐释有别于常规的观点引用和翻译。作者并不一定完全依照原学说进行对译，而是在保留文化意义

---

❶ 王宏印、江慧敏：《京华旧事，译坛烟云——Moment in Peking 的异语创作与无根回译》，《外语与外语教学》，2012 年第 2 期。

❷ 林语堂：《论翻译》，《翻译论集》（罗新璋编），北京：商务印书馆，1984 年，第 432 页。

❸ 林语堂：《论翻译》，《翻译论集》（罗新璋编），北京：商务印书馆，1984 年，第 428 页。

❹ 林太乙：《林语堂传》，《林语堂名著全集》第 29 卷，长春：东北师范大学出版社，1994 年，第 109 页。

❺ 李红丽：《从林语堂的双重身份看翻译与创作的关系》，《山西大学学报》（哲学社会科学版），2012 年第 6 期。

第六章 林语堂小说的外国语写作特色及其意义

的基础上，根据文本需要并结合个人体验进行重组、编译。这个亦译亦写的方式，实质上是一种"翻译性"写作。

（2）谋篇布局上的"翻译性"写作

林语堂英文小说的谋篇布局，也带有鲜明的中式写作特点，显露出"翻译性"写作痕迹。中国古典小说多以一个或几个家庭的家庭生活为叙事结构，《京华烟云》的结构模式就承续这种叙事模式，描绘了中式家庭里的长幼关系、主仆关系和伦理道德秩序；并且取中国古典小说常用的以诗起、以诗结、在作品主体部分前附加一个引子的章法，《京华烟云》的每一部分之前都引用《庄子》的片段作为题解，结构上采用的也是"卷""章回"的形式来划分小说。另外，《京华烟云》还借鉴中国小说注重日常生活、家常琐细的描写技巧，不惜笔墨详细书写了平亚的病况诊断和用药之理、曼妮和木兰的婚嫁铺排、姚家王府花园的庭院景致和住宅陈设、众人赋诗作对与赏玩字画的场景、诸多女性角色的衣着讲究等看似"冗余"的信息，既是对中国古典小说笔法艺术的应和，也是在向西方读者展示中国的饮食、服饰、建筑、文学、民俗等文化元素，使其从中感受中国文化魅力。❶ 可以说，整个小说创作过程的中式逻辑构思非常明显，林语堂也自述道："书局老板，劝我必以纯中国小说艺术写成为目标，以'非中国小说不阅'为戒，所以这部是有意地仿效中国最佳小说体裁而写成的"。❷ 由此推想，作家在创作时事先建构了一个中式语篇体系，在套用中国小说模式形成中国化的叙事后，再依据英文的语性，用符合英文表达习惯和西方读者阅读习惯的表述进行中西语篇转换，同时还充分考虑了如何贯通文气，令英文表达更贴近中国文化意蕴和中文叙述中所要表达的情感，避免"翻译性"写作过程影响文本的表现力，给读者以生硬、突兀之感。

（3）古文诗词中的"翻译性"写作

围绕不同思想哲学，林语堂在写作中引用了大量的传统诗词、古文、传奇故事等，用以形象展现中国的艺术文化和中国人的人生态度等。《京华烟云》在每部分开头都有一段摘自庄子著作的引语，如第一部分引语：

---

❶ 冯智强：《中国智慧的跨文化传播——林语堂英文著译研究》，青岛：中国海洋大学出版社，2011 年。

❷ 林语堂：《我怎样写〈瞬息京华〉》，《林语堂书话》（陈子善编），杭州：浙江人民出版社，1998 年，第 346 页。

To tao，the zenith is not high，nor the nadir low：nor point in time is long ago，nor by lapse of ages has it grown old. ❶

大道，在太极之上而不为高，在六极之下而不为深。先天地而不为久，长于上古而不为老。❷

这段文字摘自《庄子·大宗师》，它不仅深入揭示了这本小说所宣扬的道家哲理思想，以此呼应小说的主题宗旨，同时也代表了中华传统文化里非常重要的一种处世哲学。作者此番引用，目的很明显，就是向西方读者宣扬中国道家的人生价值观。循着这个目的，作者艺术高超地将艰深的哲理性古文，使用英语中的常见句式表达出来，并且将道家的要义完美地传达给西方读者。

这里再举一例，林语堂为了说明木兰之弟阿非和其子阿通名字的出处及意义，凸显文化韵味，特别在小说中引用了陶渊明的诗句：

I know today I am right and yesterday was all wrong.

觉今是而昨非。

以及：

Atung is only nine years old，He thinks only of pears and chestnuts.

通子垂九龄，但觅梨与粟。

再如，《风声鹤唳》中多处摘取《证道歌》《入道四行经》《五灯会元》等佛法经文中的佛语教义，向西方读者展示中国禅宗思想的博大精深：

What shall we be rid of if we want peace and happiness？What shall we do to be rid of sorrow？What is the poison that devours all our good thoughts？

Kill hatred and thou shalt have peace and happiness. Kill hatred and thou shalt have no more sorrow. It is hatred that devours your goodness…

何为修福慧，何为驱烦恼，何毒食善根？

去贪修福慧，去嗔驱烦恼，贪嗔食善根……

Where there is craving，there is pain，cease from craving and you are blessed.

---

❶ 本章中《风声鹤唳》英文节选均引自林语堂：A Leaf in the Storm，北京：外语教学与研究出版社，2009 年。

❷ 本章中《风声鹤唳》中文节选均引自林语堂《风声鹤唳》，张振玉译，长春：东北师范大学出版社，1994 年。

第六章 林语堂小说的外国语写作特色及其意义

有求皆苦，无求即乐。

Lay down the butcher's knife, and you can become a Buddha on the spot.

放下屠刀，立地成佛。

此外，小说主人公博雅也屡次借古典诗词抒发情感，如引用杜秋娘的《金缕衣》：

Flowers should be plucked while they are good for plucking, wait not to pluck the bare branch when the flowers are gone.

花开堪折直须折，莫待无花空折枝。

还有杜甫的《春望》：

The rivers and hills of the old country remain, it is late spring and the vege-tation is deep green.

故国山河在，城春草木深。

诸如此类的文化论说、古典诗词在林语堂的英文小说中反复出现。究其原因在于，这本小说的背景与中国传统文化密切相关，而为了让西方读者了解中国文化意蕴并能明白其中含义，则有必要引用相关的文化学说、诗词歌赋加以阐释。这个将中国语言词句融汇于英文语篇的过程，是在中文的逻辑铺垫下进行的"引用"和"翻译"，实质就是亦译亦写的"翻译性"写作过程。

（4）人名和称谓中的"翻译性"写作

人物名字的设置之所以会有"翻译性"写作的痕迹，是因为林语堂英文小说世界中诸多角色的命名都带有中式内涵，与角色的性格有着莫大关系，是人物个性的侧面反映。要将这些人物名字转换成英文，不得不借助音译、意译法，或在此基础上辅以解释说明从而展现其个中意味，如此一来，写作过程就不可避免地染上了翻译色彩。《京华烟云》中的 Mulan（木兰），Mochow（莫愁），Mulien（目莲），Afei（阿非）等人名均出自中国古代典故或诗句，作者预先以中文设置了人名，然后使用音译造词并诠释其由来，帮助西方读者理解姓名文化，了解人物形象。Silverscreen（银屏），Bluehaze（青霞），Dimfragrance（暗香），Coral（珊瑚），Ailien（爱莲）等也是富含传统文化气息的中式人名，易让人联想到"双燕欲归时节，银屏昨夜微寒""疏影横斜水清浅，暗香浮动月黄昏""予独爱莲之出淤泥而不染"等中国诗词古文中的优美意境。虽然作者并未对以上名字的出处作说明，但在英文语境中不存在这种想象的文化基础，所以这些名字绝非纯英语思维的作者所能想到并采用的，而是林语堂凭借自己深厚的中国文化底蕴对人物进行预设的结果。另外值得注意的是，小说中对下等仆人只呼其姓不称其名，如老丁、老张，翻译时也只译出姓氏 Ting 和 Chang，对于不同层次的人物命名的区别，不失为一种人物社会身份的侧面反映。

同样显露出小说中翻译痕迹的还有采用了音译法的各种中国传统社会特有的人称称谓。如 Laoyhe（老爷），Taitai（太太），Shaoyeh（少爷），Hsiaochieh（小姐），Nainai（奶奶），Yima（姨妈），Chiehchieh（姐姐），Meimei（妹妹），Kunniang（姑娘），Yatou（丫头），Tieb（爹），Taniang（大娘），Tako（大哥），Tasao（大嫂），Titi（弟弟），Losiang（老乡）等一系列中国家庭特定称谓是英语国家社会所没有的，作者需要通过翻译向西方读者传达这一文化现象。由于中西社会文化的差异，这类称谓很难在英语中找到意义对等的词语来翻译，所以林语堂采用的是音译法，必要时加注解释，特别是在人物关系复杂的《京华烟云》一书中，作者附上了人物关系表、称谓说明和音译方法说明帮助读者理清中国家族体系，明确体现小说创作中的翻译性质。

（5）文化词汇和俗语中的"翻译性"写作

林语堂小说的"翻译性"写作还体现在对中国风俗文化的描写上。在小说的生活场景中，可以经常看到 Say "early"（请早安），Kowtow（叩头），Serve tea（敬茶），Tsunghsi（冲喜），Wash the dust（洗尘），Disturb the bridal chamber（闹洞房），Sweeping the grave（扫墓）等中国传统礼仪和风俗习惯，以及 Yin-yang（阴阳），Eight characters（八字），Menpao（门包儿），Pinli（聘礼），Dragon-and-phoenix card（龙凤帖），Sedan chairs（轿子），Hutung（胡同），Pailou（牌楼），Tsinchiang（秦腔），Shensipangtse（陕西梆子），Tsungtse（粽子），Lapacho（腊八粥）等中国特有的意象、物件、食物等文化词汇更是无处不在。对于这些带有强烈民族文化特色的礼俗、物象，林语堂采用了音译或意译再加以说明的方式，比如对冲喜的意义解释是：

Tsunghsi, confronting an evil by a happy event, in short, having the wedding while the boy was ill.

对腊八粥的特性描述是：

Lapacho, a gruel eaten on the eighth day of December, consisting of glutinous millet, rice, glutinous rice, red date, small red beans, water chestnuts, almonds, peanuts, hazelnuts, pine seeds, melon seeds, cooked together with white or brown sugar.

此类解释对本土读者来说没有必要，但对置身中国文化体系以外的西方读者而言，这些"多余"的信息能够减少他们理解文化的难度，帮助他们理解文化词汇中隐含的民族心理和习惯。

中式表达在林语堂小说中也很常见。如 Ten-thousand fortunes（万福），Live a hundred years（长命百岁），Killing a landscape（煞风景），Had "happiness" in body（有喜），A crooked queue（翘辫子），No law and no heaven（无法无天）等中国传统说法时常出现在人物对话中，从背景描写中也能够发现不少中国俗语、谚语，例如：

A pox toad thinking of eating swan's flesh!

癞蛤蟆想吃天鹅肉！

Be a monk for a day, strike the bell for a day.

当一天和尚撞一天钟。

When a family is in poverty it produces a filial son, and when a country is in danger it produces a patriot.

家贫出孝子，国乱识忠臣。

A boy grown big should marry and a girl grown big should wed.

男大当婚，女大当嫁。

毋庸置疑，上述表达都是对中国俗语、谚语的直接译介。作者采用直译的方法且并未附以说明，因为这种原语表达和目的语词汇、句式的糅合拓展了目的语的语言表现力，字面的语义对于西方读者不构成理解的困难。这种方式虽存在非常明显的翻译痕迹，但也保留了丰富的中国语言特色，展现出中国多样的生活风貌和民俗文化，能够让读者感受到地道的中国文化情调。

（二）"翻译性"写作的意义

林语堂的"翻译性"写作是一种异化的翻译策略。作家在语法规范的范围内，跳脱英文构词造句的框架，以再现中文原句意义为准则，用杂合了中式词法、句式的非常规英文表达呈现中国文化特色的符号和信息，使西方读者感受到中国文化的异质性，更利于引起西方读者对中国文化的好奇，激发阅读兴趣。在林语堂的英文小说中，古典小说式的叙事模式、描写技巧和人物塑造，让西方读者体验了中国古典文学的感染力；人名译介与诠释体现了中国文字意蕴和取名艺术，对各种称谓的音译保留了文化特点，又从中窥见中国社会等级制度的一隅；对中国独特文化现象的译写结合还原了中国的社会生活风貌与民间习俗，对儒、释、道思想和古典诗词的翻译更是道出了中国哲学思想、人生态度。林语堂通过"翻译性"写作将中国文化的方方面面纳入了自己的小说世界，极大地展现了中国社会特征与文化特色，为当时对中国了解不深甚至误解的西方读者打开了一道通往中国的大门，在一定程度上消解了中国形象在西方读者中的定型和偏见，促进了中、西文化间的交际往来。

林语堂"翻译性"写作的最终目的，与普遍意义上的翻译活动一样，都是准确、流畅地表达作者的思想，使读者产生兴趣，实现读者接受。但是由于一般翻译活动中的作者与译者往往是两个独立的主体，译文读者与作者已被译者这一中间环节区隔开来，很难完全体会到作者所要表达的所有信息。并且译者在翻译过程中往往容易忽视原文的形式，倾向于采用信息取向的翻译策略，舍弃影响信息内容表达的形式，使得译文与原文之间形似而神不似。❶ 而如果要译文尽可能地达到原作品的质量标准，则有赖于译者精准的语言应用和敏感的文体意识，从而能够最大限度地领会和洞悉原作品语言风格和诗学价值。而在林语堂外国语写作中，他身兼作者与译者双重身份，省略了普通翻译活动中由作者感知、运思、表述到译者感知、运思、表述中的作者表述与译者感知两个环节，缩小了原构思与文本的差距。尽管林语堂的中国文化身份决定了其英文作品的读者接收到的仍然是经翻译加工后的信息，但由他本人直接完成翻译的文本的还原度显然更高，再加上林语堂娴熟的英文写作技巧极大地强化了英文表达的有效性，其"翻译性"写作下的作品无疑更能准确表达中文和中国文化的原有功能，有助于西方读者构建中国文化认知。

由"翻译性"写作建构而成的作品，呈现出创作文本与翻译文本间丰富而复杂的内在联系，体现了林语堂以兼顾双语文化为主导的文化价值取向。从创作前的文本架构到翻译中符号信息的转换和文化信息的移植，林语堂力求在用西方读者所熟悉的措辞、句式和文化信息向其传递中国文化

---

❶　王东风：《译家与作家的意识冲突：文学翻译中的一个值得深思的现象》，《中国翻译》，2001 年第 5 期。

的同时，也并不放弃文本的语际交流，通过采取直译、音译、增加注解说明等调适策略，使读者更直观地感受中国文化模式。❶ 尽管林语堂有意识地以"翻译性"写作方式进行创作，但中、西语言文化的差异性依然给语言转换、文化转化的处理过程带来了种种障碍，使得某些中国文化内蕴的表达仍有或多或少的不足。

《京华烟云》中的姚思安是一名道学家，"他笃信道学，秉持顺其自然、无为而治的处世态度。思安二字无疑蕴含着崇尚超脱、向往安然超逸生活之意"，凝聚了一种人生追求和精神理想，这个名字是有助于读者解读姚思安这一形象的。可由于林语堂的小说原本面向的是西方读者，"中文人名必须通过翻译的形态呈现。在此情况下，中文名字中的含义如果不加以解释，往往很难通过直译或音译的英文表现出来。而在小说里，作者只是单纯把姚思安音译为 Yao Sze-an，并没有对其中意义加以诠释，如此一来，这个名字所隐含的意义便于无形中缺失了，西方读者无从了解其个中内涵，姚思安这一人物形象的丰满度也在一定程度上被削弱了"。❷ 同样受此制约的还有另外两个人物，他们是体仁和怀瑜。体仁之名出自"君子体仁足以长人"，所以包含有实行仁道的意思。而怀瑜一名出自"怀瑾握瑜兮，穷不知所示"，含品德高洁之意。❸ 然而，二人的品行却跟名字中的寄意截然相反，名字在此构成了对人物的一种反讽，流露出作者对这两个人物的否定态度。但在小说中，体仁、怀瑜二人的名字根据读音分别译为 Tijen 和 Huaiyu，这于西方读者而言只能算是一个人称代号，无从体会其原有的意味。在对某些中国传统器物的翻译上，也可发现这种中式逻辑到西式表达生成的缺失。以 Han tripod（汉鼎）这一翻译为例，首先西方读者未必知道 Han 指的是一个朝代，易使读者费解。另外，tripod 在英语里指用于支撑的三脚架，西方读者很难由该词联想到"鼎"这一物件，更不会了解鼎在中国文化中作为一种礼器，是国家、权力的象征，代表着尊贵的文化内涵。因此，Han tripod 这一翻译只能译出形与意，而无法表现其文化内涵。再如 Water tobacco pipe（水烟袋），西方读者同样只能依据字面

---

❶ 姜秋霞、金萍、周静：《文学创作与文学翻译的互文关系研究——基于林语堂作品的描述性分析》，《外国文学研究》，2009 年第 2 期。

❷ 肖百容、张凯慧：《论〈京华烟云〉的翻译性写作及其得失》，《湖南工业大学学报》，2010 年第 6 期。

❸ 夏冬星：《论〈京华烟云〉人物的取名艺术》，《时代人物》，2008 年第 3 期。

意思知道这是一种用以吸烟的器具，却不解何为水烟，更无从知晓其历史渊源及其在中国社会市井文化中的意义。这些"翻译性"表达在语言转换过程中失落了原有的文化意义❶，容易造成西方读者的理解仅流于词句表面。

虽然林语堂的"翻译性"写作策略在实际操作中有所缺失，但终究瑕不掩瑜。毕竟异语写作造成的语言所指与文化所指的错位，是一种无法规避的必然性和客观存在。一种语言在表达另一种文化时，文本要完全反映构思，形成相等效应，这在实际写作中既不易获得，也不易证明。概而言之，林语堂的文化身份与其所处的历史语境决定了他的创作最终呈现为一种中西语言、文化的同构，贯穿于他英文小说写作过程中的写译一体的"翻译性"写作，是他对中国文化与西方文化进行嫁接和沟通而作的最大限度的努力，为中国文化的有效输出提供了极具价值的范例。

---

❶ 肖百容，张凯慧：《论〈京华烟云〉的翻译性写作及其得失》，《湖南工业大学学报》，2010 年第 6 期。

第七章　林语堂小说的家庭叙事及家庭文化

家庭文化观是本书选择作为走进林语堂小说创作的一条路径，其本身是包含在林语堂更为庞杂的中国文化观当中的。由于林语堂独特的学习背景、长期的海外生活和写作经验，所以在我们具体深入探讨其家庭文化观之前，有必要对林语堂一直以来饱受争议的文化身份进行辨识。20 世纪 30 年代，美国作家赛珍珠曾说过："我们几乎是饶有兴致地看到，一些青年决心做真正的中国人，他们的自我意识是那么强烈，吃中国餐、穿中式服装、照中国的习惯行事。这些已经西方化了的青年又要使自己完全中国化了。"❶ 自近现代以来，对中西文化的一元化价值取向一直占据主导地位，对于中西文化的调和融通，各家各派都各持己见，争论不断。文化激进者如陈独秀、钱玄同等人认为，中国的传统文化行至现代已现山穷水尽之态，当革除摒弃，态度坚决；文化保守者如林琴南、章士钊等人则将中国传统文化视如瑰宝，把西方文明看作文化入侵之"毒瘤"。而林语堂当属这两类之间的特例，他接受过西方文明的浸润，深信西方文化中的"精髓"必是可以为"我"所用；但对于中国的传统文化又持相对宽容的态度。这样的立场典型地表现在他的家庭文化观里。

一、林语堂家庭文化观之内涵

在上一章，我们分析了林语堂文化身份及其文化观的复杂性和矛盾性，这一特性必然映射到了他的家庭文化观当中。家族文化是中国传统文化中极为重要的一个组成部分，对中国人性格、思想、精神等都产生了深远的影响。"五四"时期与之前历史阶段的家族文化相比，存在其自身的特殊性，即具有转折意义。因此，该时期的文学家纷纷在《新青年》《每周评论》《新潮》等重要文学期刊杂志上发表文章批判封建的家族制度对

---

❶　林语堂：《中国人》，郝志东、沈益洪译，上海：学林出版社，2007 年，第 3 页。

国民身心乃至国家发展的弊端，将反对封建家长制的斗争提升到了前所未有的重要地位，其中陈独秀、李大钊、吴虞、胡适、鲁迅等人充当了急先锋，而后，如巴金、老舍、曹禺、张爱玲、路翎等人在批判家族制度的文学创作中都倾注了强烈情感，家族小说既是现代作家的一个心理情结，又是其创作的重要母题之一。但是纵观这些作品，无论在情感上还是在叙述上都带有强烈的政治色彩，作者不遗余力地批判和讽刺封建的家族制度，家族小说潜在里成了一种"社会—政治"模式的写作，读来多是沉重、惋惜和悲愤之感。比较之下，林语堂由于其身处闽南地区，受到闽南地域独特的人文性影响，加之学习经历中不仅深受儒、道、佛三类中国传统文化浸润，又扎根于基督教富饶的土壤中，使其个性心理、文化观念等都有着异于同时期其他作家的地方。林语堂自始至终对家庭问题都十分关注，在他的一系列论及家庭问题的散论上都有体现。林语堂的批判是较为缓和的，除了要破除推翻封建旧家族制度外，更多的是传递出在他的学识背景下所认为的理想家庭应是如何，树"立"一种全新的家庭文化模式，并且在其小说创作中使用一种全新的"家庭—文化"模式的书写方式，笔者认为其家庭文化观包含以下几个方面的内涵意义。

　　首先是聚焦家庭，力图描绘完整和谐的家庭蓝图。中国人的传统伦理观念中有"血浓于水"之说，《礼记·大学》中也提到"身修而后家齐，家齐而后国治，国治而后天下平"，"家齐"就是要求家庭要完整和睦。林语堂毕生都竭力于向异邦人讲中国文化，对中国人讲异国文明，而中国的家庭文化又是中国传统文化的中心和基底，所以如何向西方展现中国家庭文化中这些最精华的部分始终贯穿于林语堂文学创作的始终。林语堂一生创作的小说共有七部，从数量上来看并不算高产，但在这为数不多的作品中，他却为我们塑造了一个个经典独特的家庭文化"大观园"，让我们有幸能通过对不同家庭的聚焦看到其深厚的文化意蕴。林语堂曾在书中说过"中国人的社会和生活是在家族制度的基础上组织起来的，这是尽人皆知的事实。这个制度支配着中国人的整个生活型态"。❶ 因此，在其家庭文化观中，我们认为最根本也最核心的部分即体现家庭在中国人一生中的举足轻重的作用。而"和谐"也是贯穿其中的主旋律，他甚至直截了当地说：

---

❶ 林语堂：《中国人的家族理想》，《人生的盛宴》，兰州：兰州大学出版社，2001年，第67页。

第七章 林语堂小说的家庭叙事及家庭文化

091

"我想文化之极峰没有什么，就是使人生达到水连天碧一切调和境地而已。"❶ 所以王兆胜这样评价过林语堂的"和谐"观："林语堂对'和谐'美学理想的追求是自觉的，清醒的，'和谐'成为他衡定文化、历史、人生及文学、艺术的重要甚至是最高的标准……即人与自然的谐和，人与人的谐和，人的内心世界的谐和。"所以，我们可以看到在其小说中很少出现像鲁迅笔下的家庭中有缺父甚至弑父这样家庭成员不完整的情况，以往小说中形象不够突出鲜明的母亲形象在林语堂的小说中也大放光彩，另外，家庭成员之间的关系也是建立在"仁爱""平等"的观念之上，木兰和莫愁、牡丹与素馨明明爱上同一个男人，却都会为了对方考虑，最终有一方默默放弃，成全自己的姐妹，这种家人间的爱已经凌驾于个人情感之上了。女性在林语堂的小说中也占有与男性几乎平等的地位，并且不论夫妻、父子、母女、妯娌、兄弟、姊妹，甚至主仆之间的关系都基本和谐自然，主人会将仆人择优出嫁，互相会理解照顾关爱。而即便存在冲突矛盾，如《京华烟云》中姚母与长子体仁、银屏之间的纠葛恩怨，或是《风声鹤唳》中杜范林、杜忠两兄弟之间的矛盾，也不是影响故事情节发展和最终结局的主要因素，总体上的氛围是和谐温馨安宁的。当然，也有人质疑林语堂并没有大家族生活的经历，其构建的这种和谐近乎理想的家庭脱离实际，如唐弢先生在其《林语堂论》中就如此评价《京华烟云》："人物是不真实的，不是来自生活，而是林先生个人的概念的演绎，因此没有一个人物有血有肉，能够在故事里真正站立起来。"❷ 这样评价虽有其一定的道理，但我们认为林语堂之所以选取这样的方式对家庭进行描述，却正是出于对当时时代背景的考量做出的选择。林语堂的家庭文化观中极为重视血缘亲情，血缘亲情紧密联系着一个家庭的兴衰和发展，也能彰显出家庭的凝聚力，也更有抵御外侮的自立自强的精神。林语堂在《京华烟云》的献词中说："全书写罢泪涔涔，献予歼倭抗日人。不是英雄流热血，神州谁是自由民。"还有给郁达夫的信中也提及"为纪念全国在前线为国牺牲的勇男儿，非无所为而作也"，❸ 由此可见林语堂在写此书时的心理，虽远在海外却心系祖国，希望通过对家庭和亲情的温情和谐描写来给正在艰

---

❶ 林语堂：《今文八弊》，《林语堂名著全集》第 18 卷，1994 年，第 115 页。

❷ 唐弢：《林语堂论》，《林语堂评说 70 年》（子通主编），北京：中国华侨出版社，2003 年，第 267 页。

❸ 施建伟：《幽默大师林语堂》，上海：上海书店出版社，1999 年，第 156 页。

苦抗争的国人注以坚定的力量，也向外界传递出中国文化的最强音。

其次是重视家庭中的"个体"发展，凸显人物精神世界的丰富内蕴。林语堂一方面认为家庭有着不可取代的地位和作用，另一方面也极力批判家庭至上的观念，倡导人的个性、尊严和价值。他在《中国人》一书中专门阐述了他的观点，"这种制度甚至还可以涉足于个人非常具体的事务。它从我们手中夺去了缔结婚姻的权利，把这种权利交给了我们的父母；它让我们与'媳妇'结婚而不是与妻子结婚；它使我们的老婆生'孙子'而不是生儿子……家庭制度恰好是个人主义的反动。它拉着人后退，正如赛马的职业骑师用缰绳把那向前猛冲的阿拉伯马拉回来一样"。❶ 从中我们可以看到林语堂对于长久以来家族制度对个人身心发展的禁锢的极度不满，个人在传统的家庭制度中渐渐丧失了自我，沦为家庭的"附属品"，而非独立的"我"，所以在其幽默、形象的文字背后体现出的是他对"个体"在家庭中的地位和价值的深度思考。不仅如此，他还强调"在以父母为中心的独裁家庭中，这种制度使年轻人失去事业心、胆量与独创精神……这是家庭制度在中国人性格上最具灾难性的影响"。❷ 林语堂经历过欧风美雨的洗礼，加之从小在相对自由宽松的家庭环境中成长，他的文化观和价值观中始终保持着明显的个人主义色彩，比起家庭能给个人提供的物质环境，他更看重家庭给个人提供的文化给养和精神生存空间。所以在其作品当中，林语堂笔下的人物为何总是充满了那个时期不易多见的灵动的色彩和魅力，就源于他对个人精神世界的塑造。《京华烟云》中的木兰是充满了各种新奇想法的"妙想家"；《朱门》里的柔安敢爱敢恨，坚持自己选择的人生终获幸福；还有《红牡丹》中的梁孟嘉淡泊洒脱，休妻子只是因为妻子太世俗，种种人物都极具个人魅力，也闪现着文化光芒。不仅是在文学作品中如此，他对自己女儿的教育也身体力行着这一点。林语堂十分重视女儿的教育问题，主张在儿童时期应该多接触社会，为的是让孩子们在与外界的接触中增长见识。文人聚会都会找几个三陪女助兴，林语堂就让女儿们亲自点名，待三陪女来时，太乙就说："你们是我们叫来的。"❸ 也许在常人眼中，这种行为于小孩而言很是不雅，但林语堂则希望在这个过程中教孩子们分辨社会的不公。在太乙姐妹小时候，林语堂就鼓励她们写

❶ 林语堂：《中国人》，郝志东、沈益洪译，上海：学林出版社，2007 年，第 134—135 页。
❷ 林语堂：《中国人》，郝志东、沈益洪译，上海：学林出版社，2007 年，第 135 页。
❸ 赵联、王一心：《文化人的人情脉络》，北京：团结出版社，2009 年，第 13 页。

第七章 林语堂小说的家庭叙事及家庭文化

日记，并且告诉她们不要记流水账，只许对看到的事物任意而谈，有真情实感即可，无须被格式所束缚。这些教育和培养都不难看出林语堂的良苦用心，可见他对于人的个性塑造和精神世界的丰富十分有自己的想法。

最后是重建家庭文化"大观园"，全面展现"中国式"家庭独特景致。我们之前提到林语堂的家庭小说不似同期多数作者那么锋芒毕露，有一大部分原因或许就在于他创作中的一种"文化"书写。"以往我们总是以'时代性''真实性''故事性'和'形象性'等标准，来评说小说的优劣高下。如果从既成的小说理论来说这一看法不无道理，但其不足也是明显的，即简单化、机械化和封闭式地看待文学艺术，因为文学（包括小说）中的生活化、文化性、神秘感也不可或缺。"❶ 在以往的家族小说中，作者大都着力于刻画人物形象和故事情节的展开，对于家庭文化氛围，文化景致几乎绝口不提，即使有描绘者，也顶多将其作为一种情节渲染所需要的"背景"而言。但在林语堂的家庭小说中，我们能看到与《红楼梦》颇为相似的对府邸宅院的专门描写，气势恢宏的朱门大院，曲径通幽的园林，清雅别致的亭台楼阁。林语堂对《红楼梦》的喜爱由来已久，尤其欣赏其中类似"闲笔"的描写方式，他说："以《红楼梦》为例，园中姊妹，观花斗草，奚落取笑，本无西洋所谓'紧张'情节，何以百读不厌？……家常细故，足以吸引读者之原因本此。"❷ 所以，可见林语堂对于这种对家庭文化景致的书写极为赞同和推崇，这也就不难解释他在创作《京华烟云》时的刻意模仿之意了。这种对家庭生活化、文化性和艺术化的家庭文化氛围的营造刻画在林语堂的小说中我们经常能看到，在正常地叙述故事情节时，作者会突然跳出，以"旁白"的方式加入许多介绍性文字，介绍中国文化中特有的婚礼习俗，或是说明中国旧式女子的德言品行，或是从中医病理学角度解读人物病症，抑或是揭示例如全家吃蟹、赏菊、度中秋等中国民间节日的文化意蕴。

当然除了以上三点之外，在中国作家的精神世界以及认知范围里，家与国的概念从来都是息息相关的，家国叙事也是现代家族小说的经典叙事方式。同样，这种"家国同构"的模式在林语堂的家庭文化观中也有展现，只是不在作者的刻意渲染之列，但字里行间我们仍能捕捉到作者的思

❶ 王兆胜：《林语堂与〈红楼梦〉》，《河北学刊》，2008 年第 6 期。

❷ 林语堂：《我怎样写〈瞬息京华〉》，《林语堂书话》（陈子善编），杭州：浙江人民出版社，1998 年，第 346 页。

想意图。林语堂作为一个具有爱国主义精神的作家，尤其是漂泊海外的中国作家，在特殊的历史环境下，作为一个普通的中国人，如何在家庭与国家之间进行取舍，是走出"小"家走向"大"家？还是坚守在自己的一方家庭小世界中？这些问题也始终缠绕在其家庭文化观中，或许作者不一定能给读者甚至他自己一个明确而满意的答案，但是，这样的思考和关注本身就极具价值，也给我们带来了探究和反思的空间。

二、林语堂家庭文化观形成原因

在上文中，笔者通过对林语堂成书中的阐述、他与友人通信中的言论以及研究者对其的评价试图总结概括他的家庭文化观中最显著的内涵精神，那么，这种观念的由来究竟是受何影响产生的呢？笔者将在本节通过家庭、闽南地域文化和林语堂个性心理三大方面对其家庭文化观形成产生的影响来进行详细阐释。

（一）林语堂自身家庭成长环境的影响

林语堂出生在福建省陇西县坂仔村的一个平凡人家，父母亲都是朴实随和的劳动人，林语堂有兄弟姐妹共六人，他排行第五。这种普通小家庭的生活模式自然就将他摒除在了封建大家庭你争我斗的硝烟之外，给了他天生与众作家不同的成长经历。家人对林语堂的影响非常大，他在自传中就说过："在造成今日的我之各种感力中，要以我在童年和家庭所身受者为最大。我对于人生、文学与平民的观念，皆在此时期得受最深刻的感力。"❶ 林语堂家庭的温馨和美氛围让其身心从小就得到了最大限度的自由发展，父母的悉心照顾和关爱，兄弟姊妹的相亲相爱都在林语堂的生命中留下深深的烙印，影响着他今后的生活态度和创作风格。

首先，在所有的家庭成员中，林语堂的父亲对他的影响最大，他在自叙中也承认这一点"童年早期对我影响最大的，一是山景，一是家父……"❷。林语堂的父亲林至诚是一位虔诚的基督教徒，性情开朗，乐善好施，来到坂仔传教时，由于他善于将《圣经》中的真理用他所编的笑话

---

❶　林语堂：《林语堂自传》，《林语堂名著全集》第 10 卷，工爻译，长春：东北师范大学出版社，1994 年，第 4 页。

❷　林语堂：《从异教徒到基督徒》，长沙：湖南文艺出版社，2012 年，第 227 页。

传递给村民，当地人都被其讲道时的这种风趣幽默所吸引，所以林语堂之所以形成"快乐哲学"的观念，很大程度上是受到其父亲的影响。林至诚和范礼文博士有着深厚的友谊，从范礼文那里他学到了很多当时世界前沿的科学文化知识，并深受感染。当时，美国宣教士林乐知主编的《通问报》介绍了当代西方科学文化，林至诚也是其忠实的读者。对西学的热衷，使林至诚具有了当时中国乡下人所没有的放眼看世界的眼光，这一点深深地投射了他对后代的教育上，积极鼓励儿子要接受西式教育，掌握现代的科学文化知识才能紧跟时代的发展，这也是林语堂之后得以出国学习并对西方文化有着浓厚兴趣的源泉和动力。并且，在家中林至诚不会用传统家庭中要"父为子纲"的教条压制孩子，而是平等地与自己的子女一起成长，在玩笑中教会孩子们道理。林语堂之所以能有如此开放包容的家文化观首先是其父给他带来的思考方式和教育理念，其次林至诚本人的品行为人又让林语堂对"父亲"有着天然的崇拜敬仰之情。所以我们在林语堂的小说中可以看到，"父亲"永远不会缺席，且担当着不可或缺的文化含义形象。

其次，作为家中存在的另一类家庭成员——女性，在林语堂的一生中影响也不容小觑。林语堂的母亲杨顺命是一位忠厚善良的家庭主妇，任劳任怨地承担着照顾一大家子人的责任，给予家人的是天高地厚般的慈爱。对于母亲，林语堂说："我有一个温柔谦让天下无双的母亲，她给我的是无限无量恒河沙数的母爱，永不骂我，只有爱我……这无限量的爱，一人只有一个，怎么能够遗忘？"❶ 林语堂对母亲充满了无法言说的感激，这成了他之后作品中不断讴歌母性、母爱的原因。所以他认为女性的所有权利中，最重要的一项便是做母亲，母性使女性变得更伟大、高贵，并且林语堂还充分肯定家庭中的贤妻良母价值，在社会生活中有不容忽视的作用，"人生之大事，生老病死，处处都是靠女人去应付安排。种族之延绵，风俗之造成，民族之团结，礼教之维持，都是端赖女人"。❷ 因此，我们在林语堂的小说中即便看到有如姚母那般带有自私形象的母亲存在，但作者也是从另一个侧面表现出母亲对孩子的爱。当然，林语堂笔下的母亲更多的还是如梅玲之母和牡丹之母那样慈爱无私的形象。另一个影响林语堂较深

---

❶ 林语堂：《林语堂自传》，南京：江苏文艺出版社，1995 年，第 272 页。

❷ 林语堂：《我喜欢同女子讲话》，《林语堂名著全集》第 15 卷，今文译，长春：东北师范大学出版社，1994 年，第 129 页。

的女性则是他的二姐林美宫，她是林语堂从小的玩伴，是他的顾问，也是他的伴侣。因为家庭经济能力有限，原本读书很好，可以上大学的二姐在家人的劝说下放弃了自己继续求学的机会，无奈早早出嫁。出嫁前的一件小事让林语堂终身难忘，二姐在婚礼前一天，将林语堂叫至身边，掏出珍贵的四毛钱给他并告诉林语堂要珍惜读大学的机会，将来做个好人，做个有用有名气的人。林语堂听闻后觉得"我深深感到她那几句话简单而充满了力量。整件事使我心神不安，觉得我好像犯了罪"。❶ 果不然，二姐婚后第二年就带着八个月的身孕患鼠疫离世了，这种感觉最后却真的成了林语堂终身的遗憾，让林语堂对二姐产生了既感激又愧疚的心理，伴随终生，永不能忘怀，这也使得林语堂对于兄弟姊妹间的亲情有了深刻而特别的理解。家庭生活的其乐融融让林语堂的童年留下了美好回忆，使其对家有种天然的亲近与眷念感，这对林语堂性格的形成以及创作风格都带来了深厚持久的影响。

（二）闽南地域文化观念的影响

闽南，林语堂生于斯长于斯，是闽南山区的高山碧水滋养了他的身心，赋予了他自由开放、朴素单纯的人生态度，成就了他的"高地人生观"，林语堂曾经写过一首诗来表达自己的想法"我本龙溪村家子，环山接天号东湖，十尖石起时入梦，为学养性全在兹"。❷ 除了闽南的山水，闽南的文化对林语堂的观念也有着"润物悄无声"的作用。

首先是闽南家族文化传统。家族文化不仅是一种制度，更是一种概念，是指家族关系和由此发生的各种体制、行为、观念和心态。闽南地区曾是福建乃至中国传统家族制度最为兴盛和完善的地区之一，家族文化长期是基层社会传统的组织特征和文化特征，是传统社会生活极为重要的组成部分，是闽南传统文化的固有成分。闽南原是闽越族人的聚居之地，秦汉时期，中原人民开始进入闽南，秦汉以后，由于闽越土著势力不断被削弱，所以在相当长的时期内成了中原士民的徙居地。闽南土地狭小，可耕地不多，人稠地窄，争夺生存空间的斗争是必不可少的。而单个家庭的力量十分单薄，力不从心，所以需要合成群体，来共御外敌，而以血缘关系

---

❶ 林语堂：《从异教徒到基督徒》，长沙：湖南文艺出版社，2012 年，第 235 页。
❷ 林语堂：《林语堂自传》，南京：江苏文艺出版社，1995 年，第 276 页。

为前提的家族势力就成了最可靠的形式，在这样的情况下，中原士民就不能不重视家族的重要性。因此，"闽南传统家族文化的一重要特性即是家族成员具有浓厚的家族观念，而且整套观念下平台上具有某种超稳定性"。❶ 闽南人自然对家族产生了标榜和依赖。林语堂的家庭文化观虽然不能简单地说与这一现象有必然联系，但在他个人的心理层面上有着某种不言而喻的天然关联。

其次是闽南地区浓郁的海洋文化色彩。所谓海洋文化，曲金良教授在其书中做过如此阐释："海洋文化，就是和海洋有关的文化；就是缘于海洋而生成的文化，也即人类对海洋本身的认识、利用和因有海洋而创造出的精神的、行为的、社会的和物质的生活内涵。海洋文化的本质，就是人类与海洋的互动关系及其产物。"❷ 相比于内陆文化的内敛与柔和，海洋文化则具有人类生命的本然性和壮美性，更崇尚流动和自由的天性，多了一份激情和浪漫。闽南的地理位置比较特别，它与台湾岛等相邻，可以遥望世界，同时离政治又比较远，可以获得相对的自由。这样，其地则具有明显的海洋文化色彩。林语堂自小成长于这种文化浸润的地域民风中，这种先天的感召和无声的感染早已渗透到他的血液中。林语堂本人虽然并未提及过这种海洋文化对他的影响，但我们可以从他作品中塑造的人物身上看到这种文化的折射。内陆的文化信奉故土难离，而林语堂家庭小说中，不仅有家族的迁移，家庭成员也经常因为个人的追求志向而离家远行；内陆的家庭文化或更讲究本分且循规蹈矩的生活方式，而林氏家庭小说中很多人物都追求一种自然本性的生活，《京华烟云》虽是描写北平一家人的命运起伏，木兰对生活的激情和浪漫全然不似京都女孩的作风；除此外也有很多人物是极具冒险精神的，杜柔安敢作敢为，不仅抛开门第之悬勇敢与李飞相爱，而且敢于在怀孕期间，通过战火的封锁前去兰州营救丈夫。还有牡丹的奔放热情，对爱情的大胆追求和破格的言行，在外人眼中或许是不守妇道，不安分守己，但林语堂却是以一种欣赏的心态来塑造这个人物的，由此可见这种海洋文化对林语堂家庭文化观的影响之深。

（三）林语堂个性心理的影响

人的个性心理，为人的个性，每个人各不相同。林语堂的个性心理虽

---

❶　苏黎明：《泉州家族文化》，北京：中国言实出版社，2000 年，第 50 页。

❷　曲金良：《海洋文化概论》，青岛：青岛海洋大学出版社，1999 年，第 7—8 页。

然没有准确的科学界定，但笔者认为其个性心理是包含了仁爱敦厚、风趣幽默和浪漫超逸三个方面，而通过对这三个方面的个性的理解我们才能够真正走入林语堂的内心世界，窥探其家庭文化观形成的深层缘由。

仁爱敦厚。林语堂受儒学影响颇深，并且看到了儒家思想存在的合理性精神内核——"仁者爱人"，他说"'仁'字有'慈爱'的意义，在孔子看来则是指最好的仁，是人性发展到理想的境界"。同时，在基督教的教义当中，"博爱"的观念也是贯穿始终的，它教育人要相互敬爱，相互尊重。这两种文化中的"爱"在林语堂的性格中碰撞并且相互融合调适，最终成就了他仁爱敦厚的性格特点。林语堂不似许多战斗型作家，身上布满棱角，尖锐犀利，他更像是包容万物的"圆"，此"圆"的中心恐怕就是那一份柔软的爱，这种爱是广袤的无私的，既是对人也是对物。他无意伤到了思凡的尼姑，却因为看到有一群和尚起来为尼姑打抱不平且声泪俱下，不觉气愤难堪反是"不亦快哉"；看见电视里的小孩唱歌，张嘴挠头，模样俏皮可爱，也觉"不亦快哉"；听闻有人冒充和尚奸杀女子已被处死，也甚是开心。所以从这些微小的事情上不难看出，林语堂是一个对一些弱小的事物、美好的东西都极其敏感的人，这正是显示出其内心的柔软美好。我们再来看这种性格特征投射其家庭文化观中会有什么样的显现，林语堂的家庭小说中，在塑造人物性格时，尤其明显，他笔下的姐妹姚木兰、莫愁和牡丹、素馨在面对两人同时爱上一个男人时，没有争风吃醋，明争暗斗，而是细腻地去揣度对方的心理，为彼此考虑，相互退让，这种"仁爱"是一种超越爱情甚至亲情的大爱。同样在另一部小说中，林语堂也在他笔下的人物上展现了"小爱"向"大爱"的转变，《风声鹤唳》中的丹妮一开始沉浸于和博雅的爱情中，对外界的事毫不关心，但经历了战争的残酷和爱情的失落后，在老彭的鼓励下，走出阴霾，将一己之爱转变成了对每一个陌生人的爱。这些人物性格的塑造以及转变都可看作是由林语堂仁爱敦厚的天性使然。

风趣幽默。我们在上文中提到林语堂的父亲是个颇为幽默乐观的人，从小耳濡目染，林语堂恰好继承了父亲性格中的这种幽默，并且更增添了一份独属于他自己的理解和韵味，将其演化成"生活的艺术"。在林语堂看来，幽默是无处不在的，任何事物，只要稍加思考变通，都可以变得幽默。在参加台北一所学校的毕业典礼时，他用"绅士的演讲，应当是像女人的裙子，越短越好"❶引得台下学生一阵哄笑，而他却只是一时之兴所至。林语堂还曾将幽默比喻成"人类心灵开放的花朵"，认为笑是上天赐予人类所特有的本能，对一个人的错误只需微微一笑即可，看得出林语堂的幽默处事观即为一种心态的调节，是足以应付人生诸事的方法。在所有历史文人中，他偏爱苏东坡，其中很大一部分原因就是他极为欣赏苏东坡文学素养之外那一份独有的人格魅力。对于苏东坡，林语堂充满了赞誉，认为苏轼乐天诙谐的人格内核最是可贵，虽历经人世坎坷，饱尝生离死别，但仍能对酒当歌，在苦难中提炼乐意，对忧患一笑置之。因此"快乐的生命哲学"成了林语堂在形成家庭文化观时的重要依据，也是在塑造文学人物时的精神支柱。在林语堂笔下家庭不是一个充满专治暴戾的"牢笼"，而是充斥着生活乐趣的"佳园"。在以往许多家族小说中，家庭的气氛往往充斥着压抑、愁闷，如《雷雨》中周家大院，营造的就是雷雨将至之夜，这个家族中所有的秘密和罪恶即将爆发前的压抑、纠结和紧张肃穆的氛围，最后突至的暴雨带着有错的、无罪的、无辜的和罪有应得的人，一起走向了毁灭。而反观林氏小说，家庭里有的是兄弟姊妹间嬉戏调笑的温馨热闹，在人物的语言上做了很大的处理，尽显活泼俏皮，在对故事情节的处理上，也尽可能不以突出尖锐矛盾为主，而是增添了许多家庭中因一些琐碎之事或孩童之稚引发的趣事，更接近普通人家的生活常态，而非戏剧化的有意夸张。

浪漫超逸。林语堂的性格中最具魅力和吸引力的恐怕就是那一份"放浪于形骸之外"的浪漫超逸了。他在《生活的艺术》中从衣食住行各个方面讲述了他理解的生活之美是什么，在他眼中"人生几乎像是一首诗"，随着年龄的推移，在不同的人生阶段有不一样的诗性解读，童年纯真，青年热情，成年进步，中年温和，老年闲逸。我们应当像欣赏一首诗歌一样去感受这种人生的韵律美，这样浪漫的生命解读法怎不令人喟叹？他像是把自己建筑在了一个个跃动的音符里，随着人生交响的协奏放任心灵去徜徉，去体悟。林语堂明白生命终有一天会结束，更觉要深切地去领略人生的乐趣，更积极努力地面对生活困境，所以他享受安卧床第时的怡然自得，坐在椅子上思考世界，无事便烹茶交友，畅聊饮酒之乐与趣，有一套

---

❶ 林语堂：《八十自叙》，《林语堂名著全集》第 10 卷，长春：东北师范大学出版社，1994年，第 295 页。

属于自己的赏花、游览之哲学。20 世纪 30 年代的中国正处于民族危亡之际，难怪会被鲁迅等正在以"不在沉默中灭亡就在沉默中爆发"的激昂斗志用笔杆战斗的作家所抨击批判。但是这不正是林语堂以其独特的姿态闻名于文坛的魅力吗？如此，他的这种浪漫超逸便呈现在了他的家庭观中，影响着他对人物的塑造和叙事方式的转变。首先，林氏笔下的家庭生活少一分凝重多一重闲适，人们烹茶赏月，春来踏春，夏至食瓜，秋到品蟹，冬临赏雪，怡然自得，逍遥快活。姚思安身为一家之主，为了云游四海，不顾劝阻毅然离家，甚至不言归期；木兰总是言行出格，充满奇思妙想，但总能随遇而安，在府邸能独当一面操持好家务，居乡间也能粗茶淡饭好不快活。同时，林语堂的这种性格特点也影响着他在传递其家庭文化观念时的叙事方式，从家庭中的饮食到服饰再到建筑的描写总是穿插在故事中随意而谈，不似小说更像是散文的笔调。这些都是受到了他浪漫超逸性格的影响。

　　林语堂以其横跨东西的学识背景，温馨美满的家庭生活为依据，用其浸润过闽南地域文化特色的身心，糅以自身仁爱敦厚、风趣幽默和浪漫超逸的个性魅力，最终形成了林语堂所独有的家庭文化观，企图诠释出他对"家"的认知和理解。那么，这种认知和理解是如何在其小说作品中传递表达的呢？笔者将在第三节和第四节通过对小说主题和人物以及叙事策略的分析梳理来逐步进行解读。

三、家庭成员关系叙事

　　林语堂在文学界被公认为是语言大师，20 世纪 30 年代更因其首倡"幽默文学"并以幽默的言论和诙谐的批判方式而被冠以"幽默大师"的头衔，他的小品文、散文、翻译文也都获得了极高的关注和赞誉，在这样的前提下很容易让人忽略他还有一个小说家的身份，所以在过去很长一段时间内，林语堂的小说研究成果一直十分薄弱，批判也远超过称赞。这样的局面，大致是因为首先林语堂小说创作起步较晚且是在海外最先发表，第一部长篇小说《京华烟云》于 1939 年由美国约翰·黛公司出版，出版后得到了出人意料的好评，不仅成为美国"每月读书会"12 月的特别畅销书，时代周刊还给予了"现代小说之精典之作"的盛赞。而中文全译本却因种种原因直到 1941 年才由郑陀、应元杰合译并在上海春秋社出版，且林语堂对这个版本的翻译不是很满意，评论它为"瑕瑜共见""译文平平，惜未谙北平口语"。其次是国内对该部小说的认可度并不高，文坛上较有影响力和代表性的两位大家唐弢和徐訏都对该书有批判质疑之意，认为《京华烟云》缺乏小说应有的魅力，更似以外国人的眼光来看待中国一般，人物也不够真实且缺乏生命力。因此，使众多研究者都望而却步。然而，这并没有影响林语堂继续创作小说的热情，1941 年，他的第二部长篇小说《风声鹤唳》又由美国约翰·黛公司出版，至此之后，林语堂接连发表小说作品《唐人街》（1947）、《朱门》（1953）、《远景》（又译《奇岛》，1955）、《红牡丹》（1961）、《赖柏英》（1963），加上之前的《京华烟云》，林语堂一生一共创作了七部风格迥异的小说作品。当然，随着林语堂知名度的逐步提高以及人们对他小说的正确认识，关于其小说的研究开始慢慢变多变全，也变得更客观公正。特别是到了 20 世纪 90 年代，随着一大批专业从事林语堂研究的专家学者，如万平近、施建伟、王兆胜等人及其研究成果的诞生，关于林语堂小说的研究也逐步走向高潮。

综观林语堂这七部小说，我们不难发现一个十分显著的特点，那就是林语堂对家庭的关注，其中以《京华烟云》最盛，《唐人街》《朱门》等较之为其次。以往评论者所诟病的林语堂的小说中只是以"第三者"的角度来描绘中国而缺乏小说性一点，恰巧成了我们对其家庭文化观研究的切入点和聚焦点。在林语堂竭力向外国人诠释中国形象和中国文化时，我们看到了一个虽远离故国却心系中华的游子的思国爱国之心，也看到了他文化观中对于家庭文化的认知和理解。这种家庭文化观又主要是通过小说中人物形象的塑造和对他们生活方式的叙述来体现的，所以从人物群像的角度来对林语堂小说中家庭文化观进行剖析十分有必要。本节将通过家庭成员的组成、家庭成员之间的关系以及家庭中理想的个体三个层面逐层递进来微观其家庭文化观。

（一）家庭成员组成的"完整"性

林语堂的小说中有一个不同于同时代其他书写家族家庭作品的很大特点，就是他的小说中，每个家庭都是"完整"的，这个完整一方面是外指家庭成员的完整性，另一方面是内指这个家庭成员角色内在情感上也是全面饱满的。这样的一种"完整"性让其小说中"家"的意义更加完备深厚，正是反映出林语堂家庭文化观中力图构画完整和谐的家庭蓝图的核心观点，该节将主要围绕林氏小说中的"父亲"和"母亲"形象来论述。

1. 不"缺席"的父亲形象

父亲作为人类社会基本构成细胞——家庭中的重要伦理角色，几千年来，在中国的家族本位制中，始终是处于伦理金字塔顶端的存在，掌控着一个家族的繁衍、秩序和精神的主导权，然而"五四"新文化运动开始后，受西方民主与科学思潮的影响，"在批判封建文化的声浪中，旧伦理成为众矢之的，而旧伦理的首条——"父父子子""父为子纲"，自然被作为封建宗法社会的中心环节遭到史无前例的否定"，❶"父亲"不再拥有高高在上、威严不可动摇的地位，反而成为文人口诛笔伐的对象，"充分揭示'父权'及整个封建思想的残酷、冷漠和腐朽，一度是五四文学创作的一个重要内容。"❷ 于是，在中国现代作家的作品中"父亲"被看作是传统封建象征秩序的表征和隐喻。在不同作家笔下，这一类"父亲"形象都不约而同表现出冷酷、虚伪、专横的特征，如胡适独幕剧《终身大事》中的田先生，笃信"祠规"并以此威胁女儿的自由恋爱；曹禺《雷雨》里的周朴园以摧毁他人的个性和幸福为代价来巩固维护自己在家中的绝对权威；冰心《斯人独憔悴》里，身为军阀官僚的化卿先生竟冷酷专治地阻断了儿子们的学业并拒之门外，仅仅是因为他俩参加了爱国运动。如此种种何其荒谬！何其无情！另外还有一种特殊的现象则是，在部分作家的作品中甚至出现"父亲"缺席，即"父亲"一味由家中的祖辈代替或是早逝等现象，我们姑且可以将之称为精神上的"弑父"。巴金《家》中高老太爷实际是祖父辈，但在家中充当"父权"的象征，鲁迅《狂人日记》中的父辈形象则是由"大哥"代替，而张爱玲的《金锁记》以及萧红的《桥》中则根本没有父亲这一明晰的人物定位。虽然随后也有京派作家如沈从文《边城》中翠翠的爷爷、顺顺以及废名《桃园》里的王老大等一批仁爱慈祥的父亲出现，但总的来说，无论从数量上还是从形象内涵上来看都较为单薄。由上可知，"父亲"形象在中国现代文学史上的很长一段时间内，是充满了复杂的情感和内涵的，在不同程度上是处于人物设置、形象文化情感的"缺席"状态。

---

❶ 陈千里：《凝视"背影"——论20世纪中国文学中父亲形象的文学塑造与文化想象》，《天津社会科学》，2003年第3期。

❷ 贺仲明：《论三十年代文学中的"父亲"形象》，《江苏社会科学》，1997年第4期。

第七章 林语堂小说的家庭叙事及家庭文化

而综观林氏小说，在家庭的构建中从来不缺少"父亲"这一形象，并且这一形象还被给予了更丰富的文化内涵，作为一家之长的存在也具有了更多人性化的色彩。笔者认为林语堂小说中的"父亲"可从三个方面来解读，一是老一辈的"父亲"；二是接受过新式教育和启蒙的新一代"父亲"；三是虽然没有血缘亲属关系，但在人物的成长过程中，扮演着"父亲"般精神引导的"父亲"形象。首先我们来看第一类"父亲"形象，这也是林语堂较之其他两类着重刻画的。"人类学家将'父亲'的形象作了三种界定：一种是'天父'。他高高在上，将仁爱、公正、怜悯，施与众人，救人于苦难之中，是精神的最后依托……林语堂小说中的父亲更多地带有'天父'的印记"。其中最具代表性的则是《京华烟云》中的姚思安。读过《京华烟云》的人恐怕都有一个共同的感受，姚家的家庭氛围和家庭成员关系都非常温馨和谐，并且家庭中的子孙辈不仅有良好的文化教育背景，还兼备完善的人格，各有所长，各具特色。而这一切很大程度上都要归功于这个家庭的大家长——姚思安。在全书开篇一章中，姚思安还未正式出场时，林语堂就通过姚府大宅门口的骡夫之口给姚思安的形象进行了定位——"世界上再没有比我们东家更好的人了。""老爷真是大善人！"❶ 接着，又引入了一段木兰对她父亲的介绍，这让姚思安的形象更为具体直观，木兰对他的父亲十分敬仰，在她眼中可谓一个真正的道家高士，遇事冷静从容，并教会她如何用乐观平和的心态来面对人生的困境和挑战。从这样的开篇中可以看出，林语堂在塑造这个人物时的良苦用心，将其塑造为一个不仅是一家之主的顶梁柱，而且还是儿女们成长中的引路人形象。姚思安的身上被林语堂给予了道家的仙翁气质和儒家的智者光辉，还具有启蒙者的现代意识和文化修养。姚思安极推崇庄子，追求一种自然恬淡、清静虚明的生活状态，无事时收藏古玩或静坐练功，总之痴迷于一切有关雅文化的事物。但同时他又极喜西方国家的物理学、生物学、地理学，既愿意在传统的思想中悟出生命的大道，也愿意迅速接受现代文化的冲击。关于家族产业，姚思安并不是一个出色的商人，他认为商业太过注重利益，所以生意大部分都是交给冯舅爷管理，对于钱财向来视如浮云，还曾经给革命事业捐赠过巨额款项，可见他还是个心系民族命运、极

---

❶ 林语堂：《京华烟云》（上），《林语堂名著全集》第1卷，张振玉译，长春：东北师范大学出版社，1994年，第4—5页。

具爱国情怀的人。正是家庭中有了这样的"父亲"，所以小说中的姚家大院就有别于通常家族小说中所设定的"家庭即是牢笼"，而是成为真正让人安心栖息的"家园"，也给了儿女们个性思想最大的发展空间，让他们不再是家庭礼教下的"提线木偶"，而是对于自己的人生有更多主动权的"独立人"。所以才有了木兰的聪慧灵巧，莫愁的娴静温婉，即便如体仁，虽仍摆脱不了游手好闲、不思进取等诸多公子哥的毛病，但在处理与丫鬟银屏的爱情问题时所表现出的勇气和决心却实在难能可贵，他能够抛开世俗观念的束缚，不顾门当户对、家里的阻拦，笔者认为姚家的儿女们个性思想上种种闪亮之处，不得不归功于姚思安这位"父亲"的言传身教以及潜移默化的影响。此外，又如《朱门》里的杜柔安的父亲杜忠，秉承着"任何家族若违犯了人心的法则，就不可能繁荣下去"[1] 以及好口碑比金钱更重要的做人经商原则，坚持不围湖，将湖里的资源与周边的回民共享，不惜与弟弟杜范林闹翻而后隐居山庄以示抗议，最后自行拆除围湖的石木，还给回民一个安宁的生活环境。这样的"父亲"有着成熟健全的人生观，当他们的精神和意志辐射到家庭儿女身上时，不仅情节的冲突和矛盾得到了缓解，儿女自然也能从父辈的身上得到精神上的给养以及成长过程中的引导，从而产生对"父亲"的依赖和信仰。这样的"父亲"形象当属林语堂小说中独有。

其次在林语堂的小说中，"父亲"不再局限于如姚思安、杜忠等这些老一辈的形象，最具林语堂特色的即是他构画出了新一代"父亲"的形象，如《京华烟云》中的孔立夫、《朱门》中的李飞。在学识上，他们都受过良好的教育，知识渊博，尤其是受到过新文化思潮的影响，是才华出众的青年学者。在家庭中，他们尊老爱幼，孝顺父母，尊重爱护妻儿，极具家庭责任感；而作为堂堂中国男儿，他们又彰显出了新一代中国青年的刚正不阿与义勇双全，立夫清正廉明，调查以日本人作后台的津沪贩毒案，李飞面对威胁和暴乱临危不惧，撰写披露当局政府丑行的新闻和深入回民与政府军作战的前线。尽管在书中林语堂没有将新一代小家庭的故事完整地呈现出来，但从他笔下设置的这新一代"父亲"的身上我们看到的是林语堂给予未来家庭与社会的无限期待与希望。而最后一类"父亲"形

❶ 林语堂：《朱门》，《林语堂名著全集》第5卷，谢绮霞译，长春：东北师范大学出版社，1994年，第237页。

第七章 林语堂小说的家庭叙事及家庭文化

象，他们虽然与故事中的主人公并不存在血缘上的亲属关系，但是在男女主人公成长直至蜕变的过程中，无论在情感上还是在精神上始终充当着"父亲"一角。这类形象如老彭、老杜格等。以《风声鹤唳》中的老彭为例，他与丹妮因战争相识，他陪伴着丹妮经历战争的残酷与血腥，经历生死，用自己无私的给予陌生人的关爱感染着丹妮，使丹妮不仅走出了对命运的恐惧，也懂得了如何奉献自己，宛若重生。而对博雅，老彭也用自己的"博爱"唤醒了他的抗战激情，为博雅开启了人生崭新的篇章。通过老彭的"精神引导"，丹妮和博雅都重新认识了自己，在命运给予的历练中成长蜕变，直到成为全新的"个体"，这种隐形的"父爱"和如父亲与子女般引导与被引导的角色关系，是林语堂小说中赋予读者的又一种精神体悟和阅读享受，充沛了小说和小说人物的内涵和魅力。

2. 不"失语"的母亲形象

在"五四"新文化运动之前，母亲形象很少成为作家笔下书写的主角，只有在纪念一类的文章或诗歌中出现，也很难有较高的艺术成就。"五四"新文化运动开始后，在中国现代文学史上，绝大多数作家都开始重新关注"母亲"这一长久以来被遗忘的群体，纷纷在作品中着重塑造母亲的艺术形象，为我们提供了蔚为大观的母亲形象画卷。但是受到时代背景的影响和长久以来思维模式的禁锢，"五四"初期，母亲作为独立的人物形象在作品中出现时往往比较模糊空洞，多为概念化，或是作者"诗意"的想象，如冰心《超人》中的圣母、石评梅《母亲》中的母亲，她们仅是作家倾诉烦恼的客体；到了20世纪20年代，随着作家对现实人生的聚焦和思考，在大批的乡土文学作品中，对当时社会母亲们的真实处境进行了艺术书写，她们被压迫摧残，或麻木或卑微，在情感和精神上都得不到作为一个母亲应有的对待和回应，最终甚至沦为家族的"奴隶"，充满苦难意识，如鲁迅笔下的祥林嫂、凌淑华笔下的杨妈、萧红笔下的金枝。再到三四十年代，文学作品中出现了另一类母亲形象，她们本身就是封建制度和礼教的受害者，身心的痛苦和压抑经过长时间的积压，待到她们自己成为母亲后一并爆发，成为封建制度的维护者，"以爱之名"禁锢自己的子女，心理已经完全扭曲甚至病态。张爱玲《金锁记》中的曹七巧就是典型的事例。通过以上梳理，我们会发现无论是哪一类母亲形象，她们在作品中都少了一种声音，就是来自母亲的言说，这种"无言"反映着社会生活中母亲的真实位置和处境。

在林语堂的小说中，我们可以看见，母亲形象和地位被抬升至家庭里不可或缺的"支柱"位置，她们在家中不再是"被倾诉者"，而是言说者和家庭事务的主导者，并且作品中传递出的是对母爱的无限讴歌赞美，塑造出了一系列无私、伟大的母亲形象。林语堂曾说过"人们对中国人的生活了解越多，就越会发现所谓对妇女的压迫是西方人的看法，似乎并不是仔细观察中国人生活之后得出的结论。这个批评肯定不适用于母亲这个家庭的最高主宰"。❶ 如《京华烟云》中的曾夫人，身为曾府的女主人，把家里的大小事务都打理得井井有条，不仅儿女对其言听计从，就连丈夫在她面前也要敬畏三分，她在家中如此至关重要的地位，最终致使这个家庭竟然随着她的离世而走向分裂。就连林语堂自己也借小说打趣道"男人总是个滑稽可笑不足轻重的角色，不管是像姚家也罢，像曾家也罢"。❷ 即便如姚太太，虽然她有些固执守旧，溺爱长子，但林语堂塑造这一人物的出发点仍是出于母爱，所以让其在最后弥留之际承认了自己所犯的错误。但不可忽视的一点是姚太太作为母亲对于女儿们关于家中事务的指引和教育是身体力行的，虽然姚家是富贵之家，姚太太却会教导她们要勤劳、节俭、知礼、谦让，所以在家中，她们既要"帮着在厨房做事、发面蒸馒头、蒸包子，擀面烙饼，自己做鞋，裁衣裳，缝衣裳"❸，还要学习待人接物。这些都和母亲的教导是分不开的，连曾太太都夸赞姚太太，因为她生了一个完美的女儿。《朱门》中李飞的母亲也是一个温暖美好的母亲形象，她独自一人抚养两个儿子，生活虽清贫但一家人其乐融融，也别有一番幸福的滋味。当李飞失恋难过落魄时，她是儿子温暖的依靠，为他排忧解难，听他诉苦陪他流泪。而当李飞把柔安介绍给母亲时，她也表现出了极大的包容理解和欢迎，尽管她深爱自己的儿子，害怕他受伤，但她还是会遵从李飞的意愿，去尝试接纳和喜欢，正因为有了这样善解人意的母亲，李飞才能在亲情和爱情之间得到最大的安慰和最多的幸福感。又如《风声鹤唳》中梅玲的母亲，独自一人将梅玲拉扯长大，无微不至地照顾着梅玲，只想

❶ 林语堂：《中国人》，郝志东、沈益洪译，上海：学林出版社，2007 年，第 111 页。
❷ 林语堂：《京华烟云》（上），《林语堂名著全集》第 1 卷，张振玉译，长春：东北师范大学出版社，1994 年，第 155—156 页。
❸ 林语堂：《京华烟云》（上），《林语堂名著全集》第 1 卷，张振玉译，长春：东北师范大学出版社，1994 年，第 92 页。

将其缺失的那份父爱一并补上，哪怕是生活拮据，也从不剥夺梅玲去看演出和电影的机会，母爱的伟大由此可见。还有《红牡丹》中，牡丹刚守寡时便回到娘家，在母亲那里得到了最初的安慰和庇护，哪怕遭受世俗的指责也要护得女儿安心舒适，当牡丹离家在外面对一桩桩情事时，母亲不仅帮牡丹瞒住父亲，还理解支持牡丹，用林语堂在文中的话说则是"她为了这个孩子的幸福，一切牺牲，在所不惜"。❶ 同样感人至深的还有陈妈，她数十年如一日地期盼着自己儿子的归来，一件一件做给儿子的衣服中缝入了岁月风霜，缝入了辛酸苦楚，更缝入了密得毫无缝隙的思念与深爱。林语堂一直把女人从孕育生命直到升为人母看作一件无上光荣和神圣的事情，一个女人只有成了母亲，她的人生才得以完整，我们认为这一种"母性崇拜"的情结完全可以当作是他在塑造小说中母亲形象时心理动机的根源。所以我们在林语堂的作品中看到了不同身份，不同性格，不同阶层的母亲在为"爱"发声，每一个人物形象中都包含着作品对她们的讴歌和依恋，真实还原了母爱的纯真和伟大。中国现代文学作品中颂扬母爱，刻画母亲形象的作品不少，但像林语堂作品中如此饱满、具体而深刻的却并不多，笔者认为，这正是林语堂家庭文化观中宝贵而闪亮的内涵。

（二）家庭成员关系的"和谐"性

林语堂曾把世界种种形容为一张菜单，"其花色简直是无穷无尽的，可以合任何人的胃口"。既然如此，我们不必挑三拣四，只应"径自去享用这席菜肴，而不必憎嫌生活的单调"。虽然这段话看似在谈论菜肴，事实上林语堂是在阐述他和谐的人生理想。和谐是中国文化的普遍追求，它为中国文化的建立奠定了基础。这种和谐既是人与自然的和谐，更是人与人之间关系的和谐。在林语堂眼中，"和谐"是温柔的，可以唤起人内心的真情，而不是激情的斗争，是文化的最高层次。"不将'分裂''冲突''斗争'而将'和谐'看成人类思想文化的目标与宗旨，这是林语堂与许多中国现代作家的区别所在！"❷ 正是有了这样的美学理想，林语堂的家庭文化观中才呈现出这种"以和为美"的主旋律，体现在其小说中即为家庭成员间的"和谐温馨"。因此，在他的小说中呈现的不是太多剑拔弩张的

---

❶ 林语堂：《红牡丹》，《林语堂名著全集》第 8 卷，张振玉译，长春：东北师范大学出版社，1994 年，第 340 页。

❷ 王兆胜：《林语堂：两脚踏中西文化》，北京：文津出版社，2005 年，第 188 页。

紧张的家庭氛围，取而代之的是父慈子孝、兄友弟恭、夫妇和顺的和谐家庭氛围。本节笔者将主要围绕林语堂的三部代表作《唐人街》《京华烟云》和《红牡丹》中的人物关系进行详细的论述。

1. 中西结合家庭的和美

《唐人街》是林语堂1948年在美国完成的唯一一部描写海外华人生活和命运的全英文小说。它的表层叙事结构是描绘唐人街上冯家的日常生活，但其深层叙事结构是描写这个中国家庭的吃苦耐劳、容忍坚韧以及宽容和谐。该家庭的特殊之处不在于他们是来自古老东方的一群谋生者，而在于他们的家庭成员是来自两个迥异文化地域的结合，其中关于文化思想碰撞和融合的思考正是林语堂想要透过小说之言传递给读者的。于是，林语堂将两种文化融合的理想寄托在小说人物身上。

这个故事从小儿子汤姆的角度讲述冯老二一家在唐人街上的悲喜故事。冯老二是中国移民的第二代，在20世纪初因淘金热来到美国，经历了在美国修铁路时的非人待遇顽强地生存了下来，随着大儿子洛伊和二儿子戴可的到来，他们经营了一家纯手工洗衣店，不辞辛劳地工作，全家的梦想就是有一天可以在纽约开一家中国餐馆，所以他们勤劳节俭，诚信负责，凭借着智慧和能力在唐人街坚定地生存了下来，并演绎了生活中一幕幕的喜怒哀乐。

洛伊是冯家的长子，如他父亲冯老二一样，他拥有着中国传统文化的种种美德，孝敬父母，知恩图报，也像大多数中国男子一样有着传统的家庭意识，极为重视家庭的存在。洛伊的妻子名叫佛罗拉，是一个有着漂亮的睫毛、小巧的嘴巴和整齐的牙齿的在美国长大的意大利女孩。在洛伊的家庭观念中家是一个整体，家庭成员在一起同吃同住同生活是理所应当的。所以佛罗拉提出想要不依靠家里，自己攒钱出去过独立的生活时，从来没想过与家人分开过的洛伊十分诧异，并且安慰劝告佛罗拉说："亲爱的！你难道不知道吗？我们所有的人就是一个家庭，大家相互帮忙……父母活着的时候，我们就是一个家庭。等他们太老了，做不动了的时候，就轮到我们来照顾他们了，因为我们小时候，是他们照顾我们的。这就是理想的家庭。"❶ 因为意大

---

❶ 林语堂：《唐人街》，《林语堂名著全集》第4卷，唐强译，长春：东北师范大学出版社，1994年，第54—55页。

利人信仰的天主教中也有孝敬父母的传统，夫妻之间的矛盾也就随之变少了，佛罗拉也顺理成章地接受了洛伊的想法，没有再提分开过的事，两个人在相互尊重和忍让中和谐相处。这样中西结合的家庭难免会在生活习惯、性格差异上遇到种种麻烦，尤其是与公婆之间，但是林语堂并没有打算展示这种不调和的矛盾，而是努力构建相互融合并且理解的和美。其实在佛罗拉和冯太太心中对于彼此的到来都充满了忐忑和不安，佛罗拉不知道这位东方来的婆婆究竟是什么样的，冯太太也心生害怕，向神祈祷自己的媳妇不要是一个妖媚的，不穿长裤、头发眼睛颜色怪异的女人。但好在两人的第一次见面都发现对方并没有自己想象中难以接受，反而很好相处。佛罗拉还是非常符合他们心中合格儿媳妇的标准的，尽管厨房里常常上演着"哑剧"，但佛罗拉会很认真地向烧得一手好菜的婆婆学习，成了冯太太手下的二厨；因为两个人语言不通，佛罗拉个性又较为急躁，她俩讲话总是会像玩猜谜游戏一样，但是冯太太总是很耐心，佛罗拉也会不厌其烦地一猜再猜，原本会很苦难甚至引发矛盾的事，反而成了生活中一味奇妙的调理，让平凡的日子变得妙趣横生；对于佛罗拉的天主教信仰，冯家也给予了充分的理解，她每周日还是能去教堂弥撒，房间里也挂着圣母的画像，他们还告诉佛罗拉有位意大利的传教士马可波罗曾到中国传教，于是给他们的儿子起名"马可"。洛伊的母亲还为孙子的事特意去天主教堂拜见主教，最后还给教堂还愿 500 美元。不同的文化之间相互让步和体谅，这样就完全能够和谐相处下去。佛罗拉有着意大利姑娘特有的热情奔放和开朗，快乐时自由坦率地表达，感激时也会毫不犹豫地表现出来。但这一点显然与中国人，尤其是中国女人含蓄委婉的性格特点是格格不入的。例如，佛罗拉总是当着他俩的面大方热情地亲吻洛伊，两位老人心中还是颇感不适，不过这显然不影响他们对这位外国儿媳的喜爱，习惯之后自然就接受了这种"与众不同"的爱的表现方式。我们从中可以看出林语堂家庭文化观中对家庭结构内部多元文化融合所寄予的希望：在相互理解和忍让的前提下，不同文化、种族的成员在"家"这一最值得人依靠和信赖的港湾中是可以相互融合、和谐相处的。

2. 亲情与爱情冲突中的协调

个性解放是中国现代文学的主潮，宣扬自由爱情和自主婚姻是现代文学作品的重要主题。鲁迅笔下的子君为了爱情毅然出走，巴金文中的觉新终因得不到一生挚爱而郁郁终生，而林语堂是个例外。"在小说中，林语堂把'近情'作为一个母题来展示，比如姚木兰、老彭、丹妮等人物形象都有一颗博大的爱心去理解和体察世道人心，去关注和爱护人类的苦与乐，这显然与林语堂讲求'近情'的观念是一致的。有温情的社会是林语堂与他作品中人物的共同理想。"❶ 在林语堂的家庭文化观中，尤其重视血缘人伦亲情，当他将这种感情融合到对人物的塑造中时，便形成了一种与现代观念迥异的观念，即在家庭成员当中，亲情常"胜"于爱情。

王兆胜先生对《京华烟云》中体现出的林语堂的爱情观做过如此点评，"在林语堂的原著里面主要强调的不是爱情的冲突，而是爱情的协调，他曾经讲过'我们现代人的毛病就在于把爱情当饭吃，把婚姻当点心吃'，他主要阐述了爱情和婚姻的关系，他希望的爱情和婚姻不是我们现代人所冲突的观念，比如说自五四以来我们的新文学，中国现代文学，鲁迅也好、巴金也好，他们倡导的是爱情至上，也就是说无爱情宁可死"。林语堂提出了一个改变我们爱情婚姻观的观念，他认为："健康的爱情婚姻观应该是把婚姻当饭吃，把爱情当点心吃，所以爱情固然重要，但是它不能大于人生，也不能成为超越一切的东西。"❷ 所以我们在《京华烟云》和《红牡丹》中木兰与莫愁、牡丹与素馨这两对姐妹的身上就很形象具体地看到了这一点。木兰天性浪漫，热情开朗，十六岁见到立夫后便有了"人生难得一知己"的欣赏爱慕之情，这份情感是奔放而难以自制的；莫愁的性格则刚好与木兰相反，温婉如水，知性内敛，对于立夫是日久生情，如心间的涓涓细流，在父亲提出订婚前，莫愁从来没有要向立夫表明的想法，甚至从来没有向任何人流露出过，笔者认为其中除了莫愁本身的性格原因外，还有就是她对姐姐木兰深沉的爱与关怀。另外，从木兰这个角度来看，在之后的相处中，立夫与莫愁的关系发生了改变，木兰也一定有所感知，而命运的安排让木兰最后听从了家里的决定，嫁给了"最适合"的苏亚，将对立夫的爱深深埋藏在心底，其中多少也蕴含着对妹妹幸福生活的成全之意。并且由于木兰与苏亚的结合，是曾、姚两个大家族的结合，木兰的婚礼和嫁妆当时是轰动了整个北京城的，可谓风光无限。相比之下，孔家就要清贫许多，姚思安在莫愁出嫁前还特意询问过她是否会介

❶ 肖治华：《论林语堂的"中庸哲学"》，《云梦学刊》，2006 年第 1 期。
❷ 王兆胜：《走向世界的林语堂》，《燕京论坛（2012）》（首都师范大学文学院编），北京：社会科学文献出版社，2013 年，第 207—208 页。

第七章 林语堂小说的家庭叙事及家庭文化

意，莫愁却表示并不在乎。而木兰在妹妹和立夫结婚之后，尽管她对立夫仍有着发自心底的珍惜，但是她对妹妹更多的是祝福帮衬和牵挂，就连道喜时都"欢喜而激动，眼睛里竟会流出泪来"。尽管木兰在立夫身陷囹圄时奋不顾身，舍身相救，作为木兰的妹妹，莫愁却处理得十分得体大方，没有表现出一丝的妒忌，也没有和姐姐因此而心生嫌隙。当爱情与亲情正面相逢时，林语堂让爱情作出了让步，成全了家庭的和谐美好。

另外，在《红牡丹》中的一对姐妹身上我们也能看到相似的情况。牡丹性格奔放，不受任何礼法的约束，敢爱敢恨，她与梁孟嘉相识相恋，可谓疯狂痴迷，对于孟嘉的爱恋她毫无保留地告诉了妹妹素馨，两人之间还达成了和平的谅解，即素馨和他们住在一起后不会从中干涉牡丹与孟嘉的感情。林语堂将牡丹比喻成"任性的钱塘江"，而素馨则是温婉平静的"西湖"，凡事都看在眼里却不会多说不合时宜的话。孟嘉要去明陵办事，牡丹不想去，素馨心中即便很想去也只会坚定地说不会与孟嘉单独去，总是懂事地处理他们之间的问题。素馨其实心中也埋藏着对梁孟嘉的感情，她婉拒了他人的亲事，"她也知道不能嫁给堂兄。这些事情她深埋在心底，也决定了她生活上一个坚定不移的方向，就像一个船上的舵，能够使航行平稳无事"。● 所以即便她知道了姐姐牡丹在外面的风流韵事也只装作不知，默默地关心他俩的生活，丝毫不曾流露自己的内心情感。当牡丹厌倦了这段关系开始向往外面的新鲜活力时，素馨尽管懊恼生气，但却并不怪牡丹，因为"没人对这种不合法的男女关系，会一直感到满足的"。❷ 而她对孟嘉的感情也一直到牡丹的断然离去才真正地袒露，作为情敌还能如此为姐姐着想，可见在素馨的观念中亲情的重要，所以林语堂也说"倘若素馨疑心重，心狠毒，或是人下贱，他俩一定会被迫陷入销魂蚀骨的热情漩涡"。❸

（三）家庭里个体人格的"理想"性

与林语堂同时期的作家，在批判家族制度的作品中展现了封建制度下

---

❶ 林语堂：《红牡丹》，《林语堂名著全集》第 8 卷，张振玉译，长春：东北师范大学出版社，1994 年，第 194 页。

❷ 林语堂：《红牡丹》，《林语堂名著全集》第 8 卷，张振玉译，长春：东北师范大学出版社，1994 年，第 207 页。

❸ 林语堂：《红牡丹》，《林语堂名著全集》第 8 卷，张振玉译，长春：东北师范大学出版社，1994 年，第 422 页。

人性以及人格的扭曲与分裂，将最真实又最残酷的一面不加掩饰地呈现在作品中和读者面前，留下的是对现实的沉痛感和无尽的反思，但正如本书立意时所述，大多数作家的作品并没有给出一个明确的"正解"，即究竟在推翻了这样的秩序后，我们应该拥有的新的也是理想的人格（尤指家庭中的人格）到底该是怎样的。而林语堂在作品中则做到了这一点，通过剖析他作品中家庭里的人物形象我们不难看出与同时期迥然不同的立意和思考，本节将从家庭中个体应具备的"理想"的为人之道和生活之道两方面进行阐述。

1. 德智平衡，理事圆融的为人之道

林语堂的小说秉承着"对外国人讲中国文化"的宗旨，所以他一直在浓厚的文化氛围中塑造自己心目中的理想人格，所以当这种理想人格归置到家庭中来时，首先表现出的就是德智平衡，理事圆融。林语堂笔下的主人公多是受到过系统教育的有良好教育背景的知识型人物，在这些人物身上能看到智慧与德行的均衡，所以能用科学理性的思维来处理家庭事务，遇事不会一味抱怨，而是能从多元化的角度处理，自然很多事就圆融了，并且也能"以理节情"。《京华烟云》中姚木兰恐怕是林语堂笔下塑造得最用心，也最经典的人物之一，木兰从小受父亲影响颇深，不仅接受了良好的教育，而且还具有很多当时闺阁女子没有的兴趣爱好。如和他父亲一样了解古玩，识得甲骨文，连曾文璞都感慨："对了！对了！她就是木兰，天下只有她一个小姑娘儿认得这种甲骨！"❶ 十岁那年因举家避难途中遇险与家人失散，差点被人贩卖，小小年纪的木兰在短暂地惊慌失措后很快镇定下来，显示出了超出这个年纪小孩应有的处事能力。木兰的博学还体现在很多地方，例如，她给儿子取名"阿通"，初听很俗气，但是木兰却给了这个名字一个充满学识和雅致的解释，陶渊明有句诗：通子垂九龄，但觅梨与粟，刚好荪亚的母亲叫玉梨，所以孩子便唤作"阿通"了，意思是老想"梨"。从取名字这样一件小事中，就能看出木兰的智慧和聪颖，不仅让阿通的名字变得文雅，同时还博得了婆婆的欢心，可谓皆大欢喜。木兰知书达理，办事公道有魄力，又能常怀仁爱之心，关心家里的下人，受

---

❶ 林语堂：《京华烟云》（上），《林语堂名著全集》第1卷，张振玉译，长春：东北师范大学出版社，1994年，第47页。

到上下各种人的拥戴。并且木兰非常聪明，一点儿都不爱显才扬己，她在打理家务时常表现出一种"难得糊涂"的状态，即她不会把家事管理得比桂姐在时好，下人有时做错了事，她也会当作不知道，微微一笑带过，这样一来，木兰不仅打理好了家务，赢得了仆人的信服，最重要的是如此圆融的处事方法深得长辈欢心，虽然她是曾家最年轻的儿媳妇，但地位却一步步巩固攀升，俨然一副当家人的气势。而为人处世与木兰正好相反的素云，命运当然也就坎坷悲凉许多，落得个惨淡结局。还有一事也是尽显木兰的睿智和处事能力，当她得知丈夫有了外遇后，不是与之大吵大闹，或者给第三者难堪，而是主动约上第三者曹丽华见面，坦率地指出处理此事的方式只有两条，一是请她离开丈夫，二是嫁入曾家。木兰的冷静和智慧成功地化解了家庭的矛盾。

还有一个值得一提的人物便是《朱门》中的杜柔安，她既拥有良好的传统文化教养，又具有现代文明精神，林语堂先生也将其塑造为心中的理想人物。且看看这样一个在学识上如此出众的"完美"人物，在家庭中是如何圆融地处理事务的。柔安为了追寻自己的幸福，先是经历被叔叔赶出家门，好不容易能与李飞在一起，李飞却因为工作奔赴战乱之中，让怀有身孕的柔安独自苦苦等待。在漫长而难熬的等待中，柔安没有放弃也没有抱怨，不仅托飞行员将自己攒的钱带给李飞，还亲手织了毛衣给狱中的李飞御寒。如此种种让李飞的母亲都为之动容，对这个准儿媳充满敬意。在牵挂李飞的同时，柔安也没有忘记李飞家中的母亲，每次李飞一有书信回来，她就会带去李飞家中念与她听，还照顾起了她的生活起居，可谓关怀备至，一个还没过门的准儿媳能做成这样，有哪个婆婆会不喜欢呢？林语堂文中这类德智平衡，理事圆融的家庭个体既是他笔下理想人格的载体，又是一个家庭之所以能和谐和睦幸福相处的关键所在。

2. 顺应自然，顺乎天性的生活之道

林语堂曾说："生活要简朴，人要能剔除一切不需要的累赘，从家庭、日常生活，从大自然找到满足，才是完备的文明人。"❶所以林语堂对精神的独立、自由尤为看重。林语堂笔下的人物在家庭生活中不仅仅是满足生

---

❶ 林太乙：《林语堂传》，《林语堂名著全集》第 29 卷，长春：东北师范大学出版社，1994年，第 243 页。

存的需要，围绕着柴米油盐酱醋茶，更有"诗与远方"，懂得生活的真谛，人与物之间亲切共适，人与环境和谐相依，遵从内心的声音，随自然或喜或悲，在对生活的追求中得到精神的愉悦和灵魂的满足。

　　此处我们还是要谈到姚木兰，这个林语堂先生心中几近完美的人物形象。木兰喜欢游走在山水之间，对逛公园览名胜更是兴致盎然，她还有个听起来颇有几分雅韵的毛病，就是一看见极美的东西，两只眼睛就会各流出一滴眼泪，这泪水是对大自然馈赠的感激，是在天地奇景前深深的震动和惊叹。依照春夏秋冬四季的变化，木兰都有不同的生活节奏和方式，情愫也随之波动。冬季木兰沉稳平静，会在下雪的早晨穿着鲜蓝色的衣服插红石竹、野桃或蜡梅；到了春天，则慵懒无力，睡到日上三竿，不修边幅地穿着个拖鞋睡衣站在院中整理牡丹花畦；夏季是木兰最喜的季节，所以一到夏天，她便显得轻松闲适，于院中下棋或看书；秋季到来，则去西山登高感林之丹红。在自然的变换中，木兰感受着自然的馈赠，感慨着万物的美好，也体悟着人生爱与美的真谛。对于环境的变动木兰也能处之泰然，迅速融入，木兰出身富家，出嫁时正是姚家鼎盛时期，此时的她是从容大度，举止言行、着装都与之华美豪华浑然一体。爱女遇害后，她和荪亚南迁杭州，在城隍山上极幽静一处安家，西湖卧前，钱塘居后，观屋外山水自朝至暮的变化，感鸟鸣花香一年四季之异同。在湖光山色的田园生活中，木兰转换了全新的生活方式，她亲自做饭缝衣，拒绝一切高档衣饰。木兰甚至还自己去捡柴，并自诩"乡下老婆子"，仿佛对自然山水有种莫名的亲切感与归属感。木兰在倘佯于大自然之时也塑造了放达、灵动的个性。木兰曾对荪亚说过自己的设想，如若有一天家道中落，荪亚成了船夫，自己就索性当一个快乐自在的美船娘，还调笑自己脚丫大在船上站得稳，每天就给荪亚洗衣做饭，不问政治，不理世俗，无忧无虑，这想必就是林语堂心中"诗意的人生"吧！

　　如果说姚木兰是林语堂心中那一株静美优雅、端庄大方的木兰花，牡丹则是花丛间那一只热情奔放灵动淘气的红色精灵，都是林先生极为喜爱、欣赏的世间之奇女子。牡丹的个性和言行放在当时社会环境的家庭中显然是格格不入，甚至是容易遭人非议诟病的，而在林语堂看来却恰恰相反，她的这一种顺乎天性、痴迷自然的生活方式给沉闷枯燥的家庭生活带来了无限活力和生机。牡丹喜欢旅游，喜欢沐浴大自然的风雨，羡慕李白

的狂放不羁。孟嘉夸奖她："虽是生为女儿身，却是心胸似男儿。"❶

林语堂渴望的家庭中"理想"的个体，当如木兰、柔安之辈德智平衡，理事圆融，又当兼有牡丹和木兰的那种顺应自然、顺乎天性的生活方式，这样的家庭成员不仅是一个完备的"理想"的人，更是维系一个家庭和睦有序的杠杆和调节家庭气氛的关键所在。

四、家庭叙事策略

在上两节中，我们分析了林语堂先生的家庭文化观及其在小说中的内容上的呈现，本节将围绕他的家庭文化观对文本叙事的影响来进行探讨。沃伦·贝克说："福克纳对生活的看法怎样，他的文体也是怎样。"❷ 我们不妨置换一下，林语堂的家庭文化观与他小说的文体也构成了一种互涉关系。林语堂将组建家庭视为人一生中必不可少且至关重要的一部分，所以对家庭及家庭文化的关注必然影响到他在创作小说时的叙事策略。林语堂一直提倡和谐温馨的家庭模式，力求在文本内容的最大限度上展现家庭文化中最优质的部分，这样的主观理想促使他在叙事风格与叙事结构、叙事者身份以及叙事聚焦等方面都做出了相应的改变。

（一）平和的叙事风格与开放的叙事结构

"五四"时期作品和《红楼梦》中关于家庭叙事都充斥着批判、叛逆、出逃等情节，故事中大都有激烈的对抗，或表现为父母与子女间的对抗，或是兄弟姐妹间的对抗，而在林语堂的家庭小说中弱化了家庭成员的矛盾冲突，个人命运的结局是受多重因素尤其是个人性格观念等影响的，并非来自对家庭的反抗和与之的冲突，由此营造出良好的至少是不具有激烈冲突的家庭格局。

学界常将家族小说的叙事模式归纳为"叙写家族由有序—无序—衰败"的模式，而造成这种"无序"的原因很大程度上是家族内部的各种矛盾，"矛盾"构成了小说情节推动的核心，这类叙事模式在很多家族小说

❶ 林语堂：《红牡丹》，《林语堂名著全集》第 8 卷，张振玉译，长春：东北师范大学出版社，1994 年，第 63 页。

❷ ［美］沃伦·贝克：《威廉·福克纳的文体》，《福克纳的神话》（李文俊编），上海：上海译文出版社，2008 年，第 108 页。

中都可看见，最经典的当属《红楼梦》，曹雪芹将贾府大观园中兴盛时的荣华富贵、井井有条，到开始分崩离析、香消玉殒，再到最后繁华落尽、物是人非、满目悲怆的过程描写得淋漓尽致，仿佛推开一卷画轴，阅尽铅华后，心生悲凉。作为家族小说的典范，这样的叙事模式在现代作家的笔下得到了继承和发展，其中最典型的又属巴金的《家》，巴金在《家》中真实地描写了高公馆这个"诗礼传家""四世同堂"的封建大家庭的没落和分化过程。

反观林语堂的作品，我们不难发现小说整体呈现出的是一种平和舒缓的叙事风格。细看其情节，林语堂规避了在家族小说中常会出现的子女因为家族财产的归宿而明争暗斗的情节，《京华烟云》中姚家虽有一个长子，但姚体仁却对家产并不甚关心，虽然常欺负两个妹妹但也没有什么过分的行为，相比之下，他更倾心于他自己的一片花花世界和与银屏之间的美好爱情，而木兰和莫愁这一对姐妹花则更为聪慧且善解人意，团结友爱自是不在话下，对体仁还是充满了手足之爱，在体仁去香港后姐妹俩还写信给他劝其认真生活、学习。虽然三人在命途中都历经了坎坷，但最后木兰和莫愁收获了美满的婚姻，各自拥有幸福的家庭，体仁经过了银屏的事情后最终向善从商，总体来说虽有起伏但终归平和圆满。所以在大家族中最常出现的矛盾点在林语堂的叙事中就很好地被避免了，另外又如《朱门》中对杜范林和杜忠这对兄弟命运的书写，作者也在叙事上进行了处理，杜范林和杜忠因为对于围湖的观点和立场各持己见，一直隐居的杜忠极为反感杜范林及其儿子对回民利益的公然侵犯，却在返回西安的路上脑溢血身亡。杜范林最后被愤怒的回民围攻，误入泥沼身亡。这一对兄弟的命运虽然都以悲剧收场，但是究其根源，原因其实并不在于两者之间的实质冲突和矛盾，而是各自的性格以及客观意外所造成的，林语堂在叙事上的处理，使情节的矛盾由外部冲突转化为了个人自身性格与现实冲突所形成的悲剧。

中国传统小说中的家族叙事一般采取大团圆的结构方式，即按照产生矛盾—解决矛盾—大团圆的情节安排线索。但是林语堂的家庭叙事，既对传统有所继承，又不是照搬，他的叙事采取开放的结构，不一定提供一个团圆的结局，但也不是一味设置家庭冲突，以出走、反抗等方式结尾。如《京华烟云》的结尾，木兰无法再回自己的家，她随逃难的人群由东往西迁向内陆。木兰一家后来的情形以及孩子们的归宿问题，林语堂在小说结尾都没有做明确的交代,读者无法再从文本中获知。又如《风声鹤唳》的结尾,抗日战争中,博雅牺牲,梅玲在生下她与博雅的儿子后与老彭结婚。作者没有对他们在抗战中的生活再做细致的叙述。再如《红牡丹》的结尾,写牡丹决定和傅南涛结婚并将此事与孟嘉的家人商议,全文由牡丹写给好友白薇的一封信结束,这封信一是邀请白薇和若水来北京参加婚礼,二是在信中感慨了她一路以来的经历。至于之后她是否真的和傅南涛结婚了,以及结婚之后以牡丹的个性是否又会出现其他的变故,我们都不得而知,由此可见,林语堂的小说叙事不注重安排大团圆的结局,也不特意安排突兀的结局,制造震撼人心的效果,他的叙事是自然的、平稳的。

这种留有空白的叙述,使小说叙事模式从封闭走向开放,不仅增添了小说的探究性,还留给读者许多遐想的空间。那么这种开放型结尾的叙事模式于林语堂的家庭文化观而言有什么样的意义呢?换言之,林语堂安排这样的开放式结尾意图究竟何在?笔者认为,林语堂对家庭始终抱有着美好的遐想,家庭对于作者本人而言也好,对于作品中的主人公而言也好,都是温暖的港湾和遇到挫折磨难时的避风港,但是在炮火纷飞的战争年代,小家与大家之间的关联则显得尤为密切了,那么两者之间该如何权衡和选择,作者于留白处实则留下了思考。在上述几个小说的结尾中,作者是以主人公在婚姻中将如何继续发展、刚刚步入婚姻的将怎样面对新组建的家庭以及即将要完成婚礼憧憬着一个全新的家庭这三种模式收束全书的,这三种不同的婚姻状态中包含着林语堂对于家庭、婚姻和国家的思考和期待。对于木兰一家,在全书的结尾,木兰站在洪流般的人潮中,经历过丧子之痛后木兰心境已然发生改变,"木兰所在的外在的光景改变了,她的内心也改变了。她失去了空间和方向,甚至失去了自己的个体感,感觉自己是伟大的一般老百姓中的一份子"。❶ 从以前不愿让阿通为国参军,到如今慢慢将自己的命运与国家相融,这样的转变在一定程度上也是林语堂自我的一种剖析和思索。那么到了《风声鹤唳》中,丹妮、博雅和老彭三个人的感情纠葛其实是融入对国家的情感之中的,换言之,他们对国家的情感是凌驾于个人感情甚至个体小家的情感之上的,所以林语堂在

---

❶ 林语堂:《京华烟云》(下),《林语堂名著全集》第2卷,张振玉译,长春:东北师范大学出版社,1994年,第503页。

全书结尾描述道"老彭和丹妮在共同的奉献中找到了意想不到的幸福"。❶
如果说在《京华烟云》时期林语堂对于家与国如何共适还处于摸索阶段的
话，那么在《风声鹤唳》时他已然有了答案，那就是在特殊年代特殊时
期，对家的眷恋是可以延展到对国的大爱的，因此对"家"的理解就有了
更宽泛更深刻的内涵。

（二）叙事干预增强，叙述者身份凸显

"在叙事作品中，叙述者可以对他或她所讲述的故事以及文本本身进
行干预……叙述者干预一般通过叙述者对人物、事件甚至文本本身进行评
论的方式来进行。这种干预超越了对文本中的行为者与环境的界定与事件
的描述。"❷ 林语堂的小说不以叙述大事件大场面见长，而是以叙述日常生
活和小场面为主。因此，带来了小说叙事方式的改变，即在故事的叙述中
穿插大量的叙事议论，也就是叙述者的干预，叙述者会刻意造成一种叙事
时间的"停顿"，并利用这个"停顿"来将自己与故事中的人事拉开距离，
阐释自己的世界观和人生观，其目的是使读者认同自己的家庭文化观念。

在林语堂的小说中，他很喜欢作为一个旁观者，对故事和人物发表议
论和看法，其中有很大一部分是对"家庭"文化的议论，如《京华烟云》
《红牡丹》中到处抒发了对中国新旧家庭秩序的看法，以及家庭中人格的
交互影响等等。从《京华烟云》的第一章开始，我们就可以发现林语堂的
这种叙事特点。大人们正在为了远行之事商讨，木兰偷偷溜到母亲身边听
大人们说话，此时作者突然将叙事对象从故事中的人物和情节上抽离，转
而开始讲解中国小孩的成长发育过程，"在中国小孩子发育的过程里，有
时候他们会突然举止行动像个大人，其实内心还照旧保存着孩童的稚
气……知道守规矩的孩子，大人就把他们当作大人看待，而且很认真。"❸
这一段话表面上是对木兰坐在母亲身边的行为的解释，实则是在说明中国
人对于孩子的成长和教育的方式和态度，展现中国家庭里孩子从小需要遵

❶ 林语堂：《风声鹤唳》，《林语堂名著全集》第3卷，张振玉译，长春：东北师范大学出版
社，1994年，第391页。

❷ 谭君强：《叙事学导论：从经典叙事学到后经典叙事学》，北京：高等教育出版社，2008
年，第72页。

❸ 林语堂：《京华烟云》（上），《林语堂名著全集》第1卷，张振玉译，长春：东北师范大
学出版社，1994年，第18页。

守的规矩和礼仪。而紧接着作者又借解释木兰、莫愁和目莲名字的由来，对中国人取名字的渊源和出处进行了补充。对于中国人来说，这些名字背后的故事也好，传说也罢，其实并不会陌生，因为我们有共同的文化背景和语境，但对于其他国家与我们有着不一样的文化背景的人来说那就完全不一样了，所以林语堂并非"多此一举"，作为"脚踏东西文化"的林语堂，他一心想要将中国的优质文化传递给异邦，在故事中刻意将节奏放缓，甚至是停顿，来"现身说法"，将自己知道的了解的叙述出来，既是展现中国人的家庭生活艺术的一种方式，也是努力让异邦人能更加理解中国的文化。在《京华烟云》中这样的"干预"还有很多，对于传统家庭中的妻妾问题，他就发表过一番颇有意思的议论，他认为妻子与妾的关系就好比鲜花与花瓶，正是有了花瓶的存在和衬托才能将鲜花的高贵美丽展现得一览无余，这样的说法可谓闻所未闻，既有一定的道理又充满了风趣幽默的意味，也体现出林语堂对于家庭中纳妾问题的包容甚至是支持欣赏的态度。此外，在书写曼妮的故事时，也在其中适当插入了关于中国古典美女的介绍，"中国这种古典型的小姐，生而丽质动人，但却退而隐避：虽偶以情爱相假，但狡猾诡谲，吝于施赠……居内室而听得家人商谈，立在隔扇后而恣情窥看；与人在一处时，则屡次用眼偷瞟，对男人从不正面而视"。❶ 这种突然跳出故事情节的插叙，既是对描写人物本身的性格特点的补充说明，也是作者对传统家庭中女性认知的一种阐释。而在曼妮新婚前夕暂住姚家期间，对于姚家的家庭氛围和人际关系都充满了好奇与惊异，在第九章的开篇中，林语堂着力描述了曼妮初到时的感受和心理，但有趣的是，在描述过程中，林语堂又"出其不意"地发表了自己关于家庭中人格交互影响的看法。这种意见的发表既非叙述者口吻，也不是曼妮的口气，更类似于一个看客在看书评戏时偶然触动发表的一时感慨，这和作者的"异叙述者"身份有很大关系，这种"异叙述者"的身份也为林语堂能够灵活自由地运用散文化的叙述方式提供了立场。我们且看他发表的这一段议论的内容，在姚家，姚太太与姚先生仿佛相执于天平的两端，而这座天平即是用来衡量在这个大家庭中拥有的权力地位和影响的，姚思安以道家哲学治家，采取无为而治的方法，但对于姚太太管理的家务总还有暗中

---

❶ 林语堂：《京华烟云》（上），《林语堂名著全集》第1卷，张振玉译，长春：东北师范大学出版社，1994年，第86页。

管教和破坏。林语堂用这样一句颇有些绕口的话将姚思安的这种治家心理和做法与曾家进行了有趣的对比："这样，他就使他太太心中以为自己是一家之主，而曾太太则让她丈夫心中想象他是一家之主。"❶ 由此来推断出他自己的理论，即在成员关系真正密切的家庭中，大家在人格上可以互补，但又是平等的，人人重要，不可或缺，又没有谁是中心，而男人尤其是旧式家庭中可笑滑稽且可有可无的角色。这一议论，兼有幽默和哲思，不仅道出了林语堂所认为的在大家庭中人格之间互相影响的奥秘所在，又含蓄地表达了他对于男人在家庭中的地位的看法。这种的叙事方式于悄无声息中潜移默化地传递且影响给读者，林语堂用除了故事之外的方式传达着他的家庭文化观。这种方式在他的《京华烟云》中还有很多处，木兰出嫁前，关于她对荪亚的情感，林语堂跳出故事，以旁观者清醒的头脑如是评价过"在这种爱里，没有梦绕魂牵，只是正常青年男女以身相许，互相敬重，做将来生活上的伴侣，只是这么一种自然的情况"。❷ 在林语堂看来，婚姻之中的两个人，即便一开始不存在相爱的基础，但是只要健康正常，剩下来的事情和婚姻的发展就是顺其自然和水到渠成而已。这样的婚姻观念，其实很大程度上是受到林语堂自身的恋爱婚姻经历的影响，林语堂的初恋叫陈锦端，但是他们之间的爱情却由于林语堂当时"不够格"的身份地位遭到了陈锦端父亲的强烈反对，"门不当，户不对"的结论最终使林语堂痛失了这一份美好的情感。醒悟之后的林语堂便坦然接受了与廖翠凤的婚姻，虽然开始时他并没有像与陈锦端相处时的热情和爱恋，但是抱着这种"顺其自然"的心态也与之生儿育女幸福地过了一生。这样的经历和彻悟也就顺理成章地贯彻到了作品当中，于是安排了木兰与立夫、荪亚之间的感情纠葛与各自最终的归宿。

在林语堂的小说中还有许多类似于《京华烟云》中这种插叙的叙事方式，散文化的笔调中流露出的是林语堂对于人生和世俗的思考，尤其是其中关于家庭文化的诸多阐述。林语堂始终坚持的就是自由随性的创作理念，小品文的这种散文化笔调刚好能给他思维发散的空间和语言自由的组合，独抒性灵。林语堂的小说叙事具有他独特的"个人标签"，即他的

❶ 林语堂：《京华烟云》（上），《林语堂名著全集》第 1 卷，张振玉译，长春：东北师范大学出版社，1994 年，第 155 页。

❷ 林语堂：《京华烟云》（上），《林语堂名著全集》第 1 卷，张振玉译，长春：东北师范大学出版社，1994 年，第 377 页。

"半半"哲学观,一半小说的叙事手法,一半小品文的幽默闲适,于这一半一半中散发着他对于"小"家和"大"家的认知和思索,使其小说具有了更为广阔的空间和更细密绵长的韵味。

(三) 聚焦家庭文化景观的丰富性

在小说中"讲故事"是作者传递他的创作意图的主要手段和方式,而"故事"的主要构成要素又包括情节、人物、环境以及它们的构成形态,作家在创作文本时总是离不开这几个关键的要素,所以叙事对象也常被默认为人物、情节和环境。林语堂向来对西方抽象的逻辑思维较为反感,使人文科学远离了人类的生活,不具有指导性,而缺少一种人文化的情趣,所以在林语堂的小说叙事中,叙事聚焦不仅仅是针对人物和情节展开,而是将目光投向了人物和情节之外更广阔的背景中,即对家庭整体环境、园林建筑、饮食、节日、祭祀等文化景观的关注,这样一些看似琐碎零星的叙事对象实质上是物质化的生活形态,林语堂将它们融入小说叙事的范畴,是有意在进行一种家庭"文化"的书写,这种独特的聚焦扩宽了文本内外"家"的文化定义和范畴。

主编《林语堂全集》的梅中泉在《总序》中对林语堂的文本特点就进行过高度的评价,而对《京华烟云》的评价最高,认为这是具有林语堂特有文品的典型代表,他说"这部洋洋七十万言的巨著以北京城中三大家族的兴衰史和三代人的悲欢离合为线索……这些重大事件是展现在历史舞台的活剧,固然煞是好看,更耐看的还是活剧之后的背景,即中华民族的文化,包括政治、经济、哲学、宗教、文学、艺术、民俗等。此书内容是如此之丰富,简直堪称近现代中国的百科全书"。❶ 这样一种"涉猎的非凡广度"正是作者有意扩大了叙事对象的结果,目的是最大限度地体现中国文化和中国家庭文化。

林语堂素来提倡"生活的艺术",而这"艺术"中就孕育着天人合一的中国园林艺术之美,所以聚焦于中国式家庭的园林艺术便成了林语堂叙事特色上一道充满中国古典文化韵味的风景线。《京华烟云》中木兰初入曾府,透过她的眼睛,我们看到曾府内宽敞的大院,光滑的石板路,华美

---

❶ 梅中泉:《〈林语堂名著全集〉总序》,《林语堂名著全集》第1卷,长春:东北师范大学出版社,1994年,第6页。

精巧的木质大厅，穿过走廊有种满梨树、柏树的花园，抬眼远眺即泰山在望，如此的园林布局和景致难怪会让热爱自然的木兰莫名地就觉得此处本该就是她的家。第二十六章中，姚家搬入王府花园，林语堂一开始便介绍起了王府花园——"静宜园"新名字的由来，每一个字都经过了深思细琢，颇具雅韵。随着曾府一行的到来，作者开始对这座兼具宏伟气派和艺术感的王府大宅进行了细致的描述，一行人在木兰的引领下由后门进入，蜿蜒曲折中途经人造的小溪和池塘，穿过长长的走廊、小桥和亭台楼阁，进入的是一个美丽的果园，抬眼可见西北边关不住的满园桃色和圆滚可爱的一畦畦白菜；远眺树林可观掩映其中的朱红的阳台和绚丽的梁橡。在这个位移的过程中，林语堂不急着向读者传达书中"观者"的形态反应，而是全神贯注地投入对花园的书写中。紧接着，从"友耕亭"到水榭，从大理石板上刻的字到乌木桌上镶嵌的花纹，甚至细微到墙上橱中的茶具香炉水烟袋，园中一景一物都形肖毕现。随着林语堂的笔触，读者仿佛跟着一众宾客穿梭于崎岖的小径长廊，欣赏着荷塘中童趣与清新美景的相互映衬融合，画面感十足。家，首先是为家人提供休憩的居所，是作为建筑和设施而存在的，与此同时也是家庭文化乃至中国文化的载体，林语堂在传递其家庭文化观时，在叙事上的这种对园林建筑的聚焦实则体现出的是他对中华文化的理解与参悟。

同时，对于家庭中的日常生活，尤其是对某些特定民俗的关注，也具有丰富的文化底蕴。《京华烟云》的第十六章"遇风雨富商庇寒士，开蟹宴姚府庆中秋"中，不仅具有浓厚的民俗文化气息，更是给读者带来了"饮食人间"的饕餮盛宴，让人不禁"望文生津"。"中秋"节的由来最早可追溯到古时人们对于月亮的憧憬，直到宋代才被确立为固定的传统节日，小说中姚府为了欢庆一年中的这一个大节，全府上下加上傅先生和立夫母子一起在院中赏月品蟹。品蟹的过程颇为讲究，因蟹为寒性，所以席上备的都是温过的酒，并配以姜醋酱油等调好的热性作料，接着林语堂还介绍了最适合吃蟹的季节以及根据吃蟹的快慢和方式来推断各人的脾气等。中秋节除了赏月吃蟹外，还有一个娱乐的传统项目就是"折桂传杯"，由一人击鼓，其他人依次传递桂花枝，桂花枝停在了谁的手中，谁就要说一个故事或者笑话。家人团聚，叙天伦之乐，通过这样的描写将中国民间过传统佳节的习俗和家庭中欢聚热闹之态展现得淋漓尽致。林语堂的小说特别喜欢写中国传统的各种节日，如中秋节、端午节、腊八节等，其用意是向西方读者展示中国文化的诱人魅力。

此外，关于人生礼仪的描写也是丰富的家庭文化景观之一。人生礼仪不仅对个人、对家庭的意义都是极为重要的，它包括子嗣的诞生、婚丧嫁娶等生活琐事，它们都是林语堂小说叙事的重要组成部分。《京华烟云》细致地描写了上述文化习俗，其中着墨最多的是关于两场婚礼的描述。一场是曼妮嫁入曾府，另一场则是木兰、荪亚喜结良缘。单从木兰这一场婚礼的描述中就可体会到林语堂的良苦用心。第二十一章是关于木兰的婚礼，这一章的一开篇，林语堂没有对人物和情节直接进行叙述，而是说起了中国传统的面相学，根据面相来推测木兰和莫愁的性格以及她俩与荪亚、立夫的契合程度。接下来，从曾家送上龙凤帖开始，林语堂开始搭建起一个异彩纷呈的中国传统婚礼的大舞台来：先是龙凤帖极具讲究，除了帖子之外，还要配有相应的龙凤饼、绸缎、茶叶等等，回礼则是十二种蒸食，表示女方家庭的认可。这看似讲究烦琐的"前戏"显然还不是重点，木兰的这一场轰动全北京城的婚礼可以看作是林语堂将其心中一个富贵美满的中国式大家庭送迎嫁娶之事最完备最理想也最完美的典范了。接着是曾府对于新婚前夕家中的修缮和装饰，最值得一提的是盘点木兰的嫁妆，林语堂为读者列出了一份极为详尽的清单，内容可堪让人眼花缭乱，光是器物就有六七十件，其中囊括无数珍贵稀有的珠宝玉器、古玩收藏、绫罗绸缎，作者不厌其烦地一一列举出来，不仅仅是为了渲染木兰婚嫁之奢华气派，更是要通过这样细致入微的描写展现出中国的传统婚嫁习俗。长居海外的林语堂自是清楚西方人婚礼的简洁快速甚至是"随意"，所以他有意将中国的婚嫁民俗插入其中进行叙述，目的也在让外国人了解中国文化，了解中国人的生活。

林语堂的小说作品都是英文著写，对于异质文化读者在字面上理解提供了无限便利，然而对于深层意义的挖掘，林语堂的这种对"文化性"内容的聚焦叙事则成为异质文化读者破解中国文化深层内蕴的形象符码。

封建家族制度及其文化，对中国人的价值观念、行为举动、审美取向都有着非常大的制约作用，而且，随着外国文化的引入，传统的家族观念也在经历着全新的考验和挑战。在中国，家族的意义就像是一面反映文化的镜子，家族文化更是凌驾于其他任何伦理道德之上，牵连着个人、集体和国家三者间微妙的关系。20 世纪初期，是中国文化由传统走向现代的关键时期。作为传统文化核心成分的家族体制与观念，更是经历着复杂的变化和严峻的挑战。而对林语堂家庭文化观的考察正是放置于这一特殊时代文化大背景之中进行的，其价值也恰好在这对比中显现。于是，研究者不难发现林语堂在该时期所表现出的家庭文化观是具有一定的现代性与突破性的，这样的文学价值和思想价值也是令其作品具有经久不衰的魅力的根本原因之一。虽然我们在挖掘其闪光点的同时也会发现林语堂的观念中依然存在着一些与现代意义相违背的地方，但只有客观正确地看待林语堂的家庭文化观，我们才能达到真正意义上的了解其文和其人，才能从他的家庭文化观中了解历史、反思当下。

传统的家族秩序和文化观念讲究"三纲五常"，上下、长幼、男女、贫富、贵贱等严格的封建等级制度操控着家庭秩序，封建家长制度由来已久且根深蒂固，并且随着王朝的更迭和社会的发展，到了宋代封建家族组织和礼制日趋严格和严密，这恰恰是维护自给自足的自然经济和阻碍商品经济发展与自由的雇佣劳动者出现的陈腐的社会力量的表现。随着历史和经济发展的历程，进入明清时期，这样的封建家族家长制开始呈现明显的颓势，此时它所表现出来的日益严酷和维护不是其兴盛的象征，相反，预兆着它的腐朽衰亡，以致它不得不拉紧宗法的缰绳，才不至于轻易倾颓崩塌。19世纪末，中国由农业文明逐渐向工业文明过渡，社会生产力得到空前发展，近代工业随之出现，伴随着工业化进程，民族资产阶级和工人阶级逐渐形成并发展壮大。在资产阶级民主革命的冲击下，控制了中国两千多年的封建君主专制大山轰然倒塌，中国工人阶级走上了历史的大舞台，从而掀起了反帝反封建的民族民主革命的新篇章，并且要求结束封建家族家长制。

早在明末清初时期，著名剧作家冯梦龙的《三言两拍》中的部分章节就表露出了对于封建意识淡化了士民的爱情生活的不满之情，还有李汝珍的《镜花缘》更是直接反对纳妾，主张男女平等，并批判了重男轻女的思想。曹雪芹的《红楼梦》则堪称揭露封建大家族包办婚姻、腐败荒淫的经典之作。近代知识分子受到西方文明的影响，开始向封建专制主义发起猛烈攻击。康有为的《大同书》提出"去家界""复为独人"的观点，这是提倡社会基本单位为个人而非封建家族制度的"大同之世"主张。谭嗣同在《仁学》疑问中也提出了类似观点，即以建立"贵贱平""千里万里，一家一人"的普遍幸福社会。这样一些想法和观点多有空泛和理想化之嫌，而且康有为等资产阶级维新派多是封建士大夫出身，他们思想中也还含有许多封建意识，这也使得他们对封建家长制的批判不能是彻底和客观的，仅为一种触动。而随着"五四"新文化运动的兴起，"个性解放""人格独立"成了思想解放的响亮口号，这一切势必将会触及对于封建家族家长制及其伦理观念的大力批判，事实上也确实如此，此时对于封建家族家长制的认识和批判可以说达到了一个前所未有的高度，远比过去任何一个时期都更加激烈、深入和尖锐。李大钊在《万恶之原》一文中就明确指出："中国现在的社会，万恶之原，都在家族制度。"因为中国社会就是由一群群家族集团组成的牢笼，将个人的自由、权利和个性都禁锢在其中。一石激起千层浪，一场声势浩大的对封建家族制度的讨伐运动由此开始。而《新青年》在此时应运而生成为新文化运动的主要战地，陈独秀、胡适、吴虞、鲁迅、孙鸣琪等人不约而同将笔尖直指封建家族制度，对家族伦理的吃人本质、男女不平等、婚姻不自由的封建家族制度进行了猛烈的抨击。陈独秀在《一九一六》中对"三纲"之说猛烈讨伐，认为这是最能反映封建道德本质的；吴虞的《家族制度为专制主义之根据论》中揭示了封建伦理道德与封建政治、忠与孝之间的关系，尤其对"父慈子孝"的虚伪性进行了深刻的剖析。

这种思想及理论上的热潮很快影响到作家们的文本创作上，新文学诸多作品都是反映社会和时代思潮的，尤其对封建专制主义进行了揭露和批判。鲁迅的《狂人日记》主要批判封建家族制度与礼教对人性的摧残和迫害。至此之后，以家庭为背景创作的文学作品便纷纷涌现，家族小说的书写成了各大作家笔下必不可少的一个创作核心，是母题也是情结。我们知道的写家族小说较为成功的作家有鲁迅、巴金、曹禺、老舍、张爱玲、路翎等，《狂人日记》《激流三部曲》《雷雨》《金锁记》《财主底儿女们》也成为现代文学史上揭露封建家族制度丑陋面目的经典历史书卷。通过上述文章和作品，我们不难看出作家们对封建家族制度的严厉批判，与此同时，由于许多作家本身也是出自这样的旧家庭，在感情上会不自觉流露出眷念之情，这种矛盾的情感冲突在许多作家的作品中都有所表现。"欲大建设，必先破坏；欲大破坏，必先建设，此千古不易之定论。"[1] 因此总体来说，现代作家们对家族文化都给予了彻底的否定，传达的都是要坚决"破除"和"推翻"的决心和勇气。

---

❶ 邹容：《革命之教育》，《邹容集》（张梅编注），北京：人民文学出版社，2011 年，第 31 页。

"五四"时期的家族小说创作中，作家们塑造的"家"，像围城似枷锁，类似于一种符号化的概念，这是"五四"知识分子对封建家庭文化的无声控诉和鞭挞。在这样的时代环境和文化语境中，林语堂的小说所展现和传递的家庭文化观和家庭生活图景俨然就有些"格格不入"，他半开玩笑半认真地说："凡做甚么事我一生都不愿居第一。"❶ 确实，林语堂主张中庸的生活态度，对于家庭，他也不会完全反对已有的关系模式，而是采取亦旧亦新的方式。所以他所表现的批判和抨击的态度并没有上述作家那么明显决绝，其最主要目的也不在于要通过小说去展现和揭露封建家庭的弊端和对人性的破坏，而是从真正意义上肯定"家"的存在意义，展现优质的家庭文化，传递中国家庭文化中更温情更深邃质朴的一面，是对美好的向往。林语堂曾说："人生何为？还不是于衣食温饱之外，求几位知心的朋友。一个和乐的家庭，得了人情之体会慰安，在未必有温情的大社会里，造了一个温暖互相体谅的小天地。"❷ 所以，林语堂笔下的家多是温情和谐的，家庭不再是主人公们想要逃离挣脱的枷锁，而是养育主人公成长的家园，更是培育他们丰富精神世界的一方沃土，同时也是心灵的避风港。这种柔和的精神上的感召或许在当时的社会环境下，确实有其"不和谐"之处，不能起到"唤醒"和"疗救"的作用，甚至还会被诟病为一种对封建旧秩序的眷念和回望，但是我们不得不承认，当所有人都在彻底地反对传统家庭秩序之时，林语堂清醒地看到了并且保留了其中的精华，于他人还在如何打破困境中挣扎时，林语堂侧重的是"破中求立"，将自己已有的思考和结论，甚至是困惑呈现于小说创作中，这样的起点和立足点本身就是林语堂家庭文化观的价值体现之一。并且，在林语堂的这种家庭文化观中，有关家庭中个人能力的培养、性格的塑造、人格的完善、子女的教育、婚姻问题的思考以及家庭文化的多维呈现，对现代家庭的重塑具有深远的意义，也给后人带来了无尽的思考。

林语堂这几部小说作品的阅读对象一开始就是针对西方读者的，所以他所展现的家庭文化观的接受者就与国内作家创作的接受者有了本质的不同，接受者的不同直接就会影响到作家创作的动机和意图。中西融合本就是现代文学知识分子一直所追求的东西，这种中西融合在林语堂的小说创

---

❶ 林语堂：《八十自叙》，北京：宝文堂书店，1990年，第98页。

❷ 林语堂：《温情主义》，《林语堂名著全集》第16卷，长春：东北师范大学出版社，1994年，第50页。

作中最明显的表现就是他构建了一个海外华人家庭世界，如《唐人街》。这个家庭所处的社会环境是异邦，家庭成员也有来自西方的，林语堂尝试在两种完全不同的文化环境和文化语境下将不同国度的人放置于"家"这个特定的场所内，去看去思考他们之间的协调与融合。当然，这样的中西融合并非都如《唐人街》中的冯老二一家那般和谐融洽。在《赖柏英》一书中我们就能看出林语堂对于中西结合家庭文化调和的思考和无奈，具有中国优秀文化的谭洛新和欧亚混血韩沁的恋爱并非充满浪漫与美好，没有爱的甜蜜，没有家的温馨，有的反而是相互间不适应的痛苦和惆怅，所以最后不得不回到各自的文化堡垒中去。在中西文化调和的试验中，林语堂也在一步步摸索进步，从最初的乌托邦式的构想，到尊重现实，面对现实，他如实描绘了这种"调和"的艰难，或许这正是《赖柏英》比林氏其他小说成功的地方。王兆胜先生也评价过林语堂的这种中西融合的尝试，说林语堂并不像当时一些作家只会抱西方文化的或者东方文化的大腿，他不偏激，而是采取适度的方式、开放的眼光，抱定"两脚踏东西文化，一心评宇宙文章"的准则。他说："西方观念令我自海外归来后，对于我们自己的文明之欣赏和批评能有客观的、局外观察的态度。自我反观，我相信我的头脑是西洋的产品，而我的心却是中国的。"❶ 虽然他的这种构想和书写受到了当时国内诸多学者文人的抨击，认为其"失真"，但是且不论此尝试成功与否，至少他为西方读者了解中国文化、走近中国家庭提供了便利的渠道。同时，他这种中西调和的家庭文化的尝试是当时作家中少有的，无论对错，至少在他的尝试中给我们带来了思考，这种思考的空间是开放的，属于每一个读者和研究者，给我们了解那种环境中的那一代人对于文化的思考提供了一个有迹可循的文本。

与 20 世纪 40 年代中国主流文学的格局和形态相比，林语堂的家庭文化观和小说创作在意识倾向、主题色调、现代意义等方面都有着其独特的个性。细探林语堂的家庭文化观，我们可以看到他对曾被"五四"作家批判的孝亲观念、个人礼节修为、女子美德等传统文化的宣扬。这些在一定程度上纠正和弥补了中国现代文学由于激进的态度而存在的偏见和不足。走在历史的风雨中，林语堂以笔书心，为我们展现了他心中一个充满真爱

---

❶ 林语堂：《林语堂自传》，《林语堂名著全集》第 10 卷，工爻译，长春：东北师范大学出版社，1994 年，第 21 页。

和温暖，哪怕经历坎坷芥蒂也终是一家人的圆满的家庭应有的模样，是身体奔波劳累后休憩的寄托和归宿，更是安放灵魂的精神文化家园。在林语堂的小说创作中我们细细追索探究着他的家庭文化观，通过他描绘的一个个家庭，一个个人物，我们为之动容，也为之思考。尽管林语堂一直以来因各种原因饱受争议，研究者对他的评价和态度也有待商榷，但这并不妨碍我们从他的身上和作品中提炼出有价值的闪光点，也不能忽视他对于人类宇宙深沉高远的思考和关注。

第八章　林语堂小说人物形象研究

作家可能在他自己不同的文体里显露出不同的自我形象和思想观念。所以清华大学的蓝棣之先生曾引徐圩的话说，一般来讲，一个作家的散文会流露出更多的自我，而他的小说往往和自我相去甚远。但在钱钟书的小说里，而不是散文里，流露出的都是他自己。其实这样的情况在现代作家中很是普遍，他们一般在散文里显露的是外表的自我，而在小说里表达的是真实的自我或自我理想。林语堂就是如此，我们在他的散文里可以读到他对未来世界理想人格的设想，同样地，我们也可以在他的小说人物身上发掘出他的这种人格追求。他的散文和小说在这一点上是相通的，而不是像有些人想象的那样截然区分开来。

林语堂在《生活的艺术》《吾国吾民》等散文作品里积极宣扬"放浪者"，认为他们是一切陈规旧习的反叛者，他们不执着于某一政治目标，甚至不执着于某一人生目标，只是自然地生活，快乐、通达。他们性格的形成既有中国传统文化儒、道、佛尤其是佛的影响，也有西方从伊壁鸠鲁到尼采的快乐哲学的作用。

如果我们一定要用一个词来概括林语堂的内涵和特色，我觉得那就是"放浪者"，就像用"国民性"来概括鲁迅的创作内涵一样。"放浪者"是林语堂终身创作的焦点，无论是其散文还是其小说，都在努力阐释这一形象。无论是在"五四"时期，还是在去美国以后的几十年时光里，这一点他始终没有改变过。

一、从社会典型到文化典型[1]

20 世纪三四十年代关于林语堂的那些论争已经远去，可今天依然有晒

---

[1]　本节由肖百容以同题《从社会典型到文化典型》发表于《中国社会科学报》，2014 年 3 月 28 日。

出历史，对它进行重新检视的必要，因为回顾过去才能认清当下的文学状态，意识到文学的未来走向。那是一个新识渐成、陈见依在的时代，因此也是一个容易产生误解，产生言论硝烟的时代。譬如对于林语堂的小说，国内认真读过的作家不多，但否认、排斥的声音一浪高过一浪。郭沫若曾经间接地批评林语堂"中文不好，英文也不见得好"。没有理解的恨本是常态，但是如果要消除仇恨，需要的是清醒的理智，何况如果我们今天仍然不去理解，则会再一次失去重要的文化机遇，丧失文化主动权。那么，林语堂的小说究竟有着怎样的独特价值？这里我们准备从其小说中的人物谈起，看看林语堂的创作有些什么样的特色，对于中国文学和世界文学的意义又在哪里。

停留在概念里走不出去毫无疑问是错误的，但这并不能否定概念的重要，概念帮助我们在纷繁复杂的世界中整理出头绪，看清真相和本质。"典型"是我们分析小说人物的重要概念，典型必然包括共性和个性。不过"共性"从来不言而喻指的是人物体现出来的社会属性。但用这样的观念来衡量林语堂小说中的人物形象则无法揭示其价值所在。对于林语堂的小说而言，其人物形象应该被称作文化典型，因为他们承载的主要是文化符码，而不是社会和时代信息。

"放浪者"是林语堂小说中一种主要的人物形象。除了他的"小说三部曲"着力于宣扬这一类人物之外，他的《红牡丹》《奇岛》等也是如此，而且他的一些非小说的叙事性作品如《苏东坡传》中的人物也可归结为这一类人物形象。放浪者是大智大慧的人，他们快乐逍遥，其对幸福的敏锐感觉不会为世俗功利和渺小自我所蒙蔽（关于这一形象，可以参见拙作《"放浪者"：林语堂的人格乌托邦》，《中国现代文学研究丛刊》，2011年第3期）。它是一种典型人物，只不过它不是社会典型，而是文化典型，因为它体现的主要不是作者对社会和时代风云的认识，而是他的中外文化观念。林语堂的文化核心观念体现为"gay science"，即快乐科学。国内一般把它翻译成快乐哲学或愉快哲学。追求快乐是人类的天性，于是在什么是快乐、快乐何以实现、应该遵循什么道德原则等问题上形成了各种各样的看法。林语堂塑造的"放浪者"形象就是用来阐释他对这些问题的思考的。林语堂对快乐的理解不是他个人的独创，而是集中了人类文化的精华，体现了他对中外文化的综合观照。林氏首先关注的是中国传统的三大主流文化儒、道、佛。热爱尘世，曾经也锋芒毕露的林氏不太喜欢道、佛两家的出世颓废态度，却不扬弃其有益之处，他非常认同它在世界和自我关系上的理性智慧，他从这些认识出发，审视现代人膨胀的自我意识。同样地，林语堂吸取了儒家"合理近情"的俗世精神，修正了它轻视人的自然本性的偏见，大胆地张扬起性灵主义的旗帜。西方文化是林语堂塑造"放浪者"形象的又一文化源泉。林氏深刻洞悉了现代工业文明的弊端，认识到了它对人类快乐追求的消解作用。于是，他用伊壁鸠鲁和尼采来与之对抗。伊壁鸠鲁是古希腊哲学家，尼采是近现代哲学家，他们两人都是无神论者，探讨幸福在人类生活中的重要性，以及人类如何实现幸福是他们哲学研究的一个中心内容。伊壁鸠鲁说："我们说快乐是幸福生活的开始和目的。因为我们认为幸福生活是我们天生的最高的善，我们的一切取舍都从快乐出发；我们的最终目的乃是得到快乐，而以感触为标准来判断一切的善。"❶ 他对感觉快乐的强调，他对快乐的德性功能的阐释，都对林语堂产生了积极的影响。而尼采对快乐的崭新理解与他的现代无神论思想和理性精神密切相关。林语堂从他以及与之思想相近似的哲学家那里学会了怎样尊重个人俗世幸福，规避功利主义对个人幸福感的危害。以上所谈是构成林语堂小说"放浪者"形象的主要文化元素，当然，具体到每一个人物其内涵则比这些复杂、细致得多。

林语堂塑造的文化典型人物的意义尚未被人们充分意识到。如果说作家创造社会典型人物形象的冲动来自反映社会生活、改造社会生活的欲望，那么可以说，林语堂创造"放浪者"形象则是为了试验古今中外文化，宣扬自己的文化理念。这种人物形象的出现，只有在人类文化发展到一定层次，并且构成多元状态之后，才有可能，因为只有在这种条件下，才有选择的可能，也只有在这种条件下，才有选择的必要。选择、搭配、改造传统文化，创造新的文化类型是林语堂塑造文化典型的原动力和目的。这种人物形象的意义在于如下三个方面。

第一，它是"世界文学"的一种形态。歌德在《歌德谈话录》里论及中国文学时郑重地谈到了"世界文学"的观念。歌德希望借文化了解来提高宽容度，他的"世界文学"我们现在称之为"跨文化交流"，指一系列的全球对话和交换。在这些对话和交换中，不同文化的共性日趋明显，个性

---

❶ 伊壁鸠鲁：《致美诺寇的信》，《古希腊罗马哲学》（北京大学哲学系外国哲学史教研室编译），北京：生活·读书·新知三联书店，1957 年，第 367 页。

却也并未被抹杀。林语堂的"放浪者"形象正是各种文化的"交流"、融合的结晶。这一点不仅表现在他的"小说三部曲"里，更表现在其他几部小说特别是《奇岛》中。"小说三部曲"——《朱门》《京华烟云》《风声鹤唳》中的人物是饱蘸了西方文化的儒家、道家和佛家人物；《奇岛》中的人物是世界文化的大荟萃。

第二，它预示了人类社会和精神发展的一种趋势。如果说社会典型人物反映了人与人之间的矛盾、冲突和斗争，表现了人类社会发展的一定阶段的状况，那么，文化典型人物则反映了人类社会发展到一定程度后，人类精神所达到的高度。"'世界文学'实践都是为了寻找一切生命体在不同中体现出的统一和和谐。"

第三，它是文学与文化创新的实践。林语堂的创新意识和创新精神非常突出，比如他在《奇岛》中让人物对现行的各种历法提出批评，并且提出一种现代历法。而他小说中的人物也是对传统文学里人物形象类型的突破。传统作家所创造的人物形象，常常是为了突出其社会观念、政治态度、道德立场等。而林语堂笔下的人物超越了国家、阶级和伦理道德等观念，是一种普遍的人的形象，是作者对人性发展的幻想，具有一定的文化试验意味。

关于林语堂的论争还会继续，我们不妨慢下结论，在认真梳理其所有创作，真正弄懂他的思想及其价值之后，再行褒贬不迟。

二、"放浪者"：林语堂的人格乌托邦[1]

林语堂是现代中国作家中第一个主动走向世界的人，在他之前的作家都只是单向度地接纳西方思想和文明，而他首开了向西方读者传播中国思想和文化的先河。说到这一点，人们自然就会想起他的"小说三部曲"——《京华烟云》《朱门》《风声鹤唳》。众所周知，这三部小说的宗旨分别是向西方读者宣扬中国的道家、儒家和佛家文化的。林语堂在小说中以各种方式（或以叙述者的语言，或以人物语言，或者干脆以章节的标题）明白无误地表达了这一写作意图。但是，如果我们仔细阅读，很容易

---

[1]　本节由肖百容以同题《"放浪者"：林语堂的人格乌托邦》发表于《中国现代文学研究丛刊》，2011年第3期。

就可以发现，小说文本和作者的创作计划存在差距。比如，小说中的主要人物，并不是如他安排的那样，截然分明地属于某一种传统文化：《京华烟云》中的姚思安、姚木兰不是纯粹的道家，他们也很关心国家和民族的命运；《朱门》中的杜忠也不是纯粹的儒家，他离开豪华的朱门，隐居山野；而《风声鹤唳》中的佛教徒老彭则也积极参与各种社会活动。这几个主要人物在文化性格上几乎是难以区分的，你很难说清楚他们到底谁是道家，谁是儒家，谁是佛家，他们已经你中有我，我中有你了。所以，尽管林语堂在写作三部曲之前，明确规定了每部小说的文化分工，但客观文本却无法和他的主观愿望达成一致。

而作者在人人以为其宗旨是宣扬道家思想的《京华烟云》的题记中这样写道："这部故事叙述的不外是当代男女如何成长，如何学会共同生活。他们的爱和憎，争吵和宽恕，苦难与欢乐，一些生活习惯和思维方式如何形成，以及最主要的：他们如何适应这种'谋事在人，成事在天'的尘世生活的境地。"如果真是宣扬道家的小说，就不应该把青年人如何学会社会生活这样的现代公众话题，作为叙述故事的主要内容。可见宣扬道家并不是这部小说的宗旨，而只是其手段。这部小说的旨趣是青少年的成长问题，其探索的是如何建立理想的现代人格，而道家只是林氏理想的人格形成的文化源泉之一。三部曲中的其他两部小说也是如此，只不过它们展示的是构成作者理想人格的儒家和佛家文化渊源而已。将手段当成宗旨，这就是前人经常发生的误读。而这种误读看起来好像与正题相去不远，影响不大，无关紧要，实则大有关系，因为它掩盖了作者的最终意图，尽管这一点可能连作者自己都没有完全意识到，但它却是理解其人和其小说的关键，也是深化林语堂研究的一个重要切入口。

那么，林语堂理想的人格到底是什么？它和儒、道、佛有着怎样的关系？为了说清楚问题，必须打破林语堂散文与小说之间的樊篱，将它们作为一个反映林语堂思想的大文本进行阅读。

林语堂在散文《生活的艺术》和《吾国吾民》中都反复宣扬一种理想的人，他把这种人称为"放浪者"。他们具有以下一些共同的性格特征。

第一，不满现实，富有理想，但同时具备抑制理想过于膨胀的幽默感。

第二，以游戏和娱乐的心态追求知识，反对将知识复杂化和功利化。

第三，追求人格尊严和个人自由，没有具体的生活目标，淡泊功利，崇尚自然山水，喜欢流浪。

如前所述，林氏"小说三部曲"尽管分别标明宣扬道家文化、儒家文化和佛家文化，但是实质上，其中的主要人物形象姚思安、姚木兰、杜忠、老彭等却十分相似，他们之间在文化表现上几乎没有什么本质的区别。如果我们把他们都当成"放浪者"来看，就好理解了，问题也解决了：一方面从骨子里来说，这些人物都是"放浪者"，他们亦道亦儒亦佛；另一方面，道也好，儒也好，佛也好，均只是其性格形成的文化源泉之一，不能囊括其所有内涵。尽管作者原计划每一部小说宣扬一种传统文化，塑造一种相应的文化人格，但由于这些小说中的人物都是在一个共同的人格理想辉照下塑造出来的，哪能泾渭分明？大同小异也就不足为怪了。

不仅三部曲在宣扬"放浪者"，林氏其他小说也是如此。《红牡丹》里的红牡丹，既具有中国传统文化的深厚修养，又具有西方人文主义热情开放的特征。

《赖柏英》中的赖柏英，像祝英台一样深爱着她的情人，但她的爱是一种中西结合的方式：将自己的身体奉献给对方，然后离开，与另一个老实的男人结婚，过着自由而幸福的生活。《奇岛》里的奇岛就是作者虚构的"放浪者"们的世外桃源。读者们自己可以去细细研读，这里不再一一列举。

"放浪者"是一种独特的人物形象，它体现了作者独特的人生哲学。林语堂把自己的这种人生哲学叫作"gay science"。国内一般把它翻译成快乐哲学。为了理解快乐哲学，下面我们结合林语堂的散文和小说创作，从以下几个方面描述它的基本内涵。

第一，感觉快乐比精神快乐更重要。林语堂对近现代西方哲学的繁复、深奥非常痛恨，认为它脱离了人类建立哲学的最初目的，陷入了为思想而思想的泥潭，失去了追求知识的快乐，所以他主张恢复人类对生活的快乐感觉。在《生活的艺术》里，林语堂明确地表示过："人类一切快乐都发自生物性的快乐。"而且认为："这观点是绝对科学化……人类的一切快乐都属于感觉的快乐。"❶它包括心理快乐和生理快乐两个方面。不过，它们都不能脱离人的生物性这个特点，也就是说，一切快乐都离不开人的

---

❶ 林语堂：《生活的艺术》，北京：作家出版社，1997年，第127页。

生物基础。"精神的欢乐也须由身体上感觉到才能成为真实的快乐。我甚至于认为道德的欢乐也是这样的"。❶ 他举了一个例子，有位美国的大学校长，每年都对新生说："我要你们记住两件事：读《圣经》和大便通畅。"❷ 林语堂认为这是一句极有智慧的话，非贤明和蔼的老人不能说出。因为"精神上的舒适有赖于内分泌腺的正常运作"。所以，大便正常的人才能读好书。

林语堂并不否认精神的欢乐与痛苦，但是他更关注精神感受与生理的关系。《朱门》中的杜忠、杜范林兄弟，为是否打开杜家水库闸门放水，以拯救回民一事，闹得剑拔弩张。他们怒气冲冲地在餐桌边坐下，却因为春梅为他们准备的丰盛鲜美的食物而消解了不少怨恨，各自心中涌起了一股兄弟柔情，言辞也变得温和、关切。春梅亦为自己精湛的烹饪艺术创下的奇迹自豪。如果说快乐首先是生理的快乐，痛苦也就首先是生理的痛苦。木兰经历一连串的人生打击后，对肉体自我分外珍惜。小说写道："现在木兰开始对自己的肉体发生了奇特的爱。她晚上洗澡时，总是欣赏自己的玉臂玉腿……因为自己的肉体既给自己快乐，又给自己痛苦，她就尽情贪求快乐，抵消痛苦，追求快乐的感受。"❸ 这是潜意识中一种根本的生物性自保——从身体感觉上抵御痛苦的侵袭。对感官快乐的追求可以使人不顾一切。《红牡丹》便写了少妇红牡丹对封建伦理的漠视，对性爱的狂热追求。她婚后仍与前度情人幽会，丧偶后又与远房堂兄梁翰林同居，不久又与年轻诗人安德年发生关系，甚至还与陌不相识的男人一夜风流，最后嫁给身体强壮但不识一字的庄稼汉。

尽管林氏不否认精神的快乐，但他始终比较轻视精神快乐的地位。他认为"智能比之情感和感觉实占着较为无关重要的地位"，❹ 而"艺术、诗歌和宗教的存在，其目的是辅助我们恢复新鲜的感觉，富于感情的吸引力和一种更健全的人生意识"。❺ 他的反战幻想小说《奇岛》，描写一位美国女子误入南太平洋一个与世隔绝的神秘小岛的故事。这个岛上的宗教艺术

---

❶ 林语堂：《生活的艺术》，北京：作家出版社，1997 年，第 137 页。

❷ 林语堂：《生活的艺术》，北京：作家出版社，1997 年，第 128 页。

❸ 林语堂：《京华烟云》（下），《林语堂名著全集》第 2 卷，张振玉译，长春：东北师范大学出版社，1994 年，第 329—330 页。

❹ 林语堂：《生活的艺术》，北京：作家出版社，1997 年，第 140 页。

❺ 林语堂：《生活的艺术》，北京：作家出版社，1997 年，第 142 页。

都没有从生活中独立出来，带有鲜活的生活气息，以致主人公被深深吸引，不愿再离开。

第二，乐天知命是快乐的前提。出于对现代人过于张扬自我、容易偏激的毛病的不满，林语堂提倡万事皆应"合理近情"。他解释道，"情"代表着可以活动的人性元素，而"理"则代表着宇宙之万古不变的定律，"一个有教养的人就是一个洞悉人心和天理的人"。❶ 近情就是讲人情，将人作为考虑一切的出发点，而不是物质利益或抽象逻辑。林语堂所言的"理"与儒家的"理"是有区别的。大致说来，林所说的"理"只与儒家的"万物皆是一个理"的"理"含义相当，意指世上万事万物之规律。合理与近情是并列而言的，所强调的是对待人事的明智态度，即乐天知命的生存方式。"我们既有了这种人类的天性，那么就让我们开始做人吧！"❷ 抱着这样一种生存态度，就能产生达观宽宏的胸襟，就可容纳一切，以淡泊之心对待纷繁的身外名利，也能超然于尘世纷争之上，甚至能超越自己的爱憎生死。从合理近情的态度出发，林语堂又认为人类的一切错误和谬误都是可以宽恕的，都可以认为是"一般的人类天性"或"人之常情"。老彭认为世上根本没有坏女人，他以宽容的眼光看待梅玲人生的迷误，因此"也不知什么原因他总使梅玲觉得善良、高贵了些，在博雅面前，她反而觉得自己渺小、卑贱，就像是一个'罪恶的女子'"。❸ 梅玲因此获得尊严的力量和信心。

林语堂非常欣赏"合理近情"中蕴含的中庸之道："不希望太多，也不太少。好象人类是介乎天地之间，介乎理想主义和现实主义之间，介乎崇高的思想和卑鄙的情欲之间。这样的介乎中间，便是人类天性的本质。"❹ 在情理之间找到一种平衡，以中庸之道安时处顺地生活在这个世上，是林语堂快乐哲学的得意之道，也是他从李密庵"半半歌"❺里领会到的"人生精髓"。

第三，以幽默、闲适、性灵反对工具理性。随着现代化的到来，人类

---

❶ 林语堂：《生活的艺术》，北京：作家出版社，1997 年，第 384 页。

❷ 林语堂：《生活的艺术》，北京：作家出版社，1997 年，第 23 页。

❸ 林语堂：《风声鹤唳》，《林语堂名著全集》第 3 卷，张振玉译，长春：东北师范大学出版社，1994 年，第 102 页。

❹ 林语堂：《生活的艺术》，北京：作家出版社，1997 年，第 22 页。

❺ 林语堂：《生活的艺术》，北京：作家出版社，1997 年，第 115—116 页。

被工具理性压得喘不过气来。现代人理直气壮地将人生的目标定位于功利和现实本身，或者寄托给虚幻的理想。林语堂深感其害，他说："我以为人生不一定要有目的或意义。"❶ 又说："尘世是唯一的天堂"。❷

林氏小说中的人物，大都讲究生活的闲情逸趣。他们或雨天煮茶，晴夜赏月；或切瓜解暑，饮酒御寒；或与雅士闲聊，与自然神会，无不是温馨、美妙的感觉。这也许就是作者所认为的最真的快乐。《京华烟云》中的姚思安最感兴趣的事不是升官发财，而是静夜打坐，享受气血贯通、舒畅和谐的生理快感。木兰喜欢游名山大川，采荷露烹茶，闻荷香爽心。《朱门》开头有一个游行女学生与警察搏斗的场面描写，本是一次残酷的镇压，作者自己也曾有过这样的经历，这里却被他写得幽默风趣，甚至有点滑稽。林语堂不喜欢军阀，认为他们缺乏幽默感，不能清醒地认识自我，所以他们不是搜捕学士，就是强抢民女，侵扰人们。在林语堂的小说中，他们成了快乐的否定力量的象征。

林语堂笔下的放浪者典型地体现了性灵的特征。他们是一群不顾社会规范、充满幻想、喜欢探险的人。他们的存在是对现代文明的巨大讽刺。放浪者往往任性而为，率性而行。姚思安晚年离家出走，四海云游，远离了豪华的姚邸，与禽兽为伍，以野果充饥。木兰被丈夫苏亚称作"异想夫人"，只因她常有惊人的举动，如不顾公众反对，做出当时看来非常出格的行为——带寡嫂看外国爱情片，后来又动员苏亚举家南迁，只为喜爱苏杭一带的山水。杜忠为救济回民，打开自家养鱼的水库放水，差点气死了杜范林。

第四，从自我迷雾中醒悟过来。林语堂认为"聪慧的醒悟"是"尽情地享受人生"的前提条件，因为"有悲哀而后有醒觉，有醒觉而后有哲学的欢笑"。❸ 正确认识世界，从自我迷雾中醒悟过来，是人类智慧的首要任务。

在这里，"醒"指从宇宙自然中醒悟过来，承认外界力量的强大，人类自我的渺小。而要承认自我的弱小，首要的一步就是承认人类不可避免终有一死的自然规律。林语堂说："人类一旦接受了这种命运（指必有一

---

❶ 林语堂：《生活的艺术》，北京：作家出版社，1997 年，第 125 页。
❷ 林语堂：《生活的艺术》，北京：作家出版社，1997 年，第 155 页。
❸ 林语堂：《生活的艺术》，北京：作家出版社，1997 年，第 14 页。

死的命运，作者注），仍感到十分快活。"❶《京华烟云》写了好幻想的道家女儿木兰一生的悲欢哀乐，她对爱情、友情及亲情的执着都被外界力量击得粉碎。在受到重重的打击之后，她开始思考人生的短暂与永恒的问题，从道的演化精神，窥破了万事万物的生死规律，从而悟得了一种容忍和漠然的生活态度："把人生当作人生看，他不打扰世间一切事物的配置和组织。"❷ 要承认自我的有限，另外就是承认自然的重要性，以及人不可与之分离的特性。林语堂强调人类应该取得与自然的和谐一致而不是与之对抗。因此，在他的大部分小说中，自然被描写得神奇美妙、充满魅力。木兰在进入生命的自由之境，即林氏所说的与大自然相融，达到灵肉统一，情理结合的人生"秋季"之后，她才能"离形""去智"，将自我消融于无限之中，从而获得最大的快乐。

"醒"的第二层含义是指从社会文明的束缚中醒悟过来，寻找到真正的自我。林语堂认为"日常忙碌生活中的自我并不是完全真正的自我"，❸人的天性被政治权利、物质利益以及不切实际人情的抽象逻辑"异化"了。他说："人类的危机是在社会太文明，是在获取食物的工作太辛苦，因而在那获取食物的劳苦中，吃东西的胃口也失掉了——我们现在已经达到这个境地。"❹ 正是对这种生存状态的否定，林语堂提倡"悠闲哲学"，他认为这才是智慧的醒悟的人生观，并说："凡是用他的智慧来享受悠闲的人，也便是受教化最深的人。在哲学的观点上看来，劳碌和智慧似乎是根本相左的。"❺ 他为因追求功名操劳过度的平亚安排了悲惨的结局。他所喜爱的人物，既没有政治上的理想，也不追逐物质利益，他们纵使从事某一工作，也是为了"娱乐烦恼悠长的人生"，绝不是为了某种实际的目的。

快乐的人生哲学是林语堂塑造"放浪者"形象的哲学基础，建立在这样一种哲学之上的"放浪者"形象，放在世界文学史上都是卓尔不群的。传统文学形象常常来自社会生活，而林氏的"放浪者"形象产生于他对中外文化的糅合。其糅合的准则不是"典型性"，也不是受众的喜好，而是创造者自己对现代人格的理想。这种理想体现了林语堂对中外文化的综合

---

❶ 林语堂：《生活的艺术》，北京：作家出版社，1997年，第19页。
❷ 林语堂：《生活的艺术》，北京：作家出版社，1997年，第33页。
❸ 林语堂：《生活的艺术》，北京：作家出版社，1997年，第98页。
❹ 林语堂：《生活的艺术》，北京：作家出版社，1997年，第146页。
❺ 林语堂：《生活的艺术》，北京：作家出版社，1997年，第151页。

思考。林氏反对佛、道两家的消极避世思想，但非常认同它们对世界和自我的清醒认识。这些构成他审视膨胀的现代自我的观念基础。同时，对于儒家，林语堂吸取了其中"合理近情"的现实主义精神，否定了它轻视人的自然本性的特点，高扬起性灵主义的旗帜。而对于西方文化，林语堂痛恨现代工业文明，他喜欢的是伊壁鸠鲁和尼采。伊壁鸠鲁是古希腊一位无神论哲学家，快乐主义的幸福观是他哲学的一个特色。把快乐作为人生的最终目标，强调快乐是一种感觉，这是林语堂从伊壁鸠鲁那里学到的思想精髓。林氏经常提到的另一位西方快乐哲学家是尼采。尼采的快乐哲学建立在对上帝的否定和对理性的限制的基础之上。他的反功利主义和尊重个人的思想深刻影响了林语堂。在林语堂看来，建立在他所醉心的快乐哲学基础上的"放浪者"人格，是世界上自古以来最为理想的人格，是未来世界人的标准。就文学史来说，这样一种人物形象是值得注意的，有着非常的意义。它的意义大致存在于如下两个方面。

第一，它是对中国传统文学中人物形象类型的突破。中国作家塑造人物形象，往往是把他们放在复杂的人际关系中以突出其政治立场、民族情感、道德品质等，因此具有强烈的说教气息，他们往往是一个时代主流文化的传达符号之一。如诸葛孔明是谋略文化与忠君思想的代表，武松是忠义勇武的侠士文化的典型，文天祥是爱国的代名词，而贾宝玉是反家族文化的极致表现。他们的意义和价值局限于国家、民族、阶层和道德之内，无法达到普遍的人的形象的高度。而"放浪者"是作者对健康的、美好的未来世界人的幻想和设计，具有深远的人类史意义。

第二，它是对"五四"文化思潮的反思和弥补。放在全世界范围来说，"五四"新文化运动是一次追求科学和民主的大众运动，具有明显的现代性特征。而"放浪者"形象是对理想主义和现代文明给人类造成的桎梏的反叛，具有明显的反现代工具理性的色彩。因此，这种文学形象，相对于"五四"文学也是新异的，它既体现了林语堂对"五四"的某种肯定，也体现了他对"五四"的反思。这就是为什么人们一方面认为林氏的文学创作在现代作家中达不到顶尖的水准，另一方面又无法将其遗忘或淡化，而总是要屡屡提及的根本原因。因为林语堂创造的这种人物形象，与现代文学中的其他人物形象相比，确实是迥然不同的。

不过我们必须看到，林氏所创造的"放浪者"形象，只是一种人格"乌托邦"理想。如果说"复仇者"形象集中体现了鲁迅对传统和现代的两难心态，那么林语堂笔下的"放浪者"形象则集中体现了他对中外文明的矛盾情感。表面上这种人物形象把什么都包含进去了，是古今中外整个人类文明精华的结晶。但其实他们在哪一种文化上都不够贴切，无法体现其精髓，因此也就难以让人刻骨铭心。因为求全责备，导致顾此失彼，反而显得作者"对物性尤其是天地之道的品味不够"。❶ 唯有民族的，才是世界的。这一判断虽不是在任何情况下都正确，但它确实说明了一个深刻的道理：世界文化的融合过程肯定是漫长而充满矛盾的。林氏说："世界大同的理想生活，就是住在英国的乡村，屋子里装着美国的水电煤气管子，请个中国厨子，娶个日本太太，再找个法国情人。"❷ 谁都知道这只是一个文人玩弄风雅的笑话。林语堂喜欢这种可笑的矛盾，是因为"乌托邦"总是迷人的，它的美也就在于它的不切实际，在于它对现实的超越性。

因为不切合实际，林语堂笔下的人物形象常常显得概念化。他总是事先对人物做介绍式说明，而不是让读者自己在情节叙述中逐渐认识人物。林氏直接介绍的方式有二：一是陈述人物性情。如对马祖婆的骄横、经亚的木讷及红玉的多愁善感的赤裸裸的介绍；二是给人物贴上标签："姚思安是个真正的道家"，"老彭是禅宗教徒"。难怪唐弢先生谈到林语堂小说中的人物时说："人物是不真实的，不是来自生活，而是林先生个人概念的演绎。"❸ 唐先生以为这是由于作者生活经验不足造成的。我们则以为包括此特点在内的林语堂小说的文体特征，是其处心积虑宣传"放浪者"，而"放浪者"只是一种文化"乌托邦"的结果。

林语堂的矛盾还在于，他明知自己对世界理想人格的构画最终必然失败，但他还是充满热情地去宣扬。记得林语堂在《八十自叙》中说："我只是一团矛盾而已，但是我以自我矛盾为乐。"❹ 他喜欢各种各样矛盾现象的存在，比如喜欢看到宣传交通安全的安全车出车祸，喜欢文学却认为大学一年级应该学科学，足够聪明却不愿考第一，等等。矛盾是林语堂思想和创作的一种基本状态，他自己也深知这一点，并且以此自豪。因为只有站在了世界文化趋势前缘的他，才能感受到世界文化交融过程的矛盾性。"放浪者"形象就是这种矛盾性的体现。

---

❶ 王兆胜：《林语堂与明清小品》，《河北学刊》，2006 年第 1 期。
❷ 林语堂：《从异教徒到基督徒》，长沙：湖南文艺出版社，2012 年，第 260 页。
❸ 唐弢：《林语堂论》，《文艺报》，1988 年 1 月 16 日。
❹ 林语堂：《从异教徒到基督徒》，长沙：湖南文艺出版社，2012 年，第 222 页。

第九章　林语堂小说在境外的传播
——兼与鲁迅之比较[❶]

　　林语堂和鲁迅的创作风格迥异，而越南和美国在政治经济、社会文化等各个领域都差距很大，可林语堂在美国与鲁迅在越南的传播和接受都一样达到了极致状态，掀起一股又一股"中国浪潮"。鲁迅不仅被越南人看成中国新文学的象征，甚至被看成整个中国文学的象征；[❷] 而林语堂在美国"红透半边天"，在一段时间里，美国人把他和孔子相提并论，[❸] 一大批人成为狂热的"林语堂迷"。[❹] 这两个现象很有意思，如果把它们放在一起比较、分析，更有意义和价值。通过对比，可以发现新文学在境外传播的某些共同趋向，从而加深理解 20 世纪中外文化和文学交流的国际语境、民族国家特征，以及时代条件和局限，并为当代中国境外文化形象的塑造提供一份可资借鉴的生动的历史资料。

一、东西同兴中国热潮

　　也许是凑巧，也许有着某种历史的必然性，都是 1936 年，鲁迅小说开始被有意识地在越南传播，并逐渐产生巨大深远的影响；而林语堂去了美国，开启他以幽默文字征服西方文化界的显耀人生。据著名汉学家、越南

---

　　❶ 本章由肖百容以《东西同涨"中国潮"——新文学境外传播的两个典案分析》为题发表于《文学评论》2013 年第 5 期。此处略作修改。

　　❷ 如黎辉北认为鲁迅是中国"文章的开创者"（《教与学专题·〈药〉》，第 38—39 页，河内：河内教育出版社 2008 年版）；阮和平则认为《野草》"是首次产生于中国的具有'人文'性的文学作品集，是中国几千年漫长的历史黑夜中第一线光明"（《中国现代文学在越南》，第 66 页，北京师范大学出版社 2008 年版）。类似的观点还可见于越南教育部保存的一些大中学校的教材和教案，如"陈大义重点高中"的中国文学教案、阮众文的越南大学外国文学教材《中国文学教程》等。

　　❸ 林太乙：《林语堂传》，西安：陕西师范大学出版社，2002 年，第 155 页。

　　❹ 林太乙：《林语堂传》，西安：陕西师范大学出版社，2002 年，第 155—163 页。

鲁迅研究第一位权威人士邓邰梅（又译邓泰梅 Đặng Thai Mai）先生回忆，直到 1936 年他才得到一本纪念鲁迅的特刊，于是感叹鲁迅去越南太迟，认为欧美国家和中国相隔重洋却早就将鲁迅作品翻译过去了，越南和中国山水相依却对这一文化伟人一无所知。他不无遗憾地写道："我得知鲁迅刚去世。十年前有一个我不知名字的中国朋友给我介绍过鲁迅。鲁迅先生去世了！十年来，我从不去找任何鲁迅作品来读，鲁迅过世了，我才去找他。"❶ 他还回忆起十年前与那位不知姓名的中国人的交谈，更是懊悔不已："1926 年，在一个偶然的从荣省至河内的列车上，我跟一个中国年轻人谈话时……才发现中国现代文学有陈独秀、朱自清、冰心、郁达夫、矛盾、郭沫若等著名作家，并且还有一位鲁迅。我才意识到中国现代文学在越南还是一片空白。"❷ 邓邰梅先生从此踏上研究鲁迅、宣传鲁迅的道路。鲁迅能在越南获得崇高的地位，与他的工作密不可分。而林语堂在去美国之前已有一部作品在这个国家获得好评，那就是《吾国吾民》（*My Country and My People*，又译《中国人》）。该书 1935 年由约翰·黛公司出版，1936 年由 Reynal Hitchcock 出第二版。不过，林语堂在西方世界刮起中国风暴还是 1936 年他定居美国之后的事。尤其是他的《生活的艺术》（*The Importance of Living*）由约翰·黛公司出版后，在美国读者中掀起了林语堂热潮。《纽约时报》发表书评家 Peter Prescott 的文章说："读完这此书之后，令我想跑到唐人街，遇见一个中国人便向他深躬。"❸

　　当然是凑巧，不过也有必然，关键是 1936 年这样一个时间是至关重要的，它距日本发动全面侵华战争的 1937 年只有一年之隔。❹ 这时候，一些中国作家开始到海外避难，他们在国外写作、生活，在接受外国文明的同时也对他国文化和文学产生了影响。当然，就林语堂个人情况来说，他离开中国前往美国还有其他原因，比如为了避开国内文坛上的一些人事纠纷，又恰好受到刚获得诺贝尔文学奖的赛珍珠的热情邀请。至于鲁迅及其创作为何也恰好在此时开始在越南被广泛关注，同样和 20 世纪的民族战争

---

❶ 邓邰梅：《回忆青年时期》，河内：新作品出版社，1985 年，第 217 页。

❷ 梁维恕：《与中国文学接触道路上的记录·学习研究道路上》，河内：河内文学出版社，1960 年，第 157 页。

❸ 林太乙：《林语堂传》，西安：陕西师范大学出版社，2002 年，第 146 页。

❹ 1936 年，意大利加入日本和德国的《反共产国际协定》，德意日三国轴心初步形成；同年，日本发生"二二六兵变"，法西斯势力抬头，他们控制军部，日本进入军人当权的时代，法西斯主义日益嚣张。这些世界范围的政治、军事事件影响着中国新文学在海外的传播和接受。

第九章　林语堂小说在境外的传播——兼与鲁迅之比较

有关。越南这样一个曾经深受帝国主义侵略的国家，对具有强烈民族色彩和民族情感的文学作品发生兴趣，是很自然的事。鲁迅虽然标榜批判"国民性"，他的批判却是一种民族情感的曲折表达方式。怪不得鲁迅在广州教书时（1927 年），越南著名领导人胡志明就"喜欢用汉语读鲁迅作品"了，原因可用他 1951 年 3 月 3 日发表的《越南劳动党成立仪式上的讲话》中的有关内容来解释。他在讲话中引用了鲁迅《自嘲》诗中的名句：

"横眉冷对千夫指，俯首甘为孺子牛。"

Hán Việt:

Hoành mi lãnh đối thiên phu chỉ

Phủ thủ cam vi nhũ tử ngưu.

Dịch nghĩa:

Bọn địch chỉ tay ta quắc mắt

Trẻ con đòi cưỡi tớ làm trâu.

胡志明接着进一步阐发："'千夫'意指强敌，比如法国殖民者和美国干涉者；也可以说是艰苦、困难的意思。'孺子'意思是指善良的广大人民群众，也可以说是益国利民的工作。"❶ 说"千夫"指艰苦、困难，显然是引申义，胡志明对它的解释实质上直指帝国主义。这样就很好理解鲁迅为什么也在这个时候开始进入越南读者和学者眼中了：1936 年正是世界范围内帝国主义猖獗和反帝运动风起云涌之时。在这种国际环境下，越南人民需要鲁迅！至于越南读者对鲁迅的理解存在怎样的偏差和误区，那是另外一个话题。

除为了反抗民族压迫和争取民族自由的原因外，越南读者对鲁迅的认同还来自其创作中的乡村主题风格。中越都是农业国，靠土地和江河为生，审美意识中自然山水成为底色，而鲁迅的家乡浙江水乡和越南有着更多地理上的相似之处。鲁迅作品中的农民形象首先成为关注的重点，如阿Q、闰土、祥林嫂等深为越南知识界直至普通人所熟知。相反，知识分子形象的传播则困难得多，翻译家武玉潘甚至将鲁迅作品《孔乙己》翻译成了Khổng Sĩ Khí"（孔士气），主要原因在于他对中国传统社会知识阶层的情况不是十分熟悉，也不特别关心。越南学者在关于鲁迅的许多问题上都

---

❶ 阮克飞、陈黎保、刘德忠等：《中国文学史（下册）》，河内：河内师范大学出版社，2002 年，第 196—197 页。

存在争议或不求甚解，唯独在农民问题上大家观点很是一致，也比较深入。譬如，他们普遍认为鲁迅是以"既同情又批判的态度"来书写农民的，一方面"哀其不幸"，另一方面"怒其不争"。阮克飞认为："鲁迅不仅深刻地描写农民被压迫而且还真实地反映农民的翻身希望。鲁迅帮农民搜索寻找生活的出路。鲁迅意识到骑在劳动人民脖子上的是一个凶猛的敌人，但他不仅是一个赵太爷，一个鲁四老爷，而是上千年的中国封建制度。"❶ 另一位越南学者兼教育家陈春递先生甚至认为，鲁迅文艺创作观主要是一种社会功用观，而其主要功用在于"揭露上层社会的卑劣，反映下层社会的痛苦"。❷ 这下层社会的痛苦主要就是农民的痛苦。他们的这些观点和中国学者是极为相似的，如朱德发就说过类似观点："鲁迅可以说是中国文学史上第一个真正写了普通劳动人民的小说家。他从反封建思想革命的角度，第一次用平等、真诚的态度和现代意识，对处于社会底层农民辛苦、愚昧、麻木的生存状态作了现实主义的描写，深刻揭示了封建社会中农民所遭受的精神奴役和创伤，表现了中国思想革命的极端重要性和必要性，透露出睿智的理性批判精神和浓重深沉的忧患意识。"❸ 恰恰相反，林语堂在美国的受欢迎，则主要和工业有关。他的小资书写在国内备受争议，却很对西方人的胃口，《生活的艺术》为他在美国打开了广阔的市场。这本书告诉人们如何享受日常生活的闲适、自在、高雅，它为被高速工业化和现代化压得喘不过气来的美国人寻找到了一条通往"快乐"世界的道路。❹ 所以林语堂关注得比较多的是生活在都市里的人们，虽然他也说过他很爱自然山水，尤其是他的故乡坂仔的山水。不过他的落脚点却在都市，自然山水只存在于他的回忆之中，是他批判都市病的对照背景。林也写过农民，如《红牡丹》中的南涛，但他只是符号和概念，这个形象既不生动也不具体。红牡丹和城市人恋爱累了，她要躲避到乡下去，其实她"的确对这个男人不太了解"，她甚至觉得嫁给他会"把这一辈子的幸福糟蹋了"，可他简单、感性、自然的个性吸引了她，这些和她以前遇到的男人都不同，哪怕他们再博学，社会地位再高。南涛的个性不正和林语堂所

❶ 阮克飞、陈黎保、刘德忠等：《中国文学史（下册）》，河内：河内师范大学出版社，2002年，第203页。

❷ 陈春递：《中国文学史》，河内：河内教育出版社，2002年，第256页。

❸ 朱德发：《中国现代文学史实用教程》，济南：齐鲁书社，1999年，第210页。

❹ 黄怀军：《林语堂与尼采》，《中国文学研究》，2012年第3期。

批判的现代文明的繁复、理性、功利等特征恰好形成反照吗？

知识者也是林语堂和鲁迅创作中被他国接受的另一种重要的人物形象。由于鲁迅特别注重描绘这类人物的社会属性而不太重视其文化属性，所以尽管中越传统文化里儒、道、佛都是重要构成部分，基础相似，但越南人对鲁迅笔下的知识者很是隔膜，远远不如他们对鲁迅创作中的农民形象那么了解，大概主要因为越南现代社会和中国现代社会状况毕竟存在不小的差异。鲁迅刻画了各种类型的知识者，写他们反抗社会的悲剧命运。越南人当时关心的也是知识者与社会的冲突，梁维恕、陈黎保在他们的文章里多次谈到中越知识者之间存在这种相似的社会特征。但是越南学者很少进入鲁迅笔下知识者的内心深处，揭示他们的文化冲突和纠结，而是更多地强调他们的政治立场和斗争艺术，表现出明显的泛政治化趋向。如有人说："鲁迅正在寻找领导革命的先进力量，至少那个力量也能克服知识分子的弱点，特别是世界观的限制。"❶ 与鲁迅形成对照的是，淡化社会属性强调文化属性是林语堂塑造小说人物的常用手法，他笔下的知识者形象典型地体现了他的这一创作取向，如林氏"小说三部曲"中的姚思安、杜忠、老彭分别是道、儒、佛的化身。此外，不管这些人物是否到西洋留过学，他们身上一律表现出中西文化结合的特征：姚思安的"道"和西方的科学主义是相通的；杜忠、老彭的人文主义情怀用儒、佛思想不能完全概括，因为他们不仅对人有同情（humanitarianism），而且尊重人的地位和自由（humanism）。杜忠打开自家水库放水是因为他认为农民和他们在生存权上是平等的，老彭不计较梅玲曾经的妓女和姨妇身份，给予她充分的尊重，以致使她觉得在他面前比在男友博雅面前更自由、更有尊严。这些体现着和谐的中西文化理想的人物形象当然恰对西方人的胃口。林语堂是有意淡化人物的社会属性以获得异质文化的认同。而鲁迅小说中的一些知识者也接受过西方文化的影响，如魏连殳。但是他们所具有的西方思想使他们更不能容忍中国传统文化，中西文化在他们那里构成强烈的对抗，表现在外表则是人物脸上的紧张状态。❷ 不过越南读者把这种文化对抗上的紧张理解成纯粹的社会对立上的紧张了。无论是鲁迅还是林语堂，其创造的知识者形象能被国外读者接受，主要还是因为这些形象具有某些相同的、

---

❶ 陈黎保：《中国文学教程》，河内：河内教育出版社，2003 年，第 211 页。

❷ 王伊薇：《鲁迅、林语堂文化观之比较——从小说中的知识分子形象谈起》，《内蒙古农业大学学报》（社会科学版），2012 年第 1 期。

普适性的现代因素，譬如他们都反对独裁，反对军阀，❶ 不愿与当权者同流合污，拥有对人和自然万物的爱心和同情心，具备20世纪人类普遍追求的民主和科学精神。

不像林语堂小说在美国的流行文化圈里产生了显赫影响，鲁迅小说在越南的传播领域主要是文学研究圈和大学中学教育圈。中越两国虽然领土相连，鲁迅传入越南的过程却是相当艰难曲折的。因为越南20世纪前50年战事不断，直到40年代初学术界才有余暇开始系统地介绍鲁迅及巴金、郭沫若、曹禺、老舍、赵树理等中国现代作家，在此之前，越南只知道中国古典文学作家如屈原、李白、陶渊明、苏轼等。但自从邓邰梅先生将鲁迅介绍进越南，越南对鲁迅的研究开始逐步全面、深入。首先是对其小说进行细致剖析，并与本国作家作品相对比。❷ 其次是对鲁迅杂文的推崇，他们信奉李长之的判断："一个人的作品，在某一方面最多的，就往往证明是一个人的天才的所在。"❸ 所以在越南，鲁迅杂文的地位被抬得很高。不过鲁迅进入越南中学却要晚很多。在法国殖民统治期间，越南的外国文学教学内容大部分是法国近现代文学。20世纪40年代初期，杨广涵先生❹第一次将中国文学列入越南高级中学课程，并亲自将中国文学作品编选进高中教材。在《越南文学史要》的序言中，他详细说明了此举的原因：越南的历史文化基础也是儒道，他们需要借鉴中国人的思想与学术。考虑这些因素，杨先生认为有必要让中国文学传入越南。于是他基本上将那些对越南文学产生过影响的中国代表作家及代表作品都列入教材。如当时，越南高中一年级（相当于法国殖民者统治越南时的高中二年级）的语文教材分为六篇，其中第二篇详细介绍了中国古代文学和主流文化（主要包括儒家学说和道家学说），选文涉及了《三字经》《诗经》《论语》《孟子》《道德经》《庄子》等；而高中二年级的语文课程分成五篇，其中开头第一篇在总体上介绍中国作家对越南文学的影响，着重介绍了李白、屈原、苏东坡、陶渊明、韩愈等；高中三年级的语文课程则分成七篇，第一篇以康有

---

❶ 林语堂曾说过，他最不喜欢的一类人是军人。这话有些过激，实质上他所指的是强权和暴力。

❷ 比较得最多的当属鲁迅的《阿Q正传》与南高的《CHI PHEO》（《志飘》），见梁维想：《普通中学教授鲁迅指导》，河内：河内师范大学出版社，1981年，第242页。

❸ 李长之：《鲁迅批判》，北京：北京书店出版社，2003年，第101页。

❹ 杨广涵（Dương Quảng Hàm）（1898—1946），越南著名的教育家、文学家。他编写的《越南文学史要》被认为是越南中学的第一部国语文学史。

第九章　林语堂小说在境外的传播——兼与鲁迅之比较

为、梁启超等人为主要对象，阐述了中国近代文学的大致面貌。不过，当时越南语文教学里还没有出现鲁迅的身影。1954 年，经过教育改革，加上正值中国文学研究高峰时期，许多学者和专家认为，越南高中课程里的中国现代文学应该以鲁迅及其创作为教学中心和重点。从此以后，越南的初中和高中的外国文学课程里，少不了两项基本教学内容，那就是唐诗和鲁迅。鲁迅在一些越南人眼里，开始成为中国现代文学直至整个中国文学的代表。目前，鲁迅的作品在越南中学教科书里的选用情况如下：初中二年级上学期——张政翻译的《故乡》；高中二年级上学期——张政翻译的《鲁迅生平》和梁维恕翻译的《药》；高中二年级上学期还有选修课文《阿 Q 正传》，采用梁维恕的译本。本来，从 1954 年到 1996 年，《阿 Q 正传》一直是必修课，可经过了长时间的教学实践，越南教育部发现，《阿 Q 正传》篇幅太长，占用教学学时太多，经过反复考虑，只得改为选修课。❶

　　林语堂小说在美国的传播则很不相同。出版界和大众对其作品评价极高，但是文学研究界要么故意不谈论他，要么偶尔涉及也对他评价不高，总之，林语堂没有成为华裔美国文学研究界的重点考量对象。美国学者对赵健秀、黄忠雄、汤婷婷等人的小说的关注程度则相对要高得多，研究也深入得多。原因在于，他们认为林语堂、黄玉雪（Jade Snow Wong）、C. Y. Lee 等人的作品"刻意渲染自在的中国文化——包括经验常识、行为准则、道德准则、习俗、礼仪、习惯、自发的经验等支配人们日常行为的文化模式"，也"张扬自觉的中国文化——主要包括科学、文学、艺术、哲学、理论、思想等所建构的自觉的精神世界和自觉的文化成就"，这样，林语堂等人就将"华裔美国文化陌生化、特别化，因而迎合东方主义的话语姿态"，❷ 其后果是教诲人们驯良地遵守美国曾经颁布过的歧视包括华人在内的亚洲人的法案。所以《哎呀》文集的编辑们把这几位作家特意圈定出来，并对他们的创作"做了猛烈的批判"。恰恰相反，书评家们和公众给予林语堂的《京华烟云》《生活的艺术》等著作以极其崇高的评价。据林太乙回忆，《生活的艺术》连续五十二个星期高居美国畅销书排行榜第

---

❶　关于越南中学教程里的鲁迅教育情况，越南中国留学生阮宝玉、范素渊提供了大量宝贵资料，在此对他们的工作表示感谢。

❷　李贵苍：《文化的重量：解读当代华裔美国文学》，北京：人民文学出版社，2006 年，第 60—63 页。

一名，《纽约时报》还根据此书第一章第二节举行过一次"林语堂比赛"，当时林语堂可谓"家喻户晓"。❶

总体而言，如果说越南从鲁迅这里获得了战斗的勇气，美国则从林语堂那里获得了生活的智慧。无论战斗的勇气还是生活的智慧，它们都是所在国当时最需要的精神食粮。"战斗"一词在20世纪中国文学里是使用得比较多的词汇，这既是中国文化里"战争意识"在当时的表现，❷ 其实也和20世纪的时代特性有关：随着现代社会而来的不仅有工业文明，也有民族国家意识的觉醒和它们之间的矛盾与战争。❸ 而"日常生活"在林语堂看来是接近人的天性，充满情趣的，它比社会风云更值得现代作家关注。日常生活需要选择的智慧，必须在传统和现代之间找到平衡点。林语堂关于日常生活的叙事便体现了这样的特点，他的文章因此在通俗文化发达的美国充满魅力。工业文明和民族国家战争是20世纪世界文学的两大题材，林语堂和鲁迅能够在国外产生巨大影响的根本原因即在这里，他们一个为工业文明困境中的人们提供了新的出路，一个为战争中的人们提供了"韧的战斗"和"一个都不宽恕"的精神。

因为处在相同的时代和文学环境之中，林语堂和鲁迅在国外的传播情况有一些相似之处。又因为作家个性、作品主题、题材和风格的差异，也因为输入国的需要、文化传统、发展程度的不同，林语堂和鲁迅在越南和美国的传播动因、传播过程和传播结果都呈现出诸多差别。

二、境外传播的成败得失

林语堂和鲁迅在国外的传播，揭示了现代中外文化交流中一个新的趋向，即中国现代文化由从外吸纳新质转向向外输出营养。可见，新文化运动与世界接轨的举动，虽然因为过于猛烈地挣脱传统而留下了伤痕，付出了代价，但也为中国文化走出去奠定了基础，做出了积极的贡献。具体说来，林语堂和鲁迅的传播史意义在于如下几个方面。

一是丰富了所在国文学的主题群落、艺术手法和人物形象。鲁迅犀利

---

❶ 林太乙：《林语堂传》，西安：陕西师范大学出版社，2002年，第151—155页。
❷ 陈思和：《中国当代文学史教程》，上海：复旦大学出版社，1999年，第57页。
❸ 毛宣国：《"民族主义"、"民族形式"与"民族精神"——上世纪20—40年代文学民族性的论争与思考》，《湖南大学学报》（社会科学版），2012年第2期。

第九章 林语堂小说在境外的传播——兼与鲁迅之比较

的国民性批判精神和讽刺、白描的手法对越南现代文学品格的形成起到了重要的作用。越南作家模仿鲁迅风格而创作的许多作品都产生了广泛的影响，如 20 世纪 30 年代末期的《走投无路》（Bước đường cùng）、《灯灭》（Tắt đèn），以及 40 年代初期的《村事》（Việc Làng）、《志飘》（Chí Phèo）等。国民性批判思潮、具有中国特色的创作手法成为越南现代作家创作中的主要外来文化和文学资源；颓废、愚昧、可怜又可恨的下层国民形象也构成了越南现代文学的一大风景。而林语堂集合世界文化精华构想出来的"放浪者"❶ 人物形象，不仅是对中国传统文学人物形象类型的突破，也是对世界文学人物形象构造方法的贡献，因为这些人物身上体现的往往不是政治观念、道德规范、民族情感等，他们的意义和价值超越了民族、国家和道德，从而达到普遍的世界人的高度。他们是一种文化人格，或者说是一种人格化了的文化。这样一种全新的人物形象，是林语堂对世界文学史的贡献。

二是打开了让其他国家了解现代中国的一扇窗口。作为文明古国的中国被西方国家了解得比较多，❷ 但现代中国的情形，尤其是文化情况，几乎是被遮蔽的。虽然越南和中国相邻，并且有着儒、道、佛等相似的文化基础，可由于法国殖民者的阻挡和歪曲，中国形象在越南也是扭曲的，至少是不清晰的。"鲁迅著作几乎走进了世界各国并得到了读者的认同和赞赏，相反越南较晚才接触到鲁迅作品，这种情况完全是法国殖民者的文化封锁政策所致。越南境内的知识界到了 20 世纪 30、40 年代对中国现代文学基本一无所知，更别说是对中国现代文学作品进行译介和研究了。"❸ 相比较而言，欧美国家对现代中国就不仅是不了解，而且是严重的误读。如果没有林语堂和鲁迅等人有意无意的输出，中国现代文化难以产生世界范围的影响。越南读者在鲁迅这里找到了战斗的勇气，这对越南的民族独立自有益处，可我们换一个角度来看，越南对中国现代文化的了解，不也给中华民族的独立战争找到了一个同情者和支持者吗？所以鲁迅在越南的传播，不仅对越南抗法有利，对中国抗日同样有利。至于林语堂在宣扬中国文化，让欧美国家了解中国，喜欢中国，并进而支持中国抗日方面所做的

---

❶ 肖百容：《"放浪者"：林语堂的人格乌托邦》，《中国现代文学研究丛刊》，2011 年第 3 期。

❷ 20 世纪上半期，在大多西方人的眼里，中国还是公元 12、13 世纪的中国。

❸ 阮宝玉：《越南文学教育中的鲁迅研究》，广西师范大学中国现当代文学专业 2010 届硕士毕业论文，第 7 页。

贡献，更是已被大家认同了的历史事实，尽管我们不能夸大个人在抗战中的作用。"林先生的作品虽未必能代表现代中国文学思想之全貌，但其透过文学作品而沟通东西文化、促进国际了解的影响与贡献，确乎是伟大的"。❶ 我们还不能忘记，"美国总统老布什1989年在国会为中国政策作论证时还说，林语堂作品反映中国文化的观点，至今影响美国政府"。❷ 同时，在这样一个过程中，中国新文学的形象也在越南等国家树立起来。包括越南在内的一些亚洲国家，对于中国古典文学非常熟悉，汉学方面的专家学者不少，他们的研究成果对于本国的文学发展发挥了一定的作用。但正如越南学者所说，在20世纪上半期的很长一段时间里，他们都不知道在中国发生的新文学运动。鲁迅等作家的创作在亚洲国家的传播，宣传了新文学，是新文学走向世界，在更加广阔的地理范围内取代旧文学的重要一环。

三是在很大程度上鼓舞了新文学的自信心，也给了新文学反省自身的机会。虽然到了20世纪30年代、40年代，新文学已经奠定了自身的文学史地位，再无存在的合法性危机，不过，对它的成就的质疑之声一直没有间断过。一方面，由于在主题意蕴、创作方法、语言结构等方面比古典文学更接近西方现代文学，新文学因此更容易为外国读者所理解和接受，从而产生世界性的影响，这无疑是让新文学作家兴奋和自豪的现象。李何林在游国恩之前曾应邀去越南讲授中国新文学，他对鲁迅在越南的影响力很是惊讶，因此认为国内对新文学的生命力估计不够。另一方面，除林语堂和鲁迅之外，老舍、张爱玲等一大批现代作家的作品开始在海外流传，新文学原本存在的一些问题，如对西方现代派文学思潮的误读、对本国文学传统的轻视、对包括林语堂在内一些新文学作家的创作个性的偏见，都在这种双向交流过程中不同程度地暴露出来，并为现代作家所察觉和省悟。

四是为新文学的进一步传播和发展扫清了道路，创造了条件。如林语堂曾四次获得诺贝尔奖提名，他是让中国文学走向世界的先驱。2012年莫言能获得诺贝尔文学奖，不能忽视了林语堂等人的奠基之功。中国有不少出色的新文学作家，但是他们不能很好地做到与世界文学的接轨、融合。在这方面，林语堂做得相当出色，他自信地走向世界，向世界展示了中国

---

❶ 林太乙：《林语堂传》，西安：陕西师范大学出版社，2002年，第292页。

❷ 师永刚、冯昭、方旭：《移居台湾的九大师》，南昌：百花洲文艺出版社，2008年，第66页。

新文学的优秀品质。

　　然而，这样一个文学和文化的输出过程，也和误读误解不可分割。林语堂的小说对中国人的生活状况的描述，很多时候是对历史的设想或是对现实的想象。不管是在现代美国还是在中国，历史上士大夫的生存环境今天已经不复存在，他们的生活方式无论是否真如林氏的叙述都不可能在今天被再次复制。当时，现实中的中国人更是无法享受林语堂作品中那种悠闲自在、怡然自得的生活艺术。施建伟说："这种所谓'雅趣'，对于半个世纪前在水深火热中的中国人民，实在是难以接受的'超前'意识。"❶ 这种观点虽然是从社会道德论角度出发的文学批评，其合理性值得商榷，不过，它也说明林语堂对中国人生活状态的描述里充满了诗意和乌托邦特征。❷ 美国读者在这种诗意和乌托邦里逃避现代工业文明的压迫，寻找精神的皈依，这些都是无可厚非的，也可算作林语堂对美国现代社会的贡献。可是问题在于，大多数欧美人在很长时间里却把这当成了真实的中国！中国还是不为他们所了解，抑或说欧美国家了解的还是表面化的中国。这在实质上为东西文明的完全沟通和交融埋下了某些不利的因素，比如西方国家普遍存在着对中国文化和文学不分阶段，不注重细节的囫囵吞枣式解读，这让中国形象的丰富性在很大程度上被消解了。

　　越南普通读者和专家学者也都在某些方面误读了鲁迅，有的地方甚至比欧美国家更为严重。概括起来误读表现在如下几个方面：第一，由于过于崇拜而对鲁迅的文学史地位定位不准。如说："鲁迅（1881—1936）是中国现代文学的创始人。"[Lỗ Tấn（1881—1936）là người đã khai sinh ra nền văn học hiện đại Trung Quốc.]❸ 还有更让人震惊的夸大，如阮众文在他的《中国文学教程》第三章里写道："鲁迅是中国文学的奠基人。换个说法是该国文章的开创人。"（Lỗ Tấn là người đặt nền móng cho văn chương Trung Quốc. Nói cách khác ông là người khai sáng cho nền văn chương này.）第二，泛政治化的观念很普遍。不少越南中国文学研究者和教师把鲁迅看成中国无产阶级革命的同盟者，毛泽东的战友。梁维恕将鲁迅的创作和生平分为三个时期，在他看来，这三个时期反映了鲁迅成为共产主义战士的艰

　　❶　施建伟：《林语堂研究论集》，上海：同济大学出版社，1997 年，第 49 页。

　　❷　肖百容：《"放浪者"：林语堂的人格乌托邦》，《中国现代文学研究丛刊》，2011 年第 3 期。

　　❸　见越南教育部保存的陈大义重点高中学校（Trường Phổ thông Trung học Chuyên Trần Đại Nghĩa）关于鲁迅作品《药》的课堂教案。

难过程。❶ 邓郡梅先生则认为："鲁迅看出中国共产党有把握领导革命。他觉得在那些'草头'里很少有人真的是为国为民的，他们中的大多数都是为了私人利益。鲁迅认为：只有新兴阶级领导才会有将来。所以伟大的爱国者就变成彻底的反封建帝国者。"(Lỗ Tấn cũng đã thấy sự lãnh đạo chắc chắn của Đảng Cộng sản Trung Quốc. Lỗ Tấn cho rằng trong số các ông cùng cánh "thảo đầu" kia, rất ít người vì dân vì nước, mà chỉ là vì lợi ích cá nhân. Lỗ Tấn cũng thấy rằng: "Chỉ có lãnh đạo của giai cấp mới lên là có tương lai". Do đó nhà yêu nước vĩ đại đã thành nhà đế quốc chống phong kiến triệt để.)❷ 第三，受进化论的影响痕迹明显。这一点和泛政治化观念有密切关系，上述梁维恕的鲁迅分期法表现了这样的特点。张政、裴文波则以1928年为界把鲁迅杂文分为前后两个时期，认为"四一二"反革命政变后，鲁迅克服了以前所有的偏见，对许多人事问题的认识更加清醒。可以说，这和中国国内关于革命历史的阶段分期有着重要的联系。这同样是受进化论的影响所致。

导致林语堂和鲁迅在国外被误读的原因值得分析。首先在于输入国的功利性目的。美国宣称对外来文化实施自由的政策，即所谓文化民主。但在实质上，"'质量、标准、杰出'是政策管理者的利剑，用来削弱那些质疑主导文化价值观的力量"。❸ 林语堂作品在美国的畅销，和美国20世纪20年代文化政策的转向有着内在的关系。那时，为了解决种族主义问题，美国逐步从文化"熔炉"理论向多元文化理论转变。但实质上，无论哪种文化，只有经过自我调整、改造，才能融入美国的国家主导价值观念。林语堂宣扬的中国人的生活艺术是美国人急需的心灵疗养剂。从本质上说，他向欧美宣扬中国文化，是为了赢得这些国家读者的认可，是以西方需求为出发点，以西方立场为最终原则的。所以林语堂小说里的中国文化已经不是原汁原味，他遭到《哎呀》文集编辑们的强烈批判也就在情理之中。《哎呀》文集编辑们认为他的创作属于华裔美国文学中的"民族视角"派，而在"民族视角"派那里，民族文化只是噱头，他们并不热衷于对文化之

---

❶ 梁维恕：《鲁迅艺术若干问题——鲁迅及其作品在中学的教学》，河内：河内师范大学出版社，2004年，第97页。

❷ 邓郡梅：《学习和研究鲁迅的道路上·鲁迅——斗争的榜样》，河内：河内文学出版社，1959年，第254页。

❸ 罗雯、王椰林：《美国文化的基础与文化政策》，《湖北大学学报》，2011年第5期。

根的追寻和强调，恰恰相反，他们"无意识地表达了与主流社会合作或者向主流话语屈服的愿望，似乎牺牲某些种族特征也在所难免"。❶可见，美国社会接受林语堂在深层次上并不是没有功利目的的自由政策的表现。越南选择鲁迅的功利性目的也是很明显的，这从鲁迅在越南的传播过程就可以看出来。越南革命领导人胡志明是鲁迅的忠实读者和积极宣传者，他了解鲁迅比邓邰梅还要早，20 世纪 20 年代他开始读鲁迅作品，而且读的是中文本。他后来在一些重大的政治场合提到鲁迅，主要强调他的斗争艺术和民族精神。其实邓邰梅、张政、梁维恕、陈春递等鲁迅研究者和教育家与胡志明的出发点是一致的，民族战争和国民教育的需要是其引入鲁迅的两个最主要的目的。

其次在于对鲁、林的创作研究不够深入、全面，也缺少世界性视野，容易局限于民族、国家眼界之内。美国读者和学者极少研究林语堂小说和散文的世界性意义，他们的讨论常常停留在本国关心的一些热点问题之上，如"减压""效率""成功"等。如果仔细考量，就可以发现此类字眼在林语堂的作品中日益增多，这大概和他不得不迎合美国读者的口味有关吧。由于视野的局限，美国对林语堂的理解无法深入。越南读者和学者眼里的鲁迅则只是一个民族英雄和阶级战友，至于鲁迅的民主斗士形象和内心的矛盾、焦虑情感这些更为独特也更为深刻的现代品质则几乎没有人谈到。所以怀清先生才错误地认为"中国现代文化没有什么好，只好回头去找像江西陶瓷、唐诗等古老的美丽"（Văn hóa của Trung Quốc hiện đại không có gì nữa, chỉ có cách ph ải quay về những cái đẹp cổ xưa như sứ Giang Tây, thơ Đường）。❷大概也因为这样，1966 年越南邀请中国古典文学专家游国恩先生去河内综合大学讲授中国现代文学，担任鲁迅研究专家。可见，越南得到的要么是一个符合他们需要的鲁迅，要么是被简单化了的鲁迅。20 世纪上半期是一个张扬自我，以自我为中心的时期，对于个人来说是如此，对于民族国家来说也有这样的趋向。随着人类社会现代性的凸显，民族国家意识日益强烈，民族国家之间的文化壁垒也日益厚实。发达的美国根本不愿意去深入了解其他国家，尤其是不愿意去具体了解那些与其国内经济发展无关的哲学和文学领域。处在殖民压迫和经济

---

❶ 李贵苍：《文化的重量：解读当代华裔美国文学》，北京：人民文学出版社，2006 年，第 98 页。

❷ 怀清：《越南诗人》，河内：河内出版社，1988 年，第 23 页。

贫困中的越南更是无力也无暇关注与自身民族独立无关的国外文化，他们只能吸取鲁迅创作中对他们有用的成分，其他的一概置之度外，有时甚至故意片面理解以方便其取用。虽然鲁、林的文学创作在越南和美国的传播为世界文学和文化的发展做出了一定的贡献，但 20 世纪强烈的民族国家意识也使其被局限在一定的范围内，不能发挥更大的作用。

附录　林语堂小说研究史

第一章　林语堂小说研究史（1985—1990 年）

在中国现代文学史上，林语堂是一位矛盾而又多产的作家，尽管他著作等身，但在现代文学史上还是很难定位。作家徐訏在《追思林语堂先生》一文中，大胆称林语堂为中国现代文学史上"最不容易写的一章"，林语堂曾说"我是一捆矛盾，我喜欢如此"。❶ 这"一捆矛盾"让文学史的编者也矛盾着，甚至没有在文学史书上花大篇幅去解开这捆矛盾，除了对其散文有小篇幅提及外，对其小说、传记等几乎是只字不提。

林语堂在《八十自叙》里称给自己以光荣的使命，那就是写出能够传播于后世的经典小说。他的小说在国内的出版和翻译历经曲折，最终能与读者见面并获得好评，可谓作者的心愿得以实现。综观林语堂的小说，共八部，有《京华烟云》（又译为《瞬息京华》）、《风声鹤唳》《朱门》《赖柏英》《唐人街》《红牡丹》《奇岛》（又名《远景》）、《逃向自由城》，其中最后一部因政治原因暂且不论。1985 年至 1990 年，林语堂的小说研究主要可归为文化视角、民族意识、伦理道德观、翻译角度、具体作品解读、审美艺术及指瑕等。

林语堂曾自称"两脚踏中西文化，一心评宇宙文章"，"有一位好作月旦的朋友评论我说，我的最大长处是对外国人讲中国文化，而对中国人讲外国文化"，❷ 由此可见，林语堂一心致力于中西文化的传播与交流。而对于林语堂的研究，此前大多数是从研究林语堂的散文、林语堂与鲁迅的关系、林语堂与论语派等入手，与前期林语堂研究靠事实陈述、资料罗列不同的是，20 世纪 80 年代中后期，学者们开始从不同的角度切入研究林语堂，特别是在小说研究方面有了新的进展。其中，文化视角研究极为精彩，如陈平原的《林语堂与东西方文化》，较为全面地阐述了林语堂如何协调中西文化之间的矛盾以及在综合东西文化上的得失。本章值得注意的

---

❶　林语堂：《八十自叙》，北京：宝文堂书店，1990 年，第 1 页。
❷　林语堂：《林语堂自传》，《林语堂名著全集》第 10 卷，工爻译，长春：东北师范大学出版社，1994 年，第 31 页。

是以下几点：其一，指出了林语堂回归东方文化的实质是现代知识分子对"五四"新文化运动的失望，于是便向传统回归。❶"这种复归思潮在三四十年代是非常的普遍"，原因在于，既然西方的各种思想文化潮流不能解决中国的实际问题，那么它对传统的批判则不一定正确，大家回头，发现传统里原本存在不少好东西。❷ 如老舍的《四世同堂》、萧军的《八月的乡村》、林语堂的《京华烟云》等都是这一类作品。其二，敏锐地指出，林语堂自身的矛盾不止他自己罗列的那些，如他身上西化的倾向和中庸的态度之间的矛盾，并指出其高明与欠深度之处。❸ 进而提出一个非常切合时代主题的大课题，即"如何在东西文化的夹缝中站稳脚跟，既坚持民族传统又追赶世界潮流"，❹ 这在当今乃至将来社会无疑是一大历久弥新、永不过时的课题。而林语堂小说研究的时代意义也在于此。其三，指出林语堂与道家文化的关系。林语堂的《京华烟云》《唐人街》等都是弘扬道家文化的典范，塑造了姚思安、姚木兰、姚博雅、艾丝等道家儿女。他塑造儒家、佛家等人物的目的是突出道家的特征和价值。❺ 虽然一些学者并不认同陈先生的这种说法，但是因为林语堂之女林如斯也认为《京华烟云》写的就是道家，而且是受上帝之托而作的。❻《京华烟云》全书分为上、中、下三卷，分别引用《庄子·大宗师》《庄子·齐物论》《庄子·知北游》中的一句话做引领，暗示小说的主题和宗旨，主题是宣扬传统道家思想，宗旨是暗示新旧事物的相互转化，指出抗日战争的胜利会取代黑暗的旧中国。全书用道家思想贯穿，着力刻画了姚思安、姚木兰父女，姚思安的无为而治、通达无拘束与姚木兰任性自由、钟情自然的性情被作者展现得淋漓尽致。虽然林语堂引用了庄子的三段话，但是在行文中并不是完全遵照庄子的"指示"来写，他主张以道家拯救世界，出发点无疑是好的，但是这种想法只能在理想世界实现，道家主张的任自然、齐生死、避世养生、安分守己、与世无争、无为而治等主张在烟火纷飞的战争年代是不切实际的，是空想的，于国家民族无益，于个人能取得内心的平和。吴中杰的

---

❶ 陈平原：《林语堂与东西方文化》，《中国现代文学研究丛刊》，1985 年第 3 期。
❷ 覃慧：《生态视域下的林语堂研究》，长沙：湖南师范大学，2015 年。
❸ 陈平原：《林语堂与东西方文化》，《中国现代文学研究丛刊》，1985 年第 3 期。
❹ 陈平原：《林语堂与东西方文化》，《中国现代文学研究丛刊》，1985 年第 3 期。
❺ 陈平原：《林语堂与东西方文化》，《中国现代文学研究丛刊》，1985 年第 3 期。
❻ 林如斯：《关于〈京华烟云〉》，《林语堂名著全集》第 1 卷，张振玉译，长春：东北师范大学出版社，1994 年，第 2 页。

《〈京华烟云〉与林语堂的道家思想》一文对林语堂的道家思想做了详细的阐述，深刻的分析。他新颖地指出，林语堂的道家思想实质上只是作料，主菜是市民观念加上西方小资产阶级享乐思想，与真正传统的道家相去甚远，无非是为了个人过一种安乐、无拘无束的生活寻找借口。❶ 吴中杰称林语堂与袁中郎、李笠翁一样，他们为了追求个性解放与现实享乐，努力打破禁欲主义，这些都是市民思想的要求，只不过是打着道家的旗号而已。接着，对《京华烟云》全书的构思和命意以及姚木兰父女形象从道家思想上进行了阐述并上升到哲理层面。值得注意的是《红牡丹》这本小说，看似塑造了红牡丹这个放浪形骸、无拘无束、追求自由的女子，实质上与其说红牡丹是道家人物，倒不如说她是西方性解放下的现代女性，她在对爱情的追求上，肉欲超越了爱情。

万平近的《从文化视角看林语堂》中有许多精辟的见解，他认为"林语堂的知识涵养中包容了乡土文化、西洋文化和中国传统文化……这三种文化在他身上也免不了相互冲击，使他产生种种矛盾和困惑"，❷ 林语堂曾自称"一捆矛盾"，而万平近从文化角度将林老先生身上的这捆矛盾解开了。施建伟在《林语堂研究综述》中称"这不愧为点睛之笔！一下子揭掉了蒙在'一捆矛盾'之上的那块神秘的面纱"。❸ 他们的研究揭示了林语堂其人、其作与其家乡风土人情的关系，成为后来继续研究的重要基础。林语堂出生于福建省漳州市平和县坂仔乡，故乡的山景对作者童年生活乃至以后的创作影响甚大。坂仔乡位于漳州市的一个山谷里，高山林立，绿树萦绕，如诗如画，山林陡峭、悬崖绝壁、高耸入云，不愧是一个可陶性怡情之地。林语堂对它念念不忘，在《八十自叙》中他提出"高地人生观"之说，以此与追求世俗功利，没有远见，丧失初心的低地人生观相对比。❹ 新洛是小说的主人公，他对高地人生观有着深刻的认识。他说，如果一个人出生在城市里，局限于他的视野，他会认为高楼大厦就是高地，其实它们比起大山来显得那么渺小；而如果一个人出生在山区，看惯了大山，其它东西都渺小了，"人生的一切都是如此。人啦、事业啦、政治啦、钞票

---

❶ 吴中杰：《〈京华烟云〉与林语堂的道家思想》，《华文文学》，1988 年第 1 期。
❷ 万平近：《从文化视角看林语堂》，《福建学刊》，1988 年第 6 期。
❸ 施建伟：《林语堂研究综述》，《福建论坛》，1990 年第 5 期。
❹ 林语堂：《八十自叙》，北京：宝文堂书店，1990 年，第 9—10 页。

第一章　林语堂小说研究史（1985—1990年）

啦，都不例外"。❶ 林语堂受故乡的山水影响，感悟自然，进而推至人生意识领域，虽然有点环境决定论的味道，但是也说明了他对故乡的一片赤子之心。林语堂家乡的风俗人情等基本属于中国传统文化的组成部分，它们影响着少年时的林语堂。而随着传教士在我国东南沿海一带的活动，西方文化开始在中国产生影响。林语堂的父亲就是一个牧师，林语堂后来又上了上海的基督教学校，再到西方国家留学，欧美的人文主义思潮对他影响最大，而一些西方作家，如海涅等也是林语堂学习和模仿的对象。林语堂的很多小说都体现了人道主义主题，如《京华烟云》《风声鹤唳》《奇岛》等，面对纷纷战火，要么像姚思安、姚木兰、老彭一样选择人道主义支援，阐述人性的真善美，要么像劳士一样构造一个理想境界去进行人性论的说教，实现人道主义社会理想。"五四"退潮后，林语堂和很多作家一样在对待西方文化上由开放转为保守，对中国传统文化表示认同，对中国道家文化、儒家文化进行了自我解读，体内载负着深厚的民族情感、民族观念。杨义曾经在自己的著作里将林语堂的小说归类为"文化家庭小说"，这是比较准确的。他进一步指出"林氏三部曲"不是"以现代小说艺术创新打动读者，而是以其所蕴含的深刻哲理、宏博的文化精神吸引读者"。❷ 林语堂作为中西文化比较研究者之一，从西方文化的大力吹捧者变为中国传统文化的宣扬者，让后来的许多林语堂研究者从文化角度进行跨文化研究，取得了不小的成就。

林荣松的《民族意识和林语堂的小说创作》从爱国思乡的情愫和自强不息的精神以及具有民族色彩的伦理观等切入，对林语堂的民族意识进行了阐述。在《京华烟云》开篇的献词中，作者这样写道"全书写罢泪涔涔，献于歼倭抗日人。不是英雄流热血，神州谁是自由民"，❸ 小说揭露了日本人的残暴行为，表达了强烈的爱国主义情感。同样，从民族意识研究《京华烟云》的还有万平近的《各有特色的民族正气之歌——〈京华烟云〉小说与电视剧比较谈》，文章认为无论是小说还是电视剧，都不忘把个人命运同国家民族命运连在一起，就像姚木兰所说："中国人的血必会

---

❶ 林语堂：《八十自叙》，北京：宝文堂书店，1990 年，第 11 页。

❷ 杨义：《二十世纪华人家庭小说的模式与变迁》，《中国社会科学》，1990 年第 1 期。

❸ 林如斯：《关于〈京华烟云〉》，《林语堂名著全集》第 1 卷，张振玉译，长春：东北师范大学出版社，1994 年，第 2 页。

永远永远地继续下去，无论这血是属于我们一家的或者别家的。"❶ 虽然电视剧改编在人物情节上稍作变化，但总体上是遵从原著的精神，不像原著散文化的松散结构，电视剧的情节变得更加紧凑，更能表达出风云流变中显示出来的坚韧的民族精神。《风声鹤唳》里的老彭和丹妮对难民的救助与博雅为友牺牲的精神，弘扬了团结友爱的民族精神。《赖柏英》是作者浓郁乡情的表达，实质上也是对民族对祖国的思念。万平近在《〈赖柏英〉和林语堂的乡情》一文中从民族角度、文化角度考察林语堂对故乡的眷恋，正是这种乡情提升了林语堂小说的思想品质。❷《赖柏英》这本带有自传意味的小说，把故乡的山水之美与人物之美结合在一起，洋溢着浓浓的恋情与乡情。《唐人街》讲述了父子两代人艰苦创业、忍辱负重、自强不息的故事，特别是汤姆在维护中国人的尊严时的表现令人印象深刻。

伦理观念作为中国封建文化的主体部分，是以血缘关系为纽带的宗法制度与中国历来一脉相承的专制制度的安身立命的基础。宗法制度与专制制度的结合形成了"家国同构"的社会政治结构。带有血缘温情的伦理观自古以来就深深印在了每个中国人的心中，这种家族宗法血缘关系从本质上来说是一种人伦关系。从小的方面看，家庭是个人安身立命的场所；从大的方面看，一个社会可以看成"家庭—宗族—民族"结构。无论如何，家庭都处于中心地位，而家庭伦理道德则是中国传统文化的核心，并影响着政治、文学、艺术等各方各面。林语堂虽然受过西方文化的熏陶，但他身上所拥有的中国传统文化因子除道家文化外，也受儒家文化的影响，儒家的伦理道德在他的小说中随处可见。与"五四"时期许多作家反封建反传统不同的是，林语堂着力挖掘儒家伦理道德中积极温情的一面，弘扬中华民族的传统美德。在这一方面，林语堂主要塑造了几位几乎无可挑剔的女性形象，如《京华烟云》里的古典女子孙曼妮，《赖柏英》里孝顺温柔的赖柏英，《朱门》里善良坚韧的杜柔安。作者这样向读者介绍曼妮——"曼妮是小镇上朴实的女孩子，在一个学究的父亲教养之下长大的，受了一套旧式女孩子的教育……就是'德、言、容、工'"，"曼妮的眼毛美，微笑美，整整齐齐犹如编织的牙齿美，还有长相儿美"，"好像书上掉下来

❶ 林如斯：《关于〈京华烟云〉》，《林语堂名著全集》第 1 卷，张振玉译，长春：东北师范大学出版社，1994 年，第 2 页。
❷ 万平近：《〈赖柏英〉和林语堂的乡情》，《台湾研究集刊》，1988 年第 3 期。

的一幅美人图"。❶ 作者几乎想用尽所有美的词语来写曼妮的外貌美、品德美，尽管是受过老学究父亲的教育以及封建妇德的熏陶，最后遵守封建伦理"从一而终"，做了活寡妇，作者还是特别喜爱这一"古代妇德的理想典型"（林语堂《八十自叙》），同时也可见作者的贞节观。赖柏英是作者初恋的原型，她坚韧执着，安分善良，对新洛的爱情始终如一，但是囿于性格与对家庭的责任，开始错过了与新洛的爱情，不过一旦知道新洛生活在痛苦折磨中，就奋不顾身地去拯救新洛。如果说曼妮与赖柏英的形象总给人有点高高在上的感觉，那么杜柔安则更为现实。杜柔安虽出身豪门，却没有千金小姐的娇气，参加"一二·八"战争游行示威中受伤，不顾门第观念与李飞交往，与家庭的恶势力斗争，同情崔遏云的遭遇；走出豪门后能够自力更生，一边打听丈夫李飞的下落一边抚养孩子。杜柔安一直安静、沉稳、坚忍地去争取自己的人生幸福，作者从恋爱、家庭、婚姻等方面展现了柔安的道德观。万平近在《〈朱门〉和林语堂的伦理道德观》一文里，对林语堂的伦理道德观进行了深入研究，并揭示了"朱门"的寓意。小说通过写几个青年在战火纷飞的年代如何从朱门走出，又如何回到朱门，来表现现代人对人生道路的选择；而且，作者通过写朱门里的矛盾，表现人性的丑恶和美好。❷ 此文着力分析了杜柔安、崔遏云、春梅这三位女性形象，柔安具有纯净、文静、热情、庄重、善良的品质；崔遏云除具有"少女优美的体形和熟练的技艺之外"，还具有"光明磊落的心地和坚毅顽强的意志，不惜牺牲自己保全友人"；❸ 春梅在豪门内是个被侮辱被损害的女性，她处于半婢半妾的地位，但她不甘于嫁给一个园丁，没名没分地生活于"大夫邸"，经多次争取得到"媳妇"地位，也热忱地帮助柔安实现婚姻自主。而杜范林则是家庭伦理道德的败坏者，他表里不一，对外反对纳妾，对内却霸占春梅，阻止侄女柔安追求幸福，并将怀孕的侄女逐出家门企图独占杜家财产。为了满足自己的利益，切断湖水，将回民逼上绝路。其兄长杜忠却能够放弃利益，炸掉大坝，富有同情心，与回民重修友好关系，也为杜家赢得好名声。《朱门》除了杜范林父子只求利益不讲仁义外，其他的家庭、朋友之间几乎都非常和谐，李飞与柔安之间的

---

❶ 林如斯：《关于〈京华烟云〉》，《林语堂名著全集》第 1 卷，张振玉译，长春：东北师范大学出版社，1994 年，第 2 页。

❷ 万平近：《〈朱门〉和林语堂的伦理道德观》，《江淮论坛》，1986 年第 2 期。

❸ 万平近：《〈朱门〉和林语堂的伦理道德观》，《江淮论坛》，1986 年第 2 期。

爱情虽历经曲折，但双方始终至死不渝；李飞一家人虽然贫困但是相亲相爱，杜忠父女父慈女孝；方文博具有大侠风范、乐于助人，甚至对素不相识的飞行员也伸出援助之手。小说除了弘扬中华民族的传统美德外，也对资产阶级人道主义的伦理道德大加称赞，但是正如万平近所说的这种道德"并不能治疗任何社会弊病"，"《朱门》中杜柔安的品德尽管被作者写得那么美好，但在妇女解放问题上仅仅跨出过半步就停滞不前，成为一个两耳不闻窗外事、一心只管小家庭的贤妻良母。因此，《朱门》同'五四'以来我国许多作家创作的反映妇女、婚姻、家庭问题的小说相比，并未前进一步反而倒退几步"，❶ 林荣松认为"一味强调民族意识，也模糊了林语堂的是非界限，使他很难对传统的东西做出正确评判，看不到民族性格弱点和精神惰性，缺乏民族文化批判的光芒"。❷ 像《京华烟云》全书中笼罩着一种神秘的宿命论，姚思安总向自己的后代有意无意地宣扬"死生有命"的道理，如他将古董埋葬后跟木兰说："若不是命定的主人掘起来那些宝物，他只能得到几缸水而已。"❸ 木兰走失后，姚太太就到处求神拜佛找算命先生，并把抽签、算命先生的话以及梦的好坏当作木兰的命运好坏，而且小说行文却以此为暗示，预示故事的发展，过于扩大了封建迷信。姚木兰在某种程度上也是宿命论者，她对自己婚姻的选择不全是受道家思想的影响。也正是这种唯心主义宿命论，让曼妮相信"有一种不可见的力量控制着我们的生命"，最终酿成了曼妮的悲剧。所以，林荣松最后得出结论："林语堂笔下的那些理想人物，多属封建道德型，只不过披了件资产阶级人道主义的外衣而已。"❹ 可谓一语中的。

对具体小说作品的微观研究，应当是本时期林语堂小说研究的重大收获之一。除了上文提到的吴中杰的《〈京华烟云〉与林语堂的道家思想》、万平近的《〈朱门〉和林语堂的伦理道德观》《〈赖柏英〉和林语堂的乡情》《各有特色的民族正气之歌——〈京华烟云〉小说与电视剧比较谈》之外，还有李炳银的《对〈京华烟云〉人物塑造的几点看法》、倪文兴《不要忘了林语堂——我读〈京华烟云〉》、田锡明《理想的自我寻求——

❶ 万平近：《林语堂论》，西安：陕西人民出版社，1987 年，第 221 页。
❷ 林荣松：《民族意识和林语堂的小说创作》，《学术论坛》，1989 年第 3 期。
❸ 林语堂：《京华烟云》（上），《林语堂名著全集》第 1 卷，张振玉译，长春：东北师范大学出版社，1994 年，第 16 页。
❹ 林荣松：《民族意识和林语堂的小说创作》，《学术论坛》，1989 年第 3 期。

试论林语堂的长篇小说〈京华烟云〉》、丛晓峰的《〈京华烟云〉浅谈》等。在这些作品研究中，对《京华烟云》的研究占很大比例。此书用英文写成，曾被提名为诺贝尔文学奖的候选作品。全书以"义和团运动"至"卢沟桥事变"三四十年的历史为背景，以北京城曾、姚、牛三大家族的荣辱兴衰与祖孙三代人的悲欢离合为纽带，囊括了当时中国社会各阶层的各种人物。丛晓峰在《〈京华烟云〉浅谈》中将《京华烟云》的思想倾向分为明暗两个层次，"明写两条主线：一条主张民主，反对封建；另一条是爱国，热烈颂扬中国人民的抗日战争。暗写老庄哲学与西洋科学的混一：重自然，轻人事；反传统，崇现代。"❶ 林如斯在《关于〈京华烟云〉》中说："'浮生若梦'是此书的主旨。"李炳银在《对〈京华烟云〉人物塑造的几点看法》一文里认为，"一方面他（指林语堂，作者注）在力求客观真实地再现历史生活；另一方面他却试图让这些客观真实的历史生活为他的历史观和人生观服务"。❷ 而这也是林语堂小说中人物形象、历史政治态度出现矛盾的原因之一，所以姚思安、姚木兰这对道家信徒无法做到真正的淡泊与超脱。姚思安从一个放荡不羁的富家浪子成为虔诚的道家信徒，企图通过道家的清静无为寻求自我解放，但是作为社会性的人，身处乱世的姚思安不可能达到心灵的平衡，最终还是卷入了社会矛盾和家庭动荡之中。姚木兰更加难以离开实际生活，她虽然嫁给曾荪亚却爱着孔立夫，女儿阿满的牺牲让她痛苦不已，孔立夫的被捕让她焦虑万分，丈夫的出轨使她难堪不已，国家的灾难让她在劫难逃，她同情弱者、收养孤儿……一切都是那么真实，不可能做到对世事漠不关心，这个道家的女儿，也打上了儒家的烙印。中国的传统文化特别是道家文化是林语堂寻求理想的避难所，道家重视人性的自由与解放，这与林语堂寻求的"闲适""自由"不谋而合，作者塑造的道家儿女正是对自由平等与个性解放的呼唤。"小说在颂扬到重自然，符合个性解放的时代要求的同时，对儒家思想的束缚和压抑人性的自由进行了批判，表现出反传统、反人事的人生态度"，❸ 如曼妮、姚太太、曾文璞等都是在传统礼教的压抑下生存的。

其中万平近的研究成果颇为丰富，第一本研究林语堂的学术专著《林语堂论》于 1987 年 3 月由陕西人民出版社出版，此书分为四编，其中第四

❶ 丛晓峰：《〈京华烟云〉浅谈》，《承德师专学报》（社会科学版），1990 年第 1 期。
❷ 李炳银：《对〈京华烟云〉人物塑造的几点看法》，《文艺争鸣》，1987 年第 6 期。
❸ 李炳银：《对〈京华烟云〉人物塑造的几点看法》，《文艺争鸣》，1987 年第 6 期。

编"林语堂的小说创作巡礼"是对林语堂小说方面的研究，分为"一部颇为奇特的长篇小说——《京华烟云》""恋爱加抗战的《风声鹤唳》""《朱门》与林语堂的伦理道德观""《唐人街》《远景》及其他"四部分，万平近对小说的创作背景、故事梗概、人物形象、主题思想与艺术特色等做了详略有致的分析。第二部分，他将《京华烟云》与同时代的《四世同堂》《财主底儿女们》进行比较得出，《京华烟云》中人物和故事所表现的社会和政治思想更为复杂，并指出林语堂的老庄思想与现实社会的矛盾之处，具有一定的批判性。万平近还挖掘了小说的人生主题，他认为小说不仅注重叙述姚、曾两家的社会和日常生活，而且注意围绕这两个家庭，表现众多人物的丰富人生。如曼妮的悲剧人生，木兰的复杂人生，以及银屏、冯红玉、舒澹芳、董宝芬、孔环儿、牛黛云等人各式各样的人生，都使作品充满了魅力。"总之，小说通过许多人物，特别是青年妇女的生活境遇的描绘，实际上发出了'人生啊，人生！'的慨叹。"❶ 姚木兰是林语堂最喜爱的人物，作者赋予她一切真善美，她有父亲姚思安的豁达与乐观，同情疾苦大众，追求个性自由与解放，在人际关系上能左右逢源，与人和睦相处，在战争年代能忍辱负重、深明大义，在传统美德和资产阶级人道主义的光环下，姚木兰简直是个完人。但是万平近从姚木兰委曲求全嫁给曾荪亚、女儿阿满牺牲后木兰并没有激起很大的民族仇恨而是陷于个人的失女之痛等细节，得出"这一切都表明，姚木兰只是心地善良的富家妇女，并没有达到中国现代新的妇女的思想高度。她的人道主义精神在她所处的时代和环境中当然有可取之处，但在社会改革、妇女解放等进步事业中却无所作为"❷ 可见，研究者万平近是站在民族解放、社会进步的高度去评价人物的，但他明显只从社会道德批评角度出发，有简单化倾向。林语堂通过孙曼妮这一典型人物对传统妇德进行颂扬，万平近认为林语堂对传统妇德不加分析笼统颂扬，落后于时代了。孙曼妮这一人物形象，对于研究现代女子的道德观也有一定的启发意义。万平近还从《京华烟云》与《红楼梦》人物、情节等方面比较中得出《京华烟云》在艺术创作上的优劣得失，指出模仿《红楼梦》的失败与平庸之处。但并没有抹杀其艺术特色。❸第二部分，万平近认为《风声鹤唳》"是以抗日战争为时代背景，以三角

---

❶ 万平近：《林语堂论》，西安：陕西人民出版社，1987年，第192页。

❷ 万平近：《林语堂论》，西安：陕西人民出版社，1987年，第194页。

❸ 万平近：《林语堂论》，西安：陕西人民出版社，1987年，第198页。

恋爱关系为故事线索，以资产阶级人性、人道主义为主题思想的作品"。❶
丹妮也是一位被损害受侮辱的女子，她在与姚博雅的爱情、与老彭参加难
民救济工作中不断成长，特别是老彭的博爱无私让丹妮心生敬意，当姚博
雅发觉了老彭与丹妮之间的亲密感情后，他选择了离开，在抗击日军中中
弹身亡，成全了老彭和丹妮的爱情。丹妮选了《圣经》上的"为友舍命，
人间大爱莫过于斯"作姚博雅的墓志铭。❷ 小说中佛教徒老彭高尚的人格，
乐于助人、无私奉献、同情弱者的品德都是作者大力赞扬的，像丹妮所说
"在你眼中大家都是好人。如果每一个人都像你，世上就不会有误解了"。❸
但是万平近认为老彭依旧如姚思安一样，只是资产阶级人道主义者的化
身，对反法西斯战争有益，但是对抗战的胜利是没有希望的。万平近是站
在一定的阶级斗争立场结合时代背景做出的结论，而老彭的这种精神在现
代社会毋庸置疑是值得欢迎的。第三部分着重介绍了《朱门》的故事梗
概、作者的道德观，但从实质上看还是在宣扬资产阶级人道主义思想。除
了三部曲外，万平近还对林语堂其他小说做出了评价。《唐人街》通过一
个靠洗衣谋生的华侨小家庭在唐人街的艰苦创业史，表现了生活在底层的
劳动人民正直善良、坚韧的品格以及对祖国对家乡的一片深情。《远景》
寄予了作者理想社会的构想，虽然写得不切实际，但是泰诺斯岛这个小王
国里充满了和平宁静，没有硝烟，人人生而平等、各司其职。劳士这个哲
学家便是小岛的精神支柱，小说写道："劳士要寻回我们失落的一切。多
一点生趣、多一点想象力、多一点诗歌、阳光及人类固有的自由和个
性"❹，仍然是在宣扬资产阶级人性论、人道主义。《红牡丹》被称为林语
堂的香艳小说，红牡丹是个内心似火行为放荡的女子，一开始她在丈夫死
后敢于冲破封建枷锁寻求自己的幸福，这是值得肯定的，但是她一味追求
的不是爱情，而是肉欲，总体上这本小说格调欠佳。与《红牡丹》相比，
同样写爱情的《赖柏英》格调就要高很多，林语堂对此也是有感情基础
的，赖柏英是林语堂的初恋，他在《八十自叙》中承认过。❺ 总体上，万
平近的《林语堂论》比较客观真实而全面地评论了林语堂的小说。

---

❶ 万平近：《林语堂论》，西安：陕西人民出版社，1987 年，第 206 页。
❷ 万平近：《林语堂论》，西安：陕西人民出版社，1987 年，第 208 页。
❸ 万平近：《林语堂论》，西安：陕西人民出版社，1987 年，第 232 页。
❹ 万平近：《林语堂论》，西安：陕西人民出版社，1987 年，第 232 页。
❺ 林语堂：《八十自叙》，北京：宝文堂书店，1990 年，第 11 页。

虽然林语堂小说中文版的出版在这个时期颇为丰富，但是关于林语堂小说的翻译研究，却相当鲜见。万平近的《谈〈京华烟云〉中译本》将郑陀、应元杰翻译的版本（以下简称郑译本）与张振玉翻译的版本（以下简称张译本）进行比较，指出各自的翻译得失。"郑译本虽有瑕疵，却是比较忠实的一个译本，富有史料价值和阅读价值"，❶ 而张译本对原著有所更改与创新。万平近举了写蒋介石的一段话，得出郑译本较符合原意，而张译本较为失真。但是也不能否认张译本的价值。舒启全的《貌似神合 惟妙惟肖——评张振玉译〈京华烟云〉》给予了张译本较高的评价——"最大的特色是白夹文，白话通俗易懂，明白如话，文言简洁精练，文采多姿"，❷ 舒启全举例与理论评价相结合，说明张振玉深厚的中文功底与炉火纯青的翻译技巧。这在读者看来，也是基本符合事实的。

20 世纪 80 年代中后期，从社会历史的角度研究林语堂小说的文章相对比较多，但也有从审美视角切入的，如陈平原的《林语堂的审美观与东西文化》。文章认为，林语堂学习克罗齐的"艺术即表现""表现即艺术"等审美理论，而这些美学理论与林语堂宣扬的道家文化有相似点，"借助于西方表现主义美学体系，林语堂发掘了一批中国古代'浪漫派或准浪漫派'的文评家，奠定了他随感式的东西美学综合的基本路向。"❸ 这种随感式的创作法，主张文学表现个性，不仅与林语堂散文创作提倡的"闲适""性灵"相吻合，在小说创作中也有运用，如《京华烟云》《赖柏英》《唐人街》等采用了游记式的散文写法，表现了人物的自由、不受拘束。林语堂是一个精神的放浪者，姚思安、姚木兰就是作者理想的人选。像姚思安那样超脱的人，能够发现生活的诗意，超脱名利，对于人生也是一种享受。陈平原认为："《京华烟云》《风声鹤唳》中姚思安、木兰、博雅祖孙三代，作为艺术形象不见得成功，可作为道家精神的载体，却甚有特色。这种具备好奇、梦想、幽默、任性四种基本素质的理想人格，即以幽默、闲适为主要特征的'生活的艺术'的结晶。"❹ 同时，还有彭立的《三十年代林语堂文艺思想论析》（《文学评论》，1989 年第 5 期）也从文化的角

---

❶ 万平近：《谈〈京华烟云〉中译本》，《新文学史料》，1990 年第 2 期。

❷ 舒启全：《貌似神合 惟妙惟肖——评张振玉译〈京华烟云〉》，《中国翻译》，1989 年第 2 期。

❸ 陈平原：《林语堂的审美观与东西文化》，《文艺研究》，1986 年第 3 期。

❹ 陈平原：《林语堂的审美观与东西文化》，《文艺研究》，1986 年第 3 期。

度切入研究林语堂的审美观。

综观林语堂小说研究（1985—1990）有以下几大特点，一、研究方法比较传统，从主题内容角度入手者居多，如道家文化、伦理道德观、人物形象分析等；二、文化视角研究有所成就，但跨文化研究还有待于进一步深化；三、审美艺术研究相对缺乏，对于林语堂小说的艺术成就，如小说结构、叙事特征研究几乎是一笔带过，这方面可以多多运用叙事学理论做进一步拓展；四、林语堂小说的翻译研究本时期相对较少，而且不系统、不全面；五、还可以在宗教观、历史观、政治观、社会观、文学观、哲学观、伦理道德观上对林语堂小说做出更为细致深入的研究。

第二章　林语堂小说研究史（1991—1996 年）

相对于 20 世纪 80 年代来说，90 年代林语堂的小说研究有了一个很大发展，不仅表现为相关论文、专著数量有所增加，还表现在研究角度上的扩展。但从整体上看，林语堂小说研究还没有进入真正的自觉时代。从 1990 年到 1996 年，直接研究林语堂小说的专业论文不足三十篇。当然，还有一些林语堂研究的论文中也涉及了对小说的分析与品评，这些非直接研究小说的论文也不能轻易绕过，它们具有同样的价值，比如陈旋波的《尼采与林语堂的文化思想》一文。它旨在研究林语堂与尼采之间的文化思想关系，但其中又以《奇岛》为例，对《奇岛》蕴含的文化思想进行了分析。我们认为这类研究性的文章也是林语堂小说研究的重要组成部分。本章意在对 1991 年至 1996 年学术界关于林语堂小说的研究成果和研究进程进行系统的梳理与总结，并以分类的形式呈现出来。根据这个阶段学术界对林语堂小说的研究方向，我们把它们归为六类：电视剧改编；翻译、版本研究；主题思想研究；文化研究；人物形象研究；其他研究。

一、电视剧改编

从严格意义上来说，研究一部小说改编成电视剧已不是纯粹的小说研究，它会涉及今日的热点话题——影视剧改编等问题。但毕竟电视剧是以小说为最原始的依据改编的，研究者在研究改编的情况时，亦能窥探出改编者对小说的定位。《京华烟云》最早于 1987 年在台湾被搬上荧屏，但这一时期注意其改编现象的很少。这个阶段有关《京华烟云》的电视剧改编论文只有两篇，其中以万平近的《各有特色的民族正气之歌——〈京华烟云〉小说与电视剧比较谈》为代表。在这篇论文中，论者探求了小说与电视剧之间的联系和区别，同时分别对小说与改编后的电视剧作了一番品评。就小说方面看，论者认为《京华烟云》最值得称赞的是其民族意识。"'京著（对小说的简称，引者注）'最大长处是在连绵不断的民族灾难的时代背景之下，把个人、家族的命运同整个民族的命运联系在一起，以反帝国主义、反封建军阀为主调，描述京城几个家庭的悲欢离合、风流云散，显示人生虽如过眼烟云，但民族生命永世长存……这种深厚的民族意识浸透于全书。"❶ 显然，论者是站在政治的角度来观察《京华烟云》的。这一点，从其对改编后的"烟剧"评价中也可以看出："'烟剧（对改编后的电视剧的简称，引者注）'则大幅度压缩日常生活的描写。"❷ 我们认为政治性诸如反军阀可能只是小说中的一个小方面，而电视剧出于意识形态和观众的需求考虑，把这个小的方面进行渲染夸大，甚至演化为敌我斗争，这已经偏离了原著所走的轨道。论文作者认为这种改动"无可厚非"，可以看出其在看待这部小说时的出发点，他认为小说所要表现的与电视剧所表现出来的东西是一致的。当然，论者也指出了一些改编有偏颇之处。如他认为"烟剧"淡化了"京著"的哲理性。尽管论者对小说所蕴含的哲理不太认同："这种'早秋精神'实际上是既安于现状又有所追求，虽近落日仍见余晖，属于一种乐天知命的处世哲学，积极和消极的成分兼有，但对国家和民族来说，则没有什么积极的意义。"❸ 我们知道，《京华烟云》的各卷之首都冠以庄子之语，其文化意蕴深厚，是不是论者所认为的"属于一种乐天知命的处世哲学"还尚待商榷。从论者对改编的合理与不合理的分析中已基本可以看出其对《京华烟云》的审美选择。论者站在爱国的角度，挖掘出《京华烟云》所蕴含的民族精神，并对其进行褒扬。这种由电视剧改编带动的小说研究是现代社会文学研究的重要现象，随着电视剧版本的增多，小说的影响也会随之扩大，把电视剧改编纳入小说研究史的一个范畴被认为是一条可以不断深化的路。万平近先生从电视剧改编谈到小说本身，可以说给当时的学术界拓宽了研究视野。

二、翻译、版本研究

林语堂是一个双语作家，他在国内时大部分散文用中文写成，出国后

---

❶ 万平近：《各有特色的民族正气之歌——〈京华烟云〉小说与电视剧比较谈》，《福建论坛》（文史哲版），1990 年第 2 期。

❷ 万平近：《各有特色的民族正气之歌——〈京华烟云〉小说与电视剧比较谈》，《福建论坛》（文史哲版），1990 年第 2 期。

❸ 万平近：《各有特色的民族正气之歌——〈京华烟云〉小说与电视剧比较谈》，《福建论坛》（文史哲版），1990 年第 2 期。

的小说创作就全部使用英文。所以国内读者大多数不能直接阅读林语堂的小说，只能阅读翻译后的版本。"这样，翻译、版本的研究也是林语堂小说研究的一大特色。"❶ 而在 20 世纪 90 年代上半叶，关于林语堂小说翻译和版本的研究，《京华烟云》是中心和主要对象。❷ 这个阶段关于林语堂小说翻译、版本的研究论文有《谈〈京华烟云〉中译本》（万平近）、《〈瞬息京华〉与父"债"子偿》（孟凡夏、刘曦）、《瑕不掩瑜　美中不足——评张振玉教授译〈京华烟云〉》（舒启全）、《文学作品英汉复译中一些非语言范畴的难点——林语堂〈风声鹤唳〉译后体会》（梁绿平）、《略述〈瞬息京华〉的中文版本》（宋琴）。这些论文对《京华烟云》的中译本在国内的诞生与经过作了介绍并对译本和译者作了些简单的评价。这些都可以作为一些历史的考察供研究者参考。下面将对这些论文所论述的翻译过程与版本进行详细叙述与总结。

四十岁之后才开始写作小说的林语堂第一本小说《京华烟云》问世后，在海外引起了广泛关注。林语堂自己对这部作品也颇满意，并想尽快与祖国读者见面。这就需要一个合适的译者去扮演桥梁的角色。在林语堂心目中，最理想的译者乃郁达夫。孟凡夏和刘曦的《〈瞬息京华〉与父"债"子偿》中就详细介绍了林氏找郁氏翻译而郁氏未完成，之后由其子郁飞完成的经过。从论者引述相关的林语堂自述可知，林语堂找郁达夫翻译的原因如下：他本人忙于英文创作没有时间去翻译，并自谦自己对京话没多少自信。郁达夫不仅精通英文，中文也非常熟练，翻译起来会很老道。万平近根据林语堂的资料在此基础上还增加了两点：郁达夫并不像其他假摩登派一样追求欧化语言，林语堂曾把原书的签注三千余条寄给了郁达夫作参考。而对于郁达夫未完成翻译的原因论者们则有不同看法。孟凡夏把郁达夫未完成翻译归结为其工作繁忙、家庭纠纷导致心情恶劣等客观情况。万平近则认为是主观原因，因为郁达夫当时已是成果累累，声名显赫，他并不愿意为他人做简单的翻译工作，只是碍于情面不好说，而且已经把林语堂寄来的翻译费用掉了，于是只好暂时应允下来。❸ 我们认为，要把一部文化巨著译成中文并非易事，这不仅需要一定的客观环境，更需要译者心灵与文字、文化的契合。在战乱、家庭纠纷的双重"夹击"下，

❶　陈琳：《林语堂小说成长主题研究》，长沙：湖南师范大学，2015 年。
❷　陈琳：《林语堂小说成长主题研究》，长沙：湖南师范大学，2015 年。
❸　万平近：《谈〈京华烟云〉中译本》，《新文学史料》，1990 年第 2 期。

第二章　林语堂小说研究史（1991—1996年）

郁达夫就算是有心想去翻译恐怕也无那份力去承担。《〈瞬息京华〉与父"债"子偿》指出了郁达夫未能完成翻译的遗憾，同时也赞扬郁达夫之子郁飞帮两位著名文学家完成生前宿愿这一高尚行为。

关于版本研究，万平近的《谈〈京华烟云〉中译本》比较详细。据论者介绍，在《京华烟云》中译本产生之前，已有三个译本在日本出版了。"即明窗社出版的藤原邦文的节译本《北京历日》，今日问题社出版的鹤田知也的译本《北京之日》，以及四季书房出版的小田岳夫、中村雅男、松本正雄合译的《北京好日》。"❶ 而几乎在同时，沦陷了的北平出版了节译本《瞬息京华》（白林译）。林语堂对日译本未发表评论，而对中文节译本则明确表示反对。《京华烟云》第一个中译本的翻译者是郑陀和应元杰，1941 年在上海一家出版社出版（后来简称郑译本）；第二个中译本则是 1977 年在台湾一家出版社出版的，译者张振玉（简称张译本）；第三个中译本一般认为是1987 年在吉林出版的改编本，它是根据张译本修改而成的，因其出版社是时代文艺出版社而简称时代本。对这三个译本，万平近举出具本译句作了些简要评价。他认为郑译本很有价值，因为它虽有一些小缺点，但忠于"信"的翻译原则，值得信赖。张译本基本上照原文译出，但有时颂蒋语调过重，译者对原著进行了删和添，有些是"带有政治倾向性的添加"。❷ 时代译本则出现了全新"创作"的情况，万平近认为这样的"创作"不是太好，他委婉地对此进行了批评，认为这样做的问题主要有两点，一是违背了原作的本意，二是把自己的观念加于林语堂的作品中又没有征得他的同意。因此，"总不能认为是可取的"。❸ 由此，我们知道，这一阶段《京华烟云》的中文全译本主要有郑译本、张译本、时代本和郁译本。每个版本都有自己的优点与不足，毕竟翻译属于一次再创作，译者们在追求真实的同时也会受自己的审美倾向性影响。再加上林语堂的小说文化内涵丰富，非一般译者能驾驭。梁绿平就谈到了自己译《风声鹤唳》后的体会，如在翻译时碰到诗词歌赋、文章典故上的困难。总的来看，这一阶段翻译和版本研究主要集中在《京华烟云》，当然，这与这部小说本身的知名度有密切关系，但关于其他小说的版本则无介绍，尚是空白。我们认为若综合研究林语堂全部小说的翻译、出版状况更能全面反映出林语堂小说传播和影响的状态。

---

❶ 万平近：《谈〈京华烟云〉中译本》，《新文学史料》，1990 年第 2 期。
❷ 万平近：《谈〈京华烟云〉中译本》，《新文学史料》，1990 年第 2 期。
❸ 万平近：《谈〈京华烟云〉中译本》，《新文学史料》，1990 年第 2 期。

三、主题思想研究

对主题思想的探讨可以说是走向小说研究的第一步。这一阶段专门探讨林语堂小说主题思想的论文不多，有些只是在泛谈小说时提到了主题和思想。尽管如此，它们也是林语堂小说主题思想研究的一部分。此阶段涉及林语堂小说主题思想的论文有《〈京华烟云〉浅谈》（丛晓峰）、《林语堂与〈朱门〉》（黄佳骥）、《论林语堂小说创作的人道精神与爱国情感》（阎开振）、《林语堂的文化思想与维特根斯坦的语言哲学》（陈旋波）。

在《林语堂与〈朱门〉》中，黄佳骥对《朱门》发表了一些自己的看法。他认为小说的主题是"为妇女呐喊！为中国呐喊！"❶。因为从其题目《朱门》就能知道作者林语堂的用意是改变中国贫富不均、等级森严的社会状态，"故事就围绕这个主题发展下去了"。❷ 显然，论者把林语堂看作了一个"斗士"，而他笔下的小说则成了"斗士"的刀剑。仁者见仁，智者见智，站在不同的立场便会得出不同的主题，是为妇女呐喊也好，是立志消灭权贵也罢，在《朱门》中都能找到一些依据。但是，我们认为《朱门》并不仅仅是如论者所说的"向恶势力战斗，为自我而战斗"。在散文中主张平和冲淡的林语堂，在创作小说时也会注入那种艺术精神。一般来说，他少有"斗士"那种锋芒。例如，在对待老翰林杜忠时，林语堂是温和的，甚至是欣赏的。与论者眼中的那个满口"之乎者也"、"永远跳不出祖荫的老圈子"的旧翰林是不一样的。

与其他从具体小说入手的研究者不同的是，阎开振先生以宏观的小说创作为切入点，对林语堂小说进行了一系列的分析。在谈到主题时，阎认为贯穿林语堂小说创作的是人道主义主题。"他'两脚踏东西文化'，对人道精神有自己的认识和理解。作为小说创作的主题，它显示出两方面的积极意义。"❸ 而这两方面的积极意义就是阎认为的林语堂小说中人道主题的具体表现。其一表现为小说中的"个性解放"主题。阎认为林语堂虽然远离政治，没有像鲁迅、巴金等笔下的人物有鲜明的个性解放色彩，"但他的主张'性灵'、追求自我以及对自然的倾慕、对自由的张扬等却是对

---

❶ 黄佳骥：《林语堂与〈朱门〉》，《中国图书评论》，1991 年第 5 期。

❷ 黄佳骥：《林语堂与〈朱门〉》，《中国图书评论》，1991 年第 5 期。

❸ 阎开振：《论林语堂小说创作的人道精神与爱国情感》，《齐鲁学刊》，1994 年第 4 期。

第二章 林语堂小说研究史（1991—1996年）

'个性解放'主题的微弱承续。无论是倾心于佛老的'庄禅人格',还是放纵自我的'自由人格',抑或是'中西合璧'的'互补人格'都不同程度地带有个性解放的色彩"。❶ 林语堂笔下的人物如木兰、老彭、韩沁、牡丹……有的潇洒自如,有的大胆反抗封建礼教,都或多或少地带有个性解放的意味。同时,阎开振还注意到了林语堂的文化信仰,称他"用道家的'闲适'和基督教的'博爱'对抗封建礼教,因而表现出一定程度的中和性与妥协性"。❷ 其二表现为广泛的平民意识,阎开振认为林语堂在小说中给予了下层人民深刻的关注。如《京华烟云》中银屏、暗香、陈三母子的故事都占了相当的篇幅。《风声鹤唳》中也展示了梅玲这个身处底层的苦命女性如何从社会最下层挣扎到社会中层,再成为救苦救难的"观音姐姐"的复杂经历。此外,他认为林语堂有着平民追求精神,他喜欢的人物一般都是生活在底层的平民,尽管他也写了很多生活在社会上层的人物,但作者并不以他们为中心。❸ 人道主义作为近代资本主义社会兴起的文艺思潮,对我国"五四"以来的文学创作主题产生了重要影响。作为曾经的语丝健将,林语堂自会受其影响,但正如阎开振先生所认为的,由于林语堂受中西文化的双重熏陶,他小说中的人道主义主题是特别的。他也追求自由,但这自由往往带几分闲适与豁达,少了几分惊天动地的反抗力量。

与主题并行的便是小说所蕴含的思想。阎开振先生称林语堂的小说里洋溢着作者的爱国思想。他认为林语堂在《京华烟云》《风声鹤唳》等作品中塑造的儒道形象就是一种传统文化的弘扬,自信满满地把中国的传统文化介绍给西方,这就是一种爱国思想的体现。此外,林语堂的小说还充满浓浓的乡愁味,如《赖柏英》就通过柏英之口表达出作者对那群高山的怀恋。这种故乡情蕴含着一种深沉的爱国情感。同样,在《〈京华烟云〉浅谈》中,丛晓峰也指出《京华烟云》的思想倾向呈现复调特色,"明暗两条主线:一条主张民主,反对封建;另一条是爱国,热烈颂扬中国人民的抗日战争"。❹ 虽然两位论者出发点不一样,但得出的结论却是一样的。只是丛晓峰还发现了《京华烟云》所蕴含的思想,"暗写老庄哲学与西洋

---

❶ 阎开振:《论林语堂小说创作的人道精神与爱国情感》,《齐鲁学刊》,1994 年第 4 期。
❷ 阎开振:《论林语堂小说创作的人道精神与爱国情感》,《齐鲁学刊》,1994 年第 4 期。
❸ 阎开振:《论林语堂小说创作的人道精神与爱国情感》,《齐鲁学刊》,1994 年第 4 期。
❹ 丛晓峰:《〈京华烟云〉浅谈》,《承德师专学报》(社会科学版),1990 年第 1 期。

科学的混一：重自然，轻人事；反传统，崇现代"。❶ 当然，丛晓峰敏锐地发现了这个时期林语堂的政治立场，认为他没有站在共产党的立场去写艰难的解放区抗战，而是将主要笔墨放在描写国民党官兵抗战的书写中，这显然是有失历史公正的。❷ 我们认为，这种看法有一定的道理，但也有对林语堂《京华烟云》的误读。《京华烟云》中的陈三与环儿的革命运动应当算作无产阶级革命运动，作者丝毫没有贬低他们的工作，而是把他们塑造为积极向上、不惧生死参加抗战的青年。此外，在《林语堂的文化思想与维特根斯坦的语言哲学》中，陈旋波提到了《奇岛》典型地体现了林语堂的反科学主义思想。这里的思想更接近文化范畴，陈旋波也多次谈到了《奇岛》的文化思想，这在下文会有介绍。

总的来说，这一阶段的主题思想研究成果还太少，比较单一。但是阎开振先生能从儒道的人物灵魂中挖掘出主题思想与"个性解放"的相承性，已独具慧眼，使主题思想研究有了更深厚的根基。主题思想是多样性的，从不同的角度看小说会得出不同的结果。可能因为林语堂写的是文化小说，所以大部分研究者都把目光集中在了文化上而"怠慢"了主题思想。

四、文化研究

对文学现象进行文化研究在 20 世纪 90 年代开始火爆，而林语堂更是文化研究的重要对象，因为他自诩过"两脚踏东西文化，一心评宇宙文章"，而国内学者也特别关注他的文化身份和文化贡献。❸ 当时选择文化视角切入林语堂小说研究的主要有：《林语堂小说创作的动因、目的及其文化特征》（阎开振）、《林语堂：道家文化的海外回归者》（杨义）、《论林语堂小说创作中的文化选择与审美追寻》（汤奇云）、《〈瞬息京华〉的文化意蕴探寻》（汤奇云）、《尼采与林语堂的文化思想》（陈旋波）、《古典文化的乌托邦：〈奇岛〉的阐释》（陈旋波）、《〈奇岛〉：充满生命狂欢的文化史诗》（陈旋波）、《试论林语堂小说中爱情题材的叙事构型及其文化意蕴》（孙凯风）。

---

❶ 丛晓峰：《〈京华烟云〉浅谈》，《承德师专学报》（社会科学版），1990 年第 1 期。
❷ 丛晓峰：《〈京华烟云〉浅谈》，《承德师专学报》（社会科学版），1990 年第 1 期。
❸ 陈琳：《林语堂小说成长主题研究》，长沙：湖南师范大学，2015 年。

1991 年，中国社科院文学所的研究员杨义先生发表《林语堂：道家文化的海外回归者》一文，着重分析了《京华烟云》，试图从道家文化的角度解读林语堂的小说。他指出这部小说是用道家的思想观念去比附和诠释 20 世纪 40 年代"民族变乱历史和家庭聚散的遭际的"。❶ 杨义认为，在《京华烟云》中林语堂心目中的文化选择甚是明显，那就是用道家的"无为"和养生精神去对付社会的巨变和文化的转型，道家是我们民族的"诺亚方舟"。❷ 从"道"的文化角度，他分析了"道家高士"姚思安，还有道家女儿姚木兰的形象，从而得出自己的观点：《京华烟云》是神游《庄子》形滞《红楼梦》。❸ 随后，杨义先生从道家的人物出发，牵出《风声鹤唳》《红牡丹》《朱门》等。杨义认为，在《风声鹤唳》中，林语堂已经把家庭小说转化为言情小说的模式了。道家文化在其中的承续就靠老彭和崔梅玲两个人物了。他认为梅玲的命运改变和心灵升华的情节，是为了突出禅宗思想和道家学说。杨义先生在这里对《风声鹤唳》的主题做出了新的解读，不再认为它是单一的佛家思想的宣扬者，而是林语堂道家思想的继续贯彻。❹ 杨义先生站在道家文化的角度，紧紧抓住风尘女子崔梅玲是如何在道家人物老彭的感染下实现内心精神的升华这一历程，不免给人一种文化研究的单薄感。自称"一捆矛盾"的林语堂，在其小说创作中不可能只纯粹地表露出某一种文化倾向。以道家文化切入林语堂小说研究，在道家文化浓厚的《京华烟云》中尚可立稳根基，而在《风声鹤唳》中则有些"捉襟见肘"之感。但杨义先生是睿智的，在接下来对《朱门》和其他几部小说的评析中，不再那么执着于"小道"了，而是在"道"这个核心要领下去发现小说所蕴含的其他成分。例如，他对《朱门》是这么评析的："全书的叙事线索都缠绕在古城西安一个朱门巨室的分化和崩毁之上，暴露了其中的权势人物荒唐暴虐、利欲薰心、为非作歹，终于在激起回民的反抗中应验了那条'多行不义必自毙'的千古法则，也加速了几位善良的女性由朱门走向平民。有必要说明，小说的这种审美判断与其说是属于政治的，不如说更重要的是属于伦理的。"❺ 与对前面两部小说的褒奖态度

---

❶ 杨义：《林语堂：道家文化的海外回归者》，《华文文学》，1991 年第 2 期。

❷ 杨义：《林语堂：道家文化的海外回归者》，《华文文学》，1991 年第 2 期。

❸ 杨义：《林语堂：道家文化的海外回归者》，《华文文学》，1991 年第 2 期。

❹ 杨义：《林语堂：道家文化的海外回归者》，《华文文学》，1991 年第 2 期。

❺ 杨义：《林语堂：道家文化的海外回归者》，《华文文学》，1991 年第 2 期。

不同，对于《朱门》的文化观，杨义是不太认同的，认为林语堂写这部小说时，其高度已经下降到"《甲寅》派的地步"。❶ 对林语堂所赞赏的道德完善、言谈多有预言意味的杜忠，杨义是这么评价的："只好把雪峰峡谷间的喇嘛庙当作理想的隐居地。听听博学的僧徒讨论佛理和玄学了。这个艺术形象的设置，确实折射出作家的文化意向未免有点'长髯拂拂'了。"❷ 对《朱门》的分析，杨义先生把更多的笔墨放在了情节的叙述上，也许道家的文化味在这篇小说中不够浓厚，让他找不到相投之感，站在社会学角度品评了一番后还是忍不住对其文化观作了小小的调侃。

在《林语堂：道家文化的海外回归者（续）》中，杨义先生又分别以"文化论衡中的浓郁乡愁"与"风俗哲学化和性灵幽默化"两个部分分析了林语堂的其他四部小说。在解读《唐人街》时，杨义先生看到了方汤姆身上所具备的道家的生活哲学，在这部作品里，他又找到了"道"的精义所在，并知晓了林语堂心目中理想的文化模式："有一个充满东方的礼教、慈孝和温情的小康家庭，来维系人的心灵，使人的行为顺乎自然，谦和知足，从容地在奇妙的生命和充满神秘感的宇宙万有中体悟着美的趣味。"所以杨义认为林语堂小说中的人物不是真正的道家，他小说所写的道教也"不是宗教，只是一种了解事情、了解生命和宇宙的方法。道在生命中，宇宙中，万物中"。❸ 从这样一条道的文化思路上，杨义看到了一个寻找乡思、寻找海市蜃楼的林语堂。也许这就是他眼里林语堂著《唐人街》的意义所在。

《红牡丹》是杨义认为的可读性相当高、具有浓郁抒情性的作品，是林语堂小说中最有浪漫性或写浪漫行为最多的作品。在对故事情节和对牡丹的人物形象分析中，杨义依然透析了作品背后跳动着的林语堂的心。从人文主义立场出发，林语堂看重道家"自由"的思想倾向，认为牡丹代表了"五四"的反叛精神。林语堂不喜欢宋明理学，所以牡丹置社会伦理道德于不顾，一意孤行，杨义认为她是林语堂思想的典型代表，所以林语堂对她偏爱有加。杨义先生还认为林语堂把道家和儒家也沟通起来了，"圣人也是教人'外无旷夫，内无怨女'的。但他又讲究礼的约束和家庭规范，对牡丹被野性的热情搅得心忙意乱，为着寻找不可再得的初恋，'探

❶ 杨义：《林语堂：道家文化的海外回归者》，《华文文学》，1991 年第 2 期。

❷ 杨义：《林语堂：道家文化的海外回归者》，《华文文学》，1991 年第 2 期。

❸ 杨义：《林语堂：道家文化的海外回归者》（续），《华文文学》，1991 年第 3 期。

求一堆不可能存在的金羊毛',表示了深深的忧虑。因此,他心目中的理想家庭,乃文雅清贵的梁翰林与端庄娴淑的茉莉的结合,两个情感达到'神交水准',相敬如宾而又热情洋溢"。❶ 这段文字,不管是对小说还是对林语堂都分析得很透彻。牡丹的反抗与不俗是林语堂所欣赏的,但她的野性与理想主义又是难以驾驭的。正如杨义先生所分析的,最理想的家庭是让文雅清贵的梁翰林与净化了的牡丹——茉莉结合。杨义同时也指出了这部小说不接"地气"。认为作者"脱离具体的社会情景,洋化了晚清上流社会的风气,洋化了晚清翰林的心态"。❷ 我们认为,这也不必太苛责于林语堂。在异国他乡提笔写作的他回想起祖国的传统文化,不觉多出了几分好感,就算小说存在瑕疵,也会在这种无时不有的乡恋中渐渐抹去而趋于理想化。杨义先生以作品中人物的爱情归宿得出了林语堂心目中的理相文化模式,又为我们的研究领域带来了新的启发:当下的小说叙事与文化研究也可以取相同的探索路径。

对于《赖柏英》,杨义除了介绍小说的故事情节外,并没有对小说本身作特别的评价。只是觉得林语堂追踪自己的初恋幻影,足见其在海外优裕生活中一颗寂寞的心。此外,他剖析了小说中存在的"高地人生观"。认为这是"借少年的梦来慰藉晚年寂寞的心,从地形地貌上构筑人生哲学,这大概预示着一个小说家经历过四分之一世纪的创作高产之后的'江郎才尽'"。❸ 在谈到《奇岛》时,杨义指出它名为小说,实质上是评论人类文化过去与未来的寓言。到此,他归纳出林语堂小说的两大特色,一个最重要的特色是爱谈文化和人生哲学,另一个特色是"以广泛的兴趣和充分的热情去拥抱古老国土中的礼仪风俗。用道家为主的古老文化去点醒礼仪风俗的精神,又用礼仪风俗去充实文化哲学的直觉质感和诗情画意"。❹

杨义先生从道家文化的角度对林语堂的主要小说作了一番介绍与评析,在评析的过程中又不拘泥于道家文化,而是围绕它向外延伸。尽管他的指向是林语堂心目中的文化观,但所得的文化观也是由小说中过滤而来,这在小说的文化研究领域分量颇重。

与杨义对林语堂的主要小说作系统评析不同,陈旋波致力于挖掘小说

---

❶ 杨义:《林语堂:道家文化的海外回归者》(续),《华文文学》,1991 年第 3 期。

❷ 杨义:《林语堂:道家文化的海外回归者》(续),《华文文学》,1991 年第 3 期。

❸ 杨义:《林语堂:道家文化的海外回归者》(续),《华文文学》,1991 年第 3 期。

❹ 杨义:《林语堂:道家文化的海外回归者》(续),《华文文学》,1991 年第 3 期。

《奇岛》所蕴含的文化意蕴。他以《古典文化的乌托邦:〈奇岛〉的阐释》《〈奇岛〉:充满生命狂欢的文化史诗》《尼采与林语堂的文化思想》等论文阐述了自己在《奇岛》中得出的文化观。在 1993 年《华侨大学学报》上发表的《古典文化的乌托邦:〈奇岛〉的阐释》中,论者是这么给《奇岛》定位的:1955 年出版于美国的长篇小说《奇岛》(*The Unexpected Island*),是阐释林语堂文化观最重要的文本。这部尚未引起国内批评家(包括文化、哲学、文学诸方面)注意的小说实际上不仅是一部文学作品,更重要的还是一部文化哲学著作……是一部现代神话,或者说是一部评论人类文化的过去或现在的寓言。❶ 在这篇论文里,论者认为林语堂是要借这部小说构筑一个包含古希腊文化、基督教文化、中国传统文化的古典文化乌托邦。并分别把这三种文化与小说中的相关内容相对应进行剖析。这种文化的综合分析与林语堂“一捆矛盾”的实际状态是相一致的,看到了林语堂亦东亦西的一面。有趣的是,在 1995 年发表的《〈奇岛〉:充满生命狂欢的文化史诗》和 1996 年发表的《尼采与林语堂的文化思想》中,论者的观点发生了变化。在这两篇文章中,他认为《奇岛》更多的是对狂欢文化的追寻,它的“最大文化魅力在于展现了自由奔放的生命狂欢”。❷“《奇岛》完全可以视为企图重新恢复人类酒神精神的尝试,林语堂希企重温古希腊的生命之梦。”❸ 在《古典文化的乌托邦:〈奇岛〉的阐释》中,论者看到的是《奇岛》所体现的古希腊人本精神,而在这两篇中看到的则是古希腊酒神精神。如果说这二者之间还是相通的话,那么对基督教的看法则出现了一个大改观。在《古典文化的乌托邦:〈奇岛〉的阐释》中,论者把基督教看作《奇岛》所表现出的一种文化理想,认为小说把神父理想化和崇高化了,他们毫无私心,又能吃苦耐劳,是泰勒斯岛上文化的积极建设者。其中代表人物则是亚里士多提玛和唐那提罗,他们为了上帝的事业完全奉献了自己。❹ 但是《尼采与林语堂的文化思想》一文并不认同

---

❶ 陈旋波:《古典文化的乌托邦:〈奇岛〉的阐释》,《华侨大学学报》(哲学社会科学版),1993 年第 1 期。

❷ 陈旋波:《〈奇岛〉:充满生命狂欢的文化史诗》,《华侨大学学报》(哲学社会科学版),1995 年第 1 期。

❸ 陈旋波:《〈奇岛〉:充满生命狂欢的文化史诗》,《华侨大学学报》(哲学社会科学版),1995 年第 1 期。

❹ 陈旋波:《古典文化的乌托邦:〈奇岛〉的阐释》,《华侨大学学报》(哲学社会科学版),1993 年第 1 期。

这种说法，论者认为林语堂在《奇岛》中表现的是反基督教文化："林语堂在《奇岛》里对代表基督教道德的亚里士多提玛和唐那提罗神父极尽冷嘲热讽之能事。这两位神父生性怯懦，满口仁义道德，可谓谦谦君子，但泰勒斯岛民对他们的说教置若罔闻，常常刻意嘲弄，沉浸于狂欢节庆之中。"❶ 在给神父这种反差较大的评价中，我们看到论者的研究思维在发生变化。以前认为《奇岛》所展现的是一种文化的融合，而后来则认为《奇岛》有很强烈的对抗意识，它对文化的选择不是那么宽容，而是有自己专门性的追求。

其他从文化视角研究林语堂小说的大致呈以下几个观点：褒道贬儒，倡导道家文化；中西调合，偏向中国传统文化；中西合璧的文化体系。

在《〈瞬息京华〉的文化意蕴探寻》中，汤奇云依据林语堂的小说对人类文化的思考将之划分为三个阶段："（一）在对中国传统文化思考中，通过儒道对比，褒道贬儒，倡导道家文化；（二）通过中西比较，情感的天平倾向中国文化；（三）站在全人类的高度，以世界眼光审视世界文化时，发现中西文化各有利弊，提出了属于未来世界的文化构想——中西合璧。"❷ 第一种观点，汤奇云认为是作者把三位道家人物——姚思安、姚木兰、孔立夫塑造成了理想人物，给了他们理想的人生方式。而儒家的代表人物曾文伯则是一个"死抱着祖宗传统不放而最终被时代所抛弃的可怜虫"。❸ 牛思道形象设置的真正动机也是因为林语堂"真正要抢挑的是牛思道赖以生存的社会环境"。❹ 对于论者这一观点，其实，林语堂在倡道的同时并没有一味贬儒。正如吴秀英、李学恩在《从〈京华烟云〉看林语堂的复杂思想》中所认为的：虽然小说中扬道抑儒，但作者对儒家思想也并非一味否定……儒家思想在作者的心目中仍有一席之地。❺ 我们认为《京华烟云》对孝道的赞扬便是对儒家文化经典部分的推崇，林语堂并没有打压

❶ 陈旋波：《尼采与林语堂的文化思想》，《华侨大学学报》（社会科学版），1996 年第 3 期。

❷ 汤奇云：《〈瞬息京华〉的文化意蕴探寻》，《新疆大学学报》（哲学社会科学版），1995 年第 4 期。

❸ 汤奇云：《〈瞬息京华〉的文化意蕴探寻》，《新疆大学学报》（哲学社会科学版），1995 年第 4 期。

❹ 汤奇云：《〈瞬息京华〉的文化意蕴探寻》，《新疆大学学报》（哲学社会科学版），1995 年第 4 期。

❺ 吴秀英，李学恩：《从〈京华烟云〉看林语堂的复杂思想》，《松辽学刊》（社会科学版），1996 年第 1 期。

儒家文化的全部，只是对其不合理成分进行了温和的批判。在《论林语堂小说创作中的文化选择与审美追寻》中，汤奇云较前面《〈瞬息京华〉的文化意蕴探寻》增加了一种认识，认为林语堂小说最后反映的是"中西文化融合的无奈与对山地文化的追寻"。前面提到过《瞬息京华》是贬儒倡道，那么《唐人街》在论者看来就是作者对赴美的老一代和新一代"不同生活方式、价值观念的展示及其交汇、冲突的描述，对两种文化的优劣进行对比，从而得出中国文化的精髓是一种智者的义化的结论"。❶《唐人街》属于汤奇云所说的第二个阶段，通过中西比较，情感天平倾向中国文化。在《奇岛》中，论者认为林语堂的文化追寻已发展到了第三个阶段——中西合璧阶段了。林语堂通过这部小说批评了现代文明对于社会的负面影响和对人性的异化作用，并且要借这部小说为现代人指出一条文化出路——中西文化结合，以中国传统自然生命态度治疗西方文明病，也以古希腊的生命精神激活中国人的热情。❷《赖柏英》的写作又让论者看出了林语堂对这种中西调合的失望。理由是没有多少爱的甜蜜和家的温馨可以在新洛与欧亚混血儿韩沁的恋爱婚姻中流露出来。"他们感受到的是这种中西文化冲撞时的苦痛与面对这种苦痛的无奈。"❸ 论者认为，新洛最后回归到山地文化代表的赖柏英怀抱中表明了林语堂对中西文化融合的无奈与对山地文化的追寻。

第二种观点是中西调合，偏向中国传统文化。孙凯风从林语堂小说中爱情题材的叙事构型入手，通过分析林语堂小说主要人物的爱情的选择与归宿，得出中西调合，偏向传统文化的结论。如木兰与苏亚而非立夫的结合，表明了传统的家庭至上观战胜了现代西方的个性自由观。梅玲最终选择老彭也是因为梅玲最后找到了自己精神文化归属的表现。牡丹甘愿下嫁给傅南涛也是对中国文化中另一层面生活——田园生活的价值确认。汤姆这个既中又西、不中不西的中西文化调和论的宁馨儿被深谙古典文化的艾丝深深吸引。新洛在与欧亚混血儿韩沁的结合失败后又回到了中国情人赖

---

❶ 汤奇云：《论林语堂小说创作中的文化选择与审美追寻》，《嘉应大学学报》（社会科学版），1996 年第 2 期。

❷ 汤奇云：《论林语堂小说创作中的文化选择与审美追寻》，《嘉应大学学报》（社会科学版），1996 年第 2 期。

❸ 汤奇云：《论林语堂小说创作中的文化选择与审美追寻》，《嘉应大学学报》（社会科学版），1996 年第 2 期。

柏英的身边。论者认为在爱情的叙事上，小说中多表现的是中国传统的价值评判。其中很多人物的个性都经过了中西调合，如木兰、杜柔安、汤姆，但在爱情的归宿里，他们依然趋于传统。

第三种观点认为林语堂的小说构筑的是中西合璧的文化体系。阎开振在《林语堂小说创作的动因、目的及其文化特征》中提出，林语堂的小说是从"互补"出发，构建"中西合璧的文化体系"。道家的自然，儒家的仁，佛家的慈悲与基督教的博爱，构成了林语堂心目中自由自在的乐园。并认为他的小说就是在试图向人们描绘这样的世界，如《京华烟云》展示了道家的安然恬淡与儒家孝道的结合；《风声鹤唳》中佛家的"普度众生"与基督的博爱达到了融合，而展现人类美好远景的《奇岛》则充分体现了林语堂的"大同理想"。❶

总的来说，这一阶段从文化视角来研究林语堂小说的比重较大，成果较丰富。论者们看到了中国传统文化、西方传统文化、中西文化互补与融合，还能在动态中关注小说的文化选择，可谓比较全面。

五、人物形象研究

人物形象的塑造在传统小说中占有重要地位，对人物形象进行研究自然是研究者们的"本分工作"。本阶段对林语堂小说人物进行分析研究的有《儒道之间》（毕冰宾）、《不彻底的叛逆者——特里斯丹、金竹形象的比较研究》（叶齐华）、《理想人格追求中的生命形态——论林语堂小说创作的人物构成》（阎开振）、《冲出樊笼　生死归一——绮瑟和牡丹人物形象的比较研究》（叶齐华）、《从道家女到平民——简析〈京华烟云〉中姚木兰形象的蕴义》（文秋红）。其中，主要围绕姚思安、姚木兰、梁牡丹等进行人物分析。

毕冰宾在《儒道之间》里关注的是《朱门》中一个非主人公式人物——郎菊水。他认为郎菊水"是一个二十世纪中国的隐逸绅士，是一个介于儒与道之间的完美的中庸人格体现者"，❷ 并称他是林语堂"生活艺术"的化身。在《理想人格追求中的生命形态——论林语堂小说创作的人

---

❶ 阎开振：《林语堂小说创作的动因、目的及其文化特征》，《淄博师专学报》，1994 年第 1 期。

❷ 毕冰宾：《儒道之间》，《读书》，1992 年第 11 期。

物构成》中，阎开振先生对人物形象作出系统研究，他将林语堂小说中的人物分成四个类型。分别是自然和谐的"庄禅"人格、"温和"的道德人格、放纵自我的自由人格、理想的"互补"人格，并对每个类型的代表人物作了较具体的分析。姚思安是庄禅人格的代表，他只对修身养性、打坐吃斋感兴趣，对金钱地位、美色名利一概看得淡如白水，也不喜欢被人事约束，渴望的是闲云野鹤的生活，"喜欢在生活上能贴近大自然的运行节奏……削发改装、云游四海……达到佛家的物我两忘之境"。❶ 与其他纯粹以道家文化看姚思安的研究者不同，阎开振看到了姚思安身上不仅有道的因子，也有禅的韵味。对于那些具有传统"妇德"的美丽善良的女性，如曼妮、春梅、莫愁等，论者把她们归为"温和的道德人格"形象系列，曼妮是这一形象系列的代表。论者认为她们以"古典女子的好例子"出现，以其传统的"妇德"赢得了作者的赞赏，并对她们被扭曲的心灵感到可悲。放纵自我的自由人格型代表人物是牡丹。"在牡丹身上，爱情与肉欲混杂，生命的激情表现为本能的冲动。""她对生命的见解，对爱情的渴望以及放纵自我的个性精神和自由人格都是林语堂眼中的西洋产品。"❷ 我们认为，牡丹的行为，如频繁地更换情人，看上去很放纵，实际上则是内心深处一种对爱执着的外露。因为得不到自己曾经深爱的初恋，在接下来的邂逅中愈是要找寻当年那种至爱的感觉，愈是缕缕受挫。只能说牡丹的形在放纵，而神却很保守，甚至有些"死板"。最后一种是理想的互补人格。论者认为这里的互补有中西的互补，也有儒道的互补。杜柔安是中西互补的典型。"作为'朱门'内的一朵鲜花，杜柔安继承了儒家信徒杜忠的秉性，纯真、文静、心地善良而又富于热情。她受过高等教育，接受了西方新思想，积极参加声援'一·二八'战争的示威活动，显示出强烈的个性意识。"❸ 姚木兰则是儒道互补的典型。论者认为，她承袭了父亲豁达、豪放与爱好自然的性格，而在母亲的严格教导下具备了女人所需的主要的美德——勤俭、端庄、达礼、宽容、顺从且又善理家事。这种人物分析法是

❶ 阎开振：《理想人格追求中的生命形态——论林语堂小说创作的人物构成》，《中国现代文学研究丛刊》，1995 年第 2 期。

❷ 阎开振：《理想人格追求中的生命形态——论林语堂小说创作的人物构成》，《中国现代文学研究丛刊》，1995 年第 2 期。

❸ 阎开振：《理想人格追求中的生命形态——论林语堂小说创作的人物构成》，《中国现代文学研究丛刊》，1995 年第 2 期。

在一种静态的过程中完成的，从人物整体性格面貌出发比较全面地概括人物性格。在《从道家女到平民——简析〈京华烟云〉中姚木兰形象的蕴义》中，文秋红是以动态的眼光来观察姚木兰的。她开始的身份是道家的女儿，充分地显示出一个道家女儿的自由、悠闲和聪慧。抗战开始以后，她由富家少奶奶变成了自己洗衣烧饭的村妇，由寄情山水到支持儿子抗战，论者认为从木兰的生活命运中可以看到社会变迁、历史兴衰。文秋红在分析木兰的形象时注意到了其发展变化，与阎开振比起来，一个是纵向深究，一个是宏观揽括，各有特色。

在《不彻底的叛逆者——特里斯丹、金竹形象的比较研究》和《冲出樊笼　生死归一——绮瑟和牡丹人物形象的比较研究》中，叶齐华将法国著名学者约瑟夫·贝迪耶的《特里斯丹和绮瑟》中的男女主人公特里斯丹和绮瑟与林语堂《红牡丹》中的男女主人公金竹和牡丹进行了比较研究。这是一种比较有趣也是少有的研究现象。两篇文章的研究思路差不多，都强调了主人公各自所处时代的特点，分析艺术形象的异同之处。对于特里斯丹和金竹的比较分析，论者认为他们都是封建婚姻制度的叛逆者，但都叛逆得不够彻底，最后都没能逃脱悲剧命运，为爱而死，成为封建婚姻制度与观念的牺牲品。对于两位女主人公绮瑟和牡丹的比较，论者也是从她们艺术形象的相似点着手。如她们都是美的化身，不仅有外在美，更重要的是都具心灵美。在对待封建婚姻的态度上，都争取婚姻自主，是封建婚姻的叛逆者。在她们最终命运（一个是生死恋的悲剧结局，一个是嫁给农夫的积极结局）中，论者认为她们的相同性在于都达到了表现"爱"要自由、平等的目的。

这个阶段对人物形象进行专门性研究的还不多，很多都是在谈其他方面时涉及了人物分析。例如，谈《京华烟云》的道家文化时便会提到姚思安、姚木兰，然后从道的文化角度去分析他们。我们认为，这种分析法会把活生生的形象给文化符号化，会对人物形象的复杂性进行掩盖，无法对人物进行透彻分析，会给人造成一种人物形象标签感。

六、其他研究

这个阶段还有一些比较"个性"一点的林语堂小说研究，不好把它们归于哪一类，所以姑且统称"其他研究"。如《承继与分离——〈京华烟云〉对〈红楼梦〉关系之研究》（刘锋杰）、《〈京华烟云〉问世前后——〈林语堂传〉之一章》（施建伟）、《苦恋情结的艺术升华——读林语堂的长篇〈赖柏英〉》（曾孝仪）、《论林语堂小说创作的多元化追求》（阎开振）。

　　《京华烟云》与《红楼梦》的渊源极深。林语堂也自述过其小说中的人物与《红楼梦》中人物的联系。因此，对这两部作品之间的关系进行研究是很有必要的。这个时期的其他文章也有提到过《京华烟云》与《红楼梦》关系的，但都只是涉及人物之间的相似性而已，没有像刘锋杰这样作深入的研究。刘锋杰分析了《京华烟云》对《红楼梦》的承继与分离。他认为"承继"的一面远远超出了林语堂自述的人物性格方面的模拟，"其中所写中国古典园林的鉴赏，家庭酒宴的猜拳行令，婚丧嫁取的民情风俗，青年男女的爱情，主仆的矛盾，妯娌的纠纷，父子的冲突，无不脱胎于《红楼梦》"。❶ 除了内容方面的继承外，在结构上，《京华烟云》也不例外。《红楼梦》以家族的兴衰作为结构的依据，用家族描写的模式全面描写生活。《京华烟云》也写了三大家族：姚家、曾家、牛家。这三家通过各种方式形成姻亲关系，不过他们又以不同的面目和道德身份出席。这样，一个完整而复杂的社会网络得以呈现在读者面前。因此，论者说它实际承继了《红楼梦》的叙事运动原则。此外，论者认为这两部小说宣扬的都是"近情的文学"。❷ 对于承继，论者最后得出的结论是《红楼梦》"不仅直接影响了林语堂的人物刻画方式与作品结构方式，也深深规范了他对人生与人物的审美态度，在这种红楼氛围的浸润下，去表达他那悲天悯人的心胸"。❸ 在分析"承继"的一面时，论者同时也看到了二者相分离的一面。他认为在人物的模拟之上，林语堂也创造了属于他的人物。"体仁是贾宝玉与贾琏的合形，既有贾宝玉的怜香惜玉，又有贾琏的拈花惹草，优雅与粗俗的结合，使体仁具有了自己的个性特征。"❹ 并且，《京华烟云》

　　❶　刘锋杰：《承继与分离——〈京华烟云〉对〈红楼梦〉关系之研究》，《红楼梦学刊》，1996 年第 3 期。

　　❷　刘锋杰：《承继与分离——〈京华烟云〉对〈红楼梦〉关系之研究》，《红楼梦学刊》，1996 年第 3 期。

　　❸　刘锋杰：《承继与分离——〈京华烟云〉对〈红楼梦〉关系之研究》，《红楼梦学刊》，1996 年第 3 期。

　　❹　刘锋杰：《承继与分离——〈京华烟云〉对〈红楼梦〉关系之研究》，《红楼梦学刊》，1996 年第 3 期。

第二章　林语堂小说研究史（1991—1996年）

在人物创造上不再坚持《红楼梦》女清男浊的基本规律。即使在结构上，二者也是同中有异的。如《红楼梦》的回环结构是平面的，从梦开始，至梦终。《京华烟云》虽然也是以逃难始，又以逃难终，但两次逃难是不一样的。前一次由于拳乱被动离家，后一次由于国难主动挺身而出。所以，论者认为，"《红楼梦》是一个平面式回环，它创造的是一个封闭式的叙事结构，而《京华烟云》则是螺旋式回环，它创造的是一个开放式的结构"。❶ 当然，这些还是同中之异，只是局部的分离。论者认为《京华烟云》对《红楼梦》最大的分离之处是二者对悲剧的理解与把握。《红楼梦》的悲剧是生活之悲剧与作家体验之悲剧的自然结合。而林语堂由于信奉道家的顺其自然观念，所以生命里有更多开放的态度，显得豁达从容而不执一，也就可以远离痛苦的骚扰。例如，木兰由婚姻的不美满所可能造成的悲剧也因为作品所强调的性格冲突的调和给消解了。因此，他认为"庄子思想的摄取，带给《京华烟云》的，除了表面上的人生感叹与幻灭以外，并不能给它带来真正的悲剧因素"。❷ 这也就是《京华烟云》与《红楼梦》的悲剧成就相差甚远的原因。

还有一类研究文章，研究的内容不很深，但涉及的面比较广。如施建伟的《〈京华烟云〉问世前后——〈林语堂传〉之一章》介绍了林语堂作《京华烟云》的动机、写作时的状况以及小说的内容。对作品中的主要人物木兰进行了分析并指出整部作品到处是儒道的并存、"出世"和"入世"的交替。阎开振的《论林语堂小说创作的多元化追求》则谈到了林语堂小说艺术表现的多元化。称他从道家派的作家身上获得了"性灵"与"闲适"之情，又"证之以西方表现派文评"，自然地形成了"带有浓厚主观色彩的文艺观念，从而奠定了他小说创作的基本格调"。❸ 林语堂小说创作的多元化也体现在对多元的文化追求上，如他小说里理想人格的塑造往往是以文化互补的形式完成的。还有的研究者注意从小说中挖掘作家真实的情感世界。如曾孝仪的《苦恋情结的艺术升华——读林语堂的长篇〈赖柏英〉》。在这篇文章中，论者通过分析小说中含有的乡情和对童年女友的怀

❶ 刘锋杰：《承继与分离——〈京华烟云〉对〈红楼梦〉关系之研究》，《红楼梦学刊》，1996 年第 3 期。

❷ 刘锋杰：《承继与分离——〈京华烟云〉对〈红楼梦〉关系之研究》，《红楼梦学刊》，1996 年第 3 期。

❸ 阎开振：《论林语堂小说创作的多元化追求》，《淄博师专学报》，1995 年第 3 期。

念之情"窥探"到了林语堂青年时的恋情。论者认为《赖柏英》是林语堂把对家乡的怀念、对童年女友的怀念，特别是对青年时的恋人陈锦瑞的怀念投摄作品中，作品大团圆的结局也是林语堂无意识中想与陈锦瑞终成眷属的表现，林语堂把他的苦恋情结用艺术作品表达出来可谓一种升华。

第三章　林语堂小说研究史（1997—2002 年）

　　这个时间段里对林语堂研究进行综述的文章虽然不少，但在所有的综述里提及林语堂小说创作的情况却较少。众所周知，林语堂不仅是一个思想家、小品文大家、语言学家，更是一个小说家。自《京华烟云》1938 年问世以来，到自传体小说《赖柏英》在 1963 年完成，林语堂的小说创作一共持续了 25 年。这占据了一个人成年后生命的三分之一长，从中可见他对小说这一体裁的偏爱。不唯如此，林语堂对其小说颇为自豪，"我有信心我的小说能留存后世"。客观来看，林语堂的小说创作确实存在独特性和复杂性，很有研讨的价值。到目前为止，还没有一篇论文针对林语堂小说研究的情况进行综述，这不能不说是一种遗憾。

　　概括来看，关于林语堂小说的研究，其起步相对较晚，但它的起点却较高，既出现了一批出类拔萃的青年研究者和研究佳作，又在研究视域上注重宏观和微观的交叉融合，更将文化眼光投入其间，新的视角对林语堂小说研究起到一定的推动作用；与之同时，论者也非常注重研究方法上的创新，从而获得了不凡的成绩。接下来，本章将结合 1997 年到 2002 年的具体论文资料，论述这一时期林语堂小说研究呈现的特色和取得的进展。

一

　　虽然这一阶段是林语堂小说研究的起步阶段，但研究者多立意高远，注重研究的多方位展开，多管齐下，充分展现出宏观驾驭林语堂小说研究的意向和能力。宏观研究，是指对林语堂小说的整体研究和评价，如小说的主题思想，叙事模式，文本特质、文化价值等内容。90 年代以来林语堂小说研究视域一定程度上得到了拓展，笔者将 1996 年到 2002 年关于林语堂研究的论文进行了粗略的梳理，共有 239 篇论文，其中与小说研究相关的为 79 篇（不包括该时期出现的各类研究综述 4 篇），占比达 33.05%，从宏观角度来研究林语堂小说的论文有 50 篇（不包括该时期出现的各类研究综述 4 篇），占比多达 63.29%（且不包括在林语堂单部小说研究中展示宏观视野的论文）。从数据显示来看，该时期论者更侧重于从宏观的角度来审视林语堂的小说创作，展示了林语堂小说研究的多样性、整体性和历史性。

林语堂在《八十自叙》中曾自诩为"一捆矛盾"，在他的小说中同样折射出其思想的复杂性和丰富性，有论者从小说的主题思想出发对林语堂的人生哲学进行探究。结合 1996 年到 2002 年的论文发表来看，关于人生哲学的探讨的论文一共有 11 篇，1996 年 1 篇，1997 年 2 篇，2000 年 2 篇，2001 年 4 篇，2002 年 2 篇，基本处于平稳发展的态势。

最早进入这一视域并且有不凡论述的是王兆胜，他认为林语堂的人生哲学可以概括为 8 个字，即"紧紧贴近人生本相"，并对此进行了全面而细致的研究。他将林语堂置于中国现代文学的宏阔视野中，借此来突出林语堂的独特之处，认为"中国现代大多数作家信奉的是形而上的人生哲学，即注重人的理想、价值、逻辑和意义等方面的探寻"，[1] 如中国现代作家鲁迅，巴金和冯至等将对生命的悲剧性体验带入文学创作之中，然而林语堂更关注的是日常生活和人的感觉体验，他谈得更多的不是未来的可能性想象，而是现实中的看得见摸得着的东西，"林语堂较少关注人的阶级性，社会性、时代性和思想性等重大命题，而是倾心于对人生尤其是人生本相的观察，思考与感知"，[2] 论述具体，眼界开阔，鞭辟入里。

王兆胜十分注重从宏观的文化视野来观照林语堂的小说创作，在文化学的眼光下对林语堂人生哲学观的形成进行了追根溯源式的分析，认为中西文化中重人生、爱常识、喜务实、追求个性与自由，快乐人生观都对林语堂产生了较大的影响。他将林语堂"紧紧贴近人生本相"的人生观的形成与中西文化联系起来，并且侧重于林语堂对两者处理的独特性：即从中西文化的个性中来寻找共性，论述过程逻辑严谨，详细周密。比如在谈及中西快乐观对林语堂的影响时，作者写道："中国文化中对'快乐'的观点具有零碎，感性的特点，而西方文化则表现出系统、理性的特长，林语堂是在对两种文化的快乐思想进行互为印证又互相补充中形成自己的快乐

---

❶ 王兆胜：《紧紧贴近人生本相——林语堂的人生哲学》，《中国文学研究》，1997 年第 3 期。

❷ 王兆胜：《紧紧贴近人生本相——林语堂的人生哲学》，《中国文学研究》，1997 年第 3 期。

理想的。"❶ 不同于其他论者的是，王兆胜将林语堂的人生哲学的根底建立在其"生命悲剧意识"基础之上，认为在林语堂小说创作中"透过诗化的语言，欢快的情调和健朗的心绪"，所传达的是其骨子里的悲剧性生命体验。王兆胜结合林语堂的小说作品，将这一悲剧生命体验概括为三个方面，"一是'死亡情结'，二是人生的戏剧化，三是感伤的抒情基调"，见解独特，显示出洞察作家的深度。

从人生哲学来看，林语堂虽非盲目的乐观主义者，但其一生都致力于快乐的追寻。他认为人生没有什么目的，目的论者是理想主义者，而过多的理想对人的幸福追求是不利的，有时甚至带来灾难。可见，"快乐"与他的人生哲学存在着莫大的关联。从"快乐"的角度来考察林语堂人生哲学的论者有主持人和谢友祥。主持人（《快乐幻想曲——论林语堂快乐哲学的本质》（《湖南大学学报》，2000 年第 4 期），《林语堂快乐哲学初探》（《吉首大学学报》，2000 年第 3 期）用"快乐哲学"来贯穿林语堂的人生哲学，侧重于林语堂快乐哲学的特质分析及其文化探源。作者认为林语堂在从中外文化中吸取养分的基础之上形成了自己的快乐哲学观，"他从快乐哲学出发，以轻松自由为标准衡量一切事物，这一哲学已经渗透到他的人生哲学，教育思想，政治理想和宗教观念等领域中"。论者抓住林语堂快乐哲学的两个关键词"醒悟"与"享受"，并结合林语堂在传统文化认识上的得失来进行评述。主持人在论述"快乐哲学"的根源时同样选择了文化的视角，他将林氏的快乐哲学与伊壁鸠鲁、尼采愉快哲学以及中国孔老哲学联系起来，表现了中外融合的宏阔眼光，论述过程中注重对林语堂自我认识的开掘，有理有据，令人信服。论者将林语堂的小说和散文作品关联起来，综合、全面地概述了快乐哲学的四大特征，即"1. 人类的一切快感属于感觉；2. 合理尽情的生活理想；3. 重生活艺术，反功利主义；4. 聪慧的醒悟时快乐的前提"。

相较而言，谢友祥则从目的论角度出发论述林语堂的快乐哲学，"林语堂以享乐为人生的目的"，"同时认为地球是美丽的，人生就是天堂"。❷论者并没有停留在简单的享乐主义生存目的论上，而是详细阐释了林语堂享乐主义的理想目标及其本质特征。他认为，人们有时误解了林语堂所谓

❶ 王兆胜：《紧紧贴近人生本相——林语堂的人生哲学》，《中国文学研究》，1997 年第 3 期。
❷ 谢友祥：《林语堂的享乐主义生存目的论》，《嘉应大学学报》，2001 年第 1 期。

的快乐，林语堂要表达的不是鼓励人追求简单的感官享受，而是反对对于终极价值的追寻和被封建的名利思想束缚，所以他并不否定精神快乐和肉体快乐的统一，他在一定程度上认为这二者是二合一的事物，并从这一点上将林语堂的享乐主义与庸俗的物质崇拜、吃喝玩乐区别开来。论者更注意到林语堂享乐主义思想的心理机制，是以他的"对人的生命的全部负面实相及其所衍生的生命的必然缺陷的承认和清醒洞察力为立论前提"❶的。这同样是对林语堂死亡意识的把握。在行文中，谢友祥不仅注重学理式的探讨，同时侧重于结合小说文本来解析。如在论及林语堂对于生命价值的看法时，他结合作品《瞬息京华》进行解读，发掘出其中的宿命成分。"小说将主人公如何适应'谋事在人，成事在天'的'尘世生活的境地'作为叙述的重要内容，将人怎样被动地接受外在力量的拨弄展开得相当充分"。❷他还对木兰选车与失踪这两件事之间的关联来进行具体分析；又借《风声鹤唳》中老彭的人生说教来阐释人的渺小，人生的不可捉摸，从而告诫年轻人如何去认识生命的残缺本相。这些具体说明和事例使文章的论述切实可感，更有说服力。

　　以上各种论述以其宏阔的眼光和严谨的论证思维将林语堂的人生哲学充分地呈现在读者面前，对于了解林语堂人生哲学的复杂性和深刻性很有帮助。

二

　　在现代文学作家群体中，林语堂在文化上的经历极为特殊。综观林语堂的文化之旅，我们发现，与鲁迅、老舍、巴金、冰心、张爱玲等自小接受中国传统文化的熏陶、对中国传统文化经典熟谙于心有所不同，林语堂成长于闽南地区基督教牧师家庭，青少年时期更侧重于西方文化的浸染，对中国传统文化是相对陌生的，直到1923年回国在清华大学任教之后林语堂才开始像一个新奇的探险者充满兴味地学习中国文化，这一时期他声称自己是异教徒，信奉中国的"人文主义"。1936年出国之后，林语堂自诩

---

❶　谢友祥：《林语堂：直面生命必然缺陷的智者》，《西北师大学报》（社会科学版），2002年第2期。

❷　谢友祥：《林语堂：直面生命必然缺陷的智者》，《西北师大学报》（社会科学版），2002年第2期。

为"两脚踏中西文化，一心评宇宙文章"，在中西文化交流中扮演了重要的角色。从早期的接受西方文化，到后来沉浸在中国传统文化中，再到出国后自诩为"两脚踏中西文化"的中西文化观的交融，特殊的人生经历同样也造就了林语堂文化观的独特性、个性化和复杂性。总体来看，林语堂通过创作大量的文化小说，如《京华烟云》《风声鹤唳》等，传达了他对中西文化的独特性、复杂性思考，基于此，有论者将林语堂的小说界定为以对中西文化思考为创作本体的"文化小说"，这是符合实情的。

结合 1996—2002 年论文研究的情况来看，这一时期从文化学视角来阐释林语堂小说的论文一共有 32 篇，占比达 40.50%，而且从 1996 年到 2002 年每年都有 2 篇以上的论文出现，其中 2001 年这一主题的论文多达 12 篇，由此可见，将林语堂小说创作引入文化学是论者一开始就注意到的，并且被视为重中之重，从多个层面加以论述。文化眼光的投射，可说是林语堂小说研究中最能展现其特色之所在，既符合林语堂小说创作的初衷，同时也展现了其小说的独特价值，可以预见的是，这一主题在接下来的研究依然会持续。

林语堂独具个性的文化观促进了其小说研究的多面展开。结合论文来看大致可以分为两部分，第一部分从本体论层面上对林语堂的文化观进行聚焦，即从林语堂文化构成和文化选择的角度来审视其文化观的原料及其独特性，第二部分则从方法论层面上来看林语堂文化观，因其视角的个性化而带来的不同寻常。

林语堂特殊的文化之旅造就了他文化构成的驳杂性，在小说创作中具体体现了他怎样的文化品格，其文化涵养又是怎样建构的，这构成了林语堂小说研究文化视角的第一个重要组成部分。从中西文化融合的复杂性和多元性来解读林语堂的文化品格，从小说研究肇始便一直被研究者所关注，亲睐有加，可说是林语堂小说创作研究中的热点话题。具体说来：

朱东宇从文化涵养的角度出发，将林语堂的小说三部曲置于文化家庭小说的视野中加以考察和审视。他认为，林语堂的文化涵养由三部分构成，即"乡土文化（地域文化）、传统文化与西方文化"。❶ 值得肯定的是，论者不但对这三部分皆有详细解说，而且并没有将之孤立起来，在论

---

❶ 朱东宇：《论林语堂的文化涵养与文化家庭小说》，《中国现代文学研究丛刊》，1997 年第 4 期。

述的过程中注重这三种成分的相互渗透与融合。朱东宇认为林语堂融合这三种文化的目的是为了借几个大家庭的荣辱兴衰，宣扬他的世界本身没有意义，人生应该随遇而安的思想。他的看法和杨义先生的某些观点不谋而合。

文化涵养是其理论的重要视角，在这一视角的观照之下，朱东宇将林语堂小说视为"文化家庭小说"，并重点解读了林语堂小说三部曲，认为其"以独特的文化视角审视中国家庭的文化情调、文化层分，文化功能，及其与民族命运，社会发展，人性导向之间的异常复杂而又富有哲理意味的关系"。❶ 朱先生所云的"这一独特的文化视角"其实是多元的，既是中国传统文化中的儒、道互补，又有中西文化的互补融合。在此基础上朱先生对林语堂小说中的人物形象进行了分类和汇总，他将林语堂三部曲中的人物分为丈夫和父亲、妻子和姬妾两类，虽然其所运用的分类方法以社会学为依据，较为保守，但他却从文化学的角度充分肯定这些人物身上所具有的复合性思想个性和文化品格，认为其表现出鲜明的哲理性、象征性、理想性的精神特征与艺术审美特征。因为论者侧重于从宏阔的文化融合来看林语堂的小说创作，视域的宏阔也为论述增加了许多亮点，如认为《京华烟云》等文化家庭小说，既整合了儒、道、佛三种传统文化，又能从世界文化的角度出发，进而实现中西文化的互补。"前者（指儒、道、佛三种文化互补，引者注）显示出中国文化的实践性、传统性特色，给人以真实感，后者（指中西文化互补，引者注）则赋予中国文化以现代性，世界性特征，增强小说的现实感。"❷

也有论者侧重于林语堂文化品格的探究，较为突出的是周可的《论林语堂小说的文化构成与审美品格》。他从两个方面解读林语堂小说创作中体现的独特的"文化品格"。一方面，林语堂对日常生活的微观描写表现了他对空洞的哲学和政治的否定，另一方面，他在对琐碎生活的描写中将自己的文化见解和社会理想渗透进来。这样的观点有一定的深度，是对林语堂创作细致考察的结果。在此基础上，周可对林语堂的文化心理结构进行了深入探究，他注重将之纳入现代文学史的视野中，认为其"具有与鲁

❶ 朱东宇：《论林语堂的文化涵养与文化家庭小说》，《中国现代文学研究丛刊》，1997 年第 4 期。

❷ 朱东宇：《论林语堂的文化涵养与文化家庭小说》，《中国现代文学研究丛刊》，1997 年第 4 期。

迅'阴郁的理性'或郭沫若'单纯的浪漫'倾向截然不同的特点"，❶ 具体表现为林语堂"在多元文化意识的'互补'中求得和谐的思维定式"❷。这种思维定式对林语堂的小说创作产生了较大的影响，使其具有文化小说的特质，论者进而将之概括为三点，即"生活描绘的风俗化""主题呈现的情调化"和"叙述方式的散文化"。

从儒、道互补、中西合璧的视角来解读林语堂的文化构成可说是一条康庄大道，许多论者持认可态度，这方面也获得不俗的成绩。其中陈旋波却独辟蹊径，将林语堂的文化构成与西方绅士文化紧密联系起来，他抛开研究者一贯的论调，不在"中西合璧，儒、道互补"的话语圈里绕来绕去，而是选择将西方绅士文化作为理解林语堂小说创作的入口，首先介绍了绅士文化的特质以及 20 世纪中国绅士文化产生的历史与逻辑依据，从大的时代背景出发将林语堂作为典型的个案来解说，并且将这一绅士文化理念提升到贯穿林语堂一生的文化思想这一高度，认为"西方绅士文化观念贯穿着林语堂从《语丝》时代到《论语》时代乃至海外著述时期的各个阶段"，❸ 这一说法打破了历来被论者所认为可的林氏思想的突变历程，充分展示了林语堂小说研究历史性和发展性的宏阔眼光。从绅士文化理念出发，陈旋波论述了林语堂文学创作的特征，认为"林氏崇尚艺术化的'闲适哲学'，推崇人生的达观和谐，其作品一方面有着非平民化的贵族追求，同时力图皈依精致古雅的美学境界"，❹ 并将林语堂绅士文化心态与具体话语情境合力而成的整体美学特征归纳为"优雅"，"优雅"更多的是西方绅士文化的产物，而不是中国传统文化，尤其是明代小品文化。论述既契合实情，又别出心裁，体现了论者敏锐的研究眼光和娴熟的驾驭能力。当然，它也仅是一家之言，有些地方值不得推敲，比如林语堂小品的本质到底是中国文化还是西方文化的问题，我们更倾向于中国文化决定了林语堂创作根本气质的说法。

---

❶ 周可：《论林语堂小说的文化构成与审美品格》，《长白论丛》，1997 年第 1 期。
❷ 周可：《论林语堂小说的文化构成与审美品格》，《长白论丛》，1997 年第 1 期。
❸ 陈旋波：《绅士文化与林语堂的文学品格》，《华侨大学学报》（人文社会科学版），2001 年第 1 期。
❹ 陈旋波：《绅士文化与林语堂的文学品格》，《华侨大学学报》（人文社会科学版），2001 年第 1 期。

三

林语堂的文化构成并非水到渠成，其间经历过多次复杂的文化选择和文化批判，他是如何去做出这些文化选择，在对中西文化的选择和批判中，林语堂的心态又是怎样的呢？所有这些，构成林语堂小说研究中文化视角的第二个重要组成部分，这方面的代表作有陈旋波的《汉学心态：林语堂文化思想透视》（华侨大学学报，1997 年第 4 期）；周可的《文化与个人：林语堂的内在紧张及其消解》（青海师范大大学学报，1998 年第 1 期）；谢友祥的《林语堂的文化批判和文化选择》（文学评论，2001 年第 3 期）；施萍的《回归、审视与选择——论林语堂的传统文化观》（文学研究，2001 年第 2 期）；高鸿、吕若涵的《文化冲撞中的文化认同与困境——从林语堂看海外华文文学研究中的有关问题》（福州大学学报，2002 年第 3 期）等。

林语堂的文化选择的独特性首先建立在其个性化的心态上，换言之，即林语堂对其文化身份的自我认同。唐弢先生曾在《林语堂论》中论述道，林语堂是用"传教士的眼睛"来看待中国传统文化的，唐弢先生用敏锐的眼光一语道出了林语堂文化心态的异域色彩，而陈旋波则从宏阔的比较视野中透视林语堂文化选择的特异性，认为"林语堂是以西方汉学家的眼睛来审视中国传统文化的"，他非常注重研究的历史向度的展开，首先对西方的汉学研究进行了史料性的概括，介绍了西方汉学研究的缘起、发展、特色，并概述了西方汉学的突出成就和局限，"严肃的汉学研究能强调文化存在的相对性，承认中国历史文化的独特意义；汉学家以西方价值观为基本立场，又能以一种比较超越和客观的科学态度研究中国文化，从而发现中国传统文化的普遍价值和独特性"❶，但是汉学也有自身的局限性，它的提倡者们生活在西方，往往通过书本和资料了解中国，他们对中国的具体情形和中国的感觉、思考认识远远不够。论者对西方汉学研究的概述是将之作为大的背景，并试图将林语堂的汉学心态纳入这一体系中，从更宏阔的背景来审视林语堂的小说创作，如林语堂小说人中人物表现出

---

❶ 陈旋波：《汉学心态：林语堂文化思想透视》，《华侨大学学报》（哲学社会科学版），1997 年第 4 期。

的"扁平现象"其实与林语堂小说创作的汉学心态密切相关,"他总是用已被西方汉学知识系统所认同的中国人模式去塑造形象,以西方知识分子眼中的中国文化观念去演绎人物,为此,林语堂运用简单化的原则将小说中人物的复杂性丰富性缩干,抽象为扁平型的文化人格,归纳出几种令严肃汉学家能接受的人格模式,如儒家信守道义的人格,道家超凡脱俗的人格,佛家慈悲的人格,但这些人格与20世纪中国社会的现实联系则被取消了"❶,根据这段时期的论文总体情况来看,陈旋波是从文化学角度用力最多的一位论者,其论述注重历史与现实的关联、比较视野的运用,整个论述娓娓道来,展现了学者敏锐独到的眼光和周密严谨的思维。

施萍在分析林语堂的传统文化观时首先剖析了林语堂的独特性,她认为家庭出身和受教育的经历决定了林语堂不可能有深厚的中国文化情感,而长期在海外的生活又让他对祖国的传统文化深深地眷恋。她将林语堂的情有独钟归纳为三种态度,并且厘定了林语堂每一种态度下的文化身份,即"以中国人的身份回归传统文化""以现代知识分子的眼光审视传统文化"和"以西方的视角来选择传统文化"❷。当论者以"回归"的创作心态去审视林语堂的小说作品,由之而总结出林语堂小说的一种特质,即"'回归'情结弥漫于林语堂的小说创作中,林语堂笔下的人物几乎都体现了他的传统文化理想",如道家的女儿姚木兰。而"林语堂回归传统文化的趋向使他对中国传统艺术情有独钟,对中国古典的审美情调大加赞赏"❸,表现在作品中即是对传统文化习俗的津津乐道。此外,论者十分注重研究的历史性和联系性,不仅看到了三种心态各自的独特性和个性化,也看到了其间的关联性,"回归传统文化是林语堂一生未变的愿望,而对传统文化的审视和选择,是林语堂作为现代知识分子在不同话语体系中采取的两种不同策略,后二者之间也同样存在着彼此的关联。审视与选择的结果可能导致林语堂对传统文化产生不完全一致的价值判断,但二者背后

---

❶ 陈旋波:《汉学心态:林语堂文化思想透视》,《华侨大学学报》(哲学社会科学版),1997年第4期。

❷ 施萍:《回归、审视与选择——论林语堂的传统文化观》,《江苏社会科学》,2001年第2期。

❸ 施萍:《回归、审视与选择——论林语堂的传统文化观》,《江苏社会科学》,2001年第2期。

有着西方文化这一相同的参照系"❶，整体论证集严谨、清晰、周密、独特于一体，是一篇力作。

也有论者则将林语堂置于时代背景之下，突出其被历史推到文化大断裂中所造成的个人文化选择上的两难处境。"时代的文化断裂在林语堂身上是以价值与存在这两种合理性之间的紧张冲突形式表现出来的，作为一种价值形态的中国文化，在西方文化的冲击下，其合理性无疑已丧失殆尽，无数中国思想先觉者正是在这一前提下来认同西方价值并把它视为中国人应该接受的唯一合理的价值的。"❷在这种两难处境中，林语堂的文化心态和文化观念充满了复杂的矛盾和冲突，既有"道德与理性的冲突"，也有"物质与精神的冲突"，还有"传统与现代性的冲突"，但难能可贵的是，林语堂并没有逃避，而是选择直面矛盾，不以为意，甚至乐于承认自己"是一捆子矛盾"，论者结合林语堂文化心态的矛盾进一步探讨其文化选择意向的特点，即"以混合了西方自由理念和东方人文主义而成的所谓人道主义的社会观，来弥合物质与精神之间的裂痕，以此成就其'使人道得以重立于人间'的社会理想"；"以揉和了西方个人本位主义和东方玩世主义而成的享乐主义人生观，来化解理性与道德之间的紧张"；"以一种中和了西方近代进化论与东方古代循环论而成的保守主义历史观，来克服传统与现代之间的从图，并以此为基础，指出一条中国文化摆脱危机的未来出路"，❸论述过程中将矛盾及文化选择的意向一一对应起来，极为关注逻辑的严密性，用笔老练，驾轻就熟。

四

总体来看，大部分论者多将林语堂放在一个更广大的背景下来把握，突出研究视域的宏阔性，高屋建瓴，这不仅极大地拓宽了林语堂研究的视域，同时也有效地推动了林语堂单本小说的微观研究。从 1996 年到 2002

---

❶ 施萍：《回归、审视与选择——论林语堂的传统文化观》，《江苏社会科学》，2001 年第 2 期。

❷ 周可：《文化与个人：林语堂的内在紧张及其消解》，《青海师范大学学报》（哲学社会科学版），1998 年第 1 期。

❸ 周可：《文化与个人：林语堂的内在紧张及其消解》，《青海师范大学学报》（哲学社会科学版），1998 年第 1 期。

年的论文发表情况来看，该时期林语堂单本小说的研究论文共有 19 篇，占林语堂小说研究论文总量的 24.05%，其中《京华烟云》10 篇，《奇岛》3 篇，《红牡丹》3 篇，《唐人街》2 篇，《赖柏英》1 篇，分别占单本小说论文总量的 52.63%、15.78%、15.78%、10.52% 和 5.29%。从数量上看，《京华烟云》一直是论述的重点，随着研究的拓展，《奇岛》《红牡丹》《唐人街》和《赖柏英》也逐渐进入研究者的视野，近年来也有少量论文进行专门论述。从质量上看来，《京华烟云》因其文本的传播更为广泛而得到了更多论者的关注，但其论述质量却良莠不齐，而对林语堂其他小说文本如《奇岛》《红牡丹》等的微观研究，量少却精，论述中多有别出心裁之处。

具体说来，对《京华烟云》的研究展开得相对充分，从内容层面的主题思想、文化意蕴、作品人物形象分析，到研究方法上比较方法的运用、翻译层面的解说尝试等，都有精彩论述。

关于《京华烟云》的主题思想和文化意蕴，林语堂曾在给郁达夫的信里头说道，"全书以道家精神贯串之，故以庄周哲学为笼络"❶，"道家哲学"可说是打开《京华烟云》的一把灵巧的钥匙，引领读者走进林语堂的小说世界。有论者以"道家哲学"为统摄，结合道家的宇宙观和生死观来分析作品，认为《京华烟云》较全面地阐释了中国道家哲学的丰富意蕴，林语堂将这一哲学融入到作品中，"认清生命的缺陷而顺应它，参透生死而超越它，破除瞬间和永恒，自我和他人的虚假对立而随时进入无我境界"❷。

当然，《京华烟云》的文化思想远比作者的夫子自道更为复杂，关于这一点，有人将之视为其对道家哲学的发挥，也有人从文化融合的视角来审视其文化思想的复杂性。如谢友祥侧重于以道家哲学为主脉，突出道家哲学的容他性，强调了林语堂对道家哲学的发挥，"林语堂对道家哲学的容他性心领神会，尽量打通它与其他学说的联系，拆除它与现代科学和现代人文意识之间的界限"❸。但他对《京华烟云》中逸出道家哲学的部分未

---

❶ 林语堂：《给郁达夫的信》，《林语堂名著全集》第 18 卷，长春：东北师范大学出版社，1994 年，第 297 页。

❷ 谢友祥：《道家哲学的阐释和道家人格的建构——论林语堂〈瞬息京华〉的文化意蕴》，《嘉应大学学报》，2000 年第 4 期。

❸ 谢友祥：《道家哲学的阐释和道家人格的建构——论林语堂〈瞬息京华〉的文化意蕴》，《嘉应大学学报》，2000 年第 4 期。

曾作出说明，这一点似乎是被他忽略掉了。刘勇教授在其文章中首先提出质疑，认为道家哲学并非统摄小说的主题，"它并非完全是按照庄子的思想去尽致发挥的，甚至与庄子的这些思想相去甚远"❶，接着他结合小说文本指出其出入支出。作者并没有就此停笔，而是从历史的角度对林语堂接受宗教文化的思想轨迹追根溯源，认为"虽然林语堂的宗教思想是繁杂的，但总体来说有两个基本构成，即'亦孔亦耶'，'半东半西'"❷，"一方面是西方基督教文化的浪漫主义，理想主义，另一方面是东方传统儒教文化的理性主义，现实主义；一方面是对超越人类自身的'伟力'的憧憬，另一方面是对把握实际人生的'中庸之道'的迷恋"。❸ 在此基础上论者重新审视小说主人公——道家女儿姚木兰，发现其远非只是个道家的代表人物，而是"融汇了林语堂对道、儒、佛以及基督教等多种宗教文化思想的多重理解，她既崇尚'道'的清净无为，又迷恋儒教中庸之道哲学'介于动静之间，介于尘世的徒然匆忙和逃避现实人生之间'的境地，同时又执着于佛教认同并承受苦难的精神和基督教宽容怜悯为怀的胸襟"。❹大胆的质疑因为小心细致的求证而变得有说服力了。这种敢于质疑的精神非常令人赞赏。

也有学者从理想人格的角度来解析这一部作品。如谢友祥《道家哲学的阐释和道家人格的建构——论林语堂〈瞬息京华〉的文化意蕴》（《嘉应大学学报》，2000 年第 4 期）认为林语堂对道家哲学的阐释和发挥最终其实是归结在对人物的描写上。他详细分析了姚思安、姚木兰、姚莫愁、孔立夫这四个人物形象，认为他们不但反映了世界和社会的真相，揭示了宇宙的奥秘，社会的复杂，还以道家思想为基础去塑造现代人格。论者从这种分析出发，对各种人物形象的"道家人格"做共性分析，异中求同，从而建构出林语堂小说中的道家人格。这一思考问题的思路颇为独到。

❶ 刘勇：《论林语堂〈京华烟云〉的文化意蕴》，《北京师范大学学报》（社会科学版），1998 年第 3 期。

❷ 刘勇：《论林语堂〈京华烟云〉的文化意蕴》，《北京师范大学学报》（社会科学版），1998 年第 3 期。

❸ 刘勇：《论林语堂〈京华烟云〉的文化意蕴》，《北京师范大学学报》（社会科学版），1998 年第 3 期。

❹ 刘勇：《论林语堂〈京华烟云〉的文化意蕴》，《北京师范大学学报》（社会科学版），1998 年第 3 期。

五

这一时期除了对《京华烟云》所作的重点研究之外，林语堂其他的小说也开始进入研究者的视野，虽然论述篇目相对较少，但几乎篇篇不错，这不仅反映了研究者对林语堂小说文本的理解的独特性，更展示了林语堂小说研究的巨大潜力。

第一是对《奇岛》的文本解读。谢友祥在对林语堂的小说《奇岛》的论述中非常注重文化视角的观照，他认为《奇岛》是林语堂最富幻想色彩的小说，因为《奇岛》"描绘了一个乌托邦，一个以古希腊文明和中国道家文化为灵魂的智慧、快乐、闲适、风雅、自然、近情的理想共和国"。❶论者指出，林语堂在《奇岛》中强烈地批判现代物质文明对人的异化作用，他非常赞同，并充分肯定了林语堂的创作意图：即为现代人提供了"弄清楚人是什么，人需要什么，人生为什么，什么使人真正快乐，据此确定目标和方向，然后去寻找社会发展进步的途径"❷ 这一最有价值的忠告。

也有学者"以西方殖民主义的文化地理学为重要参照物来探讨《奇岛》的文化意蕴"。❸认为"《奇岛》的构思实际上是西方殖民主义荒岛文学的再版，林语堂显然直接解读了《鲁滨孙飘流记》的殖民经验，把近代以来西方资产阶级殖民扩张的史实寓言式地嵌入小说叙述之中。《奇岛》集中地表现了林语堂认同西方殖民主义霸权扩张的文化地理逻辑"❹，但论者并不是单一地看到了林语堂对西方殖民主义的赞赏和认同，他还看到了林对西方物质主义的厌绝和摒弃，指出"林语堂一方面认同西方殖民主义的文化地理观，秉承以西方为中心的文化地理意识，另一方面又以东方价值为圭臬，力图颠覆西方/东方的二元对立，从而建构崭新的文化远景"❺，

---

❶ 谢友祥：《林语堂小说〈奇岛〉论》，《湛江师范学院学报》，2001 年第 2 期。

❷ 谢友祥：《林语堂小说〈奇岛〉论》，《湛江师范学院学报》，2001 年第 2 期。

❸ 陈旋波：《〈奇岛〉与林语堂的文化地理观》，《华侨大学学报》（哲学社会科学版），1998 年第 4 期。

❹ 陈旋波：《〈奇岛〉与林语堂的文化地理观》，《华侨大学学报》（哲学社会科学版），1998 年第 4 期。

❺ 陈旋波：《〈奇岛〉与林语堂的文化地理观》，《华侨大学学报》（哲学社会科学版），1998 年第 4 期。

并且更进一步指出林语堂矛盾文化地理观所折射出来的时代价值和意义，"林语堂实际上是中国近代以来漫长'他者化'过程中一位痛苦地寻找民族话语的现代知识分子，他认可并接受西方话语的权威地位这一事实，同时又以'两脚踏东西文化'的心态孜孜不倦地向西方人介绍中国文化，探索融汇中西文化，建构民族独特话语框架的可能性"，❶ 为人们理解林语堂文化思想的"一捆矛盾"以及这些矛盾的"典型意义"提供了更为独特的视角。

第二是对《唐人街》的解读。有论者将《唐人街》纳入"移民文学"范畴加以考察，认为林语堂在《唐人街》中"宣泄了对美国文化和物质文明的赞美和惊羡之情，以及对故国传统文化的留恋和怀旧思绪"，❷ 但因为林语堂缺少对笔下人物设身处地的体验和感知，其文学创作只是凭着想象虚构来完成，因而对人物的描写存在失真，使人总觉得"隔了一层"。论者用冯老二意外去世而获得财产，让冯家有钱开餐馆，汤姆得以上大学这一情节设计，有力地证明了林语堂美国梦的虚幻，"这一情节安排在客观上'解构'了整部《唐人街》的主题意蕴，它使作者所宣扬的'美国梦'变得不可信而显得有些虚假"，❸ 从而进一步论证了"林语堂心目中的'中西合璧'，其中涉及'西'的内容都是具体可感的，实实在在的，或者说对每个人的生活都是必不可少的，具有重大作用的，譬如美国机械文明的先进，美国的民主，自由等观念等等；而有关'中'的伦理观念则都因来自古代而蒙上了一层虚幻色彩，和当时的中国现实不仅毫无关联，而且它们除了'审美'上的价值毫无实际用处"，❹ 论者对这样的融合很不以为是，认为它太过简单，没有什么价值，只是林语堂的闭门造车和单相思，论证条理清晰，有的放矢。

第三是对《红牡丹》的解读。非常值得一提的是谢友祥运用心理学知识来剖析林语堂创作《红牡丹》的意图，另辟蹊径，读来颇有趣味。他敏

❶ 陈旋波：《〈奇岛〉与林语堂的文化地理观》，《华侨大学学报》（哲学社会科学版），1998年第4期。

❷ 沈庆利：《虚幻想象里的"中西合璧"——论林语堂〈唐人街〉兼及"移民文学"》，《山东社会科学》，2000年第5期。

❸ 沈庆利：《虚幻想象里的"中西合璧"——论林语堂〈唐人街〉兼及"移民文学"》，《山东社会科学》，2000年第5期。

❹ 沈庆利：《虚幻想象里的"中西合璧"——论林语堂〈唐人街〉兼及"移民文学"》，《山东社会科学》，2000年第5期。

锐地感觉到作者对梁牡丹身份的文本认同（良家妇女）与心理认同（名妓）之间的巨大差异，从心理上追溯林语堂的潜意识，认为其隐藏着一个名妓情结，"正如《牡丹谣》所唱，牡丹美艳绝伦，人人倾倒。又资质聪慧，虽读书不多却能诗能文，能弹能唱。她心地天真，多情爱美，感觉敏锐，常常忘情于自然。这些特点，集中了中国历史上那些被称为天生尤物和不同凡庸的名妓们的内外基本品质而更加完美化"，❶论者将这一人物形象设定与林语堂的文化思考和主观意志联系起来，认为牡丹身上的灵肉冲突并非林语堂的"败笔"，而是林语堂在牡丹身上寄予了与木兰完全不同的思考，"他将牡丹的激烈、极端、执着于完美表现得非常充分，希望通过牡丹的碰壁使之走向成熟，从而领悟到新的人生哲学：承认人生缺陷的普遍性，承认完美爱情和标准丈夫的相对性，借助万能的心理调整功能改善现实，适应现实和乐生于有缺陷的现实之中"❷，这与论者在另一篇论文中的见解——《林语堂：直面人生必然缺陷的智者》——互为映证，相得益彰。此外，本文还将成熟之后牡丹的选择与现实生活中林语堂自己的选择联系起来，正如我们所了解到的，林语堂的婚姻是在热恋失败之后次选了廖翠凤，虽然两人婚后和谐，彼此真诚，说得上成功，但到底并不算尽善尽美，正是基于此，所以林语堂通过小说来着力渲染牡丹美貌和男女之爱的浪漫狂野，折射出作家的补偿心理，"将现实中失去的东西从文学创作中加倍收回"❸。

值得注意的是，不论是将林语堂的小说作为整体来研究，从文化眼光来观照起小说文本，还是对林语堂的单本小说进行研究，论者都十分注重宏观与微观研究的交叉融合，既注意到林语堂小说创作的独特性、特殊性和个性化，同时更突出林语堂小说创作的整体性、历史性、阶段性和联系性。这个方面最为典型的是汤奇云对林语堂小说的论述，其代表论文有《〈瞬息京华〉的文化意蕴探寻》（《新疆大学学报》，1995 年第 4 期）；《论林语堂小说创作中的文化选择与审美追寻》（《嘉应大学学报》，1996

---

❶　谢友祥：《名妓情结及浪漫爱情的心理补偿——林语堂小说〈红牡丹〉论》，《中山大学学报》（社会科学版），2000 年第 6 期。

❷　谢友祥：《名妓情结及浪漫爱情的心理补偿——林语堂小说〈红牡丹〉论》，《中山大学学报》（社会科学版），2000 年第 6 期。

❸　谢友祥：《名妓情结及浪漫爱情的心理补偿——林语堂小说〈红牡丹〉论》，《中山大学学报》（社会科学版），2000 年第 6 期。

年第 2 期）；《〈唐人街〉中的文化回归趋势与白璧德的新人文主义》（《嘉应大学学报》，1997 年第 1 期）；《美丽的文化童话：奇岛》（《嘉应大学学报》，1997 年第 4 期）；《中西文化融合的无奈与对山地文化的追寻——从文化的角度看林语堂的长篇小说〈赖柏英〉》（《嘉应大学学报》，1998 年第 1 期）。汤奇云将林语堂的小说创作视为林语堂对文化的综合思考，并且从其发展转变的阶段性来解读林语堂的小说，指出林语堂小说的形象性不够，原因在于他只是借小说展示和诠释中国传统文化。据此，她将林语堂对人类文化的思考在他的文化小说中的不同体现划分为四个阶段，即（一）宣扬道家文化的阶段；（二）回望中国文化的阶段；（三）主张中西合璧的阶段；（四）宣扬山地文化的阶段。❶ 不同阶段是由不同的社会文化因素和个人生活情境决定的，也是林语堂文化思想不断发展的结果。不同于拙劣的故弄玄虚，论者的阶段性思考是建立在对林语堂小说创作的整体审视基础上，她将《瞬息京华》《唐人街》《奇岛》《赖柏英》与这四个阶段一一对应起来，并且一一撰文详细分析了林语堂四个阶段文化思考的独特性，充分展示了林语堂小说研究的宏观研究和微观研究相结合的巨大空间。

　　举例来说，在论述林语堂的《唐人街》时，汤奇云力图从理解而非判断的视角来析解，看到了其文化回归的主观意向，认为汤姆的爱情选择其实是一种文化选择，有点中国大团圆戏剧情节的故事安排表达了他对中国儒家家庭观的认同，但他不愿完全按照中国传统的方式安排自己的生活，不愿他人干扰自己的婚姻，则显示了他的独立自主的生活理念。所以他是一个深受中国文化影响的美国青年。"林语堂在汤姆身上投注了中西文化互补交融的观念，但更趋向于对中国文化的价值与东方人的生存智慧的重新肯定，对照第一阶段的褒道贬儒的文化选择来看，体现出一种文化回归趋势"，❷ 汤奇云又对其进行了追根溯源，她没有简单地接受林语堂在《八十自叙》中对于白璧德的否定，而是选择将林语堂的文化回归与白璧德的新人文主义联系起来，并且论述合情合理，很有说服力。从这一点上也可看出论者独到的眼光。她首先对白璧德的基本思想进行了解说，看到了新

---

　　❶ 汤奇云：《论林语堂小说创作中的文化选择与审美追寻》，《嘉应大学学报》（社会科学版），1996 年第 2 期。

　　❷ 汤奇云：《〈唐人街〉中的文化回归趋势与白璧德的新人文主义》，《嘉应大学学报》（社会科学版），1997 年第 1 期。

人文主义思想与古典人文因素的密切相关，认识到了新人文主义的社会理想和对古典文化的推崇。所以她说："林语堂从白璧德处找到了关于人性的情理制衡论。"❶ 林语堂反对的是文学层面上"白璧德的古典主义原则"，主张自在地抒发性灵，而在文化层面上两人却又有着独特的默契。

汤奇云对林语堂小说的研究，既建立在文化的宏阔视野上，又侧重于对林语堂文化阶段性思考的把握，其论述娓娓道来，集稳重与轻松于一体，融趣味与知识于其中，对于拓展林语堂小说研究的视野具有方法论的指导意义。

六

文化眼光的投射以及宏观与微观的交叉融合，为林语堂小说研究开创了极大的空间，论者不但在这方面用力较多，同时非常注重结合小说文本，深入挖掘小说研究的视角，并通过这些视角的转变，来剖析林语堂小说创作中的独特个性，从而推动其小说研究更好地深入。除了从前文中提及的"移民文学""文化地理学"视角介入之外，还有从流浪文学、女性观、阐释学、传播学等视角去研读林语堂的小说，从而使林语堂小说丰富的意蕴得到了更多的呈现。从论文数量来看，此阶段从流浪文学开展研究的有 1 篇论文，女性观有 3 篇，阐释学 1 篇，传播学 2 篇，可以说，从新视角进入林语堂小说世界是一种充满新奇的探险，这一阶段的步伐虽然迈得不大，但对于建构林语堂小说研究史却具有开拓意义，因而更加不容忽视。

具体说来，从中西文学比较的眼光中将林语堂小说创作纳入"流浪文学"的系统之中，并对其进行具体剖析的是阎开振，他通过中西比较文学的视野将林语堂的小说创作与勃兰兑斯的"流亡文学"理论联系起来，论者"把林语堂放在 20 世纪社会大变动尤其是中西文化大碰撞的广阔背景上"❷ 确认了林语堂的流浪者身份，"他不必是一个遭受迫害的被流放者，

---

❶ 汤奇云：《〈唐人街〉中的文化回归趋势与白璧德的新人文主义》，《嘉应大学学报》（社会科学版），1997 年第 1 期。

❷ 阎开振：《"流浪文学"：对林语堂小说创作的一种把握》，《淄博师专学报》，1997 年第 2 期。

但他一定是一个动乱年代里无家可归的流浪人"。❶ 以"流浪文学"的特质来审视林语堂的小说创作，论者挖掘了林语堂流浪小说的主题，认为"抗战的颂歌、人性的张扬、怀乡的愁绪以及东西文化的中和构成了林语堂流浪小说的最具价值的主题"，❷ 此外他还对其小说创作特色进行了概述，认为具有"浪漫的写实"这一特色，并对"浪漫的写实"追根溯源，它不仅与林语堂反对文学的功利主义、倡导表现主义和性灵论密切相关，而且论者从思潮史的角度来看中外文学思潮对林语堂"浪漫写实"的影响，显示了论述眼光的高瞻远瞩。应该说，流浪者不但是林语堂的现实身份，同时也是他的自我认同，正如他在《生活的艺术》中所盛赞的"放浪者"一样，林语堂虽因现实情况直到老年也没有回到漳州故乡，只能在台北阳明山别墅定居，但他心心念念的理想生活其实是像一个放浪者一样的生活，从这一层面来看，"流浪文学"确实是把握林语堂小说特质的一把钥匙。相信随着研究的持续深入，林语堂小说中流浪文学的特质（小说中的理想人格、理想生活、游踪式的叙述线索等）将逐渐得到充分展开。

最早从女性观角度切入的是王兆胜，他认为"林语堂不仅尽其一生关注女性，而且有着独特的女性观念，即女性崇拜思想"❸。他从林语堂女性形象塑造、女性话语本文、女性崇拜根源、超越性和局限性五个方面来全面、系统地剖析林语堂的女性崇拜思想，其论述视野非常宏阔，注重论述的逻辑性和整体性。譬如在论及林语堂小说中的女性形象时，他侧重于将林语堂置于现代文学史的视野中来考察其女性观的独特性，认为："林语堂笔下的女性形象性格具有稳定的内涵，没有明显的阶级性和意识形态色彩，与许多现代作家强调女性性格、个性等的发展性，变动性不同，林语堂不注重'成长性'或'衰败性'的把握，而喜爱写女性的常性，稳定性，她们自始自终保持美好的人性不受污染。"❹ 这种比较的眼光来自论者创新的思维方式。再如，他详细总结了林语堂审视女性的视角，充分展示其独特的眼光，认为不同于传统文学中常有的"一男多女"模式，林语堂

---

❶ 阎开振：《"流浪文学"：对林语堂小说创作的一种把握》，《淄博师专学报》，1997 年第 2 期。

❷ 阎开振：《"流浪文学"：对林语堂小说创作的一种把握》，《淄博师专学报》，1997 年第 2 期。

❸ 王兆胜：《论林语堂的女性崇拜思想》，《社会科学战线》，1998 年第 1 期。

❹ 王兆胜：《论林语堂的女性崇拜思想》，《社会科学战线》，1998 年第 1 期。

第三章　林语堂小说研究史（1997—2002年）

207

小说中常常是"一女多男"模式。《京华烟云》《风声鹤唳》《红牡丹》等都是如此；此外，"林语堂的男女两性关系的文学描述往往是：女性占据主导地位，具有进攻性，女性是行为与动作的发动者，操纵者，是'主语'，而男性则是受控者，是'宾语'。在婚恋的结果上，女性多是成功者，胜利者，而男性多是失败者：面对爱情悲剧，女性也总是比男性更具承受力"❶。较为难得的是，论者在对其女性崇拜思想的评价中坚持公正客观的研究者心态，既看到林语堂超越女权主义规范，肯定女性的主体性地位，肯定女性作为性别角色的特殊意义这一观念的可贵之处，同时也看到了其局限性，即林语堂过分崇拜女性，其简单的一元论导致了男女两性关系的失衡，因为"在两个中心的关系中，男性与女性既对立又统一，既矛盾又谐和，他们以其各自的角色魅力吸引对方并发挥对方难以发挥的特长优势，从这个意义上来说，林语堂的女性崇拜是从一个泥潭挣扎出来却又陷入另一泥潭"❷。而且，"他虽然相当程度超越了男权中心文化的制约，但仍未完全摆脱男权中心话语的规范，在叙述方式上有时不可避免地采取男性叙述话语，忽视甚至无视女性的独特存在与真实的心理状态"❸。

整体来看，林语堂的小说创作基本都以女性为主体［林语堂"小说三部曲"就是以姚木兰，杜柔安和崔梅玲（又名彭丹妮）三个女性角色为主人公来展开的］，其小说中所呈现出来的女性形象与他在散文中对女性的种种论述，整体构成了其特立独行而又复杂多元的女性观，这就决定了林语堂小说中女性形象的复杂性、女性话语的独特性、女性心理表达的丰富性。可以预见的是，这一方面将成为研究林语堂小说的一个重要视角，在后期的小说研究中有望更详细地得到展开。

这一时期有不少学者从阐释学、传播学等角度对林语堂的小说进行研究，极大地丰富了林语堂研究文化视角的丰富性和多元化。这一方面的代表论文有陈旋波的《林语堂的文化阐释学浅析》（《学术论坛》，2001年第5期）和黄万华的《40年代：文学开放性体系的形成——兼及林语堂小说的文化视角》（《理论学刊》，2002年第2期）。黄万华以40年代作为其考察的大背景，从华文文学创作与传播机制的视角来剖析林语堂的小说创作，论述逻辑严谨，思路清晰。论文首先梳理了40年代中国文学的现状，

---

❶ 王兆胜：《论林语堂的女性崇拜思想》，《社会科学战线》，1998年第1期。
❷ 王兆胜：《论林语堂的女性崇拜思想》，《社会科学战线》，1998年第1期。
❸ 王兆胜：《论林语堂的女性崇拜思想》，《社会科学战线》，1998年第1期。

认为其存在多中心发展的格局，而这一格局，"实际上提供了华文文学创作和传播机制的一种新的雏形，它区别于传统观念上的一统性文学，虽然在文学母题，文学原型等层面上，各地区的文学仍有着内在的相通相应，但在其创作和传播机制上，各地区的文学却都力求自成一脉，自行其是，为此，他们都致力于文学的本土化，多元化"。❶ 从这一宏阔背景出发，论者充分肯定林语堂在华文文学创作和传播机制上所做的突出贡献，"林语堂的小说创作以独特的文化视角观照现实人生，为中国新文学向西方介绍自身并被接受开辟了一条蹊径。他的作品先以英文文本在欧美世界及海外华人社会传播，然后以中文译本返回大陆本土，并产生广泛的影响，这种传播方式和过程是以改变中国文学传统的自足生存体系，因而促进文学打破本土自足性发展的生存格局，呈现出跨国别，跨地区的开放性，交融性取代封闭的一统性，自足性的文学可能形态"。❷

七

社会学分析方法是 20 世纪曾经非常流行的文学研究方法。早期林语堂小说研究方法也是以社会学分析方法为主。这种研究方法执着于从社会政治、历史时代对作家影响的角度来研究，虽然很有价值，但其局限性也是很明显的，如忽视作家的主体性和文化性，将作家设定在一个单一的平面上，淹没了其立体结构与复杂内蕴。由于受到这一视角的影响，林语堂小说研究基本处于凝滞的状态，在"政治""社会"等聚焦镜头下，林语堂小说三部曲则被简单定义为"爱国主义小说"，其丰富的文化内蕴却无法得到更多的展现，甚至出现"一叶障目"的倾向。例如，万平近曾经认为，《红牡丹》是一本"香艳"小说，论者简单地从庸俗伦理学的角度出发，忽视了其中隐含的丰富文化内容。可喜的是，近几年这一状况有所改观，论者开始突破社会学方法唯我独尊的局面，开始探索研究方法的创新与运用，结合本时期的论文来看，论者研究方法的创新主要表现在两个方面：叙事理论的巧妙应用和比较方法的拓展，步伐虽然迈得不大，但对推

---

❶ 黄万华：《40 年代：文学开放性体系的形成——兼及林语堂小说的文化视角》，《理论学刊》，2002 年第 2 期。

❷ 黄万华：《40 年代：文学开放性体系的形成——兼及林语堂小说的文化视角》，《理论学刊》，2002 年第 2 期。

动林语堂小说研究却有不可忽视的促进作用。

第一，叙事理论的巧妙运用。最早将叙事理论与小说作品相结合来进行论述的是孙凯风，其代表论文有《试论林语堂小说中爱情题材的叙事构型及其文化意蕴》和《林语堂小说论》。他试图以爱情题材为线索，运用叙事理论来对林语堂的七部小说进行解析，其目的非常明白，借由小说的叙事构型分析来探索其中隐含的文化意蕴。论文首先重点分析了"林语堂小说三部曲"，从三部曲中的三位主人公姚木兰、崔梅玲和杜柔安的爱情经历中来建构林语堂的爱情叙事构型，并且侧重于表现林语堂爱情叙事构型的历史性和整体性，"从《京华烟云》中的姚木兰，到《风声鹤唳》中的崔梅玲，再到《朱门》中的杜柔安，关于爱情的叙事构型逐渐简化，外在的生活环境对人物的影响渐趋减弱，而人物的行为——生存模式随着受制的减少趋向自由，自主意识也由潜在趋向了明朗，再到后来的《红牡丹》，人物的行为——生存模式完全超越了环境的制约因素，中国传统的道德规范受到西方'性解放'意识的强烈冲击，终于无力构成对人物自主选择的障碍"。● 值得关注的是，作者并没有把《红牡丹》当成香艳小说来看待，他采取中立的态度，运用叙事学的理论对这个爱情故事进行细致分析。其中一些分析很有意味，如他把牡丹的爱情故事分为几个阶段，然后对每个阶段的细节进行归类，在此基础上指出，牡丹有过几次主动的出击，但总是遭遇障碍，不是年轻丧夫，就是恋人无法娶她，或者其他非人力可控的因素的干扰。这样，作者既表现了牡丹的热情奔放，又说明了只有道家是解决问题的最终办法。于是小说的悲剧色彩被完全消淡，从而论证了林语堂在爱情题材中融合了对中西文化的思考：林语堂"只是借了清末寡妇梁牡丹的衣冠，来表现一种适合于现代西方文化观念的女性意识，他在小说中所表现的价值观，并非中国本土的产物"。❷ 最后，论者从中西文化互补融合的视角充分肯定了林语堂小说的价值，认为"对中西文化价值取向的最后抉择，既非完全出于读者接受过程中的主观自由联想，也不只是外在于作品的作家的自我申明与解释，而是由作品中所提供的背景材料，人物的行为——生存模式来决定的，这种中西文化价值取向的负载

● 孙凯风：《试论林语堂小说中爱情题材的叙事构型及其文化意蕴》，《温州师范学院学报》（哲学社会科学版），1996 年第 4 期。

❷ 孙凯风：《试论林语堂小说中爱情题材的叙事构型及其文化意蕴》，《温州师范学院学报》（哲学社会科学版），1996 年第 4 期。

性，涵括了林语堂观察世界的独特方式，他的爱憎好恶及不一而足的审美理想。正是这一切，决定了林语堂小说在中国20世纪文学史上的独特品格与价值"。❶

概括来看，运用叙事理论对林语堂小说进行研究的论文虽然不多，但却让林语堂小说研究大放异彩，可见这一研究理论的应用还有着巨大的空间可供挖掘，相信随着研究的发展，将会有更多论者选择用叙事理论的方法来进入林语堂的小说世界，我们也将会看到越来越多与之相关的佳作。

第二，比较方法的拓展与创新。20世纪90年代之前的林语堂小说研究，基本上局限于国内，往往进行道德评价，一般不将林语堂与其他国家的作家或文化名人进行比较分析。进入90年代，产生了许多不同，比如开始使用比较的方法，同时比较的视野开始超越道德的局限，研究者或将林语堂放在同时期作家中进行审美观照，或是将其与中国古典文化相联系进行文化分析，甚至将视野扩展到西方，将林语堂与欧美作家或思想家比照进行审察，试图揭示林语堂的独特性和深刻性。这方面的代表论文有：刘锋杰的《承继与分离——〈京华烟云〉对〈红楼梦〉关系之研究》(《红楼梦学刊》，1996年第3期)；朱双一的《林语堂和鲁迅"国民性探讨"比较论》(《学术研究》，1997年第8期)。将林语堂和鲁迅做对比，可说是一贯的研究热点，但以往的研究中多是将林语堂作为鲁迅的反面，将两者置于两极，用鲁迅对林语堂的批评来突出鲁迅作为思想文化战士的坚定。客观说来，林语堂和鲁迅作为中国现代文学史上的作家，都充分展示了其特立独行的个性，两者在思想、创作、文化思考上的不同立场和不同选择，是很值得做对比性研究的。随着研究的进一步深入，论者也不再只是从意识形态等社会学角度简单粗暴地进行好与坏的评价，而是将两者作为独立的个体，在对比中更展现出其主体性。朱双一在对林语堂和鲁迅关于"国民性探讨"问题上观念的异同之比较中就做到了这一点，他从四个方面对其区别进行了论述，"第一是探索的目的和视焦之差别"，"第二是手段和方式之差异"，"第三是思维特征之异动"，"第四是价值评判之歧异"，❷论述过程中条分缕析，思维既严谨又清晰。值得注意的是，论者在论述两者手段和方式之差异时，将鲁迅的《伤逝》与林语堂的《赖柏英》

❶　孙凯风：《试论林语堂小说中爱情题材的叙事构型及其文化意蕴》，《温州师范学院学报》（哲学社会科学版），1996年第4期。

❷　朱双一：《林语堂和鲁迅"国民性探讨"比较论》，《学术研究》，1997年第8期。

放在一起加以对比，提供了一种新的解读途径。他认为这两部小说的相同之处在于都有"自由恋爱的青年男女同居后，男的忙于生计，女的在家无所事事倍感落寞，终至两人感情破裂的情节"，❶ 但在中国国民性的揭示上有明显差异，概括来说，"林语堂较多地运用中西（或东、西方）文化比较的方式"，在"描写杏乐和韩星的感情纠葛时，着重表现中国人和西方人在性格上的差异"，❷ 鲁迅则"更专注于本国的现实和历史"，借由《伤逝》，鲁迅要表达的是"女性在冲破封建礼教束缚，获得婚姻自主权后，还必须争取相应的政治、经济方面的平等权利，才能得到真正解放"。❸ 通过两相比较，水到渠成地，作者得出结论："林语堂视野较宽，鲁迅则更见深厚的现实性，可说各有千秋且成互补。"❹ 其论证显示了一种平衡的判断力，因而令人信服。

林语堂在写给郁达夫的信里夫子自道地论述了《京华烟云》的创作意图，并谈及《京华烟云》中人物塑造对《红楼梦》的继承与模仿，林太乙在《林语堂传》中也指出了《京华烟云》的创作与《红楼梦》之间存在莫大的关联。读过《京华烟云》的人从中确能找出不少《红楼梦》的痕迹。这两个文本之间的关系具体是怎样的呢？刘锋杰对此进行了详尽的阐释。论者首先从人物形象塑造出发，不仅看到了林语堂自述中的关联，而且将没有被作者论及的人物也纳入其血缘关系中，如"姚思安与贾政"，"银屏与姚太太的关系和晴雯与王夫人之间的关系存在类似之处"等。同时，论者进一步指出林语堂在《京华烟云》中于《红楼梦》之外另创新人物的艺术追求，即"融合与引申"，并将其应用到对体仁这一人物的剖析，"体仁是贾宝玉与贾琏的合形，既有贾宝玉的怜香惜玉，又有贾琏的拈花惹草，优雅与粗俗的结合，使体仁具有了自己的个性特征"，❺ 论者还探讨了林语堂用这种方法塑造人物的深层意图，"体仁性格的这种糅合，其作用在于引起我们对于贵族子弟的重新认识，他们在十分宽裕的家境中，不仅会变得敏感与多愁，而且也会变得荒唐与放纵，《红楼梦》在描写上层

---

❶ 朱双一：《林语堂和鲁迅"国民性探讨"比较论》，《学术研究》，1997 年第 8 期。
❷ 朱双一：《林语堂和鲁迅"国民性探讨"比较论》，《学术研究》，1997 年第 8 期。
❸ 朱双一：《林语堂和鲁迅"国民性探讨"比较论》，《学术研究》，1997 年第 8 期。
❹ 朱双一：《林语堂和鲁迅"国民性探讨"比较论》，《学术研究》，1997 年第 8 期。
❺ 刘锋杰：《承继与分离——〈京华烟云〉对〈红楼梦〉关系之研究》，《红楼梦学刊》，1996 年第 3 期。

贵族子弟的这一特性时，采取了分别表现的方法，使其中敏感与多愁属于贾宝玉，创造了一个纯情公子的形象，而把龌龊与卑劣给了薛蟠，贾琏等人。所以体仁形象之鲜明，不及贾宝玉，贾宝玉形象内涵之丰富不及体仁。体仁形象之创造达到了一象多用之目的"。❶

此外，论者以家族描写模式的叙事构型去审视《京华烟云》与《红楼梦》之间的关联，认为"《京华烟云》在这方面的继承，绝不下于它在人物创造上的继承"，"《京华烟云》主要描写了三大家族：姚家，曾家，牛家，为了达到三者之间的联系，从而也构设了三家之间的姻亲关系，但各家又各自作为不同的意义载体而存在，从而相当全面地折射了当时的社会与人情"，❷除了家族描写模式的继承之外，《京华烟云》实际上也承继了《红楼梦》的叙事运动原则，"不是以线性的单一的人物性格的发展变化作为叙述的主线，而是以板块的家族活动方式的切割转换构成叙事过程"，❸其透视方法也随之从"焦点透视"变成"散点透视"，并对〈京华烟云〉的叙事过程及其特点进行概括和阐释，但《京华烟云》和《红楼梦》在采取家族叙事的回环结构方面却有区别。文章最后总结道：《红楼梦》的回环结构是平面的，而《京华烟云》则是螺旋式的，"由《红楼梦》的平面之回环，它创造的是一个封闭式的叙事结构；由《京华烟云》的螺旋式回环，它创造的是一个开放式结构"。❹

论者将两个文本最本质的区别鉴定为"对悲剧的理解和把握"，这一点颇为深刻。他认为尽管"林语堂对于《红楼梦》悲剧精神的继承意图显而易见"，如多次以梦境描写来刻画人物等，试图获得悲剧性，但实际却相差很远。他从多个方面详细分析《京华烟云》如何在客观上造成了人物悲剧性的消解。如在《京华烟云》中，木兰的一生遭遇爱情的悲剧、丧女的悲剧和时代的悲剧，可作者不断用道家的顺应自然、生死齐一等思想消解其悲剧性。这种"干预"主要体现在如下几点：一是木兰失踪，本可能

---

❶ 刘锋杰：《承继与分离——〈京华烟云〉对〈红楼梦〉关系之研究》，《红楼梦学刊》，1996 年第 3 期。

❷ 刘锋杰：《承继与分离——〈京华烟云〉对〈红楼梦〉关系之研究》，《红楼梦学刊》，1996 年第 3 期。

❸ 刘锋杰：《承继与分离——〈京华烟云〉对〈红楼梦〉关系之研究》，《红楼梦学刊》，1996 年第 3 期。

❹ 刘锋杰：《承继与分离——〈京华烟云〉对〈红楼梦〉关系之研究》，《红楼梦学刊》，1996 年第 3 期。

从舒适温馨的上层社会进入肮脏混乱的社会底层，从而获得在底层经受巨大磨砺的悲剧性格，但作者又安排巧合令其脱离险境，这样，小说的悲剧意味被大为削减，失去了动人的力量，虽然作者展示了平静的生活之美；二是木兰婚姻的悲剧色彩，她虽然嫁给了荪亚，可实际上立夫才是她的挚爱，本来她的内心深处应该充满矛盾和痛苦，林语堂却没有触及木兰的心灵，只写下许多表面的冲突。于是，作品的悲剧性被喜剧的色彩掩盖了，小说因此缺乏更为动人的力量。三是作者竭力避免冲突，也同样避免了悲剧。"在《红楼梦》中，它的梦幻是人生的慨叹，是对生存的不可把捉的提炼，是深深打动人心，拨动读者内在琴弦而激起对人生聚散的哲理性思考。对《京华烟云》来讲，其中的梦幻只是一个人的青春期的回忆，其中含有对人生不确定性的思索，但这种思索却以确定来结束自身，最终难以引发读者对人生终极的追问。"❶ 这篇论文在充分肯定《京华烟云》与《红楼梦》渊源的基础之上，以人物形象、叙事结构模式、主题思想、悲剧性为经，以承继与分离的关系为纬展开论述，深入浅出，于严谨中见流动，于流动中见缜密，是一篇研究《京华烟云》与《红楼梦》关系的力作。

也有论者从比较文学和比较文化的视角出发，来研究林语堂与白璧德新人文主义之间的深度关联。作者跳出了林语堂拒绝白璧德的一般事实，认为林语堂前期的拒绝实际上是出于林语堂对白璧德的误读，"白璧德建立了一套较严谨的新人文主义思想体系，他从反对卢梭以降的西方浪漫主义文艺思潮入手，对近代西方文艺脱离古典法则大加鞭挞"，❷ 而早期林语堂崇尚自我表现，反对权威，蔑视法则，因而与白氏拒斥浪漫个性的文艺观格格不入，转而支持斯宾加恩的直觉表现说。由此可见，林语堂对白璧德思想的理解，只停留在文学层面，即对浪漫主义和古典主义的区分，而没有深入新人文主义的思想内蕴，因此也就不能理解其文化抱负。而随着林语堂长期旅居海外，文化身份悄然发生了转变，其后期"所坚持的文化

---

❶ 刘锋杰：《承继与分离——〈京华烟云〉对〈红楼梦〉关系之研究》，《红楼梦学刊》，1996 年第 3 期。

❷ 陈旋波：《林语堂与白璧德的新人文主义》，《华侨大学学报》（哲学社会科学版），1997 年第 2 期。

立场恰恰是他当年所反对的白璧德的新人文主义的文化思路"。❶ 接着论者对白璧德的新人文主义进行了历史性的梳理，看到了它的真正用意和出发点，现代科技主义和西方文明病是其产生的根源和条件。这和林语堂的思想几乎是一致的，他也反对过度发展科学，反对扭曲的人格，鼓吹自然地健康的人生。而林语堂认为，这样的人生必须建立在经过改造的道家思想之上，改造的依据就是中西文化传统。论者以林语堂奇幻小说《奇岛》为解读文本，对两者之间存在的一致性做了详细剖析。作为"林语堂中西古典文化理想最集中最成熟的体现"，在《奇岛》这部长篇小说里，"古希腊文化与基督教精神，儒家哲学与庄禅境界诸种中西古典精华交融合流，和睦相处，真正实践了白璧德所谓的'人文的君子的国际主义'"。❷ 这篇文章的论述另辟蹊径，新颖独到，展示了论者独特而敏锐的眼光。

这些文章将林语堂的小说置于比较文学的视野中，通过将其与中国现代作家、古代作家和外国作家等的比较，充分揭示了林语堂小说创作的世界性和人类性意义，在一定程度上实现了超越。

林语堂是一个思想极其复杂的作家，他在其散文中提到中西方许多文学家、思想家对他的影响，以及他对他们的偏爱之情。探究林语堂与这一批文化名人之间的复杂多样的关系，一方面可以帮助我们更好地了解林语堂"一捆矛盾"的具体意义，另一方面对于拓展林语堂小说研究具有极大的开拓意义。

---

❶ 陈旋波：《林语堂与白璧德的新人文主义》，《华侨大学学报》（哲学社会科学版），1997年第2期。

❷ 陈旋波：《林语堂与白璧德的新人文主义》，《华侨大学学报》（哲学社会科学版），1997年第2期。

第四章 林语堂小说研究史（2003—2013 年）

21 世纪以来，林语堂研究进入了一个相对繁荣期，对比前期的研究，这个时期表现出一个明显的特征是数量多，研究角度和方向新颖独特，特别是小说的研究，有了进一步的提升，然而林语堂的研究比起其他的著名作家还有待加强。令人欣慰的是，此阶段出现了不少的学术文章研究，主要集中在硕士博士论文里。以往研究者们多从他 20 世纪 30 年代的小品文出发进行研究，一般不太关注他在小说领域的成就。如朱栋霖等人主编的《中国现代文学史（1917—1997）上册》（北京：高等教育出版社，1999 年版）中，编者只是对于林语堂的小品文着墨较多，而忽视了他的小说创作。笔者将从宏观和微观这两个维度对 2003 年到 2013 年这 10 年期间的论文进行分类研究。

一、单本小说研究

得到学界较多关注和肯定的林语堂的小说作品主要有以下几部：被称作小说三部曲的《京华烟云》（又叫《瞬息京华》《风声鹤唳》）、《朱门》，还有后来的《唐人街》《红牡丹》《奇岛》（又叫《远景》）、《赖柏英》。从这 10 年的论文发表情况来看，单本小说研究有 220 篇，其中单就《京华烟云》的研究有 204 篇（硕博论文 54 篇），涉及的主题有十多个，可见研究者们对这部诺贝尔文学奖提名作品的青睐。

（一）对《京华烟云》的研究角度有以下几个方面

1. 翻译学角度

从翻译学角度进行分析的有 85 篇，此主题发表的期刊论文逐渐增多，从 2006 年的 1 篇，到 2010 年的 22 篇。而围绕此主题发表的优秀硕士论文有 33 篇，可见此主题在近几年是一个新点，更是一个热点，受到青年研究者们的喜爱。*Moment in Peking* 是林语堂的英文原创作品，研究者们提出很多独到新颖的研究角度，从异化翻译策略、生态翻译学、等效理论、跨文化、文化回译、文化间性、补偿翻译、习语显性翻译、互文性、功能对等、目的论、顺应论、乐弗维尔操纵理论、解构主义、译者主体性等视角对林语堂的《京华烟云》进行分析研究。

研究者们各抒己见，为林语堂研究拓宽了领域。如赵迎春最先提出《京华烟云》采用"异化翻译"为主的文化传输策略，并从民族意识化符号、民族声象化符号、民族社会化符号、民族地域化符号、民族物质化符号五个方面对此做了证明（《〈京华烟云〉的文化传输策略及其原因分析》，《湖南科技学院学报》，2006 年第 10 期）。另外，赵银春和陈凯军在《*Moment in Peking* 中的翻译痕迹探析》（《作家杂志》，2011 年第 7 期）一文就从传播中国文化的创作动机、作品中的中国式思维、中国背景下的汉语文化意象、对汉语既存引语和俗语的翻译四个方面来阐释作品显现的翻译痕迹。李晗等人则用精确的数字来展示林语堂在《京华烟云》中的国俗词语英译案例，他们提出在全书中"国俗词语英译案例总计 733 个，其中采用归化翻译策略 213 个，异化翻译策略 520 个，分别占总体案例的29.1% 和 70.9%"。在此之外，他们又着重提出了林语堂的一种新的翻译方法——归化翻译法："①借用：用英语中约定俗成的具有相似意义的词语来翻译；②解释：解释文化负载词的文化内涵和意象；③转换：由于中英文化差别，翻译中出现个别词语转换而译；④借用 + 解释。"以及异化翻译策略所采用的翻译方法："①字面直译法；②直译加注释；③音译法，使用的是当时流行的韦氏拼音；④音译加直译；⑤音译加注释。"（《〈京华烟云〉中"国俗词语"的翻译策略研究》，《科教文汇（上旬刊)》，2010年第 12 期）这种统计研究方法非常有价值，它直奔事实，令人信服，也以具体的数字让人对林语堂的翻译特色产生可感的理解。

而对 *Moment in Peking* 中所透露出来的翻译性写作倾向，肖百容等研究者的论述比较明确和完整。他们在《论〈京华烟云〉的翻译性写作及其得失》一文中指出："林语堂《京华烟云》的写作过程是独特的，可以称其为'翻译性写作'，这一写作特征从小说中的人物名字与称谓、文化词汇与谚语、古典诗文引用等几个方面都能够得到印证。"文章认为，小说将中文里较具本土文化特色的信息资料和事件利用特有的表达方式展现给西方读者，使得文本在符合西方读者的阅读习惯的基础上还能保留独特的中国文化意味。❶ 但是，林语堂"还是无法完美逾越中西文化、语言间的差异，他对某些中国文化内蕴的表达还是有所缺失。"❷ 高巍等研究者则从诗词翻译切入作品，认为"林语堂在其英文作品《京华烟云》中加入了对部分古典诗词的翻译。这些翻译又恰到好处地体现着他所提倡的三个翻译标准，即忠实、通顺和美。由此辅助林语堂实现了他的创作初衷——向当时对中国及其文化知之甚少甚至存在偏见的英语国家传递中国文化"❸（《试析〈京华烟云〉中的诗词翻译》）。

除了从 Moment in Peking 的文本分析林语堂在创作时的翻译倾向，研究者们还从译本对比角度对此作品进行探析。如邹晶在其硕士论文《Moment in Peking 两个中译本中回译的对比研究——译者主体性视角》中从"译者主体性视角这一角度着手，对张振玉和郁飞翻译的 Moment in Peking 的两个汉译本进行对比研究，认为两位译者在这种特殊的回译过程中，由于各自对待中西文学和文化的态度、立场和观点不同，各自的知识背景和审美诉求不同，对原著中同样的语言和文化现象采取了不同的回译策略，从而使同一原著以不同的面貌呈现在中国读者面前。另外，在回译策略上，张振玉由于有更多背景知识，有更强烈的认同心理和审美诉求而采取有些不回译，有些全部回译，有些彻底回译，郁飞则由于有相关人际关系，有为父还文债的翻译目的而采取有些回译，有些部分回译，有些表层回译。"❹ 这两位研究者结合翻译者的具体生活情形进行分析，考察细致，理论有一定的新意。

2. 小说要素角度

作为小说三要素之一的人物形象，历来受到众多研究者的追捧，在此方面发表的论文有 38 篇（包括 2 篇硕士论文），2007 年以前发表的期刊论文总数是 7 篇，2008 年是 4 篇，2009 年是 4 篇，2010 年是 7 篇，2011 年

---

❶ 肖百容、张凯惠：《论〈京华烟云〉的翻译性写作及其得失》，《湖南工业大学学报》（社会科学版），2010 年第 6 期。

❷ 肖百容、张凯惠：《论〈京华烟云〉的翻译性写作及其得失》，《湖南工业大学学报》（社会科学版），2010 年第 6 期。

❸ 高巍、徐晶莹、宋启娲：《试析〈京华烟云〉中的诗词翻译》，《重庆交通大学学报》（社会科学版），2011 年第 1 期。

❹ 邹晶：《Moment in Peking 两个中译本中回译的对比研究——译者主体性视角》，长沙：湖南大学，2012 年。

是 4 篇，2012 年是 8 篇，从数据上看，这个方面的研究发展相对平稳。

林语堂曾说："若为女儿身，必做木兰也！"❶ 对于林语堂倾其心力塑造的这一理想女性形象，研究者们同样是倍加喜爱，分析姚木兰人物形象的论文就有 24 篇。具体而言，研究者们有从儒、释、道的哲学观照下透视姚木兰的，如熊丽的《从姚木兰透析林语堂的人生哲学》（《作家》，2011年第 1 期）、罗予的《从〈瞬息京华〉姚木兰的形象看林语堂的人生哲学》（《安徽文学》，2009 年第 10 期）、何致文（等）的《亦儒亦道的"中庸哲学"——从林语堂的文化选择看姚木兰的人物塑造》（《现代语文》，2009年第 3 期）、孟弘的《姚木兰与林语堂的人生哲学观》（《作家》，2008 年第 8 期）、谭静的《论姚木兰的道教人生观》（《安徽文学》，2006 年第 10期）等。

主持人在《道佛成悲儒成喜——传统文化的现代形象探析》（《文学评论》，2011 年第 4 期）一文中提到"木兰失去了爱人，失去了父亲，失去了女儿，也失去了丈夫（丈夫有了外遇），她其实也很失败，尽管小说表现她用道家思想和观念战胜了一切，仿佛达到了自然和顺，达观成熟的境界。但是我们不能忘记，小说一开始就写木兰的失踪。这个细节很是耐人寻味，《京华烟云》明确标明是写道家的，道是不可说、不可言的，木兰失踪在整个小说中似乎是突兀的情节，难以在表面解释清楚。木兰一生的悲剧，归终以'无我''去智'安慰自己，得以解脱，'无''去'不就是自我的'失踪'吗？"❷ 他还犀利地指出："《京华烟云》中的姚木兰也经不起用道德法则进行叙述，以普通社会的伦理道德来分析她，姚木兰就成了没有人性、中庸、麻木的'陈死人'：多年的心上人立夫，奉父母之命和自己的妹妹成亲了，她也没有多少痛苦，好像无所谓；女儿死了她当然痛苦，但也很快在'道'的启迪下摆脱出来；丈夫有了外遇她还把丈夫的'小三'请到家里来做客，好生招待；年老的父亲出去云游多年，她也没有去打听过，关心过。如果得'道'的人就是这种麻木不仁，没心没肺的形象，我想读者怎么还会认同道家，道家在人们心目中的形象肯定会比儒家更可憎、可恨。可是林语堂用西方人文、自由观念来阐释这个形象，就把道家理性、宽容、随遇而安的一面神圣化了，木兰的形象也就完全是另

❶ 林如斯：《关于〈京华烟云〉》，《衔着烟斗的林语堂》（萧南选编），成都：四川文艺出版社，1995 年，第 109 页。

❷ 肖百容：《道佛成悲儒成喜——传统文化的现代形象探析》，《文学评论》，2011 年第 4 期。

第四章 林语堂小说研究史（2003—2013年）

219

一种模样了。"❶ 这可谓是对姚木兰形象的一种新解，给后来者提供了一个独特的研究视角。

还有论者看到《京华烟云》中的一些次要女性形象，对她们进行分析评价。如张兵兵在《浅析林语堂〈京华烟云〉中曼妮的形象》一文中认为，曼妮"既是封建礼教下的窈窕淑女，又是封建礼仪中的贤妻良母"❷。但是不足的地方在于，此论文并没有深入到曼妮形象的根本，而只是停留在表面。另外，温翼也在《生命的压抑与灵魂的救赎——浅谈〈京华烟云〉中的曼妮与素云》（《作家》，2010 年第 3 期）中提到了曼妮和素云两个次要人物，尤其可贵的是他对牛素云这个人物形象的评价。他认为她虽然世俗，但是造成她这种性格的是封建家庭和文化教育，她身处其中而不自知，实在也是可怜人，所以她也是旧思想的牺牲品，我们应该多些同情心理解而不要一味指责她。可谓给牛素云做了一次平反，显示了论者阔大的人道主义情怀。孔倩雯在《红玉的命运悲剧原因》（《焦作大学学报》，2010 年第 1 期）中认为红玉"清傲、敏感"的性格是她走向悲剧命运的重要原因，误信签文投水自尽，则是她又一悲剧所在。虽然这些论者都注意到了《京华烟云》中次要人物的研究价值，但是存在的一个共同问题是，大多数研究流于表层化、单一化。

3. 文化思想角度

除了翻译和人物形象两个研究角度，小说中所表达的文化思想也受到研究者们的重视，发表的论文有 27 篇（包括 5 篇硕士论文），除了 2003 年和 2012 年各发表 1 篇、2011 年发表 5 篇外，其余每年发表篇数都是 2—3篇，研究者们基本没有跳出儒、道、佛三个层面，如冯艺的《〈京华烟云〉中 "道" 之符码解读》（《大众文艺》，2011 年第 7 期）、刘雪的《〈京华烟云〉中面向外国读者的儒道思想体现》（《时代文学》，2011 年第 3 期）、鲍明辉的《林语堂小说〈京华烟云〉中的道家思想》（《名作欣赏》，2011年第 32 期）、王小燕的《〈京华烟云〉的文化意境及儒道哲学思想》（《海外英语》，2010 年第 7 期）等都是从儒道思想解读《京华烟云》。

在此主题上较突出的研究者是童珊，她在《论〈京华烟云〉中的道家

---

❶ 肖百容：《道佛成悲儒成喜——传统文化的现代形象探析》，《文学评论》，2011 年第4 期。
❷ 张兵兵：《浅析林语堂〈京华烟云〉中曼妮的形象》，《教育教学论坛》，2011 年第 11 期。

文化》（《作家》，2009 年第 3 期）中提到《京华烟云》的一个显著特点是以道家为叙事的视角，展示世态人情和复杂人性。小说通过讲述三大家族的兴衰史和一群青年的婚恋求真经历，诠释道家的生命哲学和生活哲学。她认为道家思想首先被赋予在人物性格塑造上，道家父女——姚思安和姚木兰性格中的遇变不惊、淡泊名利、醒悟生死等特征都是道家观念的具体体现。他们依赖道家思想生存在这个复杂多变的社会和时代里，所以不可避免地显得保守，缺少生气。这种观点可以站得住脚，但是新意不够。作者还分析了《京华烟云》所蕴含的生命观念和叙事风格，虽然方法不是很新，结论也不让人意外，不过说得稳当、可信，其论述过程在一定程度上也有创新。

另外，张婷婷的研究值得特别关注，她在硕士论文中致力于通过分析意象（包括物质的，精神的以及社会的），以揭示林语堂小说中的"死亡情结"。她认为《京华烟云》写到了人类面对死神的三个过程：遭遇死亡、面对死亡和超越死亡。她试图"通过分析死亡的三个阶段，了解林语堂对死亡以及生命的态度和理解"（《论〈京华烟云〉中的"死亡情结"》，武汉理工大学硕士论文，2010 年）。陶浪平则以"自然观"为切入点，分析林语堂小说文本中对自然的叙述。他认为林语堂小说中描绘了色彩斑斓的自然，体现了他对都市走向大自然和人物的自然美的理想追求。然后他再从林语堂的经历、教育背景等多个方面分析了其自然观的成因，最后探讨林语堂自然观对于现代社会和人生的作用及意义（《从〈京华烟云〉探林语堂的自然观》，湖南师范大学硕士论文，2010 年）。

4. 比较文学研究角度

随着学术界研究视野的开阔和方法的创新，许多研究者不再拘囿于单一的文本分析，而是将文本与不同时期或者不同国家的作品进行比较研究。林语堂研究者们共发表了 18 篇相关论文（包括硕士论文 2 篇），进行比较的角度主要有两个：《京华烟云》与《红楼梦》的渊源关系以及姚木兰与其他女性形象的对比研究。

林语堂在他的《吾国吾民》一书中，多次谈到《红楼梦》与中国传统文化。他也认识到了《红楼梦》代表了中国古典文学发展的最高峰，不过他同时指出，这部小说无论多伟大，它终究只是一类小说的代表，也是可以仿写的。林语堂曾有将《红楼梦》翻译成英语，介绍到国外的想法，后因《红楼梦》不合西方世界的社会情形而作罢。于是他自己创作了同类小说《京华烟云》。王兆胜认为"《红楼梦》对林语堂深层的影响，主要是在价值观、人生观、思维方式和审美趣味等方面"。他还发现一个特点，林语堂多处谈到《红楼梦》里的女性形象，却很少谈到其中的男性形象，其女性主义思想实在是表现得相当明显，丝毫不隐瞒。而在这种观念的影响下，林语堂描绘女性人物充满激情，刻画出来的也就是活灵活现，既具现代性情又具古典气质的木兰、柔安等，而他不太擅长描画男性，其笔下的男性形象往往比较抽象，最好的也就是李飞，但他的形象比起林语堂笔下的女性来，逊色不少。在大家庭结构模式上，林语堂也是诸多借鉴，"它展示了曾、姚、牛三家的喜怒哀乐、悲欢离合，这与《红楼梦》中的贾、薛、王三大家族如出一辙。《朱门》明写李飞与杜柔安的小家庭，而暗写杜家的'朱门'，那是一个充满权势与飞扬跋扈的旧式官僚家庭。《奇岛》较少写家庭，它主要描述的是由世界各国来太平洋荒岛隐居的各式人等组成的'共和国'，但是从其日常生活的宴谈方式看，我们又仿佛看到了一个'大家庭'，一个比《红楼梦》更大、更微妙、更神奇的'大家庭'。换言之，《奇岛》是《红楼梦》之'大家庭'的放大与投影，所不同的是，在《红楼梦》中贾母是一家之长，而在《奇岛》中男性哲学家劳思则为一'家'之主。"❶

　　除了将《京华烟云》与《红楼梦》进行比较研究外，论者们还将《飘》《简·爱》《玩偶之家》《恋爱中的女人》《弗洛斯河上的磨坊》等作品中的女主人公与姚木兰进行对比。如王晓娜在《20世纪初中西方男性作家笔下的女性形象——从女性主义视角看"厄秀拉"与"姚木兰"的异同》一文中，从"不再沉默的女性""追求爱情的女性""学识的女性""理性的女性"四个方面，将厄秀拉与姚木兰进行对比，得出结论："劳伦斯和林语堂却赋予了厄秀拉和姚木兰话语权，让她们成为话语的主体。不管是劳伦斯还是林语堂都实现了女性的话语权，但西方作家笔下的女性有更多、更彻底的话语权，而中国作家和中国女性本身似乎是受中国传统文化"礼让"的影响，话语权相对较弱。"❷ 林语堂因此得出结论，西方作家在刻画女性形象时更富有才华，其女性形象更让人具体可感；但中国现代

---

❶　王兆胜：《林语堂与〈红楼梦〉》，《河北学刊》，2008年第6期。

❷　王晓娜：《20世纪初中西方男性作家笔下的女性形象——从女性主义视角看"厄秀拉"与"姚木兰"的异同》，《文学界》（理论版），2012年第11期。

作家在描写女性时，有点扭扭捏捏，他们笔下的新时代女性形象也不能给人以冲击，而是多有保守成分。王晓娜从中西作家思想背景的差异，看到了他们在小说人物刻画上的不同，并分析了这种不同的社会意义，其观点比较新颖，视野也比较开阔。

5. 中西文化交流角度

林语堂自诩"两脚踏中西文化，一心评宇宙文章"，在中西文化交流上，他是功不可没的。人们感兴趣的是，相比于其他以英语为母语的作家，林语堂是如何让自己的作品保持在"畅销书"的榜首的。除了他的渊博学识之外，独特的语言和传播方式是其中的重要原因。

以语言学理论为指导研究《京华烟云》的主力军是一群研究生，共发表了10篇优秀硕士论文，涉及的视角有建议言语行为、人物语言、拒绝策略、冲突性话语、间接指令行为、语言经济学、语言特点等。如孙玎玎在《〈京华烟云〉"建议"言语行为研究》中具体分析了小说中汉语建议言语行为的实现模式和言语策略，并提出了影响建议策略的社会因素。尹玉红在《合作原则和礼貌原则视角下〈京华烟云〉中人物语言研究》中对《京华烟云》中选取的大量人物对话从合作原则和礼貌原则两个理论角度作了详尽的分析，希望探讨林语堂小说的语言特征，揭示他的双语写作的成功之处和失败之处，进一步总结中国作家运用外语进行文学创作的经验；唐晓红则从汉英对比研究的角度对"有"字句展开全面论述。侯利娟在《语境化理论下〈京华烟云〉的语言特点探析》（新疆大学硕士论文，2011年）中从社会语言学角度出发，认为"《京华烟云》从汉语中大量借词，主要涉及称呼语、官衔名称及紧急情况下的呼叫语；同时，林语堂也从汉语中直译了很多词或短语，多与称呼语、婚恋等相关。在修辞方面，《京华烟云》中使用了大量本土化的修辞手法，主要是明喻、暗喻、借代和引用。在语篇层面，通过分析对话中说话者的言语行为及两篇非文学文本（信件和寻人启事），发现本土化现象也广泛存在于语篇层面。"

围绕着传播学这个主题展开的论文有8篇（包括1篇硕士论文），其中，让人耳目一新的当数韩梅的《论张振玉的译本——〈京华烟云〉的传播优势》，她认为张振玉译本的传播优势是文学作品的商品化包装，体现在"封面上增加了更多的文字信息，如'文学大师林语堂最负盛名的传世之作''享现代版《红楼梦》之美誉''四度获诺贝尔文学提名之殊荣'

等。该译本在封面上只出现了‘林语堂著’的字样，并没有译者的名字。至少这样的包装设计会留给读者一个印象，即该译本是原著的官方译本或为林语堂先生所推崇的译本"。❶ 韩梅还认为，该版本"将章节标题分三页附以插图在目录中列出"，❷ 这种方式非常新颖，也很有效果，因为这一点几乎成为张振玉译本的标志，而且因为受读者欢迎，促进了小说的销售。从传播学的角度进行林语堂研究，有时候能够抓住他小说的独特性。金雅慧等研究者则从名字和称呼、中国的习俗、中国的方言、中国的哲学思想和古诗及习语几个方面分析 China English 这种独特的文化载体能够被英语使用者所接受并发挥其文化价值（《以〈京华烟云〉为例看 China English 的文化传播价值》，《科教文汇》，2007 年第 8 期）。阎清景从传播学角度指出，*Moment in Peking* 有着非常明显的写作意图，这一点影响着小说的主题设置、读者意识、美学特征甚至语言特征。他举例说，虽然由于存在语言沟通和语言文化的差异，但林语堂运用受众的共性，创造性的重构"文本叙事逻辑"，实现了不同文化之间的沟通。"对此，他采取以受众思维方式构筑文本叙事逻辑、以外显式语言信息构筑原语文化语境、以连接式立体文本克服读者对原语文化词汇认知障碍等有效的写作方法。这种传意写作方法对于我们今天民族文化的传播而言仍不失其典范与借鉴意义。"❸

6. 电视剧改编角度

近几年来，名著改编的风潮非常盛行，林语堂的《京华烟云》自问世以来，广受喜爱，曾两度被改编为电视剧搬上银幕。关于电视剧《京华烟云》，最早提出自己观点的是王兆胜，他在《中国艺术报》发表了题名为《新版电视剧〈京华烟云〉：对林语堂的误解与误读》，他认为电视剧《京华烟云》以"否定儒家为主，也缺乏道家精神，这就丧失了林语堂的精神境界和品位"。❹ 他甚至指出改编者是将林语堂的原著"处理成虚伪狡诈、

---

❶ 韩梅：《论张振玉的译本——〈京华烟云〉的传播优势》，《青年文学家》，2009 年第 15 期。

❷ 韩梅、高丽：《论张振玉的译本——〈京华烟云〉的传播优势》，《青年文学家》，2009 年第 8 期。

❸ 阎清景：《林语堂先生英文传意写作方法研究——从 Moment in Peking 说起》，《南阳师范学院学报》，2009 年第 10 期。

❹ 王兆胜：《新版电视剧〈京华烟云〉：对林语堂的误解与误读》，《中国艺术报》，2005 年 11 月 4 日。

腐朽落后和庸俗不堪"❶ 之作，而其主要原因，王兆胜认为是改编者对林
语堂的误解和误读。同时，王兆胜还一针见血地谈到"除了改编的失败，
演员的选用、艺术的表现等也令人大倒胃口。另外，由赵雅芝主演的旧版
电视剧《京华烟云》还有民国气息，不论是气氛、演员的素质、说话的声
气、衣着打扮及其音乐设置都是如此；但此次新版则完全成了一个'现代
剧'，或者说是个世俗的'当下闹剧'。这也可以说是林语堂所谓人世间的
一'大幽默'吧？"❷ 这话说得既到位又有分量。同年，邢文国也在《吉
林日报》上发表《电视剧〈京华烟云〉的缺憾》一文，认为改编电视剧
受时下社会风气和政治影响太多，改变了原小说中的古典气味和道家气
息，没有了文化底蕴。

　　除了以上两篇评论电视剧《京华烟云》的文章，在这十年里，论者们
共发表了 4 篇学术型研究论文。其中，王璨的《大众文化影响下的电视剧
〈京华烟云〉》一文当数第一。他并没有一味贬低电视剧《京华烟云》与
原著的相去甚远，而是看到了"电视剧《京华烟云》实际上只是从小说中
吸取素材，然后按照自己的逻辑再将这些素材通过变形、改造重新拼接在
一起。"❸ "虽然这部电视剧的名字也叫《京华烟云》，但它已经是一个全
新的大众文化的产物了。"❹ 但他接下来的论述功利主义色彩非常刺眼，他
认为电视剧的创作宗旨就是赚取票房，只要能吸引观众，其他的都不重
要。当然，作者的话没有说得这么明显，但其言下之意还是看得出来的：
"所以电视剧的创作以迎合观众口味为准则。因此更多地追求感官刺激，
享乐主义盛行，一切优美的、含蓄的、婉转的东西都已经不适合这个时代
了。这在改编后的电视剧《京华烟云》中很明显地表露了出来。"❺ 这样做
的结果作者知道得相当清楚，那就是电视剧的肤浅化和庸俗化，最后也可
能导致电视剧的"意义贬值"，"原本小说中的深刻的哲学涵义，人物生活
中的遭遇，与由此而来的思想的碰撞冲突，到了电视剧中之后，有向世俗

　　❶　王兆胜：《新版电视剧〈京华烟云〉：对林语堂的误解与误读》，《中国艺术报》，2005 年
11 月 4 日。

　　❷　王兆胜：《新版电视剧〈京华烟云〉：对林语堂的误解与误读》，《中国艺术报》，2005 年
11 月 4 日。

　　❸　王璨：《大众文化影响下的电视剧〈京华烟云〉》，《当代小说》，2010 年第 7 期。

　　❹　王璨：《大众文化影响下的电视剧〈京华烟云〉》，《当代小说》，2010 年第 7 期。

　　❺　王璨：《大众文化影响下的电视剧〈京华烟云〉》，《当代小说》，2010 年第 7 期。

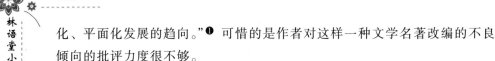

化、平面化发展的趋向。"❶ 可惜的是作者对这样一种文学名著改编的不良倾向的批评力度很不够。

7. 性别视角

自王兆胜在 20 世纪 90 年代首次提出林语堂的"女性崇拜思想"以来，后来者或赞成，或反对其观点。此处只对林语堂《京华烟云》中的女性观进行归纳评价，对林语堂小说整体女性观的论述将在宏观研究中作一个更详细的总结。研究者们通过对《京华烟云》单本小说的分析，并未在女性观这一主题上提出特别新颖的论点。

胡慧娥在《论林语堂的"自然"女性观——以〈京华烟云〉为例》（《邵阳学院学报》，2010 年第 5 期）一文中提出林语堂的女性观内涵在"自然"二字，她从女性"自然"之德、"自然"之貌、"自然"之力三方面对此进行论证。刘重杨的《从〈京华烟云〉的母亲形象看林语堂的女性观》（《哈尔滨学院学报》，2012 年第 4 期）则是把《京华烟云》里的母亲大致分类研究，提出林语堂的女性观是：只有成为一个合格的母亲，才能够过上幸福的生活，才能够善始善终。另外，朱巧英除了论述完美的女性形象是林语堂女性崇拜思想的折射外，还分析了这种表层的女性崇拜是植根于深层含义下的男性立场（《男权本位下的女性赏鉴——从〈京华烟云〉的几个女性形象看林语堂的女性观》，《名作欣赏》，2011 年第 20 期）。综上所述，虽然这一时期的论者们在女性观问题上其实都是新瓶装旧酒，都是在王兆胜"女性崇拜"思想的基础上徘徊。

8. 民俗文化视角

若要让西方读者身临其境地感受地道的中国式生活，阅读传统文化是不可避免的直接途径。苏永前等首先从民俗的角度解读《京华烟云》。如林语堂不吝笔墨对木兰和荪亚婚礼的描写以及曼妮的冲喜就是一种古老婚嫁仪式的现代展演，另外，从《京华烟云》小说里，我们可以发现多处中国民间传说和笑话等，别具一番风味，显示了民众智慧的魅力。除了民俗事象描写是《京华烟云》中一大特色，民俗叙述也是林语堂为外国读者宣扬中国传统的有力策略。林语堂的《京华烟云》在写时代风云的同时，在

---

❶ 王璨：《大众文化影响下的电视剧〈京华烟云〉》，《当代小说》，2010 年第 7 期。

很多地方细致地介绍了北京、山东等地上层社会和底层社会的各种生活风俗，为小说增加不少趣味和魅力。❶ "在《京华烟云》中，随着故事情节的发展，同一类型的民俗事象在文本中可能多次出现。对此，林语堂并未平均使用笔墨，而是抓住重点场面铺排渲染，以突出中国传统民俗的主要特色，其余场景则一概从略。""另外需要指出的是，林语堂并未以静态的眼光观照中国的民俗文化，而是写出了同一类型民俗事象在不同时空中的变体。在小说中，木兰与荪亚、曼妮与平亚、环儿与陈三的婚礼便各不相同。"❷ 而张静容则以闽南俗语为切入点，从宏观角度探讨分析《京华烟云》中闽南俗语的诸多现象、思想内容、主要来源与成因及其在小说创作创作中的作用（《散落人间的贝壳焕发文化的光彩——浅析《京华烟云》的闽南俗语》，《厦门理工学院学报》，2010 年第 1 期）。

以上这些主题历来研究者众多，虽有新论点提出，但多数研究者很难推陈出新，如何在旧有的研究基础上挖掘新的史料并提出新的建设性论点，值得后来者们思考。赖勤芳等人在前人研究的基础上看到了林语堂研究中存在的空白，在日常生活叙事、幽默观、服饰变化等方面各抒己见，为林语堂研究开辟了新的领地。

赖勤芳从家族的意象化、日常态度的近情取向、习俗的反复插叙三个方面对《京华烟云》进行研究，分析了小说中的主要意象，指出小说所代表的文化类型，看法稳重，分寸感把握得较好。她特别提到了林语堂的"近情"思想的意义，在充分分析"近情"思想的基础上，她指出："近情思想的实质就是一种人性化的思想，它指向的是人在日常生活中的一种合理的、和谐的、情感化的态度。在《京华烟云》中，作家正以这样的近情态度对日常生活进行审视。"❸ 另外，她还指出"小说广泛描写了衣食住行、饮食男女、婚丧嫁娶、生老病死等大量的文化表象。众多的中国习俗描写对于我们透视居其中的人们的日常生活起着重要的帮助作用。这些习俗包括缠足、冲喜、中秋、寿辰、乔迁、婚嫁、丧礼，等等。"❹

---

❶ 苏永前、汪红娟：《〈京华烟云〉与中国民俗文化》，《漳州师范学院学报》（哲学社会科学版），2008 年第 3 期。

❷ 苏永前、汪红娟：《〈京华烟云〉与中国民俗文化》，《漳州师范学院学报》（哲学社会科学版），2008 年第 3 期。

❸ 赖勤芳：《〈京华烟云〉的日常生活叙事》，《宁波职业技术学院学报》，2008 年第 6 期。

❹ 赖勤芳：《〈京华烟云〉的日常生活叙事》，《宁波职业技术学院学报》，2008 年第 6 期。

林语堂最早将 humour 译成幽默，并加以提倡，研究者们多从他的小品文中的幽默入手，对其小说中的幽默则很少提及。武敏在《〈京华烟云〉中的幽默及对林语堂幽默观的再认识》一文中从三个方面分析幽默在文学创作中的功能。文章举了不少例子，比如提到林语堂对官僚的批判："'是一无所长，所以只好找官做。'对于装腔作势、自以为是、欺压民众的官僚们是何等犀利的批评！这就是林氏幽默的力量：简洁有力，一语中的，惹人发笑的同时又发人深思。"❶ 作者用具体例证分析林语堂小说的语言是如何实现幽默的批判功能的，这一方法虽然格局有点小，却也能展示林语堂创作的独特笔致。另外，他认为林语堂还用幽默的笔调刻画人物形象以及输入新的表达方式和认知角度。总的来说，都有一些新的火花在闪现。

柴丽芳最先从服饰角度解析《京华烟云》，她在《从〈京华烟云〉看中国近代服饰的西化》（《广东工业大学学报》，2010 年第 4 期）一文中，用具体的例子和图片向我们展示了《京华烟云》中的服饰变化，清朝末年是传统服饰占主导地位，民国初期则是中西交汇、新旧杂陈，而从民国中期到抗日战争时期西方服饰逐渐被社会全面接受。柴丽芳的论述虽然略显表面，但她无疑为林语堂小说研究提供了一个全新的角度，这也还有待后人深掘。

（二） 对其他单体小说的研究角度有以下几个方面

林语堂因《京华烟云》而荣获诺贝尔文学奖提名，研究者们也对这部作品青睐有加，发表了众多学术论文，从各角度提出了自己独到的见解。相比而言，林语堂的其他 6 部小说明显受到冷落，近十年来，单独对这 6 部小说进行研究的论文只有 15 篇，可见，这个领域还有很多可挖掘之处，这片新的大陆有待后来者去探寻和发现。

1. 对《红牡丹》的研究。李灿发现，林语堂的中心审美趣味是"自由自然有情有味的人生美学"。❷ 他认为梁牡丹的审美人生首先体现在其自由自然的性灵人生，她的情感和性格不受任何约束，像一匹脱缰的野马，在平原里四处奔窜。除此之外，梁牡丹的审美人生还表现在其对有情有味的世俗人生的深刻体悟。因为"牡丹在新旧交替的时代，冲破旧礼俗束

❶ 武敏：《〈京华烟云〉中的幽默及对林语堂幽默观的再认识》，《长江师范学院学报》，2010 年第 2 期。

❷ 李灿：《从梁牡丹看林语堂的人生美学思想》，《名作欣赏》，2010 年第 2 期。

缚，对自然、社会充满了热爱"❶。刘慧则认为："红牡丹在礼教名分无处不在的社会里，是一个彻底的反叛，一个彻底的异类，她的自我意识极其鲜明，她想实现自我价值的愿望是如此强烈，她对于传统是不屑一顾的。……林语堂先生塑造的女性更大的一个进步是不再以客体的身份出现，'女性'不再是空洞的能指，她们以和男性平等的身份进入了这个世界。"❷ 这些认识可谓是对上世纪九十年代以来王兆胜先生等人的观点的继续和深化、细化，但总体格局上没有多大改变。

2. 对《唐人街》的研究。其中颇有见地的当数周劲松和赖勤芳两位学者。周劲松在《文化间性语言政治　多重小我——从流散研究视角看林语堂小说〈唐人街〉》一文中指出，林语堂的小说创作属于美国华裔文学创作，代表的是在美国生活的华人的观点和利益。他尤其提到了《唐人街》，认为这部小说"更多地着眼于对华裔族群的凸显，或者说，林语堂关注更多的，是利用自己的影响力，让华裔移民们有机会发出自己的声音。"❸ 接着，作者进一步阐明，虽然《唐人街》站在在美国华人的立场看问题，但是林语堂的小说一般不代表长期居住在美国的华人，它只代表暂时居住在美国的华裔逗留者（sojourner）。他还在文中谈到："林语堂以《唐人街》为代表的流散写作，恰恰表明，所谓'美国性''中国性''亚裔美国感性''华裔美国作家'等判断，是不可能单纯化、本质化的，然而，正是这种复杂，使得林语堂以《唐人街》为代表的文化思考，为美国华裔文学的建构及其多姿的存在样态，作出了历史性贡献。"❹ 周劲松从流散研究视角探析《唐人街》，视角新，分析准，对林语堂小说研究有一定的启发意义。赖勤芳则从文化的角度研究林语堂的《唐人街》，她认为这部小说作为文学作品并没有什么长处，但是小说通过对中国家庭的描写给西方读者认识中国文化的长处提供了具体的感受材料。赖勤芳写道："这个华人家庭代表了中国文化的实质。小说还通过还原童年经历来演绎具有家庭精神的中国文化，这种自传式写作更加体现了作者对中国文化的认同。而小说

❶ 李灿：《从梁牡丹看林语堂的人生美学思想》，《名作欣赏》，2010 年第 2 期。

❷ 刘慧：《〈红牡丹〉的后殖民女性主义解读》，《邵阳学院学报》，2003 年第 4 期。

❸ 周劲松：《文化间性　语言政治　多重小我——从流散研究视角看林语堂小说〈唐人街〉》，《当代文坛》，2011 年第 4 期。

❹ 周劲松：《文化间性　语言政治　多重小我——从流散研究视角看林语堂小说〈唐人街〉》，《当代文坛》，2011 年第 4 期。

中多元文化景观的展示、皈依乡土的强烈意向和中国文化现代价值的全面张扬，具有全球化表征，中国文化成为'主题化的乡愁'。"❶ 她认为林语堂从时间和空间双重维度强化了《唐人街》中的怀旧意味。她的见解可谓深刻而新颖，是研究林语堂小说文化传播意义的力作之一。

3. 对《赖柏英》的研究。在自传体小说《赖柏英》的单本研究上，论者多从闽南文化入手。林精华从闽南方言出发，认为林语堂在《赖柏英》中，融入了大量的闽南方言和闽南地方风俗，这种融入主要通过两种方式，一是在故事情节的安排和人物性格的刻画上悄然融入，二是在对话和风俗描绘中直接引用或介绍，"使作品突显了闽南地方色彩，令人过目不忘"。❷；王小静则从目的论角度分析《赖柏英》中的闽南文化负载词的翻译，她提出"林语堂运用了音译、意译、阐释等方法来翻译《赖柏英》中的闽南方言文化负载词，林语堂根植于中国文化、崇尚中国文化，他对故乡闽南以及闽南方言有着浓厚的感情，他希望更多的人了解闽南文化和闽南方言。因此他在写作《赖柏英》时采取了异化于目的语读者的态度，其目的是把闽南文化原汁原味地传达给异语读者。"❸

4. 对《朱门》的研究。文章不多，以肖魁伟的论文为代表。他认为这部小说体现了"孔教乌托邦"，"在小说《朱门》中就隐藏着这样一个'孔教乌托邦'形象。这一形象是围绕一个'哲人王'式的人物建立的，这个人物就是小说主人公杜柔安的父亲——杜忠"。❹ 他还提出："'杜忠'这个人物虽然在小说中只是一个背景人物，可是就在这个背景人物身上却处处显露出孔教'哲人王'的种种特质。首先，从这个人物的名字来看，姓'杜'名'忠'，'杜'的谐音可为'笃'，而'忠'，为儒家信条'仁、义、忠、信'之一。整个名字连起来可为'笃忠'，其意可理解为坚定地保持自己的忠君之心。"❺ 肖魁伟甚至还提出，"杜忠"可以称得上是

❶　赖勤芳：《论林语堂〈唐人街〉的怀旧意味》，《温州大学学报》（社会科学版），2013 年第 1 期。

❷　林精华：《浓浓闽南语　依依故乡情——浅析林语堂自传体小说〈赖柏英〉的闽南方言特色》，《漳州职业技术学院学报》，2005 年第 4 期。

❸　王小静：《从目的论角度看林语堂〈赖柏英〉中闽南文化负载词的翻译》，《安徽文学（下半月）》，2012 年第 9 期。

❹　肖魁伟：《从林语堂小说〈朱门〉看"孔教乌托邦"》，《忻州师范学院学报》，2011 年第 1 期。

❺　肖魁伟：《从林语堂小说〈朱门〉看"孔教乌托邦"》，《忻州师范学院学报》，2011 年第 1 期。

孔子的化身。

5. 对《奇岛》的研究。井维佳在其论文《从〈边城〉到〈奇岛〉——中国现代作家的桃源梦寻》（河北师范大学硕士论文，2009 年）中，将《奇岛》与《边城》进行比较研究，认为《边城》站在民族文化的立场审视现代文明的问题和症结，探讨世界文明发展的走向。而《奇岛》超越了民族的局限，关注的是整个世界的未来和人类文化的发展走向。而且《奇岛》对各民族的文化有一种包容之心，林语堂认识到无论哪种文化总有优缺点，他们没有高低贵贱之分。所以他在小说中融合了具有多种文化身份的人物，虽有倾向，但没有偏向任何一方，"不能随意地完全肯定或否定任意一种文化"。她认为《奇岛》体现了林语堂对人类文化的思考走上了中西合璧的道路。"《奇岛》一方面不满于近代西方物质机械主义对人性的戕害，另一方面又以东方价值观嵌入奇岛社会，试图取消东西方之间的文化壁垒，建构起物质文明与人性和谐发展的理想社会。"

二、多本小说整体研究

对林语堂的小说逐个进行研究是非常必要的基础，但是这远远不够，因为只有将一个个单本小说汇成一个整体，有机地放在一个系统里做整体分析，才有效果。在这十年里，一共有 73 篇论文（不含 4 个研究综述）超越了具体文本，将林语堂小说联系起来整体看待。这样做得好处是提升了研究质量，推出了一些好的成果，这些成果大多能从宏观的角度，运用现代文艺理论对林语堂进行整体把握，超越具体解读，显示出高屋建瓴的气度和理论水平，是对林语堂小说研究进程的有力推进。

（一）林语堂的人格乌托邦

王兆胜曾称林语堂为"天地之子"（《天地之子——林语堂综论（上、下）》《海南师范学院学报》，2004 年第 2、3 期），"是一个爱国爱家，顶天立地的大丈夫，但却不失稚子之心充满孩子气"。林语堂这种我行我素，率性坦诚的人格无疑影响着他的文学创作。他笔下的许多人物都体现着他独特的文化人格。他们或者具有道家的超脱，或者具有儒家的忠贞，或者是佛家的慈悲，也有西方文化中的自由、自然人格。主持人认为，"林语堂的人格乌托邦是'放浪者'，这是一种独特的人物形象，体现了作者独特的人生哲学，即快乐哲学"。❶ 林语堂认为感觉快乐比精神快乐更重要，乐天知命是快乐的前提。他以幽默闲适性灵反对工具理性，主张个人从自我迷雾中醒悟过来。另外，主持人还指出了"放浪者"形象的两大意义，它是对中国传统文学中人物形象类型的突破，"'放浪者'是作者对健康的、美好的未来世界人的幻想和设计，具有深远的人类史意义"，"它还是对'五四'文化思潮的反思和弥补"。❷ 史璇则从生态主义视角出发，认为林语堂在《赖柏英》和《奇岛》中都体现了反对现代机械文明和主张回归自然的思想。他还指出，林语堂所谓的和谐不是生态环境的和谐，而是一种人与人之间关系的稳定状态，是"出于追求和谐和享受的人生观、价值观的心态，这一点在本质上不同于生态文学家们。生态学家提倡的和谐，是从系统论出发的整个生态体系内部的和谐，亦即生态平衡。林语堂追求的和谐，则不仅包括人与自然的和谐，还包括灵与肉的和谐。这种和谐，作为一种理想的人生境界，是其儒道结合的中庸式思维模式的产物"。❸

（二）林语堂的小说是"文化小说"

王兆胜先生很早就主张从文化的视角研究林语堂，因为他与中西文化的关系明显而复杂。从文化视角研究林语堂的小说历来是热点，主持人在其硕士论文《快乐幻想曲——论林语堂的快乐哲学》（湖南师范大学硕士论文，1999 年）里提出，林语堂小说人物形象深受中西文化的影响，其人生哲学的根基就是中西文化的融合。对林氏作品中儒道佛文化思想的阐释的论文很多，如李喜华在她的两篇文章（《论林语堂对道家文化的现代性阐释》（《名作欣赏》，2009 年第 14 期）、《智者的生存哲学——论林语堂小说对道家文化观念的阐释》（《湘南学院学报》，2008 年第 4 期）里都是从道家文化入手，分析林语堂小说中体现的道家文化观念。而江帆、范若恩则认为，林语堂热衷中国传统文化，是以假想式描写居多的。他认为林语堂的英语小说"首先是以弘扬、宣传中国传统文化为己任，不管假想与否，的确属于守成主义的范畴，小说重视宣传功能，文学创作的社会功利

---

❶ 肖百容：《"放浪者"：林语堂的人格乌托邦》，《中国现代文学研究丛刊》，2011 年第 3 期。

❷ 肖百容：《"放浪者"：林语堂的人格乌托邦》，《中国现代文学研究丛刊》，2011 年第 3 期。

❸ 史璇：《生态主义视角下的林语堂》，《当代小说》，2010 年第 4 期。

性颇强。其次，小说的文化魅力远胜文学魅力，是中国传统生活方式和人生哲学的精美载体。最后，小说对中国传统文化的描写有较多假想成分，刻意夸大了美好的方面，这一现象涉及了许多值得探究的微妙而复杂的因素"。❶ 施萍在其 2004 年的博士毕业论文《林语堂：文化转型的人格符号》（华东师范大学博士论文）一文中提出："林语堂将姚木兰性情中的矛盾调和成统一体的基础是基督教提倡的'服从'。而木兰在痛失爱女后对苦难的担当，抗战爆发后逃难途中的善行，则隐约可见基督的'忍'与'爱'。"❷ 他还认为，"在整合东西文化时，林语堂是以西方基督教文化为本体的，他是以西方文化的价值标准来评价中国传统文化"。❸ "自救与自然，是林语堂小说中人性观的两大要义，由自救而达到自然，是人格自我完善的一条路径，这是建立在林语堂对人性乐观的态度之上的，这也是一个人文主义者的态度，相信人性，相信人有自救的力量"。❹

蔡之国等人则认为，林语堂小说对中西文化的融会，不是真正的思想的融合，而是理想中的融合，没有多少实质的内容，"带有明显的乌托邦式文化意蕴，这主要表现在文化理想与现实的矛盾、中西合璧的理想化矛盾境界两个方面。"❺ 林语堂心中还是和传统中国人一样，有一个世界大同理想，他首先希望在文化中实现这个理想，但是中西两种文化毕竟是不相同的，而且就是西方文化内部也有着巨大的差异。它们的融合就是碰撞，往往矛盾大于和谐，特别是在那样一个复杂的世界环境和现实环境之中。蔡之国还指出，面对东西文化的差异，林语堂首先主张融合，而一旦融合不成，他就会转向中国传统文化，成为保守主义者。

另外，李诠林在其文《林语堂晚年写作中的原乡文化修辞》中提出："林语堂晚年写作中体现出的慎终追远的文化修辞反映了林语堂晚年与日俱增的'返归原乡文化'意识，这种返璞归真的思维趋向除了人到晚年'叶落归根'的中国传统儒家文化心理使然以外，也反映了林语堂心灵深处的原乡文化积淀。其文本中的原乡文化质素都通过或隐或显的言语修辞

❶ 江帆、范若恩：《假想的文化守成主义和变形的镜子——论林语堂英语小说》，《安徽大学学报》（哲学社会科学版），2007 年第 2 期。

❷ 施萍：《林语堂：文化转型的人格符号》，华东师范大学博士论文，2004 年。

❸ 施萍：《林语堂：文化转型的人格符号》，华东师范大学博士论文，2004 年。

❹ 施萍：《林语堂：文化转型的人格符号》，华东师范大学博士论文，2004 年。

❺ 蔡之国：《论林语堂小说的文化乌托邦特征》，《世界华文文学论坛》，2006 年第 2 期。

内蕴于字里行间。这种'文化回归'修辞对于当前国内的文化生态保护、对于研究海外华文作家的创作心理动机提供了反省与借鉴的范例。"❶

（三）林语堂的流浪意识、和谐观念

除了从文化视角入手，研究者们还从流浪意识、和谐观念等方面出发。李艳等人的《漂泊与自由——论林语堂的流浪意识》一文中提出林语堂笔下的一种流浪者是"突破原有的文化界限而进入异文化的'越界者'。此时的流浪不仅指形体上的——行为个体在物理空间上的位移，更是指精神上的寻求安顿的历程。形体的流浪仅仅是精神漂泊的对象化，小说主旨在于寻求对文化家园的追寻和对真实自我的回归"❷ 他们进一步指出，林语堂笔下的流浪者是中西文化融合汇通的结果。这些流浪者和西方小说里的流浪者根本不同，他们不是由于生活环境和现实条件的挤压才去流浪，流浪是他们的主动行为，其目的是去体会自由的生活境界，省察自我的内心和精神世界。林语堂所写的这些流浪者，既有东方道家文化的阔大气象，又有西方个人主义观念的内核，是两者奇妙结合的精神产物，没有多少现实依据。

施萍等研究者则具体探讨林语堂文学创作中的和谐美。他们认为，林语堂的和谐美首先体现在人物与环境的融合，这里的环境主要指人与环境之间的关系，矛盾往往在和谐中结束。当然，林语堂所写的人物几乎都不会和环境及他人发生生死冲突，以致死去活来，而是小矛盾或者误会，最终都会消失殆尽。此外，他们还认为："林语堂小说中人物内心并不表现为极度矛盾冲突所带来的焦虑，而是最终会消解于顺从命运的宁静无奈但又自觉调节的平衡之中。"❸

孙良好（孙凯风，笔者注）则就小说中的"美国形象"进行论述，他说："《唐人街》和《奇岛》中的'美国形象'源于林语堂对自我与'他者'，本土与'异域'关系的自觉意识之中，是林语堂在整体意义上对美

❶ 李诠林：《林语堂晚年写作中的原乡文化修辞》，《文学与文化》，2012 年第 4 期。

❷ 李艳、张黎明：《漂泊与自由——论林语堂的流浪意识》，《太原理工大学学报》（社会科学版），2010 年第 2 期。

❸ 施萍、唐冰：《守护心灵的安宁——论林语堂文学创作中的和谐美》，《云梦学刊》，2003 年第 2 期。

国的看法的具象表达。小说的文化图解特征揭示了美国形象形成的真实境域。"❶ 美国人之所以那么器重林语堂，根本原因就在这里——林语堂从文化的角度解释了美国的成功与不足，展示了美国现代化的成果和存在的弊病。不过这其中也显示了林语堂对中国文化的珍惜和怀念。

（四）性别观念

在上一节中，笔者已经对近十年来林语堂单本小说中的女性观研究作了简要的陈述，在这节中则从宏观上再述及论点。围绕女性形象与女性观发表的论文共 15 篇，总体来说，发展平缓，并未提出创新性的论点。

在女性形象研究方面，严小红将林语堂作品中心仪的女性人物划分为三种类型，即自由理性的"现代"型、坚韧忠贞的"传统"型、互补圆融的"和谐"型（《出入中西写红妆——论林语堂小说中的女性》，华侨大学硕士论文，2007 年）。而刘亚丽也将林语堂笔下的女性人物分为：完美型、真实型和文化理想回归型（《文化　人物　叙事——林语堂小说中的女性形象研究》，河南大学硕士论文，2012 年）。要对林语堂笔下的人物进行分类分析，很难脱离开其儒道佛的文化思想，所以，很多研究者从这个角度入手，取得不错的成就，比如陈平原、王兆胜、施萍、主持人等都有这方面的成果发表。但是他们都没有将林语堂的宗教思想与其小说中的女性形象紧密联系起来考察，因此在女性形象分析上还有望后来者提出更多更新的方法。

邵娜的《林语堂的女性观探源》（《宁波大学学报》，2004 年第 1 期）从作家女性观形成的原因入手，分析其受中西女性意识和观念影响的种种状况。而郭运恒的论点可谓代表了多数研究者的看法，他认为："林语堂在理论上极力张扬男女平等、女性独立自主的现代观念，在创作中也多以女性为主人公，表现出对女性的关爱和尊重。但是，作为由传统向现代过渡时期的中国知识分子，林语堂也受到了封建'男权中心'思想的影响，他自觉不自觉地站在男权的立场上，显示出其女性观的复杂性。"❷ 他的论点可谓富有洞察力而持论公允、稳妥。

---

❶ 孙良好：《林语堂笔下的美国形象　以〈唐人街〉和〈奇岛〉为中心》，《中国现代文学研究丛刊》，2005 年第 4 期。
❷ 郭运恒：《林语堂女性观的复杂性——对女性的尊崇与对男性立场的维护》，《江汉论坛》，2006 年第 10 期。

（五）林语堂与其他作家的比较研究

世界万事万物都是处于有机的联系中，林语堂研究者们也看到了林语堂与其他作家作品之间的关联性，于是对他们进行比较分析和研究。这类文章有王兆胜的《林语堂与弗洛伊德》（《中国比较文学》，2003 年第 3 期）和《林语堂与劳伦斯》（《中国文学研究》，2003 年第 4 期），他在前文中提出，林语堂主要是在潜意识、无意识或下意识受益于弗洛伊德。他因此作出推测，《红牡丹》中的梁牡丹形象深受潜意识理论的影响。他发现了小说中的一个细节，牡丹在丈夫死后立即爱上梁孟嘉，这和她少女时代潜意识里对表兄的崇拜和爱慕有着深层的精神关联。另外，王兆胜在《林语堂与劳伦斯》一文中从六个方面分析了两者之间的相似性，即"一是都注重性交场景的设置，这是一个摆脱世俗人烟而带上山林甚至原始意味的所在；二是都大胆写性交之美，写男欢女爱，这如鱼得水的欢愉之情；三是不重性交外在的客观描写，而重心理感受的大力渲染；四是不做灵肉、男女的分裂描写，而多做其统一结合的展示；五是女性的非被动性，她与男性一样体验到性交之美妙。甚至女性比男性有着更深切的体验，这就突破了男权中心文化思想的局限；六是比喻的大量使用，语言的优美动人，充满柔性与磁力。"❶ 这一分析可谓眼光独到，具体而深入。

陈燕琼则将林语堂与哈金的英语小说进行比较，她基于文化性和文学性两个维度从创作背景、个人经历和创作目的三个方面分析林语堂和哈金两位美国华裔作家的英文小说。（《林语堂与哈金英语小说之比较》，《作家杂志》，2012 年第 6 期）而丁晓敏在她的硕士毕业论文《跨文化视野中的中国女性——鲁迅、赛珍珠、林语堂笔下女性形象比较》（内蒙古师范大学硕士论文）中将三位作家塑造的女性形象进行比较，认为"林语堂为当时中国社会的女性寻找到了一个她们生存的天地——家庭，在这里，可以暂时回避女性处于社会边缘的尴尬，她们可以在这个林语堂精心搭建的象牙塔中暂时编织她们的人生价值梦"。❷ 他还指出，冷峻与犀利的批判风格属于鲁迅小说，而浪漫和理想则是林语堂小说的特色。林语堂小说几乎没有尖锐的批评话语，但是依然是有立场的。当然，这其实是旧话重提。

---

❶ 王兆胜：《林语堂与劳伦斯》，《中国文学研究》，2003 年第 4 期。
❷ 丁晓敏：《跨文化视野中的中国女性——鲁迅、赛珍珠、林语堂笔下女性形象比较》，内蒙古师范大学硕士论文，2009 年。

（六）"林语堂研究" 相关研究

除了立足林语堂的作品，研究者们还从林语堂的研究者及研究专著着眼，对他们进行评论。如主持人在《"片面"与"全面"——从王兆胜先生的林语堂研究谈起》一文中认为："王兆胜先生在林语堂研究方面取得的最大突破，就是全面地分析了林语堂的思想和艺术特色。这种全面不仅指他对林氏创作的主题和题材各个方面均有涉及，更指一种高屋建瓴的研究姿态。"❶ 他还提到了王兆胜先生的全面和"片面"是其研究的特色和个性形成的根源。

李珺平和高玉则从林语堂研究专著入手，李珺平在《如何从哲学文化学解读林语堂——从〈林语堂的小说和他的人生哲学〉谈开去》一文中谈到："林语堂的 7 部小说的研究各有所长，但最引人瞩目的是《瞬息京华》三部曲（含《风声鹤唳》《朱门》）及《奇岛》。研究《瞬息京华》三部曲，我认为，最要紧的是如何阐释第 1 部。研究《奇岛》，我认为，难度最大的是如何看待林的乌托邦理念。"❷ 他还提到"此书对《唐人街》《红牡丹》和《赖柏英》的分析也很有特色——从不同侧面探究了林多极多维冲突的各个细节，并尝试说明了其由来过程和作用。"❸ 此外，高玉在《林语堂的文化品格研究——读王兆胜〈林语堂与中国文化〉》一文中认为，王兆胜著作的最大特点是视野开阔，他从多个角度比较了此书与以往同类著作的差异，指出这本书不仅研究了林语堂与中西文化的关系，也研究了林语堂与各种创作潮流的关系，涉及面相当广泛。高玉还指出此书的一个特点："《林语堂与中国文化》是一本纯学术著作，但多有散文笔调。整部著作文词优美，语言形象生动，充满了感情色彩，很有感染力，其文笔不在一般散文之下。"❹

---

❶ 肖百容：《"片面"与"全面"——从王兆胜先生的林语堂研究谈起》，《怀化学院学报》，2012 年第 6 期。

❷ 李珺平：《如何从哲学文化学解读林语堂？——从〈林语堂的小说和他的人生哲学〉谈开去》，《美与时代（下）》，2012 年第 7 期。

❸ 李珺平：《如何从哲学文化学解读林语堂？——从〈林语堂的小说和他的人生哲学〉谈开去》，《美与时代（下）》，2012 年第 7 期。

❹ 高玉：《林语堂的文化品格研究——读王兆胜〈林语堂与中国文化〉》，社会科学文献出版社，2007 年。

（七）其他

笔者在上一节的"单本小说研究"中曾提到柴丽芳是最先从服饰角度分析《京华烟云》的。她在《从〈京华烟云〉看中国近代服饰的西化》（《广东工业大学学报》，2010 年第 4 期）这篇文章中，具体形象地揭示了《京华烟云》中的服饰文化。张征则从宏观角度对此主题进行了更全面的论述，他共发表了三篇与此主题有关的论文，提出了自己独到的见解。他在《论林语堂女性服饰话语中的多元文化意识》（《湖南科技学院学报》，2011 年第 2 期）一文中，通过对丹妮、曼妮和木兰的形象分析，论述自主、悲剧和近情意识是林氏服饰描写最重要的三种文化意识。而在《论林语堂女性服饰话语中的时代性别特色》一文，他指出："林语堂作为一名男性作家，在服饰颜色的选择上多喜欢选择黑色、蓝色和紫色，黑色和蓝色体现了作家心中理想的女性形象大多成熟稳重；紫色则代表着浪漫，反映了作家创作中的浪漫主义色调。因而其笔下的女性大多是美好的，令人倾心的，具有传统美德。"❶ 此外，他还从三个方面具体分析了林语堂女性服饰话语，他认为在服饰观念上，林语堂主张饰分等级，而在服饰的穿法上，则是中西合璧，新旧杂糅；他还认为，林语堂在中西服饰的比较上，是两者都爱，各有千秋。另外，张征还在他已有研究的基础上完成了自己的硕士毕业论文《论男性视角下的女性服饰——林语堂女性服饰审美研究》，此文更加全面和深入，为林语堂研究开辟了一条新的道路。

笔者在此要谈到的最后两个视角是叙事学和意象分析，虽然这两个视角并没有其他视角那么受青睐，但仍然为研究者们提供了新的研究内涵。陈千里于 2013 年在《南开学报》上发表的《"女性同情"背后的"男性本位"——林语堂小说"双姝"模式透析》一文中提到："《红牡丹》和《京华烟云》相同之处在于为男主人公身边摆设了'双姝'，'双姝'一为热情奔放的情人，一为贤内助型的妻子。"❷ 而林语堂的自传体小说《赖柏英》则是"一个男人面对两个女人的徘徊与选择；两个女性仍然是一个浪漫而情欲恣肆，一个是温柔而敦谨持家；而身处中间的男性也仍然在'双

---

❶ 张征：《论林语堂女性服饰话语中的时代性别特色》，《中南林业科技大学学报》（社会科学版），2010 年第 6 期。

❷ 陈千里：《"女性同情"背后的"男性本位"——林语堂小说"双姝"模式透析》，《南开学报》（哲学社会科学版），2013 年第 2 期。

肯定'的前提下，选择了稳定的家庭"。^❶ 孟庆锴则在其论义《林语堂小说叙事分析》（华中师范大学硕士论文，2011 年）中从古代叙事学和西方叙事学角度对林语堂的小说进行分析，他在论文的上篇分别从故事情节、人物塑造、叙事模式、叙事风格四个方面对林语堂小说的叙事进行分析，得出林语堂小说的叙事具有浓郁的传奇色彩、人物塑造上的才子佳人模式、家国叙事模式的延续、幽默闲适的叙事风格。在下篇得出林语堂小说叙事具有叙事视角的有意转换、叙事时空的交错穿梭、叙事结构的丰富多样。章敏则从"家"与"国"这两个相互联系又相互茅盾的意象入手，分析林语堂小说的情感特征和结构特征。详情可见其论文《林语堂小说创作中的"家""国"意象》[《福建论坛》（社科教育版），2005 年]。

---

❶ 陈千里：《"女性同情"背后的"男性本位"——林语堂小说"双姝"模式透析》，《南开学报》（哲学社会科学版），2013 年第 2 期。

第五章　近二十年来《京华烟云》研究综述

这里利用中国知网数据库，检索出 1992—2012 年关于《京华烟云》研究论文 231 篇，通过对其年代分布、来源期刊、内容主题进行统计与分析，试图对这二十年来林语堂《京华烟云》的研究概况做一梳理，以期为林语堂小说研究提供有益的参考。

林语堂 1938 年用英文创作的小说处女作 *Moment in Peking* 于 1939 年截稿，曾先后被译为《瞬息京华》和《京华烟云》，并于 1972 年获中国台湾笔会推荐，竞争当年的诺贝尔文学奖。这一部深蕴着作者独特、丰富、复杂文化思考的小说，自出世以来受到国内外读者的广泛喜爱，同时也得到了研究者的极大关注。具体说来，林语堂小说研究起步相对较晚，但不论是对其小说进行宏观研究还是微观研究，《京华烟云》始终是研究者的宠儿，被重点加以论述和解说。本章利用 CNKI 为检索工具，选取期刊和论文为检索范围，以"主题 =《京华烟云》"为检索式，对林语堂《京华烟云》研究论文进行了统计，共检索到 201 名作者（按第一作者统计）在 169 种期刊（包括硕士论文）发表的相关论文 231 篇，数据统计具体如下：

一、研究论文的时间分布与分析

表 1　1992—2012 年《京华烟云》研究论文年发文量

年度 主题	1992	1993	1994	1995	1996	1997	1998	1999	2000	2001	2002	2003	2004	2005	2006	2007	2008	2009	2010	2011	2012	合计
论文数（篇）	1	0	1	0	4	0	3	0	1	2	2	3	6	7	14	29	27	24	40	34	33	231
百分比（%）	0.43	0	0.43	0	1.73	0	1.30	0	0.43	0.86	0.86	1.30	2.60	3.03	6.06	12.56	11.70	10.39	17.32	14.72	14.28	100

从表 1 可以看出关于林语堂《京华烟云》的研究论文存在如下的生产趋势：对《京华烟云》的研究从时间分布来看存在明显的两个阶段，第一阶段即 1992—2005 年，其研究处于缓慢起步阶段，每年只有数篇论文，年发文量不超过 10 篇，有些年份甚至没有论文出现，可见这一阶段研究者论述作品相对较少，发展缓慢；第二阶段是 2006—2012 年，与第一阶段相比

其发展速度非常快，年代分布主要呈现波浪式增长趋势，且每年基本保持在 20 篇论文以上，2010 年甚至达到 40 篇，可见《京华烟云》的研究进入了相对平稳的发展期，而且这一阶段不仅表现在期刊论文数量的增加，更表现在硕士专业论文的增多，具体来说，第二阶段中基本每年都有数篇硕士论文研究《京华烟云》，在 2007 年、2010 年分别达 16、12 篇，占本年度《京华烟云》研究论文总量的 55.17%、30%，由此也可以说明，学术界俨然兴起一股"京华烟云热"，并已形成稳定发展的趋势。

二、研究论文的空间分布与分析

通过统计分析成果的来源期刊，从而揭示该研究领域成果的地域空间分布特点。我们需要确定该研究领域的核心期刊，为研究者提供有效参考源。

表 2　论文篇数在期刊总数上的分布与比例

论文篇数	1	2	3	4	6	7	8	合计
期刊总数	134	23	6	3	1	1	1	169
占总刊数比例%	79.28	13.61	3.56	1.78	0.59	0.59	0.59	100

从表 2 可知，169 种刊物中，刊载《京华烟云》研究论文 1 篇的有 134 种，刊载 2 篇的有 23 种，刊载 3 篇的有 6 种，刊载 4 篇的有 3 种，刊载 6 篇以上的非常少，只有 3 种。具体说来刊载 4 篇以上的具体情况如下：

表 3　载文 4 篇以上的期刊及其载文量

序号	刊名	载文篇数	占总载文量百分比	出版地
1	名作欣赏	4	1.78	山西太原
2	时代文学	4	1.78	山东
3	安徽文学	4	1.78	安徽
4	海外英语	6	0.59	安徽合肥
5	科技信息	7	0.59	山东济南
6	上海外国语大学	8	0.59	上海

根据表 2 和表 3 的信息，可以得出以下结论：

第一，《京华烟云》研究论文空间分布整体说来分散性大，研究论述各地开花，231 篇论文分散地刊载于 169 种刊物上，平均载文率为 1.37 篇。第二，载文量前 6 名的堪称核心期刊，其中排名第一的是上海外国语大学，其 8 篇皆是硕士论文，出自英语专业毕业生，这也预示了翻译日渐成为《京华烟云》近年来研究热点话题。第三，从分布地域来看，《京华烟云》的研究已经突破了地域局限，百花争放，南北合鸣。其中，山东的《时代文学》《科技信息》，以及安徽的《海外英语》《安徽文学》表现了高度的研究热情。

三、论文主题内容分布与分析

结合前文统计的分析结果，将研究概况分成两个阶段，即 1992—2005 年为第一阶段，2006—2012 年为第二阶段。具体说来，第一阶段共发表论文 30 篇，涉及主题主要有作品的文化内蕴、人物形象、作者的人生哲学、与其他作品人物的对比研究四个方面，这四方面可说是第一阶段的研究重点，尤其在文化内蕴和人生哲学方面，为《京华烟云》的研究奠定了很好的基础。第二阶段共发表论文 201 篇，相对于第一阶段而言，其研究视域更为广阔，研究方法更为多元，具体如下：

表 4　内容的主题特征分布表（1992—2005）

主题＼年度	1992	1994	1996	1998	2000	2001	2002	2003	2004	2005	合计
翻译			1	1		1			2	2	7
创作相关	1	1									2
人物形象			1						2	1	4
文化内蕴			1	2		1	1	2		2	9
对比研究			1				1		1		3
人生哲学				1					1	1	3
文体									1		1
影视改编										1	1
合计	1	1	4	3	1	2	2	3	6	7	30

表5　内容的主题特征分布表（2006—2012）

主题＼年度	2006	2007	2008	2009	2010	2011	2012	合计
翻译	1	11	6	9	18	15	13	73
人物形象		2	3	5	3	4	4	21
文化内蕴	3	4	4	2	3	5	4	25
对比研究	1	3	6	3	6	5	4	28
话语分析	1	2	3	3	5	2	3	19
作品主题	3	6	1	1	1	1	1	14
影视剧改编	5					1		6
女性观			1		2	1	1	5
传播策略			1	1				2
叙事特色			1				1	2
创作相关		1						1
人生哲学			1					1
自然观						1	1	2
服饰研究						1	1	2
合计	14	29	27	24	40	34	33	201

　　结合图表和论文的统计分析来看，与其他林语堂的小说研究相比较，近二十年来《京华烟云》的研究可说是独领风骚，一枝独秀，表现出极大的活跃性，其研究特质具体说来体现在三个方面：

　　第一，研究视角多有创新。

　　对比表4与表5来看，其主题分布从第一阶段的8个增加到第二阶段的14个，主题数量有了极大的增加和拓展。研究者不仅在原有的"翻译""文化思想""人物形象""对比研究"等方面继续深入，对作品中体现的"叙事特色""服饰""时间形式""话语""自然观"等方面有所涉及，❶表现出运用新视角来探究作品独特内蕴的兴趣，崭新的视角无疑给作品加添一番别样韵味，呈现出焕然一新的图景。如柴丽芳从服饰文化的角度来

---

　　❶　这方面的论文主要有赖勤芳的《〈京华烟云〉的日常生活叙事》（《宁波职业技术学院学报》，2008年第6期）；柴丽芳的《从〈京华烟云〉看中国近代服饰的西化》（《广东工业大学学报》，2010年第4期）；谢辉的《〈京华烟云〉时间形式的多维阐释》（《名作欣赏》，2012年）；蓝润青的《记忆与表象——〈京华烟云〉文学创作的审美心理与女性形象》（《青岛科技大学学报》，2004年第2期）；秦楠的《人性在"颠覆"和"抑制"中凸显——〈京华烟云〉的新历史主义解读》（《北京邮电大学学报》，2006年第1期）等。

解读《京华烟云》，通过展示西方服饰文化对当时社会各个阶层着装习惯和心理的不同程度的冲击和影响，来探讨中国近代服饰逐步西化的进程，同样也体现了论者独特的历史眼光。❶ 从服饰的角度去析解《京华烟云》，具体探究服饰与人物的匹配关系、服饰变化中体现的社会和文化意义等，必将从新的侧面来展示人物个性和作者思考的独特性，这一领域值得研究者的关注。

值得注意的是，一个新视角的出现有时也存在特定的因由。如 2005 年央视播放由原著改编，赵薇、潘粤明主演的电视剧版《京华烟云》，引起了观众的广泛关注和讨论，虽然褒贬不一，但它直接推动了研究者从文学作品的影视改编角度进行探究。❷

从新的研究视角如"叙事特色""服饰""时间形式""话语""自然观"等方面来审视《京华烟云》，无疑给研究注入了新鲜的血液，让作品焕发出不同的神韵风采。这些视角目前处于尝试阶段，还有许多可供挖掘的内容，比如从叙事的角度出发，《京华烟云》在叙述者、叙述视角、叙事结构、叙事话语等方面表现出来的独特性和特殊性，都亟待研究者的深入探究。但同时也要看到，在研究中不能单在视角上求新，更要借此从文本中寻找新的解读，否则也不能达到预期的效果，从已经发表的论文来看也确实存在这类问题：不少论者虽站在崭新的角度研读作品，试图创造全新图景，但在具体论述中没有展示出该视角观照下作品的新颖之处，最终停留在已有定论之上，缺少新突破，颇令人遗憾。

第二，研究力度不均衡，重点研究板块已经形成。

从表 5 来看，其涉及 14 个主题，但每个主题下论文数量差异极大，多者达 73 篇（翻译），少者只有 1 篇（创作相关等），前后相差 72 篇，由此可见研究者的关注点既是分散的，又是聚焦的，其聚焦热点集中在翻译（73 篇）、人物形象（21 篇）、文化内蕴（25 篇）、话语分析（19 篇）（这四个方面几乎每年都有一定量的论文发表，保持整体上均衡发展的趋势）等方面，显然构成《京华烟云》研究领域的重要板块，且每一板块都涌现出不凡的成绩。

---

❶ 具体参考柴丽芳论文《从〈京华烟云〉看中国近代服饰的西化》（广东工业大学学报，2010 年第 4 期）。

❷ 从表 5 来看，2006 年一共出现了 5 篇论文探讨《京华烟云》的影视改编，占该年度《京华烟云》研究论文总量的 35.71%，由此可见其推动作用之大。

从《京华烟云》的文化内蕴入手，研究者首先侧重于解读小说中文化思考的独特性和融合性。林语堂在《京华烟云》中处理中国文化成分时有其独特的模式，非常值得深入探究，但从这一方面展开论述的论文相对较少，只有主持人的《道佛成悲儒成喜——传统文化的现代形象探析》（《文学评论》，2011 年第 4 期）❶ 和王婷、苏瑜的《〈京华烟云〉中的中国文化成分处理模式》（《兰州工业高等专科学校学报》，2011 年第 1 期）。在给郁达夫的信里，林语堂曾夫子自道地将"庄周哲学"定为《京华烟云》的笼络，并在每一部的开头单独冠以庄子的话语，这无疑吸引了论者的目光，从道家思想的视角来分析《京华烟云》可说独得论者之偏爱，尽管论文质量良莠不齐，但几乎每年都有一两篇论文出现，论者侧重于阐释林语堂"道家思想"的独特性，❷ 但也存在重复论述之嫌疑。

翻译主题在《在京华烟云》的研究中堪称一枝独秀。经过研究者的共同努力，逐步形成了以翻译内容、翻译策略和方法、翻译视角及目的、不同译本之比较四个层面为基础的逻辑化的立体构图。此外，研究者多将翻译的主题纳入文化的宏阔视野中，以拓展这一研究方向的纵横维度。以翻译内容为例，论者多侧重于对"文化负载词""民俗翻译""婚丧文化""宗教专有项"等具体翻译内容展开细致而又独到的解读。❸ 林语堂被西方

---

❶ 值得肯定的是，肖百容将《京华烟云》放到现代文学的宏阔视野里，以林语堂的《京华烟云》与郭沫若的《孟夫子出妻》、施蛰存的《黄心大师》三部小说为中心个案，高屋建瓴地指出 20 世纪 30 年代的文学创作中存在贬儒、尊道、扬佛的倾向，并进一步指出作家的策略是"使用道德叙述原则和伦理标准，把儒家写成喜剧，而用人性叙述原则和人文标准，将道家和佛家写成悲剧，在道德叙述中摒弃了人性拷问，而在人性叙述中逃避了道德审判，这样就把本质相近，应该承担相似历史文化责任的道佛文化和儒家文化区别开来，也就造成了它们不同的形象和不同的命运"，论述思路清晰严谨，又富有新意。

❷ 这方面的论文主要有：《〈京华烟云〉：道家的超然与歧惑》（黄岩权，《广东广播电视大学学报》，2001 年第 4 期）；《〈京华烟云〉中的"庄周哲学"》（詹声斌，《安徽工业大学学报》，2003 年第 1 期）；《〈京华烟云〉中"道"之符码解读》（冯艺，《大众文艺》，2011 年）；《"旧瓶新酒"——再析庄子思想映射下的〈京华烟云〉》（张正，《牡丹江大学学报》，2012 年第 7 期）。

❸ 具体论文参考《从文化翻译论角度看文化负载词汇的解读——评析〈京华烟云〉中文化负载词汇的翻译策略》（赵华，南华大学，2008 年硕士论文）；《民族文化的承担者与传递者——小议〈京华烟云〉中文化负载词的翻译》（郅婧，《河南科技大学学报》，2009 年第 1 期）；《从目的论角度看《京华烟云》中的民俗翻译》（吴巧芬，广东外语外贸大学，2009 年硕士论文）；《从顺应论浅析专有名词的翻译——以〈京华烟云〉为例》（张琦，上海外国语大学，2010 年硕士论文）；《〈京华烟云〉中蕴含婚丧文化的传译因素——以解构主义探析》（高巍、刘媛媛，《安徽商贸职业技术学院学报》，2010 年第 1 期）；《功能对等视角下〈京华烟云〉"国俗词语"异化翻译可接受性研究》（李晗、冯丽萍等，《海外英语》，2010 年）；《基于目的语读者策略：〈京华烟云〉中"宗教专有项"的翻译赏析》（朱哲、姚娟、王慧，《中国矿业大学学报》，2011 年第 4 期）。

世界盛赞为"东方哲人",从一个侧面充分反映了其文化传输的身份意识——向西方世界介绍和传播中国文化,这一目的也决定了他在《京华烟云》中所采用的文化传输策略,而论者多从"目的论""顺应论"等文化接受的视角来加以解说,对其策略的阐释中则注重将归化和异化、纪实翻译与工具翻译统一起来,突出林语堂文化翻译策略的灵活性。

话语分析这一主题虽然属于《京华烟云》研究的后起之秀,却有着"长江后浪推前浪"之势。从话语分析出发,论者十分注重语言学理论的运用,如礼貌原则、合作原则、人际功能理论、拒绝策略等,这方面的代表论文有《汉语言语礼貌分析模式——对〈京华烟云〉的个案分析》(肖晶,西南交通大学,2004 年硕士论文);《对〈京华烟云〉的语用分析》郭希苗,《科技信息》,2008 年;《〈京华烟云〉:姚木兰话语翻译研究——以"人际功能"为理论模式》(王佩芬,西南交通大学,2008 年硕士论文);《〈京华烟云〉中言语交际的语言经济学研究(温伟华,武汉理工大学,2008 年硕士论文);《〈京华烟云〉拒绝策略研究》(郭希苗,山东大学,2009 年硕士论文);《合作原则和礼貌原则视角下〈京华烟云〉中人物语言研究》(尹玉红,郑州大学,2010 年硕士论文)等,论述内容颇为新颖独到,不一而足。

有一点很值得注意,即以翻译和话语分析为主题的研究论文中大部分是以英文写作的硕士论文(具体说来,话语分析中英文硕士论文和期刊论文数量上分别为 7 篇、7 篇,各自占据半壁江山,呈分庭抗礼之势),就内容而言则侧重于在宏阔的文化视野中结合语言学理相关理论解读作品,这一现象充分展示了研究者试图将林语堂的《京华烟云》纳入英语文学的种种努力。基于此,论者关注点多侧重于其作为英语文学的语言学和文化特质,客观上造成了当下翻译和话语分析的研究热潮,以及在美学、叙事学、心理学等方面研究相对薄弱的状态。

第三,积极应用新理论以开拓新局面,但存在一些问题。

结合近二十年来《京华烟云》的研究论文资料我们不难发现,构成其丰富多样研究图景的亮点之一在于研究理论的不断更新。如有论者运用语言学相关理论"礼貌原则""合作原则""格赖斯会话含义理论"等来分析作品中人物的语言特色,探究其话语礼貌模式等,也有人借助"解构主义"来审视作品中文化传输的异化策略,在诸多论述异化策略的论文中显得尤为特别,还有作者引用"新历史主义"理论关于人性的观点来解读作品，以之来论述作者建构人性的策略，即在"颠覆"和"抑制"中使人性得到张扬和凸显等，理论上的不断翻新、层出不穷，无疑为研究注入了新鲜血液，有论者运用勒弗维尔操控理论来解析《京华烟云》，深刻而细致地阐述了操纵理论诸要素如意识形态、诗学、赞助人对该作品创作的影响和意义，针对作品中倾向于源语的翻译策略进行了全面系统的剖析，切入点独特新颖，使人耳目一新，充分展示了新的理论应用对研究的推动作用，❶ 但也存在一些问题，不少论者对于所用之理论缺少深度的理解和把握，只是停留在粗浅的认识层面，在具体操作中常显得仓促而武断，出现话语空洞、言之无物的现象，这样的作品也有不少，研究者应加以警惕。

对《京华烟云》的研究本身构成了丰富而生动的历史，结合本节总结的这三个层面的特质来看，《京华烟云》的研究总体上来说是富有成效的，虽然瑕瑜互见，但在方法论和认识论上无疑为林语堂小说研究提供了有益的参考，也预示了推动《京华烟云》研究的隐性力量：第一，新研究视角的深入探究，如叙事学、接受美学、女性观、自然观等的充分展开；第二，充分地将新理论与文本细读结合起来，通过理论的巧妙切入来彰显作品的新质。

---

❶ 具体参考论文《勒弗维尔操控理论下〈京华烟云〉的文化视角解析》（宫德生，辽宁大学，2011 年硕士论文）。

第五章　近二十年来《京华烟云》研究综述

主要参考文献

一、著作类

[1] 陈平原. 大书小书 [M]. 广州：广东旅游出版社，1992.

[2] 陈子善. 林语堂书话 [M]. 杭州：浙江人民出版社，1998.

[3] 陈煜斓. 林语堂研究论文集 [M]. 郑州：河南人民出版社，2006.

[4] 陈煜斓. 林语堂的民族文化精神 [M]. 北京：中国华侨出版社，2007.

[5] 陈煜斓. 语堂智慧 智慧语堂 [M]. 福州：福建教育出版社，2016.

[6] 陈思和. 中国当代文学史教程 [M]. 上海：复旦大学出版社，1999.

[7] 陈思和. 中国新文学整体观 [M]. 上海：上海文艺出版，2001.

[8] 陈思和. 中国文学中的世界性因素 [M]. 上海：复旦大学出版社，2011.

[9] 陈春递. 中国文学史 [M]. 河内：河内教育出版社，2002.

[10] 陈黎保. 中国文学教程 [M]. 河内：河内教育出版社，2003.

[11] 邓郐梅. 回忆青年时期 [M]. 河内：新作品出版社，1985.

[12] 杜维明. 现代精神与儒家传统 [M]. 北京：生活·读书·新知三联书店，1997.

[13] 冯智强. 中国智慧的跨文化传播——林语堂英文著译研究 [M]. 青岛：中国海洋大学出版社，2011.

[14] 辜鸿铭. 中国人的精神 [M]. 北京：中国画报出版社，2012.

[15] 龚奎林. 文学的情怀 [M]. 北京：解放军文艺出版社，2014.

[16] 哈迎飞. 儒教与中国现代文学 [M]. 北京：商务印书馆，2013.

[17] 济群法师. 佛教徒的人生态度 [M]. 苏州：戒幢佛学研究所，2002.

[18] 伽达默尔. 真理与方法 [M]. 洪汉鼎，译. 北京：商务印书馆，2007.

[19] 蒋洪新. 庞德研究 [M]. 上海：上海外语教育出版社，2014.

[20] 克罗齐. 历史学的理论和实际 [M]. 傅任敢，译. 北京：商务印书馆，1982.

[21] 林语堂. 林语堂名著全集 [M]. 长春：东北师范大学出版社，1994.

[22] 林语堂. 林语堂文集 [M]. 北京：群言出版社，2010.

[23] 林语堂. 林语堂文集 [M]. 西安：陕西师范大学出版社，2003.

[24] 林语堂. 林语堂小说集 [M]. 上海：上海书店出版社，1989.

[25] 林语堂. 浮生若梦 [M]. 西安：陕西师范大学出版社，2008.

[26] 林语堂. 中国人 [M]. 郝志东，沈益洪，译. 上海：学林出版社，2007.

［27］林语堂．林语堂自传［M］．南京：江苏文艺出版社，1995.

［28］林语堂．八十自叙［M］．北京：中国戏剧出版社，1990.

［29］林语堂．信仰之旅［M］．胡簪云，译．成都：四川人民出版社，2000.

［30］林语堂．人生当如是［M］．沈阳：万卷出版社，2013.

［31］林语堂．有不为斋随笔［M］．台湾：金兰文化出版社，1986.

［32］林语堂．爱与讽刺［M］．今文，译．北京：群言出版社，2011.

［33］林语堂．论翻译《翻译论集》（罗新璋编）［M］．北京：商务印书馆，1984

［34］林语堂．奇岛［M］．上海：上海书店出版社，1989.

［35］林语堂．人生的盛宴［M］．兰州：兰州大学出版社，2001.

［36］林语堂．从异教徒到基督徒［M］．长沙：湖南文艺出版社，2012.

［37］林语堂．林语堂自传［M］．南京：江苏文艺出版社，1995.

［38］林语堂．生活的艺术［M］．北京：作家出版社，1997.

［39］林语堂．人生的归宿［M］．抒扰编，海口：海南出版社，1994.

［40］林语堂．林语堂散文经典全集［M］．北京：北京出版社，2007.

［41］林语堂．林语堂评说中国文化［M］．北京：中共中央党校出版社，2001.

［42］梅青苹．林语堂人生哲语精选［M］．北京：中国广播电视出版社，1992.

［43］林太乙．林语堂传［M］．西安：陕西师范大学出版社，2002.

［44］罗成琰．百年文学与传统文化［M］．长沙：湖南教育出版社，2002.

［45］罗志田．再造文明的尝试：胡适传（1891—1929）［M］．北京：中华书局，2006.

［46］吕思勉．先秦学术概论［M］．长沙：岳麓书社，2010.

［47］刘小枫．拯救与逍遥［M］．上海：上海三联书店，2001.

［48］刘小枫．儒家革命精神源流考［M］．上海：上海三联书店，2000.

［49］刘小枫．二十世纪西方宗教哲学文选［M］．杨德友，董友，等译．上海：上海三联书店，1991.

［50］刘志学．林语堂自传［M］．石家庄：河北人民出版社，1994.

［51］李泽厚．中国古代思想史论［M］．天津：天津社会科学出版社，2003.

［52］李平．中国文化散论［M］．合肥：安徽大学出版社，2001.

［53］李平．中国百年散文选　随感卷［M］．杭州：浙江文艺出版社，1995.

［54］李长之．鲁迅批判［M］．北京：北京书店出版社，2003.

［55］李贵苍．文化的重量：解读当代华裔美国文学［M］．北京：人民文学出版社，2006.

［56］李文俊．福克纳的神话［M］．上海：上海译文出版社，2008.

［57］梁维恕．与中国文学接触道路上的记录·学习研究道路上［M］．河内：河内文学出版社，1960.

主要参考文献

[58] 理查·罗蒂. 哲学和自然之镜 [M]. 李幼蒸, 译. 北京：三联书店, 1987.

[59] 马佳. 十字架下的徘徊——基督宗教文化和中国现代文学 [M]. 上海：学林出版社, 1995.

[60] 曲金良. 海洋文化概论 [M]. 青岛：青岛海洋大学出版社, 1999.

[61] 让·格朗丹. 诠释学真理？——论伽达默尔的真理概念 [M]. 洪汉鼎, 译. 北京：商务印书馆, 2015.

[62] 僧祐编. 弘明集[M]. 刘立夫, 胡勇, 译注. 北京：中华书局, 2011.

[63] 圣严法师. 禅门 [M]. 呼和浩特：内蒙古大学出版社, 2008.

[64] 施建伟. 林语堂 [M]. 北京：中国华侨出版社, 1997.

[65] 施建伟. 幽默大师林语堂 [M]. 上海：上海书店出版社, 1999.

[66] 施建伟. 林语堂研究论集 [M]. 上海：同济大学出版社, 1997.

[67] 施建伟. 林语堂在海外 [M]. 天津：百花文艺出版社, 1992.

[68] 施萍. 林语堂：文化转型的人格符号 [M]. 北京：北京大学出版社, 2005.

[69] 苏黎明. 泉州家族文化 [M]. 北京：中国言实出版社, 2000.

[70] 师永刚, 冯昭, 方旭. 移居台湾的九大师 [M]. 南昌：百花洲文艺出版社, 2008.

[71] 孙良好. 建筑·抒情·栖居大地　20 世纪中国文学研究的三维世界 [M]. 银川：宁夏人民出版社, 2009.

[72] 谭桂林. 20 世纪中国文学与佛学 [M]. 合肥：安徽教育出版社, 1999.

[73] 谭君强. 叙事学导论：从经典叙事学到后经典叙事学 [M]. 北京：高等教育出版社, 2008.

[74] 王国维. 人间词话 [M]. 上海：上海古籍出版社, 1998.

[75] 王锦厚. 五四新文学与外国文学 [M]. 成都：四川大学出版社, 1996.

[76] 王少娣. 跨文化视角下的林语堂翻译研究 [M]. 上海：上海外语教育出版社, 2011.

[77] 王兆胜. 林语堂与中国文化 [M]. 北京：社会科学文献出版社, 2007.

[78] 王兆胜. 林语堂：两脚踏中西文化 [M]. 北京：文津出版社, 2005.

[79] 王兆胜. 闲话林语堂 [M]. 北京：中国国际广播出版社, 2002.

[80] 王兆胜. 林语堂正传 [M]. 南京：江苏文艺出版社, 2010.

[81] 王兆胜. 林语堂的文化情怀 [M]. 北京：中国社会科学出版社, 1998.

[82] 王兆胜. 解读林语堂经典 [M]. 石家庄：花山文艺出版社, 2004.

[83] 王兆胜. 生活的艺术家：林语堂 [M]. 台北：文史哲出版社, 2002.

[84] 王确. 使命的自觉：儒家传统与中国现代文学的文化品格 [M]. 长春：东北师范大学出版社, 2000.

[85] 王德威. 被压抑的现代性——晚清小说新论 [M]. 宋伟杰, 译, 北京：北京大

学出版社，2005.

[86] 万平近. 林语堂传 [M]. 福州：海峡文艺出版社，1998.

[87] 万平近. 林语堂论 [M]. 西安：陕西人民出版社，1987.

[88] 萧一山. 曾国藩传 [M]. 海口：海南出版社，1994 年版.

[89] 萧涤非等. 汉魏晋南北朝隋诗鉴赏词典 [M]. 太原：山西人民出版社，1989 年版.

[90] 萧南. 衔着烟斗的林语堂 [M]. 成都：四川文艺出版社，1995 年版.

[91] 希尔斯. 论传统 [M]. 傅铿，吕乐，译，上海：上海人民出版社，1991 年版.

[92] 杨义. 中国现代小说史 [M]. 北京：人民文学出版社，2005 年版.

[93] 中庸 [M]. 杨洪，王刚，注译. 兰州：甘肃民族出版社，1997 年版.

[94] 袁进. 中国文学的近代变革 [M]. 桂林：广西师范大学出版社，2006 年版.

[95] 张岱. 张岱诗文集 [M]. 夏咸淳，校. 上海：上海古籍出版社，1991 年版.

[96] 子通. 林语堂评说 70 年 [M]. 北京：中国华侨出版社，2003 年版.

[97] 张均. 中国现代文学与儒家传统（1917—1976）[M]. 长沙：岳麓书社，2007 年版.

[98] 赵怀俊. 林语堂散论 [M]. 太原：山西古籍出版社，2005 年版.

[99] 赵联，王一心. 文化人的人情脉络 [M]. 北京：团结出版社，2009 年版.

[100] 赵毅衡. 对岸的诱惑：中西文化交流人物 [M]. 北京：知识出版社，2003 年版.

[101] 周作人. 知堂书信[M]. 北京：华夏出版社，1994 年版.

[102] 朱德发等. 中国现代文学史实用教程 [M]. 济南：齐鲁书社，1999 年版.

[103] 朱德发. 五四文学史 [M]. 济南：山东文艺出版社，1986 年版.

[104] 邹容. 邹容集[M]. 北京：人民文学出版社，2011 年版.

二、论文类

[105] 陈琳. 林语堂小说成长主题研究 [D]. 长沙：湖南师范大学，2015.

[106] 丁晓敏. 跨文化视野中的中国女性——鲁迅、赛珍珠、林语堂笔下女性形象比较 [D]. 呼和浩特：内蒙古师范大学，2009.

[107] 戴阿峰. 论林语堂的基督教思想及其文学阐释 [D]. 兰州：西北师范大学，2012.

[108] 冯智强. 中国智慧的跨文化传播——林语堂英文著译研究 [D]. 上海：华东师范大学，2009.

[109] 黄芳. 跨语际文学实践中的多元文化认同——以《中国评论周报》《天下月刊》为中心的考察 [D]. 上海：华东师范大学，2010.

[110] 侯利娟. 语境化理论下《京华烟云》的语言特点探析 [D]. 乌鲁木齐：新疆大学，2011.

主要参考文献

[111] 井维佳. 从《边城》到《奇岛》——中国现代作家的桃源梦寻 [D]. 石家庄：河北师范大学，2009.

[112] 李立平. 林语堂的认同危机与文化选择 [D]. 南京：南京大学，2012.

[113] 刘亚丽. 文化　人物　叙事——林语堂小说中的女性形象研究 [D]. 开封：河南大学，2012.

[114] 孟庆锴. 林语堂小说叙事分析 [D]. 武汉：华中师范大学，2011.

[115] 马瑜. 论林语堂小说中的战争书写 [D]. 成都：四川师范大学，2013.

[116] 覃慧. 生态视域下的林语堂研究 [D]. 长沙：湖南师范大学，2015.

[117] 施萍. 林语堂：文化转型的人格符号 [D]. 上海：华东师范大学，2004.

[118] 孙玎玎.《京华烟云》"建议"言语行为研究 [D]. 济宁：曲阜师范大学，2012.

[119] 陶浪平. 从《京华烟云》探林语堂的自然观 [D]. 长沙：湖南师范大学，2010.

[120] 唐晓红.《京华烟云》"有"字句汉英对比研究 [D]. 长沙：湖南师范大学，2011.

[121] 王少娣. 跨文化视角下的林语堂翻译研究——东方主义与东方文化情结的矛盾统一 [D]. 上海：上海外国语大学，2007.

[122] 尹玉红. 合作原则和礼貌原则视角下《京华烟云》中人物语言研究 [D]. 郑州：郑州大学，2010.

[123] 严小红. 出入中西写红妆——论林语堂小说中的女性 [D]. 泉州：华侨大学，2007.

[124] 易永谊. 世界主义与民族想象：《天下月刊》与中英文学交流（1935—1941） [D]. 福州：福建师范大学，2009.

[125] 阮宝玉. 越南文学教育中的鲁迅研究 [D]. 桂林：广西师范大学，2010.

[126] 邹晶. *Moment in Peking* 两个中译本中回译的对比研究——译者主体性视角 [D]. 长沙：湖南大学，2012.

[127] 张婷婷. 论《京华烟云》中的"死亡情结" [D]. 武汉：武汉理工大学，2010.